萧殷全集

第四卷 文学评论 Ⅲ

名誉主编 王蒙
主编 傅修海

花城出版社
SPM 南方传媒
中国·广州

图书在版编目（CIP）数据

萧殷全集. 第四卷，文学评论. 三 / 萧殷著；傅修海主编. -- 广州：花城出版社，2023.8
ISBN 978-7-5360-9078-1

Ⅰ. ①萧… Ⅱ. ①萧… ②傅… Ⅲ. ①萧殷（1915-1983）－全集②中国文学－文学评论－文集 Ⅳ. ①I217.2

中国国家版本馆CIP数据核字(2023)第142323号

出 版 人：张 懿
责任编辑：夏显夫
责任校对：衣 然
技术编辑：凌春梅
装帧设计：黄龙明　张绮华

书　　名	萧殷全集．第四卷，文学评论．三
	XIAO YIN QUANJI DI SI JUAN WENXUE PINGLUN SAN
出版发行	花城出版社
	（广州市环市东路水荫路11号）
经　　销	全国新华书店
印　　刷	佛山市浩文彩色印刷有限公司
	（广东省佛山市南海区狮山科技工业园A区）
开　　本	787毫米×1092毫米 16开
印　　张	25.25　2插页
字　　数	435,000字
版　　次	2023年8月第1版　2023年8月第1次印刷
定　　价	800.00元（全十卷）

如发现印装质量问题，请直接与印刷厂联系调换。
购书热线：020 - 37604658　37602954
花城出版社网站：http://www.fcph.com.cn

文学问答
001~096

- 文学、生活现象、生活本质 / 003
- 讨论：关于专家标准与群众标准 / 008
- 文学作品的感染力 / 014
- 为什么不能本质地反映生活 / 017
- 能把你所讨厌的人写成英雄好汉吗 / 024
- 论真人真事和艺术概括 / 029
- 应当写出与人物言行相适应的性格 / 034
- 作品为什么和它所歌颂的真人的生平不完全一样 / 038
- 人物和作者的爱憎 / 043
- 图解政策只会导致作品概念化 / 047
- 议论能代替生活描写吗 / 050
- 分析作品能"先政治、后艺术"吗 / 053
- 典型、本质、形象与图解政策
  ——答业余作者问 / 055
- 要在基本功上多下功夫 / 060
- 如何写作品评论
  ——答《文艺报》记者问 / 062
- 不顾环境和性格，任意安排情节行吗 / 066
- 给文学青年朋友们 / 068
- 给文学青年朋友们（二）/ 086
- 创作不能以提出问题为满足 / 094

文学访谈
097~196

- 试论普及与提高
  ——在中央戏剧学院的谈话记录 / 099
- 论人物的转变与新人物的描写
  ——和中央文学研究所学员们谈话的一段 / 107
- 再论普及与提高
  ——在中央文学研究所的谈话记录 / 117
- 谈新闻消息的导语
  ——在《中国青年报》编辑部谈话 / 128
- 个别观察和艺术概括
  ——在河北省青年业余文学创作者会议上的讲话 / 138

论思想性、真实性及其他
　　——在上海青年宫与青年作者们的谈话 / 149

烈火炼新诗
　　（萧殷发言）/ 159

试谈反映阶级斗争
　　——在一个业余作者座谈会上的发言 / 163

在某市文艺创作座谈会上的讲话 / 172

开拓题材，提高艺术质量
　　——一九七九年二月与高州青年作者谈话 / 179

当前创作中的几个问题
　　——在中国电影家协会广东分会的一次谈话 / 189

文学飞鸿

197～336

关于文学评论的方法
　　——两封复信 / 199

"生动"与"严肃"及其他
　　——问题简答五则 / 203

活得伟大才写得伟大 / 209

写作有秘诀吗
　　——代"文学写作常识"小引 / 213

从革命的高处看现实
　　——"文学写作常识"之一 / 215

在斗争中认识生活
　　——"文学写作常识"之二 / 219

生活现象的提高和概括
　　——"文学写作常识"之三 / 224

关于认识生活
　　——给一个初学写作者的复信 / 230

为什么把动人的故事写得无血无肉
　　——给一个初学写作者的复信 / 233

关于人物性格的描写
　　——给一个习作者的复信 / 240

关于提问题
　　——给一个文艺爱好者的复信 / 242

如何反映人物的精神面貌
　　——复初学写作者的一封信 / 249
关于找题材
　　——几封给习作者的复信 / 260
谈抒情诗
　　——在一个座谈会上的发言 / 274
图解不是艺术方法
　　——给一位青年作者的复信 / 288
马克思主义会妨碍创作吗
　　——给一个青年读者的回信 / 293
论素材、消极现象及其他
　　——给一个习作者的复信 / 298
技巧还不能做你的救兵
　　——给一个文艺习作者的复信 / 304
二者必舍其一
　　——给一位初学写作者的信 / 309
谈练笔
　　——致友人书 / 313
抛掉心灵里的秽物
　　——给一个青年作者的复信 / 315
创作没有秘诀
　　——答民生同志问 / 320
坚持写作实践与青年作者的成长
　　——答爱好文学的青年朋友们 / 322
一点感想
　　——答《随笔》杂志问 / 335

文学序跋 337～397

《冀中导报》《周玉章》编者按 / 339
《论文学与现实》后记 / 341
《怎样写新闻消息》前记 / 342
《论生活、艺术和真实》后记 / 343
《与习作者谈写作》后记 / 344
《论创作方法》前言 / 346

《给文艺爱好者与习作者》后记 / 349

《谈谈写作》后记 / 351

社会主义缔造者的歌声
　　——民歌选《荔枝满山一片红》代序 / 352

《鳞爪集》后记 / 361

《论创作方法》附记 / 364

《银河纪事》小序 / 365

《习艺录》后记 / 368

《羊城一夜》序 / 372

《论生活、艺术和真实》后记 / 375

《谈写作》后记 / 376

《月夜》后记 / 377

《浪花·火焰·爱情》序 / 380

《小城之夜》序言 / 384

《吕雷小说》序 / 387

《萧殷自选集》序言 / 392

001~096

文学问答

文学、生活现象、生活本质*

××同志：

来信收到。你所提出的问题，我简略地回答如下：

一

……正如你来信所说：在目前的报纸副刊上或刊物上，以工农兵为描写对象的作品逐渐多起来了，甚至有好些初学写作的青年，也从描写个人情调或歌唱个人忧郁的笼子里跳出来写工人、写农民、写战士了。我以为：这种改变是一种可喜的现象，应该受到欢迎。首先，我们要肯定地说，这个写作方向是完全正确的，只有沿着这个方向努力下去，文学创作才可能有灿烂的前途。虽然，现在有好些青年朋友认准了这个方向，并且热情的朝这方向走去；但是不可否认的，在执行这方针时还存在着一些缺点，这些缺点不是写作技术上的，而是写作思想上的问题。现在提出来谈一谈，大概不会是无益的吧？但我也想过：当许多文艺朋友还没有深入生活的时候，这问题是否提得过早些？可是问题既然存在，与其将来提出，不如现在就提出来。

在你的来信中，流露出一种不正确的认识，即以为只要写了工农兵就算是给工农兵"服务"了，这是把描写对象的改变误解为立场的改变。有些人从这错误的观点出发，就很满足于照相式地记录工农兵的表面生活，而且以为这样的记录生活，就是反映了工农兵的生活。至于是否正确地反映了生活，是否反映了现实生活的真实状态，是否能在革命事业中起作用，他们却很少想到。

---

* 载1949年5月15日《人民日报》第四版"星期文艺"第2期。

由于满足表面生活的记录，所以在他们脑子里的所谓"生活"就被简单化了：即把生活看作是表情、动作、衣饰、语言、相貌等等，认为只要熟悉了这些，就可以写出好作品来。因此，当他们与工农兵群众接触时，除了听取故事之外，就只有记录对方的表情、动作、声音等最表面的东西，而且以为这样就是"体验生活"。至于对方内在的东西——思想、感情怎样，却不大注意。这样写出来的作品，无怪尽是表面现象的罗列。有时他们也想歌唱几声，但除了热烈的形容词之外，没有多少真情实感。像这类作品，你说它不好吧，又没有什么毒素，说它好吧，对群众实在不能起什么积极的作用。

不错，劳动人民的表情、动作、声音等，固然需要描写，不然，人物就不能"活"起来，但是，仅只表情、动作等的描写是不够的，只有深一层描写了人物的性格，并描写了形成这性格的社会环境之后，人物才会真正活起来，作品才有积极的意义。

二

文学不是照相，不能停留在表面现象在描绘。如果以为写得像和写得生动就是艺术，那么照相就尽够了，何必还要文学呢？

文学艺术最主要的任务，应该是说明生活，回答现实所提出来的问题。文学写作者应当本质地理解生活，应当认清美好生活或丑恶生活的社会根源，并通过艺术形象表现出来。只有这样，作品才可能帮助人们深一层地认识生活，诱导人们正确地去对待生活。那就是，使人们对那造成好生活的社会制度滋生出拥护保卫的意志，或对那造成丑恶的社会制度发生推翻的决心。鲁迅先生的"孔乙己"之所以不朽，不仅仅因为它成功地写出了一个旧知识分子的性格，更重要的是因为它把隐藏在孔乙己悲惨命运背后的科举制度给以无情的揭露；"白毛女"之所以普遍地受到群众的欢迎，并不单只是因为它情节动人，而是因为它明白地指出了农民悲剧的根源，那根源就是封建势力的存在，作者不仅指出了它，而且以阶级斗争解决了它。……总之，凡是起过革命作用的作品都不是表面地记录生活，都是因为作者分析了生活现象，挖掘了生活本质。只有能说明生活本质或提出现实中所存在的问题的作品，才可能具有思想性，才能有教育群众的价值。

三

有人天天歌唱——歌唱着生活中最表面的现象。但是，仅仅用热烈的词句歌颂生活现象或诅咒生活现象，是无意义的，重要的，应该从生活的深处去反映生活，去回答现实所提出来的问题，以满足人民的需要。

社会是不断变化、不断前进的，人民的要求也随着社会的变化而变化着。如果说，在土地改革以前"白毛女"能回答老解放区人民的主要问题，那么，今天就不一定能回答那些地区人民的主要问题了。为什么呢？因为现实变了，现实在人们脑子里所提出的问题也不同了。这里所谓问题，就是矛盾。而运动发展的规律总是这样：一个矛盾克服了，运动就前进一步；只要事物不停止运动，矛盾就会不断产生。如果在土地改革以前，盘旋在农民脑子里的，是没有土地与需要土地，以及地主残酷的压榨和农民渴望翻身是主要矛盾的话，那么经过土地改革的地区的农民，这些主要矛盾就不再存在了。可是新的矛盾又产生出来，也许是提高产量与落后农具发生了矛盾，也许是提高产量与个体劳动发生了矛盾，等等。如果文学工作者不顾这些，而仍然重复着前一阶段的主题，就不能满足人民的需要，作品就会脱离群众。

譬如说，当人民痛苦不堪，但他们还以为是"命里注定"的时候，如果一个作家通过艺术形象指出所有痛苦并非"命里注定"，而是由于帝国主义与封建势力压榨的结果。那么，这样的作品，在当时一定能够帮助人们深一层地认识生活本质，一定能够引导人们去为合理的生活而战斗。很显然，像这样的作品是适时宜的，是解决了问题的。但是，如果当人们已经觉醒，已经认识了痛苦的社会根源，起来为解救自己而进行斗争的时候，而斗争又在各方面激烈展开，在斗争中发生了许多实际问题又亟待解决的时候，作家们如果仍然停留在前一阶段的主题描写上面，仍然停留在否定"命里注定"的主题描写上面，那么，群众就会对这类作品表示冷淡。因为前阶段的主题已完成了它的历史任务，光荣地终结了，如果再去重复它，虽不是毫无教育意义，但至少已失去更有力地指导现实的作用了。

也许有人会发问："你的意思，是不是当一个新的运动开始之后，前一个运动就不要写呢？"不是的，我说的是主题，而不是题材。只要能够提出矛盾，解决矛盾，而这矛盾在现阶段又还存在的时候，那么就是写前一阶段（甚至更远）的题材，也还可以写，而且应当去写的。

也许有人会发问:"既然这样,是不是凡是过去的(古典作品)与当前现实的主要矛盾无直接关系的作品,都没有教育意义呢?"不是。凡是忠实地深刻地正确地反映了现实生活中主要矛盾或主要斗争状态的作品,凡是表达出生活中愈重要的典型面的作品,它的思想性一定较深远,它的教育意义也较深远。这样的作品不但对当时能有巨大的教育价值,即过了若干年之后,它的积极的教育意义还不会消失。就像马雅可夫斯基所说的那样:"书愈好,它越过事变也就愈远。"

苏联作家考涅楚克的名剧《前线》为什么普遍受到欢迎并获得斯大林奖金呢?主要原因是因为它通过艺术形象提出了问题(矛盾);并解决了问题(矛盾)。在当时,苏联的军队在前线英勇作战,上下一心,但为什么还有一部分军队"打不好仗"呢?这里一定还存在着问题(矛盾),值得艺术家深入去研究发掘,而考涅楚克终于找到了问题(矛盾)基本的关键,那就是个别将领故步自封,摆老资格,对新事物不感兴趣;顽固地保守着老一套的战略思想,不能适应现代战争的需要,这是"打不好仗"的基本原因,也是矛盾的关键。科尔内楚克通过艺术形象提出了这矛盾,并解决了它。因而这作品不仅对当时红军起了巨大的教育作用,即对于今后一班故步自封、摆老资格、对新事物不感兴趣的人也会引起严重的警惕。

很显然,只描写表面现象的作品,绝不可能起这么巨大的作用,也不可能有如此深厚的思想内容。

四

但是,要挖掘生活本质,要发现矛盾,又要正确地解决矛盾,这不是容易的事。这不是技术问题,而是立场与方法的问题。一个作家只有一般的艺术表现能力是不够的,如果没有科学(马列主义)的头脑和明确的人民(工农兵)的立场,如果不懂政策,那么,你就闹不清问题的本质是什么,你就无法透过现象看到事物的本质。为什么我们强调文艺工作者要改造思想,学习政策,学习掌握正确的观点与方法呢?理由就在这里。

当然,真正地深入生活,慢慢也能够认识生活的本质,也能够发现问题。但也有例外情形:有人在农村里生活了两三年,仍然不能从本质上理解农村;要说农村里的各种现象,他可以给你缕述三天三夜,可是他仅仅知道现象而已,至于隐藏在现象背后的问题本质,他却茫然。原因在哪里呢?就在于中了经验主义的毒。所以我们说:一个缺乏敏锐的政治嗅觉的人,或缺乏形象地认识问题的能力的人,即使到了农村,不一定就能理解农村,这种人除了只会记录表面现象之外,你能奢望他"挖掘"什么"伟大"的题材吗?当然不能。

但是,我们也反对拿艺术语言来解说政策,或借人物来背诵政策条文,因为这样做,势必会造成以概念代替了形象,以说教代替了艺术。

我们学习政治的目的,是为了直接对待生活,并不是直接对待创作。作品中的政策思想,不是作者在创作时加上去的,而是作者对事物(生活)认识与表现的结果。所以我们认为:只要你掌握了正确的立场、方法、观点,那么在观察事物的时候,就能正确地理解事物的本质,并且容易对一切新生的发展着的事物发生兴趣,这就是"对新鲜事物的感觉",有感觉才可能有感动,如果连感觉都没有,哪里还会有感动呢?但是题材的受孕、发芽,却常常是由感动开始,经过扩大、集中、深化,然后才慢慢形成题材。感动又是自发的,而不是因为想起政策才感动。所以我们认为:学习政治是为了理解生活,改进生活,只有当政策思想贯注在作家的生活中时,政策才不再是条文,而又成为有血有肉的生活了。只有在这时候,"伟大"的题材才能被你发现,饱含着政策思想的作品才可能产生。

总之,不谈为工农兵则已,倘要真正为工农兵服务,必须解决如何"为"法的问题。凡是热心写工农兵的人,其动机都是很好的,但只有好的动机还不够,必须进一步地掌握马列主义的立场观点方法,必须深入生活,研究生活,多思想,多分析……只有这样,你才可能把握住正确的题材并正确地表现它,只有这样,文艺才能真正在人民革命事业中起它应起的作用。

一九四九年五月十一日北京

讨论：关于专家标准与群众标准[*]

关于作品评选的标准，一般地定为："专家标准与群众标准相结合"，我认为是不明确的，它可能引起各种误解：

（一）如果把"专家标准与群众标准相结合"定为标准，那么什么是专家标准，什么是群众标准，而两者相结合的标准又是什么呢？这是很难闹得清楚的问题。

（二）这样提法，容易使人理解为：专家标准与群众标准是两回事，即是专家与群众各有各的标准。如果真是如此，那么，所谓专家到底是什么人的专家呢？

（三）有人以为：专家的标准是指作品"技巧"上的标准，群众标准指的是思想内容的标准。如果所谓专家只是懂得"技巧"，而不管思想内容，那么，这还成什么专家呢？这种离开思想内容专门讲求"技巧"的"专家"，却是有的，不过群众根本不承认他是专家罢了。

我认为：如果把"专家标准与群众标准相结合"当作作品评选的标准，毋宁看作是评选方法要妥当些。

一般地说，我们所称之为专家的，他起码应该能代表群众（主要是工农兵）的意见，即使不能百分之百地代表他们，也能够代表其一部分，因此，两者的标准不应该是两回事，而应该是一致的，互相补充的。

如果今天的文艺专家都是这样，那么作品的评选工作，就会便当得多，但事实却不尽然。虽然专家们在总的政治路线上大致一样，但由于各人所经历的斗争不同，故对问题的看法仍难免有差别。为补救这个不足，所以有拿"群众标准"来补充的必要。

---

[*] 载《文艺报》1949年5月20日第二期，署名何远。

所谓"互相补充",当然不是专家评选"技巧",群众评选思想内容的意思。因为只有内容而无"技巧",根本不成其为艺术,这样的东西,既无艺术说服力,也无艺术感染力,群众也不会喜爱它;相反,只有"技巧"而无思想的形式主义的东西,群众也不会喜欢。严格地说:人民的专家所要求的标准,应该是人民所要求的标准。两者"互相补充"只是程度上的补充。

不管是专家或是群众,其主要标准应该放在思想内容上。如果内容不好的,不是为工农兵(注意!我是说"为"工农兵,不一定是"写"工农兵)的,不管他在"技巧"上如何"成熟",也毫不足取;相反,倘若仅仅有好的政治内容,而不通过艺术形象表现出来,那顶多是篇政治论文,也不足取。但如一篇内容好,"技巧"略差,另一篇技巧很好而无思想内容,我以为应该取前者而弃后者。

总之,不管形式也罢,内容也罢,都应该根据群众的意见来讨论,只有如此,才能收到"群众标准与专家标准相结合"的实效,否则,对"群众标准"就很难有统一的认识了。

关于时代精神及其他

每个历史时期的主要矛盾都是不一样的。由于矛盾双方的条件、环境的不同,矛盾斗争在表现形态上也不一样。文艺作品如果不去反映主要矛盾,就反映不出时代的特点。反映时代精神的关键就是要抓住时代的主要矛盾和斗争。

什么是当前的主要矛盾?在社会主义建设的整个过渡时期内,都贯串着社会主义和资本主义两条道路、两种思想体系之间的斗争。这个斗争是长期的、复杂的、尖锐的。建国十四年来,阶级斗争的形态,主要表现在思想领域方面,更多地又表现为人民内部矛盾。大部分的人民内部矛盾虽属于人民内部的性质,但其思想实质却是两条道路、两种思想体系之间的矛盾。因此,要反映出我们时代的时代精神,就必须紧紧抓住主要的矛盾和斗争这条线。忘记了这点,就谈不上反映时代精神,也谈不上塑造"在矛盾斗争中成长"的英雄形象。

反映矛盾不是人为地制造矛盾,而是要真实地反映思想领域里面的阶级斗争。在小说、戏剧中就是要反映出人物的性格冲突。有些矛盾,表面看起来很平凡,但深入地挖掘下去,却是属于两种思想体系或两条道路之间的矛盾斗争。如《霓虹灯下的哨兵》《李双双》等都是如此。阶级矛盾表现在社会生活是多种多样的，不应当把阶级斗争仅仅理解为经济战线上的斗争，也不能仅仅理解为与地、富面对面的斗争。反映这些斗争，自然是重要的，但不应当看作是反映阶级斗争、反映主要矛盾的唯一内容。既然两条道路之间的矛盾或两种思想体系（资产阶级思想和无产阶级思想）的矛盾是我们社会在建设社会主义时期的主要矛盾，它就必然反映到社会的各个方面，各个角落，也必然反映到人们的头脑中。在这两种思想、两种所有制之间，人们各有各的观点和态度，这个拥护这种思想，那个则不同意；这个要走这条道路，那个却要走另一条。于是矛盾产生了。这种矛盾，固然会反映到经济战线上，也同样会反映到人与人之间的其他方面。问题在于作家站得高不高，能否用阶级斗争的观点，去观察事物和反映事物。反映主要矛盾斗争，关系到反映我们时代的发展问题。所谓主要矛盾，就是只有面对主要矛盾，描写主要矛盾，并且把主要矛盾克服，时代才向前推进了一步；不敢接触或不敢反映主要的矛盾斗争，就不能反映我们时代的发展。

前面说过，时代精神不仅反映到社会的各个方面，而且也反映到人们的头脑中来。凡人都有自己的观点，有正确的，也有错误的，错误的观点就是障碍，这是客观存在。只有描写它，解决它，使人们认识到矛盾的阶级实质，才能提高人民的政治思想觉悟。

有一些描写阶级斗争的作品，只写了阶级斗争的过程，只证明了矛盾斗争很尖锐，但不能给人以深刻的教育，也不能给人以启发。这恐怕与作者缺乏革命的理想有关，由于目标不明确，所反映出来的矛盾往往接触不到问题的实质。如写投机倒把，只写他们如何碰钉子，如何亏本，从此洗手不干等等。这样写不是不可以，问题是作者应有更高的理想。比如，投机倒把对社会的发展为什么是一个障碍，它的思想实质是什么，这思想与资产阶级的内部联系又是什么，等等。如果不是站在社会主义的思想高度来看待这种现象，就不能进行深刻的批判，人物性格的深刻性也就表现不出来。作家只有站得高，放眼全局，才看得远，也只有这样才能深刻地反映主要的矛盾和斗争。

旅游文学九家谈

1. 您认为我国旅游文学创作的状况和发展前景如何？

萧殷：

在我国古典文学中，早就出现了大量的有关旅游的文学作品，如散文《吊古战场文》、《滕王阁序》、前后《赤壁赋》等，意境清新，富于文采。今天有关旅游的作品，应该从古典文学中吸取营养，不能写成导游式的注释介绍，把历史材料硬塞进去，而是应该给人一种诗情画意，美的享受。

2. 您认为旅游文学应当具备哪些特点或基本质素？

萧殷：

古典文学中的散文，好的游记，作者无不是把它作诗来构思，把自己看中的生活，通过自己的感情的融化，达到情景交融。不仅有感染力，而且还表现得很深沉，言尽而意无穷，给人以回味的余地。

我曾到过洞庭湖，身临其境便更感到范仲淹的《岳阳楼记》精彩极了，可称得上是一篇绝妙精美的散文。他以十分简洁精练的文字，通过景物来表达情感，通过情感赋予景物以生命，情、景熔成一炉，胸臆抒发得酣畅淋漓，最后升华到"先天下之忧而忧，后天下之乐而乐"的崇高精神境界，毫不造作，天衣无缝而动人心魄。我们现在一些写到旅游的文学作品，只是风景加故事，情、景、人物似油、水混合，别扭得很。脱离了自己的真情实感去构思，被描绘的对象就不会获得生命，是僵死的。只有注入了感情，景物才能活起来，意境才会产生。写有关旅游的文学作品，是否也须注意这一点。

关于面向农村问题

作家的心目中，应该时时刻刻替广大农民设想。想要了解他们的需要、愿望；同时要帮助他们摆脱旧的影响，树立革命的人生观。一句话，就是要帮助他们"兴无灭资"。过去小农经济的生产方式，决定了农民的两重性，一方面是劳动者，一方面又是私有者；从劳动方面看，他们比较容易接受社会主义；从私有这方面看，他们却又容易接受资本主义。新中国成立以来，虽然经过合作社、公社化的教育，但由于社会发展不平衡，农民的旧思想、旧习惯还没有完全消除。这就给作家提出一个明确的任务：必须时时刻刻用社会主义思想，用无产阶级的革命精神去教育农民。应当把教育农民看作像一架天平一样，必须时刻注意加码。你忘了在社会主义这一面加码，资本主义那一面就必然会逐步重起来。我们的责任，就是不间断地以社会主义思想和无产阶级的革命精神去影响农民，清除他们头脑中资产阶级的东西，帮助他们提高政治觉悟。

无害的东西，我们是允许的，但如果天天都是无害的东西，就会变成有害的了。所谓无害，就是非社会主义的东西。天天用这些东西去影响他们，那么，革命的思想在他们头脑里就慢慢淡薄，甚至慢慢消失，而资产阶级或封建主义的影响，必然在他们头脑里慢慢抬头，这一点，我们不能不牢记。

面向农村，还有一个质量问题。过去有些同志，一提到通俗，就容易把它与内容粗俗、形式简陋联系起来。这是不正确的。内容粗糙的东西，是不能教育农民的。真正好的民间传说、民谣，能长期在民间流传，经得起时间考验的作品，都不是内容粗糙、形式简陋的。粗糙的、比生活还简单的、没有感染力的、真实性很差的作品，农民是不喜欢看的，你动机再好，也不能达到教育农民的目的。质量问题，在文学创作上始终是个重要问题。不能动人，就不能"教人"。认为农民只能接受粗糙的东西，那是对劳动人民的不尊重。赵树理的作品群众很喜爱，但它有很高的质量。面向农村的作品，不能跟质量问题对立起来。粗糙不等于通俗。质量问题解决了，对士兵、工人以及其他战线的读者，也同样可以适应他们的要求。能教育农民的作品，也同样可以教育其他阶层的人。

面向农村，必须重视群众的艺术形式和风格，尽最大努力来适应农民的口味和欣赏水平。要提高也是在这个基础上根据群众的需要逐步提高。这样提高起来的作品也同样能适应工人、士兵及干部的需要。

面向农村，不是指在题材上只写农村生活。农民也需要看其他题材的作品。现在强调面向农村，更多地反映农村生活，使刊物的农村气息更浓，是完全必要的。更多地写些适合农村演出的作品，是完全必要的。但不能因此而排斥了其他战线的生活和斗争的反映。

所谓"面向农村"，就是目前来说，是满足广大农村读者的需要，提高他们的觉悟；就将来来说，是保证青年一代把革命进行到底。

就普及来说，要努力做到适应农民的口味，为他们所喜闻乐见，真正说出他们想说的话，写出他们所关心的事情；就提高来说，现在注意运用民间的形式，正是为了他们将来更高的需要打下基础。

就农村来说，扩大农民的视野，对他们进行社会主义教育，满足他们的美学趣味。

就城市来说，广大农民能接受和喜爱的作品，城市读者也应当同样喜爱和受到教育。

如果这样来理解，我认为"面向农村"，是为工农兵服务找到一条更具体的道路。农民是工农兵中的最大多数；工人和士兵又是从农村来的。首先在满足农民的基础上来普及，才是真正的普及；根据群众的水平和需要逐步地提高，才是不脱离普及基础的提高。我们的文学，沿着这条道路走下去，才是真正跟群众结合的、符合群众需要与水平又与攀登文学高峰的步调相一致的。

文学作品的感染力*

……你来信强调文学作品应有高度的思想性，我无异议；但你完全否认了文学作品中艺术性的作用，却不敢苟同。

文学作品必须有文学作品的特点，就是说，文学作品必须通过艺术形象——有血有肉的人物和合情合理的情节来体现某种思想感情。如果这个特点被抹杀了，光用抽象的道理赤裸裸地向读者说教，那么文学作品与一般的论文还有什么区别呢？如果一篇作品只要思想内容而排斥艺术形象，那么，写论文就尽够表达思想了，何必还要写什么小说、戏剧和诗呢？

我完全同意你对目前某些作品缺乏思想性的批评。事实上，好些作品都只有离奇的情节和琐碎生活现象的堆砌，既没有发掘到事件的本质，也没有发掘到事物的矛盾；对于人物的描写，仅仅写人物如何如何行动，如何如何与环境冲突；但对于冲突的社会原因，却轻轻放过。在作品中，只见人物的行动，却无人物的精神世界，更没有形成这精神世界的社会原因。这样的作品，自然不可能有什么思想性，更谈不上什么社会意义。这种现象，正如你来信所说："应该加以纠正，否则，文学还有什么用呢？"但是强调作品的思想性，却不能因此就得出结论说：文学作品可以不要艺术性。

只有思想内容的作品，不一定有艺术感染力；但如果作品光注意华美的形式，而缺乏思想内容，作品就会丧失社会意义和教育作用。只有两者结合起来，文艺作品才能感染读者，动人心弦，又为人民所利用。关于这两者的关系，毛泽东同志说得最

---

* 载1984年4月版《萧殷自选集》。

好:"缺乏艺术性的艺术品,无论政治上怎样进步,也是没有力量的。因此我们既反对内容有害的艺术品,也反对只讲内容不讲形式的所谓'标语口号式'的倾向。"

但是现在有好些作品,作者只借人物的嘴直接向读者(观众)说教,比如某些秧歌剧吧,作者借人物的境遇赤裸裸地向观众说道理,说经验,说政策(其实,这与化装演讲没有多少区别)。观众只看见人物在舞台上比手画脚和来回扭动,但却接触不到什么生活,更谈不到富有血肉的生活了。这样生硬地把"思想"硬灌到观众的耳朵里,老实说,是无效劳动,观众虽然听了,可是根本不会听进去,更不会被接受的。要是能通过舞台形象,通过有血有肉的人物和事件来体现同样的主题,那么,可以断言,它的效果一定要大得多。

在一些鼓词中,也有类似的情形。某些鼓词的全部内容,都是政治运动轮廓的叙述和生硬的说教;既没有真实可信的矛盾冲突和可感的人物形象,听众只能从其中知道一些政治概念和政策条文,此外,就再也不可能给观众留下什么印象,感动自然就无从谈起了。

那么,像这样的"文艺"作品,到底能在人民中间起多少作用呢?这是很可怀疑的。虽然仍然有人大吹大擂地吹捧这类作品怎样"起了作用",怎样"配合实际推进了工作",但是,这样的作品同一篇普通的演讲或一篇普通的论文有什么区别呢?最多,它只能够在理念上给人一点常识。如果这也算是"文学作品"的话,那么,文学还有什么独立存在的必要呢?

有人把艺术感染力与普及工作对立起来,认为要求作品有艺术性和感染力就是反对普及。这意见是站不住脚的。文学作品应该保有它的特点,就是流行在群众中间的普及作品,如说书、相声、民歌等,也讲究艺术形象,有的甚至有不朽的艺术形象。如果连这个特点也没有,那么,文学作品靠什么去感染观众呢?

一篇文学作品是否有艺术感染力,单靠生硬地"说道理",显然是不成的;只有通过有血有肉的人生真实,通过性格鲜明的人物与事件的合理发展去感染读者和启发读者。也只有如此,作品才可能产生"打动人们心灵"进而唤起人们改造环境的勇气和信心,只有当读者真正为人物的遭遇所激发而动感情时,作品才会产生这种积极的效果。

但是,要使作品中的人物能感动读者,并且由这感动给读者一些什么有益的启示,却不是一件轻易的工作。概念化的作品固然不能达到这个目的,就是那些先有曲折情节，而缺乏生动地说明情节产生的原因的作品，也同样没有感染力量与思想力量的。比如《福贵》吧，如果作者不是形象地让他的小说主人翁的一切不幸遭遇都让读者感受到，如果作者不让他的人物与读者直接地发生感情关系，如果不是通过形象写出福贵的悲剧的社会的原因，读者在读完这篇作品后会不会感动呢？会不会获得如此深刻的启示呢？我以为是不会的，可是当我们读到福贵被迫得走投无路而不得不星夜偷跑时，我们的精神上的负担与作品中人物的精神负担是同样沉重的。但是，倘使在这之前，读者完全没有与福贵接触过，就是说，倘使福贵以前的为人、他和他的媳妇的生活以及他父亲死后的苦境……读者全都没有感受到，只让读者偶然看见他星夜出走时，会不会如此感动呢？肯定是不会的。

但如果这篇作品先写福贵如何如何赌钱，如何如何"当吹鼓手"，而不活生生地写出福贵与地主的关系，不真实地写出福贵悲剧的社会原因，这作品是否可能产生思想力量呢？肯定也是不可能的。

因此我们认为：一篇作品的艺术力量，是建筑在人物与读者的感情的沟通上，而不是建筑在作家与读者之间的感情沟通上。如果人物的活动与内心面貌都能很真实、很形象地表现出来，那么，人物的悲剧就会感染读者，并引起读者的感情共鸣。但仅仅这样还是不够的，必须通过形象深刻地表现这悲剧的社会根源，作品才能有巨大的社会意义。为什么要强调"通过形象"呢？因为有些作者在揭示社会原因时，常常只抽象地说："由于长期受地主压迫"，或是"因为常年被欺，他变得沉默"，只这样抽象说明，读者不可能得到什么实感，也无法感受到人物与社会的真实关系；这一来，读者当然也不可能受到感动，不管作品本身的思想内容如何积极，但如这思想不是通过活生生的人与人关系的描写来表达，如果不是通过真实的人物和事件来体现，那么，所谓"思想性"仍然是抽象的，是附加上去的累赘，不可能有令人信服的力量。……

一九四九年十二月三十日于北京

为什么不能本质地反映生活*

××同志：

……你来信问道："我在写作中，总是不会反映事物的本质，你说为什么？为什么有人发掘得深？有人又发掘得浅呢？"

根据你几次来信以及你所谈到的你的几篇作品的写作过程，我以为有两个基本问题值得谈一谈的：（一）如何把反映生活和作品的社会意义统一起来呢？（二）如果一个作者对他的描写对象缺乏真实的爱憎时，作品是否可以写得动人？这两个问题是从你的写作过程中发现的，只有把这两个问题弄清了，你才会理解你为什么不能本质地反映生活。

一

我们认为作品中的社会意义（或教育意义），应该是从你的人物故事中体现出来，并不是把社会意义附加在人物故事的外面。这个道理你一定懂得的，但怎样体现社会意义呢？是不是像你那样，从主观愿望出发，硬把人物的命运拉向你的"理想国"里（如你的《女子商店》），就有积极的社会意义呢？是不是像你那样，以为一个可怜的父亲的可怜的愿望的实现，满足了个人的虚荣心（如你的《教育》），就算完成了作品的社会意义呢？是不是像你那样，抓住一些被敌人破坏了的残破景象的外貌加以描写（如你的《凭吊》），就可以完成作品的社会意义呢？显然是不可能的。

---

* 载1952年3月版《论生活、艺术和真实》。

像《女子商店》这样的作品，是不现实的。因为你完全离开了社会条件的限制，完全忽视了当时社会制度对妇女的种种束缚，纯粹从主观愿望出发，把那个孀妇写得很"独立自主"，这是不现实的。即使有些妇女在旧社会中靠"个性强悍"奋斗出一点结果，即使有些走投无路的妇女能够单靠"个性强悍"，最终开设了一家远近驰名的"女子商店"的事实，但这只是偶然的个别的现象。你写这作品的主观动机，是想借此来指明一般妇女的社会出路，诱导妇女们往这条道路走，但你却忽略了一个简单的真理：如果不从社会制度改革着手，单强调个人的单独奋斗，妇女的解放事业是不可能完成的。因为你忽略这一点，所以作品的社会意义就受到损害。其次，她到底是怎样奋斗的？她怎样由走投无路走到独立自主呢？你都没有写出来，既然这样，读者能从作品中得到什么有益的启示呢？

恩格斯曾说过：要写出典型环境中的典型性格。一个人物的性格和命运不能不受他所处的社会环境的影响或支配，如果一个作者不顾社会条件，只从主观愿望出发来处理人物的命运，甚或离开社会环境的影响来描写人物性格，都不可能写得真实。

假如你根据你所听来的关于那孀妇的悲剧，再深入发掘，找出造成这悲剧的社会（或阶级）原因，给以艺术的表现，我想，作品一定会动人得多，社会意义也一定会积极得多。

其次，你的小说《教育》也是缺乏积极意义的。

《教育》的主题，只是为满足个人的虚荣心而已。据你来信说："以先，我在那个中学上学，父亲亲自给我送柴送面，父亲常常看到上房里的教员们满桌子酒菜吃着，他心里想：我的孩子多时能也熬到在这桌子上吃饭啊？结果，在我被聘任为该校教员后，我自然在那个桌上吃饭，我父亲去看我，更特别的被别人尊敬，我父亲感动了，他将这种感动向我叙述过。在当时，我觉得很有意义，便略加以安排，以一个旧社会的知识分子如何苦读苦念，父亲如何勉力支撑，最后终于达到了父亲教育的目的为主题，写了这篇小说。"实际上，这有什么积极的意义呢？这篇小说，除了能够鼓励一些青年知识分子去坐在"上房里"的"桌子上吃饭"之外，还能有什么意义呢？一个可怜的父亲辛辛苦苦勉力支持子弟上学，结果只是为了满足一点虚荣心，这不是太可怜吗？有什么积极意义可言呢？

如果你用一种批判的态度去暴露这种虚荣心，并揭露出造成这虚荣心的社会的历史的根源，倒是一篇很有教育意义的作品。

从这两个例子中，我们知道你对于所谓社会意义这一概念的认识是模糊的。鲁迅先生写"孔乙己"的悲剧，并不停止在悲剧现象的描写上，他积极地揭露了造成孔乙己悲剧性格的社会原因——科举制度。假如鲁迅先生不揭露出性格的社会原因，那么孔乙己的性格就不可能写得那样真实，也不可能引起读者去憎恨旧社会——科举制度，当然也就不会有什么社会意义了。

那么，现在你大概可以了解作品的社会意义的含义是什么了。作者不要满足于表面生活的描绘，而应该透过现象去理解问题的本质，只有正确地暴露现象的社会根源的作品，才可能有巨大的社会意义，才可能有较深厚的思想内容。

我们认为你那篇《妈妈你错了》是比较有些意义的，主要原因是由于你没有被表面现象所蒙蔽，你深一层地接近了问题的本质。你来信说："我以前在二中队时，有很多学生叫苦，弟弟妹妹上不起学呀，家里没有吃呀，整天闹请假，叫上级想办法，以致给领导上找了许多麻烦。有一天，我跟一个学员谈话，忽然发现他爹爹当过电信局长，因手续不清，且有些嫌疑，现被人民政府扣押着，他弟弟妹妹的确失了学，借住在一个朋友家里……就这样，他见了谁都诉苦，不但有些学员同情他，连区队长也觉得这个是问题……"你能够不为"叫苦"的现象所蒙蔽，深一步地接近了问题的本质，是可贵的。但很不够，如果你能够更深地去发掘一个旧官僚的思想与新社会的思想的矛盾，把这矛盾作为"弟弟妹妹"失学的社会原因，并艺术地表现出来，那你这篇作品一定会有较大的教育意义。可是你没有这样做，你只从"他做过大官，家里一定有积蓄"的"想当然"的观念出发去处理题材，你是以他的"积蓄"来解决问题，那意义就微不足道了。

因此，我们有这样的理解：当某种人物或事迹感动了我们，而我们又有表现它的欲望的时候，我们不能牵强附会地硬给人物事迹附加上什么意义，而应从人物事迹本身中去发掘意义，去发掘事件的社会根源。（注意：所谓人物事件本身，不能简单地、片面地理解为真人真事本身，只要你能够正确地把握住你作品中的事件和人物性格的内部发展规律，即使你完全凭你平日观察所得的印象——凭你平日曾经验过又感动过的零碎印象，也可能由某种现象的触发，很快构成具有巨大社会意义的题材）总之，社会根源发掘得愈深的作品，就愈有社会意义，只有这样的作品，才能真实地反映现实本质，才可能有高度的思想内容，才可能把反映生活与社会意义统一起来。

说到这里，你大概可以理解你的《力之流域》为什么写得如此思想贫弱的原因了，这不仅是由于它只停止在灯光、火把、游行口号等表面现象的感觉上，而且停止在灯光、火把、游行口号等表面现象的描写上。你没有进一步地去理解这些现象，因而形成表面现象的堆积，既芜杂，又无思想内容。

为什么产生这样的结果呢？正如你自己所说："是由于政治思想水平低"，更具体点说：是由于你还不善于分析社会现象，还不善于从形象思维中，通过现象去理解问题的社会（或阶级）的本质。正因为这样，所以在你的作品中存在着两种现象：（一）你的作品中的所谓"意义"，常常是附加上去的，并不是从你的描写对象中体现出来的。（二）即使你偶尔接近了问题的本质，但因缺乏形象的理解，以致使好些作品都充满了说教，或者通篇作品充满了作者的解说。

二

现在来谈第二个问题：如果一个作者对于他的描写对象没有真实的爱憎时，作品是否可以写得动人？

根据你写来的关于《母亲的照片》的写作过程，我们认为你诗中的感情是不真实的。你说："不久以前，我接到母亲一张照片。我离开母亲还不到三年，然而看了母亲的照片后，简直使我吓了一跳，母亲老得竟是头发没有了，皮包着骨头，两眼昏暗无光，又露着牙齿，我简直不敢看，当时我痛苦极了。"这种感情的流露是真实的，但你（据来信，你的家庭是地主成分）为了要写一首"富有意义"的诗，竟把全部事实与感情完全都改变了。你写道：

七年了
为了工作
没有回过家
工作时间
我总要想起年老的妈妈
前天
妈妈给我寄来了一张照片
相片的背后写着：

小方
看了我的相片
就等于见了我一样
你在外好好地工作
不要想我
咱家自从分到了房和地
生活一天较一天好
我仔细地端详着母亲的面孔
真使我有点奇怪
妈妈比起七年前
还健康、还年轻
妈妈微笑的面容
更显出她心里的愉快
我对着母亲微笑的面容
我也笑了
这就是胜利啊
这就是母子之爱啊
我以前老是顾虑妈妈
妨害了工作
这不但有害革命
对妈妈又何尝有帮助
我今后一定要更忠诚地献身于革命
事实证明：
只要革命工作做得好
什么也用不着顾虑
什么都会有他幸福的安排

全"诗"除了干巴巴的说教，没有什么动人的地方，而且从头到尾都情绪干瘪。这是由于你压抑了真实的感情，硬用一种矫饰的感情来写作的结果。

从你来信中，知道你对每个题材都会考虑到它的社会意义与教育作用，这是很好的。但你常常把好些连你自己也未感动过或经历过的题材，硬要写成"富有意义"的作品，硬要把自己的不健康的然而却是真实的感情所感受到的题材，"改作"为"有意义"的作品，这样的作品，当然不会有什么实感，更谈不到感动读者了。你似乎常常这样做，但你却还不知道这是一条岔道。你写完《母亲的照片》之后，似乎还觉得很满意，于是你问道："这个写作过程是不是符合现实主义的创作方法呢？"

对你这个问题，我们的回答也是否定的。现实主义的作家，首先必须以赤诚去对付生活，他们排斥一切虚伪与做作，他们以最真实的感情去爱或去憎，因为不如此，他们就无法真实地理解他的人物的内部的思想与感情，因为不如此，他就不可能很好地使用现实主义创作方法这一武器。

而你，用矫饰的做作的感情去代替你真实的感情来写作，你用抽象的政治概念去代替你的生活实感来写作，这是一条走不通的歪道。这样写下去，绝不能写出能感动读者的作品来。因为你自己首先对描写对象并没有感动过，你如何能用你的诗去感动读者呢？你首先对于你的描写对象没有真实的感受，你如何能够把生活实感传达给你的读者呢？正因为这样，所以你就很难在感情上（或心理面貌上）去理解你的描写对象。既然如此，更哪里谈得到理解人物或事迹的本质呢？

但话得说明白：真实的感情是否就一定能写出既动人又有意义的作品呢？不一定。因为真实的感情不一定都是健康的感情，也不一定都是与大众有关的感情。像你对于你母亲的感情，是母子间一定会有的感情，不容一概抹杀的，但这是属于个人的感情，没有什么社会意义的。倘若把这种感情加以艺术表现，也不会有什么积极意义与教育作用。

如果你在接到照片之后，一方面因母亲的衰老而难过，另一方面你又认识到：在地主阶级家庭中母亲这种悲哀和衰老是一定难免的。这两种感情交织着，搏斗着，而且最终后者战胜了前者。如果你能够将你这个搏斗过程深刻地生动地表现出来，倒要比《母亲的照片》一诗的意义积极得多，有力得多。

再不然，你如能用批判的眼光写你母亲的悲哀，写她的悲哀的历史根源，艺术地指出在封建阶级家庭中产生这种悲哀的规律，如像艾青的《我的父亲》一诗那样；我想，如果你能这样，无论如何，比你用矫饰的感情来写诗，要真实得多，深刻得多。

但是，如果一个革命的诗人，没有一个伟大艺术作品中的伟大性格所具有的品质

的母亲时,这个诗人是否就不能正面地创造出革命母亲的伟大形象呢?这个诗人是否就只会批判地暴露母亲的悲哀呢?那也不一定。如果他是一个具有高度的革命气质的诗人,在平时,他又经常地接触、观察、理解了许多革命母亲的特性和品质,而这些人物又深刻地生动地反映在诗人的脑海里……那么,他同样可以创造出革命母亲的伟大形象来。

那么现在,你大概可以明白你"不能反映事物本质"的原因了吧。那原因,就是你的思想感情还没有得到真正的改造。

时间短促,恕我们回答得既啰唆又不完全。只供你参考,如有不妥当的地方,我们愿意继续和你讨论,互相学习。

最后,我们诚恳地希望(前几封信里曾反复地这样希望过)你更努力地改造自己的思想和感情。并祝

你好!

一九五〇年一月五日

能把你所讨厌的人写成英雄好汉吗*

……来信及小说《两个张五大爷》已细读过。你既然希望"一个较客观的分析",并希望别人"认真地严肃地给以批评",那么,我也不想讲什么客套,就直截了当地就作品论作品,也许会更有益吧。

你这篇作品所留给我的印象,是主题不明确。我以为,读者读完之后,不能从你的作品中得到什么有益的启发,甚至对某些思想幼稚的读者还可能有一些不良的影响。这一篇作品竟会有如此不好的客观效果,你大概没有意识到吧?造成这种后果的根本原因,是因为你对于你作品中的人物缺乏明确的态度。你爱他们,还是憎恨他们呢?你拥护他们什么,反对他们什么呢?都是非常模糊的。

你到底要通过这篇作品告诉读者什么呢?在你的写作动机上好像是要表现赤贫农民翻身后的思想变化,和他们翻身后的政治觉悟。可是,你在作品中所告诉读者的,却完全不是这样。

比如络腮胡张五吧。据你在作品中介绍,他是个赤贫农民,"生活压得他喘不过气来","苦得简直变成哑巴"的人,土地改革以后,话多了,他"两天说的话,有过去二十年说的多。"你大概为了要表现他"说话多",不知不觉地把他写成了一个常常爱骂人的怪物:"在收麦时候,常会听到络腮胡在一面收麦,一面骂他的老婆和孩子。"你把络腮胡张五写成一个动不动就骂老婆,骂孩子,骂看胜利果实的人,"什么人,都给他得罪了",有时竟至于因为相骂而两口子拿着锅铲打起架来。

我真不明白你这样用力地去写这些,目的是要表现什么?是为了表现他翻身后的

---

* 载1980年6月版《谈写作》。

愉快吗？他这样爱骂人爱骂老婆和孩子，能表现出什么愉快呢？如果不是为了表现愉快，那你到底要表现什么？表现他心里不痛快吗？表现他内心的郁闷吗？但"不痛快"与"郁闷"从何而来呢？作品里又未交代清楚。

从你的主观意图看，好像要写翻身农民的快乐，可是从作品内容所体现出来的，土地改革后的络腮胡张五却变得更爱骂人，两口子吵架的次数更多了。既然如此，你想在作品里表达什么呢？到底是拥护土地改革呢，还是反对土地改革？却是模糊不清的。

特别是写到络腮胡的老婆时，你那种两边摇摆的态度就表现得更加使人诧异：

……吃晚饭时拾当碗筷，他的老婆呱啦他：

"天下找不出你这种冤种！人家不到五十岁，朝五十岁上赖。你呢？自己朝里钻！是蜜罐子啊？到那里得金子银子？……"

络腮胡生气骂起来了："看你妈，呱呱啦啦，像放鞭似的。"

"你没有妈妈，你没有妈妈？我这明到临死，还该你骂哩，你只管去，一家少你也能过。"

"你妈。你少擂×？"

"骂你自己，你还敢？……"络腮胡老婆，三十多年来，第一回敢这样和他讲嘴。她有倚仗了，她参加妇会，胸口也挂了红条子，她感觉络腮胡不敢再打她了。却不料络腮胡已经提着鞋底，走到她的背后，像擂牛一般打下来。她顺手摸起锅铲，不分什么地方，也就砍过来了。恰好锅铲口对着络腮胡的膀子，砍了一寸多长的口子，血淌得像流水一般。

你如此细腻地描写这些，到底是为了说明什么呢？如果照作品中所表现出来的事实看，好像妇女加入了妇会，只会加强"拉尾巴"的勇气，甚至可以"倚仗"它拿锅铲去砍丈夫的手臂。……如果是这样，那么"革命"不是反而更加深了他们家庭的矛盾吗？三十多年络腮胡老婆的不敢"讲嘴"，难道是这个"苦得变成了哑巴"的络腮胡张五的罪过吗？难道她加入妇会的目的就是专门为了对付自己的丈夫吗？

从你写作的企图上来看，你是要歌颂土地改革，歌颂妇会；可是从你作品中所体现出来的，却又好像说土地改革加深了他们两口子之间的矛盾。

既然你在作品中把土地改革的后果表现得这样"可怕",那么你的作品能给读者什么样的启示呢?

在你作品中的贫农,大部分是被你歪曲了的,比如络腮胡的父亲吧,在你的笔下,简直成了一个人性卑劣的流氓。你描写着:

张胡子本来是瘦人,这会儿吃菜吃肿了脸,眼看一家都熬不过春荒。借吧,到什么地方借呢?周围十几里,只有张汉杰(地主)家还大折满小折圆的乌黑洞圩子,想想自己穷到这样,能不能借到……怎么活下去,怎么熬过剩下的这几条命?又想起被张汉杰吊打的一段苦情……张胡子咬牙,要下狠心。

下谁的狠心,下自己孙女的狠心?

……

第二早,许多人围着看死孩子,孩子砍断了一半,骨头还连着,下巴砍下一半,还挂点皮,泥,血,肉糊子,实在太难看了,许多人含着眼泪走了,说:"可怜,孩子……天下哪有这样狠心人!"

……张胡子,叫家里炒焙穰炒面做盘程,请人写份呈子,要到县里去告状,邻居陈大爹硬把他留一步,陈大爹去找张汉杰说:"二老爷啊,你老人家……"张汉杰在客厅中间手叉腰说:"宁塞城门,不塞狗洞,我连一铜边子也没有。"陈大爹哀求说:"二老爷你救救他家的命吧,一个孩子……"张汉杰不等说完,用手指指着老陈爹头顶说:"快去,快叫他到县里告去!"陈大爹只好叹气回来,说:"唉,二阎王真太毒了。"张胡子到县里去告状了。但是衙门不收他的呈子,地主的钱已经花过了。……

我不知道作者把一个受人凌辱、"吃菜肿了脸"的赤贫农写得这样凶残、无赖,到底是为了向读者说明什么!你是反对地主张汉杰呢,还是反对赤贫农张胡子?在你的写作动机上好像是企图歌颂农民翻身,反对封建压迫,可是当你贯注你的情绪去描写你的人物时,就完全忘记了你的写作动机,你真实的思想情绪,就自自然然地流露出来了。在动机上你仿佛是想歌颂农民翻身,可是在作品效果上却是反对农民的。

一个作家的爱恨,流露在作品中总是真实的,如果你在情绪上本来就恨一个人,

你硬要在作品中写得很爱他是办不到的。你在生活中很讨厌的人，硬要在作品里把他写成英雄人物，写成品德高尚的好汉，也是办不到的。

在你的作品里你的爱恨是非常模糊的。读者不明白你到底要拥护什么或反对什么。

但是，一篇文学作品，它一定要明确地告诉读者反对什么和拥护什么，爱什么或恨什么，这是一篇文学作品最起码的要求；否则，文学作品就不会有什么意义。

你如果在生活中被一个人物的行动感动了，而且你觉得这性格很可爱，那么你就有权利把这人物放到各种环境里去考验，不管你的人物经过多少苦难，多少搏斗，但最终你总是要让他有一个光明的未来（哪怕现在还不能实现）。因为这样，你的作品才更能鼓舞读者去仰慕这个人物。可是仅仅写出性格的可爱是没有多少意义的，你必须进一步地去发掘产生这性格的社会根源。如果能够这样，那么读者就会由喜爱这性格和羡慕这人物的光明未来，进而去热爱造成这性格的社会制度和社会风尚。

小二黑与小芹（《小二黑结婚》中的人物）这两个人性格的确很可爱，他们都具有为幸福而奋斗的勇敢性格，但是如果作者最后不写出他们的圆满结果——恋爱胜利；如果作者反而只让他们斗争失败，被人杀死，读者会不会仿效他们去跟封建势力作斗争呢？那就不一定了。因为这悲惨的结果也许会给某些读者浇冷水，也许会打击某些读者的斗争意志。

但是，如果只写出性格，写出性格发展的结果，是否就有巨大的教育意义呢？也不一定，还要写出培育这性格的社会环境，只有写出了这环境是这性格发展的土壤，作品才可能有较深的社会意义。这一来，读者就不仅去爱那性格，同时也会去爱培育这性格的社会制度和社会风气了。

只有这样的作品才能爱憎分明，才能使你喜爱的性格使读者也喜爱，使你憎恨的性格使读者也憎恨。

一个具有爱公物的好品质的人物，你最好让他的性格发展下去，不管经过多少挫折，但最终你要让他得到一个胜利的结局；一个自私自利的人物，也该让性格发展下去，由他去碰壁，碰得越惨，读者所得到的教育就愈深，读者对于造成这可恶性格的社会就会恨得越深。

当然也还有例外的情况，但是如果从造成人物的最后命运上加以分析，我们就会知道：在新社会里虽还有悲剧，但这悲剧却不是源于新的社会制度或新的社会风尚；

而是由于旧的残余势力或意识还未肃清的缘故。

总之,你在处理《两个张五大爷》中的人物时,你的态度是模糊的。说你拥护他们吧,但你把他们的性格却写得很坏,很凶暴,很无赖,很自私,说你是反对他们的凶暴自私的性格吧,但你又把他们放在一个新社会的环境里。这就很难理解了。

以上仅是对你作品重要缺点的分析与意见,此外,如作品的结构、作品中所涉及土地改革政策等等问题,也是值得讨论的。因时间不多,不能在一封信里都说到,请你原谅。而且所谈的,也许还很片面,希望你提出批评。……

一九五〇年一月二十九日,北京

论真人真事和艺术概括*

一

有一位同志来信说："……要有力地写一个人，只能在本人的实有事迹的基础上，加以提高；但本人在什么时候、什么地点，有过什么行动，这'时间''地点'和'事件'不能任意变更或增添，否则，当地的观众（或读者）便会反对。如写某村某劳动英雄，把他去年的事写在今年，把他在那一个地方有过的事写在这一个地方，甚至为写作的方便和有力，给他虚构某些行动和情节，或在他的真事上增添人物，这样一来，某村人看了便会说这个剧是不真实的，结果，损害了作品的效果。这是一部分人的意见。另外一部分人的意见，认为'时间''地点'和'事件'为了情节集中应允许变更，同时，为了丰富人物性格，也可以在真人的基础上补充其他类似的有特征的细节。但经这样加工之后，就不要仍用实有人物的真姓名了。"

这封信提出了两个问题：（一）写真人真事不能写得有一点"走样"，否则，观众就会说你写得不真实；（二）既然改动了事件的时间和地点，或在真人真事上增添了一些东西，仍用实在人物的真名字是否必要？

不久以前，曾有不少同志写过关于真人真事的文章，大家都肯定地说，真人真事可以写，而且还可以把真人真事写得典型。理由是根据实在的人物事件，将其基本特征给以突出的描写，使人物的性格表现得更丰满、更典型。法捷耶夫的《青年近卫军》就是这样写成的。

---

* 载1950年4月23日《人民日报》第五版，本文为1980年2月版《论生活、艺术和真实》收录的版本。

可是，现在我们文艺写作者所遇到的最重要的，而又需要马上解决的问题，却不是如何把真人真事写成典型，而是群众对于加工了的真人真事的作品，会有什么反应。有些人反映：农民观众要求作品中的人物跟实在的人物一模一样，不仅事件的时间地点不容变动，就连生活细节也要求跟实在人物完全一样。这使一些在群众中做文艺工作的同志感到为难，他们说："群众已要求写真人真事不能有一点'走样'，又要求有教育意义，我们真不知怎么写了。"

但是，问题的症结究竟在哪里呢？

二

工农兵群众难道只喜欢描写实在的人物和事件的作品，而排斥一切根据真人真事给以艺术加工的作品吗？这显然不合乎事实。的确在某部队里战士们曾指责过某些写他们本部门的真人真事的作品，认为这些作品是无中生有的捏造；但同时他们却喜爱《海上遭遇》《王秀鸾》等一类根据真人真事又经过艺术加工的作品。据一篇通讯报道：某部机关枪连演出《勤学苦练》，这个剧是写一个战士勤学苦练的情形，写他很虚心，一见别人就问射击要领，经人告诉他之后，他努力背熟了，做得也正确了。但在学习中他遇到什么困难，怎样克服的，他这样勤学苦练建筑在什么思想基础上，都没有表现出来。所以战士们看了之后，说："没意思。"有的还说："谁模范我们都知道，这戏演得还不如平常看到的事情好哩！"

从这些事实说明些什么问题呢？说明了群众并不是排斥一切根据真人真事给以艺术加工的作品，只要想象、集中和概括得合乎情理——合乎现实发展规律，合乎社会环境与人物性格之间的因果关系——群众不仅不会反对，而且将受到他们的欢迎。把生活原本原样地搬上舞台，他们是不会满足的，因为"这样的生活在平日已看够了，何必还要来看戏呢"？劳动群众尤其不喜欢把表面生活搬上舞台。只是描写生活现象，没有更深地把隐藏在生活深处的意义揭示出来的作品，群众是不欢迎的。原因就是这样的作品不能给观众什么启发和教育。

那么，工农兵群众为什么在某些场合，又尖刻地指责一些加入了想象的写真人真事的作品呢？为什么说那些作品不真实呢？一些干部为什么又说这些作品的作者是"客里空"呢？其中当然还有其他原因，但最主要的原因，却是想象得不合理。想象,如果离开了生活基础,离开了人物性格的基本特征,那么,"想象"就会变成杜撰,就不可能真实地反映生活。如果我们因为想象不合理,在作品中歪曲了生活的真实,那么我们还有什么理由责怪群众?还有什么理由说他们"不懂艺术,只喜欢原本原样把真人真事搬上舞台"呢?

如果作品深刻地表现了生活,真实地表现了人物性格,而又深刻地表现了形成性格的历史的社会的原因,群众就不会在外表的生活细节上去斤斤计较。否则,如果生活反映得很表面,作品又没有较深刻的内容去吸引观众,那么观众必然在细节上追求外表的真实。记得有一个剧本,写的是真人真事;但由于写的尽是生活现象,没有什么思想内容,结果熟悉这真事的观众在说了"没意思"之后,就在外表的细节上追求起真实来了,他们说:"我晓得的,那间房子哪里像戏里的这样高呢?"可是,熟悉王秀鸾的农民观众,看了《王秀鸾》一剧之后,明明知道戏上演的未必尽同王秀鸾本人一模一样,但因王秀鸾的性格特征被深刻地表现(甚至夸张)出来,因而观众不仅不去计较那些细节是否实有,反而说:"王秀鸾就是这样勤劳!"

由此可见,根据真人真事经过艺术加工的作品,群众并不一概反对;问题要看作者如何去概括,去加工。如果想象、夸张得合理,生活又反映得很真实深刻,群众是不会有什么非议的。但如果想象得不合理,而被描写的生活又仅仅是表面的,那么,不管你所写的是真人真事也罢,不是真人真事也罢,群众都有理由说你的作品是不真实的。

三

那么,为了使作者所要表现的性格鲜明突出,将实在的分散的事件加以适当的集中,使分散的事件围绕着主要的斗争加以构思,是否容许呢?我认为应该容许的。因为只有这样,才可能更好地去完成主题,才可能把人物的个性和品质表现得更典型、更真实、更有说服力。

也许有人问:"既然允许在真人真事的基础上加以集中和概括,那么在作品中是否有必要仍然用真人的名字呢?"要回答这问题,必须看具体的情况。如果你所描写的真人确已具有英雄所必具的特性与品德,为了使这特性与品质表现得很完全、很真实,而把分散的现象加以集中,并且仍用真人的名字,我想也是可以的。只要能够深刻地真实地写出这英雄的性格特征,事件的时间与地点的变更,群众大概不会提出什么异议的。但如果你的描写对象,实际上并非完全具备英雄品德的人;在写作时,作者为了使这人物性格写得更理想更完全,把平时观察到、感受到的许多富有特征的现象,概括在这个人物身上,这应当是许可的;可是如果作品中的人物还用原有人物的名字,群众就会说你杜撰了。

因此,我有这样的理解:如果你所描写的"真人"确已具有崇高的革命品格,这品格的确高于一般的人,那么,只要忠实地写出这个人的性格,并写出形成这性格的特定环境,就可能成为一个富有典型意义的人物。这样的作品,虽然用真实人物的名字,但不管在当地或其他地区,它都经得起考验,都会收到它应有的教育效果的。但如果你的描写对象还没有英雄所具有的完整的性格,只是由于这"真人"某一行动的触发,使作者脑海里浮现了许多其他类似的英雄的印象;这些印象深深地感动着作者,然后经过相当时间的孕育,逐渐培养成一个较完整的英雄形象;这时候,作者还有什么必要拘泥于真人真事?为什么不把自己再三经验过又感动过的许多新品质的因素,加以艺术的概括,塑造更完全、更理想、更真实的人物形象呢?

四

延安文艺座谈会以后,为反对向天花板虚构生活,写真人真事的作品多起来了,这些作品的确起过它积极的教育人民的作用。在游击战争的环境里,在连队或区村等一定范围内,借真人真事来作示范或传播经验教训,鼓舞战斗或生产情绪,这是不容抹杀的成绩。其次,真人真事的写作方法,对于那些一向不了解劳动群众、不了解劳动生活的作者,也是很有好处的,只要你忠实地去描写"真人真事",无论如何总比坐在"亭子间"里"闭门造车"所写出来的作品,要有更多的生活实感。一个一向不了解劳动群众和劳动生活的作者,由写真人真事入手去逐渐理解劳动生活和战斗生活,一直到今天仍然有它实际意义。

但是如果总是停留在刻板摹写"真人真事"上,不从现有的基础上跨进一步,作品就很难获得较深的思想内容。我们认为像现在所流行的真人真事的写作方法(要求刻板的、一点不走样的摹写方法),只会使作品陷入自然主义的泥坑。这样的写作方法是有局限性与片面性的,它限制了更广泛的生活与经验的表现;如果再加上某些作者不善于本质地理解生活,不善于从特殊的人物事件中看出一般的意义;只满足于生活现象的记录;或满足于照相式地记录生活现象;那么,这样写出来的作品顶多只能反映一些局部情况,反映一些局部问题。当然,这类作品在当时当地,还不能说毫无意义;可是对广大地区的群众来说,它的意义就不大了。

以真人真事为"模特儿"的作品不是不可以提高,问题要看你如何去写。当然,这里首先应解决的问题,是作者的思想水平的问题;如果这问题不解决,不管你刻板地写真人真事也罢,或概括各种特征现象在一个人物身上也罢,都不能使作品获得较深刻的思想内容。

一九五〇年四月一日于北京

应当写出与人物言行相适应的性格*

××同志：

短篇小说《祖国在等着你》，已读过。你想创造一个完美的、具有阶级觉悟与高度爱国主义热忱的女工形象，这意图是极好的。现实生活的确在这方面给作家提供了丰富的生动的素材；这说明塑造一个较完美的正面人物，是完全可能的，而且一定能够做好的。

但是，应该直率地指出，你在《祖国在等着你》这作品中所描写的女工张桂芳，却是不够真实的。虽然你主观上想把她写成一个足以作为榜样的人物，然而你的作品，却完全不能起到这样的作用。

现在，暂且不谈你作品中的情节是否发展得合理，只要简要地分析一下你这篇作品的主人公张桂芳，就足以说明这篇作品的生活内容是多么空虚，主题是多么无力了。

张桂芳，本来是一个普通的家庭妇女，从她丈夫李庆选参加志愿军到朝鲜之后，她才开始到一间机器厂去做车工学徒。然而作品中的张桂芳却使人觉得奇怪，仿佛她从来就是一个政治上成熟的人物，她不仅在参加工作之后，一张嘴就是一口具有原则性的大道理，即在过普通的家庭生活时，似乎也是如此。在张桂芳的整个精神生活中，仿佛除了爱国和支援前线等观念之外，旁的什么也不存在了。好像一年三百六十天，她头脑里天天只转着这一两个政治观念，好像一天二十四小时，她头脑里每小时都只转着这一两个政治观念似的。

你这样写着：当张桂芳想起自己的丈夫时，她想道："我是最可爱的人的妻子，

---

* 载1954年10月《西南文艺》。

我应该是妇女们的榜样……胜利了，团圆了，我有资格站在他面前说：这几年我没有白过，我为祖国出了力，为前线出了力！"当她的丈夫在前线失踪的消息传来时，她心里有些不安，但她马上想："和平是用鲜血换来的，打仗就得死人，为什么别人的丈夫可以牺牲，自己的丈夫就不可以牺牲呢？就想想朝鲜吧，多少朝鲜人的妻子失去了丈夫？多少朝鲜人的儿童没有了母亲？但朝鲜人民还在战斗，活着的，就得好好活下去！庆选的死是光荣的，全世界爱好和平的人民都会把他记在心里，他是千万个烈士中的一个。"但当她最后得悉她的丈夫只受了伤，并没有死，而和她丈夫一起完成任务的另一个志愿军战士却当场牺牲了时，她想道："为什么两人不能全活着呢？牺牲的那个同志叫什么名字？……"当奶奶主张把她的奖品寄给她丈夫时，她马上反对："不，为什么单单寄给她（指她的小女孩——引用者注）爸爸呢？保卫祖国幸福的不是庆选一个人！"当她劝说一个骂老婆的工友时，她就说："你自个儿一点也不嫌害臊，在工厂里做错事情，回家来拿病人出气！前线上流血牺牲，你用什么来支援？用出废品来支援吗？用虐待妇女来支援吗？"等等。

我们引录这些章节，要说明的有两点：（一）并不是想说："除了这些之外，张桂芳再也没有做过或想过旁的什么。"不是的。张桂芳曾想到体贴奶奶，曾疼爱她的孩子，曾为她的丈夫的牺牲而难过，曾调解工友的家庭纠纷。……但为什么这些描写不能弥补你的作品的生活内容贫乏呢？为什么我们仍然认为你的人物是概念化的呢？问题不在于你写了多少生活现象，问题在于你把人物简单化了；把他们丰富的精神面貌简化为一两个抽象的概念；而且你又用这一两个概念"人为地"去解决你的人物所遇到的一切矛盾。（二）我们引录这些章节，也并不等于说："作品中的人物根本不应该说（或想）这样的大道理。"问题在于你的人物能否说出这样的大道理。

一篇文学作品如果只是把人物的活动罗列一番，它是不能教育读者的。必须描写人物怎样去活动，什么内在的东西支持他去活动，也就是说，必须写出什么样的具体的历史环境形成了人物什么样的思想感情，而这思想感情又怎样使他做出什么样的事情和说出什么样的话。只有这样，人物才可能写得真实，社会的真实面貌才可能通过人物之间的关系的描写反映出来。

如果不是这样，而仅仅罗列了人物的许多"伟大的"言行，那么，这些言行，就可能变成与人物的精神面貌相游离的、难以理解的东西。读者对于这样的作品，顶多只能看到人物在做什么，而看不到他们为什么要这样做。因而，虽然作者让他的人物做出许多"英雄壮举",但读者却不能向他们学习到什么。

不写出人物的性格,不写出人物的伟大的思想感情,人物的伟大言行,怎能使人理解呢?对于这样的作品,读者至多(注意:我是说至多)只能从表面上模仿人物曾经做过的具体行动,但却不能在品质上、思想上得到任何启发。

你的短篇《祖国在等着你》的缺点,其性质正和上述情形相似。你只写了人物做了些什么,却没有写出他为什么要这样做;你只赋予人物以富有原则性的言谈,但你却没有写出与这言谈相适应的性格;你没有把爱国主义、支援前线等精神具体地贯注在张桂芳的思想感情之中,而仅仅让这些词句挂在她的嘴边。现在,不妨退一步说,即使生活中确有这样的人与这样的言谈(如张桂芳所表现的那样),但如果不在作品中具体地生动地描写出这特有的性格,读者还是不会相信是真实的。

实际上,根据你作品中所描写的张桂芳,她还不可能处处从原则出发去处理问题。1950年秋天,她还是一个家庭妇女,后来她虽然到了机器厂去做车工学徒,但一直到作品结尾,总共也不过两年左右的时间。当然,参加革命时间的长短,并不足以衡量一个人觉悟程度的高低。可是,在作品中,你并没有说明张桂芳这样迅速提高了阶级觉悟的特殊情况。你只给她作了一般的介绍:"十岁上,她就失去父亲了,是母亲拨着针线头把她照管大的。她没有上过几天学,新中国成立后才又重新参加了妇女学习班,派出所同志看她心眼强,便吸收她来搞街道工作。""刚结婚的时候,她还多么嫩弱呵!她只不过是一根幼苗,没有经过多少风吹雨打。"她是1950年秋天与丈夫分别的,"在分别的最初几个月,张桂芳感觉失去了依靠,特别到礼拜天,便像少点什么。这很自然,因为她还缺少锻炼呀。"从这些情况看来,可见张桂芳是"嫩弱"的,"缺少锻炼"的,阶级觉悟也是不高的。以后怎样呢?你就介绍得更加抽象了:"不久,她就找到依靠了,这依靠是组织,是青年团,是党。从此,她不再是一根幼苗了,长大了,茁实了,枝叶茂盛了。""在政治上,她也没有辜负远方(指在朝鲜前线的丈夫——引用者注)的期望。春去秋来,到1952年北方落下第一片黄叶,她不仅是一个青年团员,而且光荣地被批准入党了。""这女同志在技术上钻研是惊人的,一年半以后,人们都跷大拇指,说她是可以抵上三四级的工匠。"——这就是你对于你的主人公的进步情况的介绍。显然,仅仅像你所介绍的那样的张桂芳,还是抽象的、无血肉的、无心灵的"人物"。譬如她的主要性格,她的精神面貌以及她的思想、感情、爱好等等,读者却一点也不知道。既然这样,那么,你所赋给她的"英雄行径"以及极富原则意义的谈吐，怎么能不落空呢？由于张桂芳的"伟大"的言行，并没有真实的伟大的性格做基础，因而，读者对于她的"伟大"的言行，就不可能信服，当然更不会被感动了。

既然你的主人公被写得如此概念化，如此不真实，那么尽管你赋予她比现在还要多的行动，也是没有用处的。前面已经说过，如果人物的精神面貌没有被表现出来，所谓"行动"，就会变成不可捉摸的东西。——这样的行动，实际上不是人物的意志、愿望的表现，而是作者为了表达某种观念而强加在"人物"身上的东西。这种"东西"，有时在对话中被表现为"高谈阔论"——即不切合人物身份的"空谈"；有时在人物行动中，被表现为"奇迹"——即与人物性格不相干的所谓"英雄壮举"。这两种表现，都是作者主观的产物，都会使人物陷入概念化的泥沼。

既然这样，你的人物如何能引起读者的共鸣共感，进而启发读者向你的人物学习呢？

你的作品之所以不能达到你所预期的效果，主要是由于你没有真实地写出人物的精神面貌，更没有写出与人物的精神面貌相适应的言行的真实状态。

应该承认，你所选择的主题是好的，企图塑造一个足以作为榜样的女工形象也是合理的；但是如果你不能把这意图体现在具有个性化的、真实的形象里面，这种正当的意图，就必然会落空。

从你这篇作品所存在的缺点看来，我们认为你对于生活还是不深入的。工厂生活的一般情况，你是知道一些的，但你对于工人的精神面貌——他们的思想、感情、爱好等，却很少探索，理解得太不够了。因此，你只能根据事件去写作，或者根据某种观念去写作，即根据某种观念去组织你所接触到的生活现象。（而不是站在时代最先进的立场，从现实生活中去认识人与人的关系以及人们的精神面貌，体认生活真理，并从中提炼主题，进行创作。）由于这样，你当然就无法写出有血肉、有心灵的人物了。

我曾仔细地读了你的作品，认为你是有些表现能力的，可是现在你却走在歧路上。我的看法不知你同意否？希望这点粗浅的意见能对你今后的创作有些微的帮助，并祝你好。……

一九五三年四月，北京

作品为什么和它所歌颂的真人的生平不完全一样*

问：根据真人真事写成的作品，为什么与所描写的人物的生平历史有出入？这样的人物为什么不应以原人的名字命名？

答：在回答你的问题之前，请允许我简单地谈一谈艺术形象的一般意义和它的特性。因为如果对艺术形象这个概念先有一个轮廓的认识，那么，回答你所提出来的问题，就会有许多方便。

作家创造形象的目的，是教育人民。杰出的艺术形象，不是从生活中某一个实有人物"摹写"下来，而是作家根据现实生活中存在的许多典型现象和事实，加以高度艺术概括的结果。也就是说，作家按照他自己的理想和美学观点把他在现实生活中所感受到的分散的、零星的，但是有着共同特征的典型现象和事实，用艺术方法概括成为有个性的、有血肉的、有心灵的人物形象。为了使形象表现得更真实和更有感染力量，作家还把一些次要的和不足以显示本质特征的事实和现象抛弃掉，把能显示本质特征的典型事实和现象，加以突出、强调——加深和加浓。

这样说，你可能还不能完全明白我的意思，举个例子来说吧，譬如鲁迅先生所创造的艺术形象——阿Q，绝不是现实生活中有一个完全像阿Q这样的人，而是鲁迅先生在现实生活中接触过许多像阿Q身上所表现的那些现象，然后作者根据自己的看法把那些零星的分散的现象加以概括，创造了这个具有一般意义又有独特个性的形象。作者描写人物当然是有目的的，有爱憎的；为了达到他的爱憎的目的，他把一些他认为应当加强的特征加以渲染，加以扩大；把一些他认为不重要的现象抛掉。

作家为什么这样做呢？其目的不外是想把人们还没有普遍意识到的，或者只感觉

---

* 载1955年9月8日《文艺学习》第九期。本文为1984年4月版《萧殷自选集》收录的版本。

到，但还没有明确认识的现象，或者把那些大家都已看惯了的，但还不十分明了其意义的现象，集中地突出地揭示出来，使人们借艺术形象的帮助，能更明确、更深刻地认识这些现象的实质；唤起人们去爱它或者去恨它；进而去拥护或者推翻造成它的社会制度。

在阿Q这个艺术形象问世之前，人们对于"精神胜利"的现象大概也会感觉到的，思想水平较高的人可能还会对这些现象皱眉；可是大部分人对这种现象却是"熟视无睹"的，就是说，人们虽然看见它，但不太去思考它；人们虽然感觉到它，但对它的实质却没有明确的认识。《阿Q正传》问世之后，情形就不同了。由于鲁迅先生把这些现象的特征集中地概括在阿Q身上，使这类现象的实质完全暴露出来，而且更加鲜明突出了。人们接触了这艺术形象之后，使人们本来只是朦胧地感觉到的现象，现在得到形象的帮助，其性质，其形态以及它的害处，便一目了然了。

英雄形象的意义，也是如此。它把现实生活中人们所习以为常的先进事物的特征，集中地概括在一个人物身上。这样的艺术形象，不仅能激起人们去爱戴英雄人物，而且也能帮助人们更清楚地去认识现实生活中各种萌芽状态的先进事物。

* * *

上述的说法，如果你认为还有点道理的话，那么你就能进一步知道：那些以某一实有人物和实有事实为基础写成的作品，为什么容许与"这个"人的生平历史有出入的道理了。

现实生活中某一个实有的人，虽然他的主要特征是具有典型性，但并不是他生平历史中每一件事实都是典型的。作家虽然选择他作为艺术形象的"模子"，但却没有必要把他生平中每一件事实都毫不遗漏地在作品中表现出来。前面已经说过，作家在创造形象时，是有目的和有主张的。为了达到他"拥护什么和反对什么，扶植什么和破坏什么"的目的，他必须在那个作为"模子"的人物身上选择他认为有突出意义的、有典型特征的东西来描写。为了把典型特征鲜明地揭示出来，作家不仅可以在典型特征的程度上加强它的广度；而且在典型特征的质量上也可以加强它的深度。为了同样的理由，作家当然可以把一切非本质的、非典型的现象和方面完全抛弃。

这样做是为了什么呢？是为了更真实更典型地反映生活。经过这样"去粗取精、去伪存真、由此及彼、由表及里"的深化过程所创造出来的形象，会有更深刻的社会内容和历史内容。

既然这样,那么作品中的事实不完全像"模特儿"的生平事实有什么关系呢?从教育意义上来看,这种"不一致"又有什么损害呢?

艺术形象虽然常常有它的"模特儿",艺术形象的主要性格虽然也常常与"模特儿"的主要特征相仿;但是作为艺术形象来看,这种"相仿"或"不相仿",都是不重要的。作家固然应当热情地去歌颂某些实有的英雄人物,将他们的生平事迹写成传记小说,但作家更主要的使命,不是刻板地"照抄"某个具体人的生平事实;而是集中、提炼现实生活中某些典型现象,创造出典型形象以教育人民。

为了塑造更完整、更生动的形象,作家常常不能满足某一个实有人物的性格。尽管"这个人"已具有一定的典型性,但是作为艺术形象来看,它所包含的社会内容与表现生活深刻的程度,显然还不是最高和最完善的。革命现实主义要求作家把生活最典型的方面,给以巨大的广泛的概括。一个作家固然应当对某一个实有性格(假如这性格很典型)进行高度的概括;同时,也应当以全力去概括现实中广泛存在的或正在萌芽生长的典型现象。把具有共同特征的典型现象加以概括,造成形象,会给读者更深刻的教育。因为它能更典型、更理想地反映现实生活的本质和规律性。

一个人的性格是难免会有些局限性的。譬如工人某甲曾突破了一次生产纪录,对国家有了不小的贡献,也引起广大人民普遍的尊敬;在平日工作中,他也很积极;可是有时他还流露出一种旧社会所留下的"行会"思想和作风。假如一篇以工人某甲为"模特儿"的作品,完全局限于他本人的事实和特征,而排斥生活中富有特征的典型现象和事实更广泛的概括,那么,这部作品会得到什么结果呢?可以断言,造成这种事迹的典型环境,将无法充分地表现出来。这说明只描写一个实有人物的特征,是有局限性的,它不能把更多属于这类典型现象的特征突显出来。如果作家在某甲的性格的基础上,概括进生活中大量存在的或刚刚萌芽的工人的先进特征,使形象获得更深厚的思想内容,包括更广泛的典型特征,不是对读者有更深刻的教育意义吗?

既然概括一些人的典型特征比概括一个人的典型特征能创造更真实更典型的形象,对读者又能给以更深刻的教育,那么作家为什么一定要拘泥于真人真事的刻板的描绘呢?

如果我们承认作家有广泛概括典型现象的权利,又承认艺术的特性要求作家必须作广泛的概括;那么,当作家在"模特儿"身上概括进更多的典型特征,创造出一个更完整更真实的艺术形象时，还要求这个崭新的艺术形象用"模特儿"的名字，这有什么必要呢？

问：为什么要写传记小说？有些传记小说是用真名的，为什么其中有些地方也与人物的历史不完全相同？这样是否符合生活真实？

答：按照上面的说法，是不是传记小说就不必去写呢？不。正相反，文学写作者不仅应当重视概括典型现象，创造典型人物；同时也应当重视描写实有的英雄人物及其事迹。只要能鼓舞读者前进、提高读者觉悟的，我们都应当去做。有好些传记小说，如《真正的人》《普通一兵》《钢铁是怎样炼成的》《海鸥》等，都曾教育过千千万万的读者，它们不仅提高了读者的社会主义的道德品质，而且进而激励读者去行动。如果有人不正视这些传记小说良好的教育效果，甚或轻视写作传记小说，都是不对的。只有脱离政治和脱离群众的人，才会抹杀传记小说对读者巨大的教育作用。

下面我来回答你提出的关于写法的问题。

传记小说，是以真正的事实为依据的，即以主人公主要的生平事实为依据的。作家如果离开了主人公的实在的事实，离开了主人公的基本性格，那么，不管他把人物写得如何生动，但对被传记的人来说，首先已把他的生平事迹歪曲了（至少是"走样"了）。既然是传记小说，就一定要忠实于"被传记者"的生平事迹的本来面貌。

可是却不能由此得出结论说：传记小说中的任何一个细节都必须完全和主人公的生平事实一模一样。

作家选择某一个历史人物作为描写对象，主要目的并不是记述他的生平事实，而是在他的历史生平中看出一股巨大的精神力量，看出他对祖国对社会有过重大的贡献；作家首先被这股精神力量打动了，接着是景仰他，崇拜他，进而产生了一种要表现他、唤起人们向他学习的欲望。

因此，当作家进行创作时，就不能不在主人公的生平事实中加以挑选。为了突出地揭示主人公曾经显示过的精神力量，作家不仅有权利选择主人公生平中最能表现其英雄性格特征的事实，抛弃一切可能模糊或降低形象积极意义的东西；同时也有在重大事实的基础上加以适当加深加浓的权利。

这是应该的，也是艺术家所必需的方法。加深加浓的目的不是为了别的，而是使主人公原有的典型特征更加明朗、更加鲜明和更加深刻。

那么，这样做是不是符合"艺术应忠于生活真实"的原则呢？我想是符合的。

因为所谓生活真实,是指与生活本质相一致的事实,它与"实有的生活现象",在概念上是不同的。有人把这两者混淆起来,以为生活真实就是实有的现象;认为生活中存在的一切现象——不管它能不能反映本质的特性——都是生活真实。这种看法显然是不正确的。

只有当作家经过对生活现象的研究,找出它们的实质、联系、规律之后,才算真正地掌握了生活的真实。作家所以必须对他的描写对象进行深化、概括、想象、夸张,目的也是为了创造更真实的活生生的形象。

一九五五年一月于北京

人物和作者的爱憎*

（来信摘要）："……我写了一篇习作，是照着我身边一个工友的实在样子写成的（现一起寄给你）；但是，编辑同志看过之后，却说我对这人物写得很模糊，看不出我对这人物是爱是憎。其实，在生活中这样的人很多，他们既有优点，也有缺点；我对于这样的人，有尊敬，但也有不满。我照样地写了出来，为什么说我写得模糊？编辑同志是不是要我把人物写成毫无缺点，才算不模糊呢？我不太明白……"

……你的作品我已读过。它比较有生活气息，其中某些个别的场景与细节，我觉得写得也很真实。看得出来，你在构思题材时，不像有些同志那样：从概念出发，只考虑如何去表达某些概念，你不是这样；而是更多地考虑到如何才能把生活中真实的东西反映到作品里去。你能从生活出发，这倾向是好的。但是，当读者读完了你这篇作品之后，却使人感到失望。读者不能从作品中得到什么启发，也不明白作者描写这样的一个人物的目的是什么。你赞扬了他的优点，同时也揭发了他的弱点；你热情地歌颂了他的好处，也怀着憎恶的心情揭露了他的缺点；几乎是各占一半，使人摸不清你到底是要歌颂他，还是要批判他。正像那个给你提意见的编辑同志所指出的：对这一人物写得很模糊，看不出作者对人物是爱还是憎。

但是，从来信看，你似乎还没有接纳那位编辑同志的意见，你的理由是："在生活中这样的人很多，他们既有优点，也有缺点。"不错，在现实生活中这样的人的确很多，这是没有人能提出异议的，也无须提出异议的。其实，问题不在这里。

你只要再想一想，问题也许就能弄明白的，譬如说，你写作是为了什么？你也许

---

* 载1984年4月版《萧殷自选集》。

可以不假思索地回答我:"是教育人民嘛。"对的。那么我现在再进一步问你:"在你这篇作品里,你打算拿什么来教育人民呢?"也许你就很难具体地回答了。

一个文学写作者去描写生活,并不能像一位人体学挂图的作者那样,可以冷漠地毫不动情地去描写人和人的活动。文学作者应当怀着强烈的爱憎去描写生活;就是说,作者应当通过他自己的熔炉——世界观、社会观和美学观——去熔化他所接触过的、感受过的生活,把现实中某些能够抒发自己观点的,或者是感动了自己的现象,加以强调,加以突出描写,使之更鲜明和更动人;为了这样的目的,写作者有权利把另一些比较不重要的,或者被认为意义较小的现象抛弃掉。这就说明,作者在选择题材时,是不能与作者的爱憎游离开来的;他不仅可以强调一些什么和突出一些什么;也可以忘却一些什么和删除一些什么。如果所强调和所突出的确是现实生活中富有特征的典型现象,而作者又是以一种与客观事物发展趋势相一致的思想感情来作为熔炉,那么,我相信,经过这样选择、熔化、概括和表现出来的情节和人物,不仅能真实地反映了生活面貌,同时也体现了作者的爱憎。

我们一直到现在,还找不出一部"既无爱,也无憎"的"文学巨著"。如果作者对于他所描写的人物,毫无爱憎,那么我敢说,他不可能写出动人的作品,也不可能写出有教育意义的作品。

我这样说,你也许会不同意:"我在作品里,并不是没有爱憎感情呀!写人物的优点,就是出于我对他的尊敬;写人物的缺点,就是出于我对他的不满。"既然这样,那么,你打算通过你的作品给读者一些什么呢?让读者去爱你的人物呢,还是让读者去憎恨你的人物?或者让读者对你的人物又爱又憎呢?如果作品既不能引起读者的爱,也不能激起读者的恨,或者只引起读者又爱又憎的感情,那么,这样的作品能说明什么呢?它能揭示出什么样的生活真理来呢?

除了给人一种模糊的感觉之外,我看,这样的作品什么真理也很难揭示出来。我不想给你浇冷水,可是,你这篇作品的情况,却恰恰就是这样。这是值得你注意的。

那么,是不是说:写一个好人,必须各方面——从道德品质、政治倾向以至于待人接物——都写得很好;写一个坏人,必须各方面都写得很坏;不许在好人身上残留一点瑕疵,也不许在坏人身上保留一点"人味";才能鲜明地表现作者的爱憎呢?不!不!我不是这样的意思!我只是反对那种对人物模棱两可的态度;反对那种对人物写得既不可爱也不可恨的客观主义的做法。

实际上，在现实生活中，人常常不是那么"纯化"的；也即是说，在好人身上也可能掺杂着一些瑕疵，在思想极其落后的人身上也可能还保留着某些作风上的优点；问题是，一个文学写作者面对着这样复杂的情况，是否能辨别哪是性格的主要方面，哪是性格的次要方面。

如果不分主次，一视同仁，对其优点和缺点平均用笔，结果，作者的态度必然模糊。

在生活中，当我们与人们接触时，我们虽然接触到人们的各方面，接触到使人喜欢的方面，也接触到使人皱眉的方面；但如果细细观察，我们一定可以看出有一方面是主要的，继续发展着的；另一方面，却是次要的。毫无疑问，我们应当抓着他的性格中主要的、继续发展的方面，加以集中突出描写；对于次要方面，只能轻轻带过，至多，只能用较淡的笔触去描写它。

更何况当我们构思人物时，并不局限在某一个实有人物身上的特征。在通常的情况下，作者总是把许多从别人身上感受到的特征概括到"模特儿"的身上；也就是说，当作者在某个实有的人身上发现了他感兴趣的、具有典型意义的特征时，作者常常不满足这个人物身上的这点特征的；为了使这特征更鲜明突出，作者惯于把平常感受到的，能突出地表现这特征的印象和想法，在人物个性与年龄特征允许的前提下加以集中概括，创造出比"模特儿"更高的更完整的人物形象。

很难设想，在作者对人物缺乏强烈爱憎的情况下，他能创造出有生命的完整的人物形象。同样很难设想，在作者对人物的性格缺乏认识，连主要和次要方面都闹不清时，他能够塑造出鲜明的人物形象。这肯定是不可能的。

你的情况，我以为也是这样。从你的作品中看得出来，你对于人物是缺乏鲜明的爱憎的，对于人物性格的好的方面与不好的方面，也没有分清哪是主要的和哪是次要的；请你想想吧，在这样的情况下，你怎么能够突出地写出性格的主要特征，又怎么能够更广泛地去概括这类富有特征的典型现象呢？

所以，我认为，在一个先进人物身上夹杂着某些缺点，或在一个落后人物身上夹杂着某些好的东西，都是不足为奇的；主要的问题在于作者是否对某个性格加以确定。就是说，写作者必须有明确的判断：是爱他为主呢，还是恨他为主？只有明确了这一点，写作者的态度，才可能鲜明起来。如果对性格有了确定的态度，那么，即使作者在一个先进人物身上写了"缺点"，或者在一个落后人物身上写了一些"优点"，绝不会因此而模糊了作者的态度，假如作者能把性格的主要方面写得很生动和很真实的话。

当然，也不能由此得出结论，认为"凡写好人都必须写缺点"，不能这样理解问题，也不应当这样理解问题。

每一个阶级都有它自己的政治理想，为实现这理想，每个阶级都希望有自己理想的人物。这是不难理解的。文学既然担负着表达阶级的愿望和意志的任务，它自然有责任塑造出值得做别人效仿对象的艺术形象。如果作者在现实生活中对正面的富有特质的典型现象，有着丰富的感受和饱满的生活激情，并且又有一种表现这种激情的强烈愿望，那么，作者当然有权抛开他认为次要的东西——即前进途中所产生的缺点——而将曾多次感动过他，使他热爱的典型现象——即正面的典型特征的现象——加以集中概括，加深和加浓，以创造出具有高尚精神品质的更完整的形象。

在这种情况下，有什么必要非同时写缺点不可呢？

在这里，我必须赶紧说明一下，所谓理想人物，与凭空想象出来的"神化人物"是截然不同的。它应当是现实生活中典型现象的高度概括，这种典型现象，也许是现实生活中大量存在的，也许是刚刚萌芽、现在还占少数的，但不管怎样，它们总是现实生活中存在着，发展着的。很难设想，一个写作者在完全忽视现实生活中的典型现象的情况下，他能够创造出有说服力的、有丰富生活内容和社会内容的"理想人物"。

这封信，就写到这里吧。不知它是否能对你有微小的启发？……

一九五七年二月于北京

图解政策只会导致作品概念化*

××同志：

你的小说《老猪倌的悲哀》已粗粗读了一遍。由于你这篇稿件写得太拖沓（两万多字），而医生又不允许我多看书稿，不可能仔细地再读第二遍了。现在只能把读后一点粗浅的感想告诉你，仅供你参考。

当你构思这篇作品时，你大概是想指明政策不断改变会严重影响养猪事业，不仅养猪户得不到应有的受益，并将直接影响市场肉食的供应。——这个想法无疑是正确的，也是可以通过文艺作品来反映的。

可是如何反映呢？通过什么来体现这种想法呢？是不是像你在这篇作品中所表现的那样，把几家人自新中国成立后的养猪历程——他们在养猪中所经受的各种变化和波折，以及他们所尝到的甜头和苦头，一股脑儿叙写下来呢？很明显，你是想通过这些叙述和描写，来阐明养猪政策不能变化无常；常变，不仅不利于养猪事业的发展，而且也会使群众遭受重大的损失；并且你最后还把政策常变的责任归咎到地区（市）一级起草政策条文的人的身上，还意味深长地在作品结尾忠告这些条文执笔人："要体会体会笔头的重量！"

你在叙写这些事情的过程中，也写到"四人帮"以他们所捏造的"唯生产力论"来破坏养猪，并使养猪户受到折磨和侮辱；但其中更多的却是关于技术和政策问题的叙述。你仿佛什么都写到了，但是政策常变的原因在哪里？你却始终没有找到，反而简单地把这个责任搁到政策条文执笔人的肩上，而且还搁到中层领导机构的人肩上，

---

* 载1978年8月15日《作品》八月号，署名肖殷。本文为1981年12月版《给文学青年》收录的版本。

怎能不落空呢？

这篇作品写得这样概念化，这样毫无生活气息，一方面说明你对这方面的生活很不熟悉，不仅未摸清问题的实质，甚至连这方面的生活细节和场景也极其陌生；只是从"政策不能常变"这个概念出发去铺排事情的过程，在其中，虽然你也煞费苦心地穿插了一些"情节"，但由于技术性太强，而且又偏重于政策问题的阐述，因而，作品中的所谓"情节"，完全是抽象的、极其一般的，好像报纸曾出现过多次、人们早已听厌了的一些"街谈巷议"；既没有什么矛盾冲突的逻辑性，也没有如亲临其境似的、栩栩如生的生活情景。更主要的原因，是你笔下的"人物"，除了一股犟脾气和一套养猪口诀之外，既没有他们自己的性格，也没有他们自己的思想和感情。除了作者派遣他们做些什么和说些什么之外，他们自己好像没有独立行动的能力，他们甚至对周围环境、对一切与之交往，以及与之对立的对手，都好像没有什么反应：因为出现在作品中的他们的言谈和行动，仿佛是完全不受外界影响的。

人物既然这样，那么由这些"人物"的关系、矛盾和斗争所构成的"情节"，还能有什么生活气息？还有什么真情实感可言呢？而这些"情节"的发生和发展，哪里还谈得上什么逻辑性和合乎情理呢？由这样的"情节"所传达出来的概念，除了干巴巴的说教之外，还能企望它有什么艺术感染力和思想说服力呢？

姑且不谈"政策常变"的真正原因是什么，单就你所要表达的思想来说，用你现在这种表现方法，显然是不可能收到预期效果的。

艺术的方法，不能从一般到一般，不能从抽象到抽象；而应当通过个别性去反映普遍性，通过特殊性去反映一般性，也就是通过个别形态去反映共同的本质或规律。只要你从现实生活出发，从丰富多彩的生活源泉中去汲取素材，你就会明白：无论是人或事，都是各有各的个别形态、个别特征和个别色彩的。就是在一个具有同样基础和条件的集团（阶级、阶层、部门……）内，其中的每个人或每样事，无论从内容到形式，也不可能是相同的。在这个集团内的人们，他们之间确有他们的共同特征，但他们每个人由于境遇不同、生活方式不同或经历不同等等，都表现出各不相同的性格和个性。事件也是如此，在这个特定条件下，这桩事和那桩事可能反映着某种共同的本质特征和规律性，但由于参与的人的性格各异，所处的具体环境和具体条件等等的不同，因而事件的发生、发展，无论其过程，其形式，都不可能是相同的。社会生活是千变万化、千姿百态的。我们在生活中所接触到的人和事，就是这样丰富多彩，这样变化无常，这样具体生动的。只要作者深入生活实践中去，对某些你认为有必要向读者宣扬的人和事，经过认真的体验、观察，那么，你就会发现每个"个别"都包含着其集团的共同的本质特征；而集团的本质特征也没有不通过个别形态表现出来的。只有这样通过具体的感性形态表现出来的本质特征（或规律性），人们才能见到、听到或感觉到。也只有被人们的感官接触到了，这事物才有可能使人们为之感动。

说到这里，你的《老猪倌的悲哀》为什么没有合情合理的情节，为什么没有发掘出事物的本质（"政策常变"的原因），为什么你的人物没有生命、没有独立自主的能力……都可以在这里找到答案了：主要是由于你脱离了生活，只从一点肤浅的政策常识出发去进行图解，并依靠这来铺排事件，而且你似乎还迷信抽象的说教，并着力从技术上和政策上去进行说服工作；却忽视了形象感染力是文艺作品不可缺少的要素，因而你放弃了对生活的真实描绘，放弃了对人物之间、人物与社会之间的关系的深入描写。……此后，希望你能从此次写作中总结经验，接受教训：认真深入生活，从生活出发。

我过几天就出院，胃口还是很坏，食欲太差了，而且长期以来得不到任何改善，这样下去，体质只会越来越衰弱，不得已，只好回家去休息。

不觉已写了两千字，啰啰唆唆，也许问题还没有说清楚。请你原谅！匆匆祝好！

一九七八年四月二十八晚于中医院

议论能代替生活描写吗[*]

××同志：

你十月间寄来的小说及来信均收到。因为太忙，而且又常患病，总抽不出时间来拜读你的作品，真对不起！我很知道你寄出稿子以后的期待心情，其实我又何尝不想把读后感想尽快地寄给你？但是总是无法办到。每个作者寄稿时，总是希望他的稿子一寄到就得到意见，而且总是希望快点读到回信。有些作者甚至在寄出作品一个月之内，就连来三封催促信。更甚的，有的竟由不耐烦发展到咒骂起来。……如果都这样，那就未免太不为人设想了。因为我每日也要工作，也要完成党交给我的一定的任务；而且要完成这份任务，并不是轻而易举的，常常不仅要消耗很多时间，而且还要付出巨大的精力。当然，我也像一切多病的同志一样，每当做完一件工作时，总是精疲力竭。我现在所遇到的情况，恰恰需要在这个工作之余，即在精疲力竭的时候去处理许多青年作者的来稿及无数的来信。因为数量太多，而我的精力又不能持久，因而，来稿来信越积越多，处理的时间就愈拖愈长。一般说，能在三五个月处理的，还算是正常的了；遇到我病入医院，就很难保证了。所以每当我离开医院回到家里，那一大堆的来信来稿就高得惊人。……我所以向你们谈到这些琐事，不过是想说明我不能及时处理来稿的苦衷罢了。

你的小说《在生活的道路上》，已读过。在阅读你的来信时，我对小说寄予很大的希望，可是读完小说后，却不能不使人失望。首先是主题问题。从你的作品开始和结尾的一些议论来看，你似乎是着重阐述"活着是为了什么""怎样的生活才有意义"这个主题思想的。可是你作品中所展开的情节却显示出另一种思想："是谁夺去

---

[*] 载1984年4月版《萧殷自选集》。

了我们之间的友谊和爱情？是谁使我们纯洁的心灵蒙受了不可挽回的怨恨？是谁给我们的幸福生活带来了意想不到的悲痛？是谁践踏了我们的青春？是万恶的'四人帮'呵，正是他们！他们不但蹂躏了我们两颗青年人的心，而且他们还残害了我们的姑妈，这个无辜的善良的老人！"后一种思想，是通过形象、通过情节——通过活生生的矛盾与斗争体现出来的，是比较富有艺术感染力的。而前一种思想却离开了形象，是外加上去的，它不仅没有形象的内容，而且还干巴巴的。老实说，这种脱离了形象，脱离了人物与情节，光靠议论所表现的所谓"主题"，与文艺作品的思想性是风马牛不相及的，至多，它只是作者企图表达的一种意向而已。

不幸这种现象不仅出现在你的作品中，我在别人的小说里也曾看见。那些小说作者很醉心于发议论，甚至以发议论来代替对生活的描写，代替对形象的刻画；好像小说的思想性或思想深度是靠议论来表达的。当然，我不反对小说中偶尔出现一两段议论，只要出现得得体，出现得自然，能使议论成为形象的一个组成部分，那有什么不好呢？我记得巴尔扎克的一篇小说里有过一段不短的议论，但它与人物的激情和个性融为一体。你读时，不仅没有接触抽象理念的那种感觉，反而使人感到人物在这种场合下的某种激烈的情绪得到饱满的表现，性格的特征体现得更充分了。可是现在却有一种倾向，以议论来代替作品的思想性，好像议论越透，作品的思想性就越高，形成了议论多，生活描写少；逻辑推理很充分，感人的形象却十分模糊。结果，这类作品不仅缺少艺术感染力，连生活气息也稀薄得可怜。这一来，不能不使人发出疑问，以形象打动人心为特点的小说（包括戏剧），将向何处发展？

咳！扯得太远了，还是回到你的作品上来吧！我以为你这篇小说，按照你构思的基础，按照从这基础上所体现出来的生活（斗争）的意义，理应以"是谁夺走了我们的爱情？谁给我们带来了悲痛？……"为主题，因为这种思想已经渗透在你的人物的行动中，体现在你笔下的悲剧中。恩格斯曾经说过："倾向应当从场面和情节中自然而然地流露出来，而不应当特别把它指点出来。"

如果你认为"活着是为了什么"这主题更有意义，对青年人更有教育作用，当然也可以；但你就必须另起炉灶，另作构思，通过另外的矛盾冲突，绝不是《在生活的道路上》的情节所能表达的。要记住，在小说里，议论再多，再透彻，也不能代替对生活的描写，因为议论再出色，也不能创造出动人的艺术形象。

其次，在你这篇作品里，结构松懈也是一个缺点。你对于如何才能更清晰、更集中、更精练（不浪费人物和事件）地展开情节，似乎很少考虑。这篇小说按照现有的情节，我以为用第三人称，也不要用倒叙法，至少可以减少一半篇幅（现在是三万字左右），而且也不会像现在所表现的那样：通过一层层的讲述者来讲述事件，弄得头绪纷繁，事件的线索也常常被搅乱。结果，出场的人物多了（可有可无的人物多了），情节忽东忽西，忽前忽后，有时被弄得支离破碎，很不衔接。不仅情节不清楚，反而使人觉得十分啰唆，十分累赘。这不仅破坏了结构的完整，也损害了情节的真实性。

希望多研究一些优秀的短篇小说，例如契诃夫的短篇小说就写得很精练。他的作品（尤其是后期的作品）没有多余的人，也没有多余的细节，结构严谨，显得每一篇都像一个结晶品。

祝你努力！我在这"工余"时间匆匆写的这些感想，不可能都正确，仅供参考。

广州仍很暖和，百花照样盛开。你们那里大约还是冰天雪地吧？

一九七九年一月二十五日于广州

分析作品能"先政治、后艺术"吗*

我看稿从来没有分成两个步骤,即先政治,后艺术。一篇文学作品首先要经得起检验的是真实性的问题。无论对细节、场景、性格、情节或环境的可信性与感染力,都要经过读者的检验;如果这些都在阅读过程中被通过了,就说明题材是来自生活,又经过作者思想感情的培养,也经过作者美学理想的过滤、概括,而且还用恰当的语言表现出来。可见在形式方面是用形象表现了生活,是有感染力的。也就是说,这篇作品在艺术性方面是合格的。我常常碰到这样的情况:当这一关被通过时,其他问题(如作品的主题思想、作品的社会意义……)几乎同时也解决了。因为所谓"真实可信",是在典型意义上讲的。既然情节(甚至细节以至于场景)是真实的、有说服力的,说明它们不但没有脱离典型环境的影响和作用,而且作品还把这种因果关系,通过活生生的生活描写——通过形象——表现得很有力量。事实上,作品的社会意义差不多都是通过一桩事或一个人(或几个人)的命运,同时还把社会根源毫不含糊地烘托出来来完成的。在作品中,我们既然承认情节、性格、环境的关系是合情合理的,即它们的出现和发展是合乎逻辑的,那就说明它们不但反映了生活的本来面貌,也显示了它们固有的本质和意义。这样的作品不是也有它的思想性吗?

如果一篇作品的真实性使人怀疑,即它的人物干巴巴,它的情节不合情理,它的细节和场景描写到处出现破绽;你能同时在这样的一篇作品中发现它的积极意义和健康的主题思想吗?至少,我是没有见过。因为这种在形象之外的"主题思想",实际上是不存在的。它够不上称为文学作品的主题思想,顶多只是作者企图表达的一种

---

* 载1984年4月版《萧殷自选集》。

"抽象观念"而已。因为文学是以艺术形象来表现生活、体现思想感情的；难道有一种主题思想，能超然于艺术形象之外，超然于生活画面之外吗？既然没有这样的"主题思想"和这样的"思想性"，我们又怎么能先在政治上肯定它呢？既然是文学，首先要看它的形象动不动人，真实不真实，是否深刻地反映了生活，如果这些方面都表现得令人失望，它首先就不是文学作品；既然不是文学作品，就不应该拿它当文学作品来要求。

当然，所谓"真实地表现生活"，也有不同的理解：一种是描写那些表面的偶然的现象；一种是反映一定本质特征或某种发展规律的事物。而所谓本质，也不等于"主流"或"主要矛盾方面"；本质是生活发展的内在规律，在发展中矛盾双方既有联系，也有斗争。所以在文学作品中只反映发展的一面，是片面的；应该反映矛盾双方的斗争，在斗争中揭示它们的本质特征。只有如此，才可能真实地反映生活发展的内在规律。所以，不仅先进的是典型，落后的、反动的也是典型；符合发展规律的，固然是典型，阻碍事物发展的也是典型。

综合上面讲的意思，是否可以这样说：凡是写出了典型环境中典型人物的作品，不仅真实地表现了生活，也反映了生活的一定本质和规律性；也就是说，这类作品不仅有一定真实性和艺术感染力，而且在思想方面也有一定的社会意义和教育意义的。……

一九八〇年四月

典型、本质、形象与图解政策*
——答业余作者问

问： 过去，我以为文艺创作中的典型，就是指在同类事物中比较突出的、有代表性的事物，对吗？

答： 把典型看成是同类事物中比较突出的或者有代表性的事物，结果，只能写出类型的人物，只能具备某些类型的特征或某些集团的共性。这样写出来的人物，不可能成为艺术形象。艺术形象是怎么样的呢？它一方面是具体的，可感的；另一方面人物形象是有思想的，有感情的，能呼吸的，有脉搏的，能独立思考的。这样的一种人物，按照他自己的思考去说话，按照他的感情去行动，是自主的。就是说，不是由作家去支配着人物说什么就说什么，怎样行动就怎样行动。因此，是有生命的，有灵魂的，有个性的，有脾气的，这叫艺术形象。相反，如果从类型出发，从共同的规律出发，就是从突出的有代表性事物的规律出发，从共性出发，那么，他只能写出干巴巴的人物。这种人物是不能自主的，没有灵魂的，没有感情的，他就是木头人。因为作家要他讲什么话就讲什么话，要他怎样行动就怎样行动。这样，写英雄人物虽然豪言壮语写得很多，但那是不可信的，不感动人的。因为他不是按照自己的思想感情做出来的，是作家叫他做的，所以这叫作木偶。不按照客观规律、不按照事物的规律、不按照事物的特征来写人，不可能写出活生生的人物。两个人在一起发生关系就构成事件，构成情节。如果这种人与人的关系，不是自主的，没有思想感情的、没有灵魂的，那么，这个情节不可能是动人的。因为这些人是没有生命的，他两个能发生纠葛，纯粹是作者捏造出来的，是假的。这样不可能写出人的性格关系，写出性格冲突

---

* 载1984年4月版《萧殷自选集》。

来。因此，正确的做法必须从生活出发，从活生生的现实生活中吸取许许多多的生活事件、情节、场景、人物对话，把这些当作素材，经过集中、概括、浓缩、凝聚……然后创作出有鲜明个性的人物。而这些人物，才可能是一些活人，有呼吸，有脉搏，有脾气，有活生生个性的，从而反映出同类事物的共同特征，或者是集团的共性。通过个性来表达共性，不能用个性来图解共性，不能拿个别性来装饰普遍性。没有个性，人物形象就活不起来。

问：多数，主流，才代表事物的本质，才代表典型。过去我们在创作、评论时，往往用这种概念去套文艺作品，对吗？

答：多数与少数，不是典型的条件。典型不等于多数，也不等于是主流。但是有人把少数跟非本质、跟不典型等同起来，说少数不是本质的，也不是典型的，并且以这个东西当棍子，来抹杀、否定很多文艺作品。写"文化大革命"中一个妇女有两个丈夫的，就说不是多数，不真实，不典型。《炮兵司令的儿子》写干部变了质，有一些批评文章就说这种干部不是多数，不是典型，也不真实，等等。可见这种人，常常拿多数、少数来作为衡量典型的条件。文学是反映生活，反映生活的本质的。什么是生活的本质呢？什么是社会的本质呢？各有各的解释。有的人说，本质就是多数，本质就是主流，就是矛盾的主要方面。如此说来，问题就很大了。那就只许歌颂，不许暴露，只许说好，不许说坏。你说坏的，什么问题都来了。从过去的文学批评，从三十多年的文学历史看，充分说明这一条。比如说，共产党是伟大的，光荣的，正确的，如果你写党的干部蜕化变质，就说你诬蔑党，说你在党的干部脸上抹黑，通常有一句话这样说"难道生活是这样的吗？"那你也可以反问他："难道生活不是这样的吗？"党是伟大的，光荣的，正确的，这样说是没错的。但不等于每一个党员都是那么正确的。因为许多党员是从旧社会来的，受过旧社会的影响，带来了一些旧社会的残余，所以他们也有缺点。在社会主义时期，有时也发生悲剧。究竟悲剧是怎样来的呢？有人说是产生于社会主义制度，这显然是不正确的。每一种社会制度都不是一开始就完美无缺的。社会主义制度是在实践中逐步建立、逐步完善起来的。它也存在着一些漏洞和一些缺点，但这缺点是怎样来的呢？就因为旧社会遗留在我们身上的污迹太多，留得越多工作毛病就越多，阴暗面就很难免。现在还有人打着社会主义的招牌去搞专制主义，"四人帮"就是这样搞的嘛。这个悲剧，难道是社会主义制度本身产生的吗？倒是由于我们对旧社会的残余意识和影响斗争得不够，让恶势力钻了空子，为所欲为。因此，写干部的缺点，与写党的伟大、光荣、正确绝不矛盾，一点也不矛盾。社会的本质应从内部的联系来看。有矛盾就有双方的斗争。有矛盾斗争，事物（包括社会，包括生活）才能向前发展。没有矛盾就没有世界，我们说没有矛盾就没有戏剧。只讲好，不讲坏，等于取消反映矛盾。所以，以为多数、主流才是本质，是不符合事物的规律，不符合历史事实的。例如：高尔基在一九〇五年就写了《母亲》这部小说，当时这种母亲支持儿子革命的就不是多数，也不能说代表主流，但这是不朽的艺术典型。《红楼梦》的贾宝玉与林黛玉这两个人物，在当时社会里也不是多数，也不代表主流，但却是两个不朽的艺术典型。鲁迅《阿Q正传》的阿Q，当时也不代表多数，不代表主流，也是一个不朽的艺术典型。文学史上这样的例子很多。无数事实证明这一点，典型不是多数，不是主流。你可以拿很多不朽的艺术典型来看看，研究研究。从矛盾斗争的内部规律来看，不论写哪方面的本质都是有必要的。只有这样，把矛盾的本质反映出来，才能把生活的矛盾、社会的矛盾以及这些矛盾的必然性反映出来；把社会矛盾，为什么发生矛盾，为什么发生斗争这个真实情况和必然规律反映出来。向前发展的要反映出来，阻碍发展的也要反映出来。写"四人帮"的破坏、逆转、倒流，社会主义革命和建设为什么会遭到破坏，反映这些东西，也是反映反动的本质，以唤醒人民的警惕，才能教育人民防止悲剧的重演。好的当然要歌颂，但是阻碍前进的事物也要把本质写清楚，使人们知道为什么不能前进，为什么遭到破坏。

问：文艺作品只应写光明面，不应写黑暗面，对这个问题，应从阶级属性出发，你的看法怎样？

答：只从阶级属性出发，从阶级的概念出发，从框框出发，结果，只会把生活简单化，这样写出来的作品大都是公式化概念化的。凡从概念、从公式、从先验的框框出发，就不可能正确反映生活，不可能正确反映社会面貌。结果，出身不好的只能做坏事，不能做好事；革命干部只能是好，不能是坏的；只许报喜不报忧；写顺利的，隐瞒困难的；写光明的，黑暗面就隐藏起来，这叫粉饰太平，掩盖矛盾。这样就是叫人说假话，是虚伪的文学，完全是骗人的文学。"文化大革命"之前，我到五个省看的戏，情节都是差不多。在河南看了十多个小戏，写的生产队长都是反面人物，支部书记都是很正确的。难道生产队长都没有正确的吗？难道生产队长都没有党的原则吗？有些生产队长虽然不是支部书记，但他坚持党的原则，所以他也是代表党。支部书记如果是满脑子个人主义,他又怎能代表党呢?这个东西不能看形式,看表面。现实主义叫我们从生活出发,不应该从概念、框框出发。应该忠于现实,忠于现实的生活,忠于人民,为人民说真话,忠于社会主义事业。勇于提出问题,解决矛盾,推动社会不断地前进,这是我们的出发点。在这个前提下,该歌颂的就歌颂,应批判就批判,要暴露就暴露。如果从个人出发,就容易不知不觉地落入资产阶级自由化的圈套。现实主义告诉我们:忠于生活不是社会上有什么就写什么。文艺工作者应该有责任,有社会的职责。斯大林说:"作家是人类灵魂工程师。"作家是创造艺术形象的精神劳动者,是负着改造人们的灵魂、提高人们的道德品质的艰巨任务的。作家对社会、对任何的斗争,有自觉的责任。凡是对人民不利的,对社会主义不利的我们就反对,就批判。所以,选择题材、提炼题材、塑造人物、构思情节,都要围绕这个宗旨去考虑。离开这个宗旨就离开了社会职责。一个作家,他总是有爱有恨的,而且不是无缘无故的爱憎,当你有了马列主义的觉悟,有革命的要求和革命的感情时,你就会忠于人民,忠于社会主义事业。这样的作家从爱恨出发,你爱得深,作品中的人物当然就写得生动,写得深刻。你所痛恨的人,作品就会写得令人憎恶。爱恨本身包括政治、感情在里面。作家是引导人们前进的,不要客观主义,不是见到什么就写什么。作家不要把思想解放误解为资产阶级自由化。思想解放是以四项基本原则为前提,同时,也只有思想解放才能实现四项基本原则,这是互为因果的。写作要时刻想到人民,想到社会主义事业,不能搞自由化。因此,文艺工作者要不断改造世界观。现在事物不断发展,写作要赶上去,时刻都要赶。学到老,改造到老,要严格要求自己,不断改造,不断跟着时代前进。

问:过去我们写中心,往往用文艺作品去图解政策,这种方法显然是不对的,你的看法怎样?

答:文艺是反映生活的,应强调反映论。过去强调为党的中心工作服务,写中心,唱中心,演中心。这些所谓配合中心的作品,现在看起来大多是图解政策,不是从生活出发。写作时,临时看看政策条文,然后就关在房间里瞎编胡凑,搞误会法。这些作品大都是公式化,人物是木偶,没有一点生活气息。这样写,不可能写出人物性格来,写出人物命运来。从政策出发,用辩论的形式去展开主题,从头到尾都是说教的。因为政策刚出来,本身没有经过实践的检验。所以,图解政策的作品,没有一个能留下来。文学是反映生活的。要求作者用马列主义的立场、观点、方法去反映生活，对的就歌颂，不对的就批判。要是按照"写中心"的精神来写作，近来好些作品就不会出现，譬如话剧《于无声处》，它是在四五运动还未平反之前写的，不是按照政策去图解。作者用马列主义、毛泽东思想的立场、观点、方法去反映生活，反映斗争，他写出了广大人民的共同呼声，把生活的本来面目表现出来了，这个剧本得到了广大人民的拥护。党中央后来作出决定，为四五运动平了反（否定了1976年的政策条文和精神）。可见，作者应忠于生活，从热爱人民、热爱社会主义事业的立场出发，运用最抒情的笔触去表现他的爱与恨，表现他的政治观点和政治态度，不应图解政策。图解政策的做法，二三十年来就有了。它从狭隘的、一时一地的政策出发，把丰富多彩的生活丢在一边，凭瞎想去硬编乱凑，闭门造车，这其实是一条绝路。这样写，社会矛盾反映不出来，时代也反映不出来。你可以回忆一下，这种作品是没有一个留下来的。

一九八〇年三月十三日于新会

要在基本功上多下功夫*

……你来信说，这几年来不时读到我一些谈论创作问题的短文，尤其是对过去出版的《论生活、艺术和真实》《与习作者谈写作》和《鳞爪集》等书，曾留下一些印象，而且还给你增加了"不少的创作知识"。于是你想知道：我这些文章是在什么情况下、针对一些什么问题写下的？……

在年轻时，我是一个文学写作迷，虽然发表过不少短篇小说、散文和诗歌。但我在一个很长时期内，对如何掌握创作规律，如何创造人物，如何安排情节等，却完全处于盲目状态，虽然有时偶然写出一篇较像样的作品，可是下一篇却写得很糟糕，连自己也闹不明白，于是十分苦恼。

这苦恼长期留在我的记忆里，甚至到参加革命之后，我仍常常用这种心情去设身处地：以为别人也像我一样地盲目和毫无把握；以为人家也像我那样经历了各种困难……正因为我怀着这样的心情，所以当我碰见有基础的文学习作者时，便禁不住要亲自去参与其事或者去帮一把。到后来，当我在大学里教书，或在文艺刊物当编辑时，与文学青年接触的机会更多了，不仅接触了他们的创作过程，也看见过他们的作品；也就是说，对他们的生活、他们的创作劳动、他们的想法与愿望以及他们的长处和缺点，理解得更全面和更真切了。这时候，我们彼此之间不仅常常相互砥砺和相互切磋，有时遇到需要通过信函来交换意见时，我对文艺的某些看法、对某作品或某问题的具体观点，便在一些"书简式"的短文里表达出来。这便是我写这类文章的起因，也是我从事文艺评论工作的开始。

特别是有加工基础的作品，总引起我极大的兴趣，即：人物的性格来自生活；人

---

* 载1980年7月《芙蓉》第3期。

与人之间的关系的发生和发展（即事件），由生活环境、由性格之间相互关系所促成；而作品的始末又恰当地揭示出生活固有的意义和实质。尤其是这意义来源于生活，来源于形象，且来自偶然的、特殊的生活事件，来自个别的、独特气质的人物；又经过广泛集中和概括，使之具有一定意义的生活图画……如果作品有这样坚实的基础，不管它的情节还有多少缺点，它的人物还不够生动，或者它的细节如何不够真实，只要经过认真探索和研究，最后还可提出切实可行的修改意见的。重要的是上述提到的基础：生活的基础和构思的基础。一篇作品能不能改好，关键在于有没有这些基础。如果有，只要别人认真指点一下，便能豁然开朗，仿佛立时看到修改的门路。要是作品没有生活基础、构思基础和形象基础，即使评论者搬出再多的艺术技巧和写作方法，也没有多大用处。

因此，所谓"指点"，绝不能离开写作者的具体问题（作品的缺点……）去进行的，除指出作品的缺点之外，更重要的是分析缺点产生的原因；如果可能，最好提出修改的意见。可见最主要的是写作者的根底和基础，有这根底，一经指点便明白，如无这根底，即使千言万语也是白费。

可是，有些初学写作者，由于作品达不到发表的水平，总是埋怨文艺刊物编辑不照顾他；总是埋怨编辑或作家没把"写作秘诀"向他传授；至于他自己应如何积累生活，如何提高思想水平和表现能力，如何刻苦努力和如何充实自己等，却不怎么注意。反而把主要的精力寄托在作品的发表上，幻想得到一种所谓"写作秘诀"。其实，这种"秘诀"在世界上是不存在的，任何大作家都没有这种如法炮制、保证篇篇成功的"写作秘诀"，而世界上，也从来没有一个靠秘诀成功的作家。本来在年轻时期，正是增长知识、积累经验、磨炼本领的时期，如果下决心以文学为人民服务，首先应在基本功上多下功夫：在观察生活、判断生活、积累素材、概括典型、表现生活等方面，应不断锻炼自己和总结经验。在这过程中，当然不忘创作实践，如能写出较满意的作品，也不妨向文艺刊物投稿，主要的目的，是争取机会听取编辑的意见……

一九八〇年五月

如何写作品评论*
——答《文艺报》记者问

问：有些写评论文章的人容易犯一种毛病，即简单地叙述一下作品的情节，然后就贴上标签，你对这个问题有何看法？

答：这样的文章我也读过，就是简单地复述一下作品的梗概，然后用社会学术语或政治学术语硬套上去，以此来代替他的观点。这种贴标签式的评论，其实不是评论。评论一部作品，应该有评论者自己的观点。它不是现成的，也不是从别的地方搬来的。这个观点，只能从作品的因果关系、固有的矛盾中分析得来。文艺作品在于表现，其本身所创造的艺术形象就说明了这一点。你想了解它，摸清它的特点及其前因后果，就不能不通过艺术的分析。因为它对生活的判断，对人物的是非的态度，都是通过艺术手段来进行的，所以只有通过艺术分析，才能得出正确的判断和实事求是的结论。评论者应有马克思主义的立场观点，但不是硬套，不能用作品的客观实际去迁就现成的概念或适应你的主观需要。

问：有些评论常常把思想分析与艺术分割开来，请谈谈你的看法。

答：文学作品是人物与情节相结合的产物。分析一个作品的思想意义或倾向，必须分析其艺术形象。艺术形象是由作品中的细节、场景、情节、人物及环境等等构成的。情节是由人物的活动、关系、矛盾的连续所形成的。因此，情节是否真实，性格是否真实，环境是否真实，都需要经过切实的分析和判断。其次要探求作品中人物行动将引导读者走向何处，也就是探求作品的倾向性等问题，也必须经过艺术的分析，否则就不是文学批评。"四人帮"搞的那一套，完全离开了艺术的分析，谁承认它是

---

* 载1981年2月22日《文艺报》（半月刊）第4期，署名肖殷。

文学批评呢？可以说，其中没一篇是为作者着想的，没一篇是为文学事业着想的，倒统统是打棍子，扣帽子，与其说是文学批评，不如叫作政治判决书。

所谓艺术分析，主要是对作品所表现的生活（不是靠说明，而是靠形象表现出来）作分析；文学作品是通过形象来表现人与人之间的关系及社会矛盾的。所谓艺术分析，首先就要看作品所反映的生活是否真实，着重点不是探讨生活中有没有发生这类事实，而是在作者所给予的条件和环境下可不可能发生这类事实？事件是否真实，这与环境有很大关系。在这个环境下可能是真实的，而在另一个环境下，就可能是不真实的；人物在这个环境里可能是这样行动，而在另一个环境里就不一定是这样行动了。所以说，典型环境决定着人物的性格。很多人写评论不注意这方面的分析，是很遗憾的。人物的哪些行动是真实的，哪些行动又是不真实的？环境如何促使人物性格产生、发展及其必然归宿，都需要认真分析。我经常谈到祥林嫂的例子。祥林嫂的悲剧性格的形成以及她的性格与社会的矛盾，是环境使然的。分析作品中的典型环境和典型性格的关系，就抓到了艺术分析的根本。一部作品为什么成功，或者为什么失败，它的缺点和问题在哪里，都必须从这里找出原因，然后才可能找到正确解决的途径。我看作品，从来不是先看政治上是否站得住，而后才分析人物，而是一次完成，从艺术分析入手的。艺术分析越细致，结论就越切实、中肯。

问：有些评论文章停留在一般的感性认识上，提不到理性认识的高度，这是什么问题？

答：对作品的认识只停留在第一感觉或最初感觉上，这样写出来的评论，至多只能给人一点新鲜印象；但由于没有把印象、感觉深入下去，自然就谈不到理论的高度和深度。如果再用别人常用的语言或流行的话来表达你的看法，甚至连原来仅有的这点点新鲜印象，也会被埋没掉，自然，更不用说发挥评论者的见解了。造成这种现象的主要原因，是对作品没有作具体分析，没有从中掌握住产生问题的内核，没有找出阐明问题的规律和思想。因而，就谈不上对作品的认识，更谈不到从感性认识提高到理性认识的高度了。这里，还得强调实事求是，强调从作品的客观实际出发，只有按照作品本身的主要特点进行深入分析，才可能找到其固有的规律性的东西。只有规律性的东西，才有普遍意义。须知在个性中蕴藏着普遍性的实质，把一篇作品分析得透彻，就可能使认识升华到应有的高度。这样说，并不等于要在评论中重复别人说过的结论，倒是希望通过具体的艺术分析，告诉人们一些生动活泼的有普遍意义的道理。

问：现在还有一些评论，让人家看了面面俱到，为什么看不到评论者主要想说明什么问题？

答：如果进行了深入、细致的艺术分析，就不会出现这种面面俱到的现象。由于抓不到作品的主要方面和主要症结，结果，评论如蜻蜓点水，好像什么都谈到了，但什么也讲不清楚，最后反而给人留下不知所云的印象。产生这个情况，还可能由于评论者缺乏开展正确、健康的文艺批评的勇气。对青年人的作品，一味只是捧，讲好话，对作品原有的缺点也不敢指出，或轻描淡写。要知道，捧杀与骂杀同样是有害的，都是戕害青年的毒药。还有的是为了某种政治需要，评论者不忠实于自己的观点和感情，言不由衷，胡凑成篇。当然，更多的情况是对作品看不准，甚至连关键或主要问题都没有抓到，写出来的评论自然就摸不着边际，不知所云了。

问：为什么有些评论写得很干瘪，不丰满？

答：有正确的立场、观点和方法作指导，又有深刻的、具体的艺术分析，使理论与实际紧紧结合起来，就能发表自己独特的见解，这样写出来的评论，不仅有深度，而且也生动活泼。如果不具体地分析具体作品，又只在概念上兜来兜去，还用现成的公式来表达，这种经院式的评论，不仅不可能生动活泼，而且肯定是枯燥无味的。我们分析作品，首先是分析作品所提供的具体矛盾，看看它有什么个性、特点，并深入探索下去。如果不对作品所反映的千变万化的、丰富多彩的生活进行具体分析，要想使自己的评论写得丰满而有说服力，是办不到的。尽量少说套话，不作居高临下的训斥；最好用普通的生活语言像娓娓讲述家常那样来写评论文章，这种文风很值得提倡。

问：现在有独特个性的评论似乎不多，这个问题你看应注意些什么？

答：这个问题与前面讲的有些关联。要对具体矛盾（作品所表现的生活）作具体分析，没有这个前提，生动活泼的文风是很难建立起来的。为什么要对具体矛盾作具体分析？因为每个作家都有自己的个性，自己表达生活的特殊方式和语言特点。评论者只有抓住了这些，用正确的立场、观点和方法加以分析和综合，然后才能获得自己独特的认识和独特的观点，并通过富于自己个性的方式表达出来（自己经过分析所获得的思想，常常不是大家常用的语言所能表达的，至少感到不能充分地如意地表达出来；常常须经过反复摸索、反复推敲，才找到比较合适的语言或概念，而这种语言或概念却不是常见的、众所周知的，而多少有点个人的特点或特有的风格）。只有这样，评论才可能具有评论者自己的风格，好些人喜欢引用经典著作，可是他自己似乎也不十分理解，只是为了装饰，以遮掩自己艺术分析的空虚而已，这种文章当然谈不到自己的风格。

评论者要形成自己的风格，基本条件有两个：一要实事求是，坚持唯物主义反映论的立场；二要作具体分析。对作品要有自己的观点和态度，甚至要忠实于自己对作品的情绪，并努力在评论中用自己的语言表达出来。

问：初学评论的作者，应该具备什么基本功？

答：搞评论工作，当然要读很多书，世界名著，古今中外的作品都要广泛涉猎，因为没有比较，眼界不宽，就很难谈得上艺术的鉴赏能力，也就无法判断一部作品的成败得失。马克思主义的文论，我国古典的文论、诗话，外国作家的创作经验，以及美学著作，都要有一个基本了解。此外，对生活不能茫无所知，虽然不可能都有深入的了解，但某类生活的基本情况及其运动法则，都应该知道。如果说基本功，这是起码的基本功。重要的应是在评论实践过程中不断学习，不断总结，不断充实自己，力求不间断地提高。

一九八〇年十一月十六日于广州

不顾环境和性格,任意安排情节行吗*

××同志:

由于太忙乱,加上常闹病,我几乎每日都在挣扎中度过,因而你的小说一直抽不出时间来处理,虽然有时读了一部分或半篇原稿,但常常被临时的急事所中断。而每件事(组织分派的事)都要求有头有尾,且限期完成,等把事情做到告一段落时,时间又过去了一大段。就这样,一拖再拖,不觉已延宕了三个月。赵××同志的来稿也是如此,整整拖了四个月,到最近才给他写了复信。真对不起!

你的小说《强者》今天才读完,上半篇曾读了两遍,原因如上所述,被临时急事打断了。虽然读了两遍,但从艺术感受来说,却很浮浅,有些章节甚至印象模糊。其主要原因,可能是由于只通过人物对话或内心活动来表现生活和行动的缘故;其中的变化、遭遇和悲剧,几乎都是在对话或内心活动中流露出来的,不能不是一个缺陷。

《强者》的主人翁显然是裴莉,可是其中最主要、最掀动人心的遭遇,如错划右派、被揪斗、服毒自杀等,都发生在裴莉母亲的身上;而主人翁只在感情上兜圈子;而这些感情和情绪的变化,又常常离开特定环境的具体情况和离开了裴莉的性格;仿佛作者要她干什么她就干什么,这么一来,好些细节的描写,不仅使人觉得不自然,也使人感到不真实。

这篇小说中的"我",原来有一种逆来顺受、处处对裴莉谦让的性格,可是作者有时忘记了这种性格,忽然无缘无故地让他对裴莉痛恨起来:

……我感到她太骄傲、自负了;也许,她自认为考取了医学院,将来成为崇高

---

* 载1981年12月版《给文学青年》。

的、被人敬慕的医生，而我不过是边远小城里工会的宣传员。我恨她的清高，恨自己低能。……

"我们太年轻了……我永远记着妈妈说的：人的感情是纯净的，被各种色彩的东西搅浑了。你说，会有纯净的、不被外来因素所搅扰的情感吗？"

……见鬼去吧，你的高傲！我在心里狠骂道。我再也不想听那些不着边际的话了："去做你的高尚的医生吧！"我陡地转身大步走去。

……大概是我的自尊，竟鬼使神差地下狠心决定当夜动身，去那边远省份的小城……

就这样，他和裴莉分离了。这明显是人为的悲剧，是违反性格发展的逻辑，因而也就经不起推敲。每当读者读到这里，不仅感到不合情理，而且感到不真实。

这篇作品会给读者留下这样的印象，你大概事先没有料到。除了上述的原因之外，在你心目中裴莉的性格是朦胧不清的，她的言谈举止、感情、情绪是难以捉摸的；由于她的个性飘忽不定，喜怒无常，因而她的言谈举止也使人难以理解。值得你注意的是，这类细节不是偶尔出现，在这篇作品中几乎常常发生。其次，裴莉与作品中的"我"之间的矛盾，在思想上是找不到原因的；但在情节上为什么总是波澜起伏，永无休止，而又使人感到不自然、不真实呢？这与作者你不顾环境条件、不顾人物性格而任意安排波折，大概有直接关系吧？

来信说，"这是一篇写感情、写哲理的东西。"但哲理一旦离开了血肉的生活，离开了真实的细节描写，离开了矛盾冲突，还能有什么形象？还成什么文学作品呢？

在作品的最后，你通过人物宣称："理解那些高尚的情操，维护你们的理想的感情吧！朋友们，摆脱和驱逐干扰你的纯洁感情的各种因素吧！"我不知道这是不是你所要宣扬的哲学思想？如果这些话包含了一部分真理的话，那么马克思主义不是也包含着类似的思想吗？你为什么偏偏要通过基督教徒和教义来体现它呢？……

时间有限，不能多谈。如果有说得不清楚和不妥当的地方，请原谅！谨将原稿随信奉还。匆匆祝好！

一九八一年三月十七日于广州

给文学青年朋友们*

题材不是苦想出来的

……创作,怎么这样使人苦恼,常常弄得我睡不好觉,吃不好饭。有人说我:你这是何苦呢?可是,我热爱生活,喜欢文学,觉得世上许多美的东西值得赞颂,然而,却在创作中常常感到无处着手。写一篇文章,开头总是要用很长、很长一段时间去想,这怎么办呢?

请你给我解除这个苦恼吧!

切盼你回音!

湖北洪湖　杜园山　八一年六月十日

……如果你以为创作就像用模子搕饼那么简单,我劝你还是及早放弃这种想法。因为它不但会使你失望,甚至会使你一事无成而贻误青春。

创作不是一门技艺,不是掌握了几项技术就可以如法炮制的工艺。创作需要生活,需要对生活的爱憎,需要酝酿,也需要构思。如果连这点劳动也怕麻烦,那还谈什么创作?创作劳动是复杂的,它的成果应该是各具特色、日新月异的艺术。它来源于生活,来源于人生社会,但又不是像摄影那样机械地再现,创作是从生活中零碎的、分散的现象、场景和细节,经过缀合、发酵、凝聚,使之成为有个性、有气血、有生命的艺术形象。这样的艺术形象不仅活在古人心中,也活在现在人的心里;不仅活在中国人的心中,也活在外国人的心里。要使你所创造的艺术形象永垂不朽,深印

---

* 载1983年8月版《萧殷文学评论选》。

在人们的脑海里，它所花费的心血，比建造一座摩天大厦还要复杂得多，艰巨得多。

翻开人类的历史来看看，在几千年的历史长河中，真正具有艺术魅力，经得起时间考验的艺术形象，虽然可以摆一条长长的画廊，琳琅满目地展示在人们眼前，但在这悠久的历史中，毕竟还是少数，因此它们是珍品。

如果你真的"觉得世上许多美的东西值得赞颂"，那你就有一股赞颂的热情和冲动。如果你真的"热爱生活、喜欢文学"，那你自然就会留意观察社会生活中的各种现象，你就会对这千变万化的生活有所爱憎，并且将你的爱憎感情和你熟悉的生活融会起来，正是这样，便有了创作的题材。当这些人物急于到人世间时，作者就急迫地要求寻找适合表现这些题材的形式。经过一番探索（有时也许会很快地被找到）一篇有结构、有人物、有情节、有高潮和结局的作品轮廓便在你的脑海中诞生出来。这时候，你还会以此为苦吗？如果你能这样在艰苦中去建立创作的乐趣，那你就不会感到"苦恼"，也不至于常常"睡不好觉，吃不好饭"了。

你在信中说："写一篇文章，开头总是要用很长很长一段时间去想，这怎么办？"我上述的意见，大概已经使你感到头痛了，怎么办呢？没有别的办法，除非你彻底放弃这门既"使人苦恼"又感到"无从下手"的劳动，否则，你就得坚持攻坚的精神……

八一年八月十三日东病区

应从生活出发

……我是一个文学爱好者，当然也喜欢写作。我也看过了数十本关于写作的书籍，可是，每逢我提起笔来的时候，往往把脑海中原来构思好的情节，一动笔就打乱了，老是开头和结尾写得比较理想，中间部分，不是失真，就是离题，说不明问题。我为此落过眼泪，常常责备自己太死板，脑子不灵活。

……今来信，请求你和我谈一下这是什么原因，我应该从哪里开始学起。我怀着迫切和感恩不尽的心情等待你的指正。……

包头　李喜　八月十五日

……来信已经看过了，你所说的话，可能与你所碰到的实际有点距离。我不太相信，在你脑海中构思好的情节，怎么会在动笔之后就被打乱了？这是不可能的。这只能说明在你动笔之前，并没有进行认真构思，或者没有构思成熟，就想到别的事情上去，因而才会出现一动笔就乱套的现象。

按照常理，你如果从生活出发，从生活中感受到的东西，经过酝酿、凝聚和发酵，你不但能从中提炼出情节，而且也能提炼出人物来。这些人物，不但有集团的特征，而且有个性的特征。你所描写的环境，不但有时代和社会的特征，而且也有地方的色彩。由于你是按照人物的行为作为线索，所以整个情节的发生、发展都有头有尾，合乎逻辑，每件事的发展变化都合情合理，都有变化发展的必然性，只有这样，你的题材才算构思完整。如果你所说的题材确如我所说的那样合理又完整，怎么可能一动笔就乱了套呢？并且写到中间部分，"不是失真，就是离题，说不明问题"呢？这是不可能的，至少你的说法是不诚实的。

我要向你提出一个忠告：不要去追求离奇古怪的情节，它只会使你在创作道路上走更多的弯路，碰到更多无法解决的疑难，甚至会使你流更多的"眼泪"。在你构思任何一个作品的时候，都要注意情节的发生、发展的逻辑，要按照人物性格、环境条件行事，千万不要超越环境的局限，否则，就不合情理，就不能真实地反映生活面貌。

你"常常责备自己太死板，脑子不灵活"，是没有必要的。重要的是努力深入理解生活和深刻生动地表现生活，并努力掌握创作规律。……

八一年九月二十日东病区

写作要求作家说真话，发真情

……我是一个文艺爱好者，总觉得肚子里有话要写出来，但有的东西却又不敢写，虽然它是我亲身经历的。这主要是考虑到政治内容。……我出生于一个地主家庭，祖父是个有名的民间医生。……我想通过自己的一家在"四人帮"横行时的遭遇，来反映新一代中国青年的顽强好学、积极上进的精神，同时，以此揭露"四人帮"压制人才的滔天罪行。这样的主题，我想命名为"我"，如果这样的主题和材料有一定意义的话。我几次想动笔，却又怕别人说我是为地富翻案。所以几次都只开了一点头就没有继续写下去了。今特来信求教，万望答复。……

湖北 宋志清 八一年四月十九日

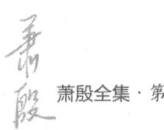

……因最近常患病，未能及时给你回信，请原谅！

创作规律要求作家讲真话，发真情，要求用真实感情投入艺术构思中去，并用作家的激情与观点去渲染、哺育、培养、塑造形象；否则，感人的有生命的形象，是不可能被创造出来的。

你的出身是不重要的，关键的问题是你现在站在什么立场？是站在人民一边，还是与人民为敌？处处为人民利益说话，还是相反？

如果是站在前者，为什么不敢写呢？为什么怕人家说自己为地富翻案呢？

一个人在人民生活中间，其态度是十分鲜明的，爱什么，恨什么，拥护什么和反对什么，总是不含糊的，至少在自己的心目中是非常清楚的；因而，由此所产生的感情、情绪，也是十分清楚的。

客观事物（事件、矛盾……）只有与主观感情相融合，成为情景交融、物我一体时，被描写的对象才能获致生命，同时也鲜明地流露了作者自己的观点和态度。

假如隐瞒了自己的真实感情，用一种矫饰出来的或做作出来的感情来写作，写出来的人和事一定是虚伪的，绝不会有令人信服的力量，即使如此，但作者对这种假感情，却是清清楚楚的，难道需要拿这来问别人吗？是正确还是错误，也是一看就明白的，难道也需要拿这来征求别人的意见吗？

你所构想的题材，即"我想通过自己的一家在'四人帮'横行时的遭遇，来反映新一代中国青年的顽强好学、积极上进的精神，同时，以此揭露'四人帮'压制人才的滔天罪行。"这意图原是无可厚非的，但从你来信却看不出表达这主题的任何题材线索或思想基础。可是你又怕别人说你"为地富翻案"而中断，"没有继续写下去"，特来信"求教"，老实说，对于这样的问题，我实在无能为力。一开始我就说过，自己对生活、对社会的态度难道自己有不知道的吗？从什么角度去反对或拥护，难道自己能不知道吗？……

八一年八月十四日于医院

靠档案资料写作，只会导致概念化

……请教如下创作问题……自七九年，我曾答应为上海厂写一个反特故事剧本《国防一号》来，至去年为了写一部自卫反击战的剧本，到天津部队体验生活来。我先后构思的内容不少于十个，可看到形势如此变化，电影界采用剧本要形势化得多。而我们构思一个题材，也是以"十月怀胎"，等构思成熟，似乎已过时了，只好放弃。……目前，我正着手创作一部广西英家起义历史题材的长篇小说，触及的历史时间长、人物多，名《蔓延大地的风暴》。为此，我先后到钟山县宣传部、档案局，贺县宣传部、武装部、文化馆收集有关材料，还三次拜访了当年直接指挥这次起义的张赞周同志。……

广西　梁超荣　八一年四月十二日

读了你的来信，感到有两个问题需要向你说清楚。

第一，关于"赶形势"的问题。从来信中给人一个印象是，你的创作活动好像很活跃，既答应给上海厂写一个反特故事剧，又为写一部自卫反击战的剧本而到天津部队去体验生活，还先后构思了不少于十个的作品；但由于感到时局迅速变化，赶不上形势，只好一个接一个地放弃掉。由此看来，你对文学的创作，还缺乏应有的认识。很明显，你纯粹是为了使作品能够发表才去写作，并不是出于对生活的感受或激起爱憎才产生了不得不写的创作欲望的。加上你错误地以为文学创作是为配合形势的，因而你总是赶不上时间，好不容易等一个题材构思成了，形势却"早已过时"，于是又不得不忍痛"放弃"。

你显然没有弄清楚，文学是一种艺术，是一种通过语言来塑造文学形象的艺术。既然是艺术，那就不能死板地受时间、空间的限制，更不要表面地去配合形势，生硬地去配合任务。因为按照中心工作或具体政策条文的需要而杜撰出来的人物，顶多只是一个木偶，这样的"人物"是没有感染力的。这种做法，绝不是文学创作，而仅仅是图解概念而已。

第二，关于创作素材的收集问题。要写好一篇文学作品，首先要有生活，其次要有对生活的感受，只有两者结合起来，创作才算开始。目前，知道你正着手写一部广西英家起义的长篇小说，并为此，你还走访了一些宣传部、档案局，并收集了有关的资料，也拜访过当年直接指挥这次起义的领导同志。看来，你对这些材料似乎很有信心，但我要诚恳地告诉你：只是热衷于从档案局、资料室搜集来的一大堆资料，而自己却完全没有这方面的生活体验和感受，反而妄想从这一堆冷冰冰的材料中去塑造有生命的艺术形象，是办不到的，甚至是费力不讨好的。但请不要误会，我不是一般地反对借用档案局的资料，而是像你这样生活阅历尚浅，生活经验不足，写作还没有一定基础的青年，应该先多接触生活，多接触社会，多从生活出发，从体验过的生活出发，先扎扎实实地学写一些短篇。先学会走路，然后再学跑步，这样摔跤的危险就会少些。我不是向你泼冷水，就你写的这封信来看吧，其中有些语句是费解的，不该有的错别字（如把"十月怀胎"写成"十月怀始"，把"触及"写成"蛹及"等），在信中也出现了。因此，我建议你不要好高骛远，特别对待创作长篇小说、电影剧本这样复杂的精神劳动，不能掉以轻心。俗语说，心急吃不上热饭，还是老老实实从短篇开始，从自己所熟悉的生活开始，当有了一定刻画人物、表现生活的能力时，然后再写你的鸿篇巨著吧！我相信，只要你肯刻苦努力，能不断在写作实践中总结经验，不断提高自己的思想水平与写作水平，你的愿望也许能够实现……

一九八一年八月六日于广州

创作贵在创新

……复信已经收到，然而在欣喜之余，我约略有点惆怅，那就是，你对我是否有才力走通文学创作这路径不作明言。也许，先生是鉴于世故不肯说破吧？而这一点，正是我长期来苦恼的病根。不知怎的，自己自走上社会似乎都未曾有过舒心的时日，而时常纠缠着自己灵魂的，不是毫无理由的自暴自弃，就是万念俱灰的多愁善感。鲁迅先生曾说过"愁能著书"，而我，非但不能写出一点东西来，反而招来更多无聊的苦痛，这缘由，应作何解释呢？也许，只能归咎于命运的嘲弄罢了。

你对我的习作《生活》的精辟论述，是无可非议的。不过，有一点我须老实向先生告知，《生活》这习作是模仿鲁迅先生的《故乡》而写的，白老师的形象基本上与闰土的形象相仿，揭示白老师怎样从一个天真活泼的乐观者变成了抑郁沉默的寡欢者的性格特征，以及民办教师越走越穷的生活道路。……尽管《生活》已告失败，但我还是有信心将它改写成功的，失败不正是成功之母吗？……但一想到自己要独个儿去寻找成功的路径，又如同坠进了云雾之中，只好再次求教于先生了……请你给我划定一个范围，或者帮我出一个题目，并附一个提纲，让我试试看吧……

徐闻大　黄公社　李宏伟　四月十二日

……你在来信中坦率地向我质问，倒使我感到惊讶。只凭你前次寄来《生活》这一篇习作，我怎能肯定或否定你是否有"才力"走通文学创作这条路呢？而且你把这种"不作明言"，视为你"长期来苦恼和抑郁的病根"，就更加使人莫名其妙了。

你说，"自己自走上社会似乎都未曾有过舒心的时日，而时常纠缠着自己灵魂的，不是毫无理由的自暴自弃，就是万念俱灰的多愁善感"。不难看出，你为自己的问题想得太多了，处处为了自己，为了自己的"出路"，而且把这一切不顺利都归于"命运的嘲弄"。结果怎能不万念俱灰、自暴自弃呢？不错，鲁迅先生曾说过"愁能著书"。但鲁迅先生所说的"愁"，不完全是指个人的愁苦，而是指民族的衰弱，国民党反动政府的腐败和人民的灾难……正是这种忧愁促使鲁迅先生愤然弃医从文，挺身参加社会战斗！

我劝你更正确地领会鲁迅先生原话的精神，努力端正自己的创作态度，否则，你只会"招来更多无聊的痛苦"。

老实说，你对创作的功能还很模糊，特别在人们为四化建设而献身的今天，文学创作，应该努力去反映为建设四化而斗争的新人新事，鼓舞人们的信心和奋发向上的精神；自然，对于那些有碍于四化建设的官僚主义、封建残余等落后现象，也不宜放松揭露，这是一个问题的两方面，缺一不可。

你很想学习鲁迅，并模仿他的作品进行写作，这对一个文学习作者来说，是正常现象。但你却曲解了鲁迅先生，错误地仿照鲁迅用以揭露旧社会黑暗的办法来指责今天的社会现象，这是应该警惕的。因为这不光是关系到《生活》这篇作品的成败问题，而且是怎样看待社会主义制度的问题。你也许以为我说得过重了些，但是，你自己却非常清楚："白老师的形象基本上与闰土的形象相仿，只不过是时代不同，生活的轨迹不同，人物的思想感情不同罢了。"这一来，无论在人物形象上，在典型环境上，《生活》和《故乡》都不能同日而语的。

你也许以为，模仿鲁迅某篇作品就等于鲁迅那样去反映生活，其实不然。我们和鲁迅先生所处的时代不同，不能生硬地去搬用鲁迅先生的表现手法。你的《生活》之所以失败，主要就败在典型环境被歪曲了。

要提高生活的表现力，途径是很多的。除了学习别人成功的创作经验以外，多读、多分析一些中外的优秀文学作品，好好领会、吸取别人之长，兼收并蓄。另外，结合自己要写的内容，寻找某种合适的表现形式，练习多了，技巧就能很好地为你所用。正如俗话说的：熟能生巧。其实所谓"创作"，首先应在"创"字上多下功夫，不但要创出新的内容，还要创出新的形式来。

最后，你希望摸出一条"成功的路径"，可是你"一想到自己要独个儿去寻找成功的路径，又如同坠进了云雾之中"，妄图走捷径、找秘诀，其实这是空想。任何通向成功的道路，都要靠自己去开创。因为路就在你脚下，任何人也代替不了你的劳动。来信要我给你"划定一个范围"，这是无法办到的，因为各人的生活经历不同，所走的创作道路也不能一样。至于你要我出题，并附一个提纲，让你去作文，那更是超出了创作的范围。这一点，我无能为力，只有请你原谅了……

一九八一年八月八日于广州

读人家的文章，要防止断章取义

……拜读大作《关于创作艺术形象的断思》（见1981年4月号《作品》月刊）后，很受启发。特别是关于怎样反映生活的真实面貌的观点，给人新的启迪。

不过，仅有一处读来觉得有点问题。文中引用托尔斯泰的一段话："只有当你……当必须表现这一内容的要求不能使你安静的时候，那时你才好写作。"这里好像是一个双重否定的句子，引文中"必须……不能"所表示的意思，不够准确，是否译文有误？……

读者　肖涛玉

来信收读，谢谢你对我的短文的鼓励并对它进行语法上的推敲。不过，你对我引用托尔斯泰的话认为"有点问题"，这首先是由于你的"摘引"所引起的，你在信中，把一段内容丰富，句型复杂的话，简单地变成这样的："只有当你……当必须表现这一内容的要求不能使你安静的时候，那时你才好写作。"

而托尔斯泰在回答什么时候可以写作时，他的原话是这样说的："只有当你感到心中有一种完全新的、重要的、自己明白而人们还不理解它的内容时，当必须表现这一内容的要求不能使你安静的时候，那时你才好写作。"

而你把他的话中最主要最具体的内容用"……"给以架空，然后把"必须……不能"加以抽象理解，这如何能正确领会托尔斯泰的思想呢？凡阅读人家的文章时，一定要把上下文连贯起来理解,千万不能孤立地截取一段去任意解释和发挥,更不能断章取义,这是起码的常识。

……

一九八一年八月一日 广州

不要作不切实际的幻想

……我把作品《风波》《心事》《变心》《洗礼》《高佬姆》等短篇小说和短文,分别投寄到《作品》和《花城》,我请求编辑若不采用,转送到你处批阅,然后寄回给我。我知道这样做是冒昧的,但我的苦衷谁能体会呢?嗨,我真担心自己会被窒息这创作的生命!我只渴望做你一个忠实的学生,在你直接教诲下迅速破土而出,使之茁壮成长!我下最大的决心,拿起战斗的笔,为人民服务一辈子!希望你果敢地培养我吧!最好你把地址告诉我,待我把文稿整理好,全部交予审阅……

广东开平县 余东平 八月二十八日

……我去年进小学担任校长,从进校起,直到现在一共写了近百份稿子,投向各报刊,都没有被采用。说老实话,单为退稿一事,我不知听到了多少嘲笑和讽刺。有时不能吃饭,甚至不能睡眠……因此,我才挥笔向你写信。……想得到你的教育培养。我希望你能够耐心地引导我慢慢提高,慢慢地走入创作之路。

附上一首诗《啊,延安》,请先生给以精心修改,再来信指教。今后,我每次来稿都先寄给你修改,由你处理。

再者,我寄给贵刊(不知是指哪个刊物?因为我现在不担任任何一个刊物的编辑职务——萧注)的稿子,有《说梦》《爱情与友谊》《失题》《庐山颂》《两种人》和《一张电影票》等六篇,对这些稿子为什么有的回信;有的退稿;有的既不回信,也不退稿呢?

……上面这些问题,我要求你回复,给我解释或在刊物上发表公开信……

湖北大冶 曹树夏 八月七日

……我是初学写作者,从小就热爱创作,决定为社会主义事业,贡献自己的一

切。我曾写过几篇小说。在这短短的创作途中,我觉得自己对写作的知识太贫乏了,写出来的作品没有力量,读者读后没有受到教育,而且读到中途,就不愿读下去。写小说是给人看的,让人们从中受到教育。可是写的都不受人欢迎,又怎么行呢?最后,我决定向你请教,请你给我一些创作方面的指点和启发……

大连 苑永权 九月十日

……这三位青年的来信,有一个共同点,因此,我把它们凑在一块儿,一起答复。

有不少这样的青年,每当他们在写作上遇到一些困难,特别是寄出去的稿件得不到刊用的时候,喜欢给老作家写信,希望得到写作"秘诀",好让他们掌握通向文学大门的钥匙。他们认为,只要老作家肯把"秘诀"交出来,任何人都可以按照"这一套"写出好作品,甚至写出伟大的作品。我再一次诚恳地忠告他们:写作"秘诀"是没有的,因为创作不是一门技艺,不能像师父教徒弟那样,只要依样画葫芦就可以造出作品来。作家可不一样,每篇作品都要经过刻苦琢磨,精心构思,经过呕心沥血的努力,才可能创作出一篇像样的作品。古今中外所有作家的经验,都说明了这一点。

在这次来信中,余东平同志还希望:把各编辑部都不采用的稿子都转送到我处批阅,然后再寄回给他。而曹树夏同志也要求我对他投寄给各刊物而得不到下落的稿件都给予回复或加以解释。这些希望和要求,都远远超越了我的权限和能力范围,因为我现在已经不再担负任何一个刊物的编辑工作,各刊物不刊用的稿件,我怎能给予回复并加以解释呢?其次,我有我的工作,甚至还有不轻的写作任务。要答复青年们的来信,也只能利用业余的时间。加上近年来我常常住医院,年老多病,体力远不如以前,连爬一层楼梯也感到吃力。所以对于那些空空洞洞的,不联系实际的来信及问题,很少回复。因为不仅时间不够用,而且即使勉强回答,对他们也不会有什么用处。

五十年代,中国作家协会曾经设立过一个机构——青年作家工作委员会,专门处理青年作者的来信来稿,可惜这机构现在没有了。本来各文学刊物编辑部,应该负起发现人才、辅导文学青年的任务,但目前各地区对这工作做得并不理想。现在好像有这样一种倾向,把少数人担任不起的任务,硬压到少数人肩上,这是很不正常的,应该引起文学界领导的重视,并切实加以解决。

余东平寄来的《洗礼》已看过，它给我的印象是写得太零乱了，没有抓住重点。整篇形容词太多，人物的行动却太少；见物不见人，读来使人感到索然无味，既不像小说，也不像散文。可是，他对自己的作品却没有个客观的估价，反而担心会埋没了他的写作才能，用他们自己所说的话，就是"担心会窒息了创作的生命"。

曹树夏随信附来的《啊，延安》：

啊，延安，
你是中国革命的发源地；
有多少英雄保卫过你。
啊，延安
你是中国革命的根据地；
有多少足迹在此踏遍。
啊，延安，
你是我们中华民族的摇篮……

在十几行中，既无意境，也没有个人的真实感情，只用几个空空洞洞的词来回空喊一气。像这样的作品，刊物没有采用，作者本来应该多想想：缺点在哪里？刊物不采用的原因是什么？应该多找差距，努力提高自己的水平，而不应该"不能吃饭，甚至不能睡眠……"。因为要想学会走路，自己就应该有自立的能力，只有如此，别人才好去扶你。换句话说，自己有一定的写作基础，别人才能从旁指点你。

而苑永权同志呢，他在信中提到"自己对写作的知识太贫乏了，写出来的作品没有力量，读者读后没有受到教育，而且读到中途就不愿读下去"。像这样抽象的问题，我确实很难回答，要向我请教"秘诀"，我也确确实实没有，只好请你原谅。

上面我已经说过，任何一个人，包括作家，如果自己不经过辛勤的劳动、刻苦的钻研，只把希望寄托在本来就没有的"秘诀"上，是永远也写不出好作品来的。世界上没有一个能够"点石成金"的作家，请文学青年们也不要再抱着这种不切实际的幻想。

文学作者如同绘画的人一样，首先他对描写对象要绘得像，绘得传神，这是起码的要求。如果在你面前摆一个生物让你去绘，但你怎么绘也绘不像，就是说，你还不

会用线条和颜色把那对象表现出来；这时候，无论别人怎么指点也是帮不上忙的。作家是创造形象的艺术家，他如果不会创造，不会想象，不会把生活真实与他的爱憎糅合起来，并加以升华；那么，有个性、有生命的艺术形象无论如何不可能在他笔下出现。如果你还没有构思、塑造形象的基础，还没有掌握人物性格和情节的起码素养，一心只想依靠别人来培养和指点，那是很难"成材"的。因此，我希望那些想"破土而出"，"想茁壮成长"，或者希望"慢慢提高，慢慢地走入创作之路"的青年同志，请你们先扎扎实实地去生活，认认真真地去积累和思考生活，多练习人物素描，常勾勒一些生活细节和场景，千万不要为寻找"秘诀"而白白浪费时光。

高尔基在一封写给青年作者的信中曾经直截了当地指出：如果你不具有一定的文学创作素质，那你千万不要走这条道路。如果你老在文学的大门外徘徊，那不如赶快去干别的工作。我想用高尔基这句恳切的话来奉劝某些青年同志，还是适宜的。……

一九八一年九月十五日于东病区

要善于从阴暗处看见光明

来信于一月前已收到，因冷空气来袭，肺气肿突然感染，因而痰喘加剧，医生本已同意我不日出院的决定，临时因病情变化又被取消了。经过一个星期的抗生素输液，最近才和缓了些。但何时才能出院，似乎使医生更犹豫了。正因此，拖延了复信时间，望原谅！

读来信，你对于一些作品受到批评，似乎感到有些迷惑不解，思想上也有点混乱；你甚至认为有些题材又被划进了禁区，特别是写社会阴暗面容易触犯禁令，容易招来批评，惹起麻烦。

老实说，我不敢同意你的见解。你是创造艺术形象的人，题材如何来自生活，它如何在头脑中酝酿形象，你比我更清楚。我们接触生活、感受生活、判断生活或创造人物和构思题材……常常都不受约束的。真正能打动人心的艺术形象，往往是出自我们的内心，发自我们的真情实感，孕育于我们的亲自感受。因此可以说，真正的创造艺术的规律与这种所谓"题材禁区"之说，是不相容的。

其实，题材是不能有什么禁区的，就正像我们的视野不能有什么禁区一样。中心的问题应该是我们站在什么立场上、采取什么态度去观察生活、判断生活和表现生活。总之，怎样地正确反映这类题材，才是我们应思考的主要问题。就说十年浩劫这段历史吧，也不是今后就不许写，谁也不会作出这样的规定。因为在中国历史长河中，确确实实出现过这么一段大浩劫、大灾难的史实，谁能把它从历史中斩掉呢？又有谁能否定它的存在呢？凡是历史唯物主义者，大概都不会回避这段历史；而现实主义作家固然不应放过这历史阶段中的好人好事和从黑暗中窥见的光明，同时也有责任去揭露"四人帮"及其同伙的反动实质及其罪恶。

但为什么某些作品又引起了读者的不满和文艺界的非议呢？从革命现实主义的观点来看，我以为下列几种观点和做法，是值得怀疑的：

一、有些描写"四人帮"时期的悲剧，仅在"惨"字上下功夫：妻离子散，家破人亡，人们读了都不禁黯然泪下。但我并不怪作者写得这么凄惨，问题是，这类作品除了使人悲痛，使人痛哭流涕，使人泣血椎心之外，似乎没有更多一点的东西。这些作者，似乎以突出悲惨来作为作品的特色，仿佛被害者越软弱就越动人，凶手愈残酷就愈有声色；作者好像着力于生理刺激的描写，仿佛刺激性越强烈，作品的感染力就越大似的。什么是促使这悲剧发生、发展的根源呢？却往往被写成是偶然的或个别的原因；既不是出于一种社会思潮的影响，也不是由于某种阶级势力的压力。因此，作品虽然令人悲痛，但顶多只能使人理解为一种天灾似的祸害。既然如此，那么它们如何能深刻地反映"四人帮"的祸害？又如何能帮助读者认识生活和认识社会呢？

二、有些作者由于自己受过委屈，有过怨气，既对国家前途感到失望，对人生意义又感到迷茫，因而他们容易把人民的利益和国家的前途抛到一边，容易把自己原有的革命理想抛到九霄云外。现在他们戴上有色眼镜，对什么都看不顺眼，把变动着的社会看成漆黑一团，把经过拨乱反正的社会看得像十年浩劫时一样；表现在他们的作品里，常常是拿现在的事实来发泄过去的不满，以现在的人物来倾泻心头的怨恨；历史明明是向前发展了（不管多么微小），但出现在他们作品中的典型环境却仍然是从前的。这一来环境被歪曲了。这样的作品，哪能真实地反映生活和真实地反映人物的精神面貌呢？结果，把一些较好的也看成坏的；把一些本来已经得到部分改正的现象，竟描写成一团漆黑；把一些在这环境下不可能发展的事件，竟任意夸大，变成普遍性的事件。对于这类作品，不仅读者得不到鼓舞，即从创作规律来要求，也是不合逻辑的。

三、现实生活中存在的积极因素，在典型环境创造时竟被作者完全抛弃了；相反，作者却以最大兴趣把一切消极因素进行集中概括，就这样，把促使人物行动的典型环境作了严重的歪曲；而人物则完全是消极的，甚至是恶劣特征的概括和凝聚，成为最消极、最腐朽的典型形象。请试想一下吧，具有这样特征的人物在这样消极的环境中，当然是如鱼得水，像入无人之境那样为所欲为，遇不到任何阻力和抗拒了，作者想让他干什么坏事都会如愿以偿。结果，作品给读者制造了一种假象，一种离开典型环境任意捏造出来的假象。既然如此，这怎么能反映出生活的真实面貌？

要知道，我们为了人民的利益，为了建立合理的社会制度，曾经前仆后继地、不屈不挠地进行五六十年的革命斗争（民主革命自然包括在内），在血战中，我们固然流了大量的血，牺牲了众多花朵一样的生命，也培养了革命正气，树立了人民欢迎的作风；在革命实践中不仅养成了为人民、为革命的道德品质，也培养了高尚的情操；几十年来，不仅广大革命战士和干部得到磨炼，而且广大人民群众也在战斗实践中得到磨炼。这种深入人心的革命正气是不可磨灭的，是贫贱不能移，威武不能屈的，即使在十年浩劫期间，这种正气也是一堵阻拦反革命的障壁，是社会上一切歪风邪气的巨大阻力；只是由于各人所处的社会地位不同，他们表现正气的方式不一样，因而对反革命、对歪风邪气所喷射出来的愤怒火焰，也不相同。总之，这是一股巨大的阻拦反革命的阻力。但是，如果我们在创造典型环境时，把这股势力（蕴藏着旺盛的革命正气的人们）置于度外，在广泛概括时不把这股正气摆进去，结果势必把环境简单化，那么，这样创造出来的环境，还有什么典型意义？在这种简单化的环境下所出现的种种事件，还有多少真实性与说服力呢？

四、在写悲剧时，作者没有把"四人帮"的反动实质真正揭露出来，甚至使某些读者把"四人帮"那一套与社会主义道路和共产党党性混为一谈。使有些读者把"四人帮"所制造的悲剧，以为就是共产党制造的；以为"四人帮"以极左面目出现的作风，就是社会主义制度。于是这类作品有意无意地把读者引向怀疑党、仇恨党，以至于使一部分读者与共产党之间恶化到剑拔弩张的程度。实际上，我们只要认真看看"四人帮"祸害人民的政治实质就会明白：他们的目标和道路同党的目标和道路，是势不两立、水火不相容的；两者是对立的，敌对的，是你死我活的关系，他们所奉行的，正是封建法西斯、资产阶级的个人野心，拉帮结派，尔虞我诈，唯利是图并置人民于死地的极反动的政治；他们要打击的，不但是革命的优良传统，连人民的一切好传统也摧残殆尽。可以说，凡是历史上最丑恶的、最腐朽的、最反动的东西，都被他们视为至宝；正是利用了这些，他们制造了数不尽的冤案和惨剧，把中国人民和广大干部推向史无前例的水深火热之中。"四人帮"及其同伙既然处处与人民为敌，那么它与共产党的奋斗目标，与为人民作主的社会主义制度，有哪一点是相同的呢？

五、有人说，社会主义时期的悲剧，其根源是社会主义制度。很明显，这是颠倒是非的胡说，这些人如果不是出于别有用心，至少也是政治上的糊涂虫。我们大家都亲身经历过十年浩劫，但制造这场祸害的刽子手，是林彪、"四人帮"及其帮凶；绝不是共产党和社会主义制度。这批败类正是封建残余的病毒，正是人类渣滓的垃圾堆，也是人类社会中一切最反动、最腐朽的凝结块。毫无疑义，这是社会主义前进的障碍，是一颗破坏人民事业的定时炸弹。无可讳言，新中国成立二十多年来，我们对于封建毒瘤以及资本主义垃圾，还扫除得不够有力，还来不及把夺来的民主权利彻底交给人民；于是给了这些败类以可乘之机，使他们敢于撕下伪装，公开跳出来破坏革命，残酷地制造了无数的冤假错案和悲剧。鲜血和眼泪再一次沉痛地警告我们：如果我们对封建余毒、特殊化、裙带风、唯利是图、尔虞我诈、关系学和官官相护等恶劣思想和作风，显出心慈手软，那么社会主义制度永远也无法健全起来。

所谓社会主义制度，是马克思、恩格斯等革命导师在总结了各种剥削制度及其后果之后所提出来的美好理想和奋斗目标——即建立一个没有人剥削人、没有人压迫人、能共同创造并享受物质财富和精神财富的大同社会。至于这个理想在各方面需要规定多少条文，需要什么样的具体规定，只有在建设过程中才能逐步明确下来。总之，所有维护旧社会的制度、思想、风尚等消灭得越彻底，新的制度就建立得越完善；相反，如果对反动的、腐朽的东西，不决心彻底铲除，那么，新的制度和风尚就永远也建立不起来。可见所谓社会主义制度，并不是一提出就是具体可行的；因而那些把社会主义初期所产生的悲剧，都归咎于社会主义制度的谬论，是毫无根据的；正相反，恰恰证明了我们对旧制度的思想残余和旧阶级势力斗争得不够有力，给了反动势力以可乘之机，于是造成了空前的悲剧，这才是我们要认真总结的主要问题。

我向你简述上面五种情况和做法，只是一部分，由于这半年我都住在医院里，许多重要作品都没有机会接触过，因而，如果说我全面论述这方面的问题，不如说是我只就我所知举出一点事例而已。

由此可知，在现实主义者的心目中，现实生活是无限丰富，可提炼的题材是取之不尽的。只要我们不把生活简单化或表面化，任何题材都可以反映，而不应该有什么题材禁区；但我们一定要站在人民立场上，用革命的观点去描写人民的生活、遭遇和命运，用发展的眼光去反映社会的消极现象或阴暗面，目的是提醒人们，认清敌人的反动实质，以提防它再次出现。这是革命作家的神圣职责，也是现实主义作家责无旁贷的任务。

高尔基把作家的任务喻为"接生婆"和"掘墓人"。是的，我们一方面要狠狠摧毁腐朽透顶的吃人的旧社会制度，同时又要满怀信心地迎接人民新世纪的诞生。高尔基说的是真理，它责成革命作家既要向腐朽的制度、观念和风习做不懈的斗争，又要给人民带来信心和勇气，以引导人民为更美好的未来去奋斗。

来信中曾提到现实主义和浪漫主义的关系问题，这正像从阴暗处看到光明一样，其间是有内在因素联系着，是有机相连，是矛盾的统一体；这两者的关联是固有的，绝不是外加的、勉强的，或是生硬地凑合起来的。如果我们只看见阴暗的一面，就急忙做出悲观的结论，不但不能反映现实的全貌，而且这判断也是有害的。我们都知道：有压迫就必然有反抗。由于反动势力腐败透顶，不得人心，于是引起反抗，甚至引起人民普遍的激烈的对垒，最后导致反动势力的彻底覆灭。这是历史的法则。但其间含有内在的必然性和因果规律，绝不能孤立地去看待事物，更不能孤立地去看待社会现象。同样，有些作品由现实主义的实质透视到浪漫主义的前景，由阴暗经过斗争逐步向光明过渡，也不是勉强的、外加的，而是其中存在着事物发展的必然规律，存在着由量变质的必然因素……

我已在医院里住了四个多月，但对医生的嘱咐一点也不敢疏忽，因体质太弱，病情一再反复，肺部的炎症又容易发作。近来精神虽有所好转，但院方还是一再向我提出警告：不要过多运用脑力，因为稍一疲劳就容易感冒，每一次感冒就会引起宿疾的恶化，因此我不敢多写。你的胃病也时常折磨你，望你多保重！……

一九八一年十一月于医院

不要把文学创作同新闻报道混淆起来

××同志：

年晚接读你的来信，知道你近来写作并发表了不少散文和报告文学；现在又应出版社之约,将编集《深圳××》出版,为此特向你祝贺并希望在此基础上更加努力,不断提高。

从去年四月至今,我的大部分时间都在医院中度过,由于病情反复无常,时而恶化,时而和缓,至今仍未出院,虽然每日都服药,但我知道病势在恶性循环中发展,肺部炎症经常发作,因而痰多气促,有时甚至呼吸困难,医院方面唯一对付它的办法就是注射(或吊输)抗生素,这种药物注射多了,就直接影响胃口,不思食甚至厌食情绪长期存在,每餐只能勉强咽下半两食物,有时甚至连这点食物也咽不下,于是体重日益减轻,至今只有三十七公斤,连爬一层楼梯都气喘难受,体质之衰弱,便可想而知了。

在你的来信中还谈了一些别的问题,暂时都撇到一边,待精神较好时再讨论吧。现在急着想跟你谈的,是一个所谓"新鲜感"的问题。你来信说:"我觉得文艺作品有两个特点和作用,一是给人新鲜感,二是给人以深度。后者鉴于我初入文坛,水平有限,故抢不过名家,但我置身特区,得天独厚,故抓住这个新鲜题材,赶写一番,给人以一种新鲜感取胜了。这条路子不知对否?……"

当作一条创作道路来看,光抓新鲜题材这点,是不够的;打个比方说,这是一个坡度很陡的斜坡,稍不留心,就会使你滑向一个"取奇猎异"的山谷,虽不能说是一个"一失足成千古恨"的深渊,但距离艺术创造却越来越远了。你既然对文艺作品的"深度",以"初入文坛,抢不过名家"为借口,而放弃了努力,现在最引起你注意和兴趣的,似乎只是富于"新鲜感"的"新鲜题材"了。

所谓特区,主要是"特"在经济建设上,即在社会主义的前提下,在经济建设上大胆采取灵活的措施,因此,在工农业建设上努力采取各种有效措施,采用先进技术,加速生产过程,提高生产力;为了这,不仅吸收外部技术人员,甚至求外资合作或鼓励外国投资。这些都是新鲜的,倘从一个新闻记者的角度来看,全是新闻题材,都值得报道。但文学都不能满足于这些。文学的社会职责,不是去描绘生产过程或介绍技术经验;它首先应在精神上鼓舞人,它以人为描写对象,以积极影响人的精神为目的。因而,在特区应反映什么,什么题材最能鼓舞人心?什么题材最能激励人的斗志?作者不仅要勤于探索,而且要善于选择。

在特区,采取特殊政策、灵活措施之后,生产有显著的上升,人们的经济收入也有所增加。但如果以为收入多就大力赞扬,就热情歌颂,不仅不能表达我们的美学理想，反而可能使人迷失方向。要是因收入增加能壮大社会主义经济，改进工农业，又能促进社会主义的文化建设和提高人们的道德品质，从而诱导人民更自觉地同舟共济，热爱祖国，那是值得赞扬，应该热情歌颂的。

对于具体题材一定要作具体分析，如果轻重倒置，红白不分，把积极因素同消极因素混淆一起，势必把读者引入歧途。资本家和投机商人也是以赚钱为目的，不过，他们跟我们为壮大社会主义经济，促进社会主义文化建设显然不同，他们是为了扩展其剥削基础，巩固他们人吃人的剥削制度。我们在进行创作构思时，千万不要忘了我们的政治前提，否则，只着眼于新鲜感，必然使鱼目混珠。

你似乎太强调新鲜，太相信临时采访（在编集自己的散文集时还强调照片配合），这同新闻记者还有什么区别？据我所知，文学作品不能看见什么就写什么，一篇作品的酝酿，首先依靠作者对描写对象的熟悉，然后依靠作者的思想感情（作者的爱憎）与描写对象相融合，只有这样，才能达到情景交融，物我一体；才有诗情画意和艺术境界和感染力，只有这样，才够得上称为文学。

你近来发表的作品，由于我长期住医院，没有机会读到，但是从你来信所流露的观点看，倒使我有些担心，担心你把文学与新闻报道混为一谈。可是，也可能是"杞人忧天"，也可能你在写作实践中已注意到这些问题，如果事实确是如此，那么我上面所讲的，只算是多余的废话罢了。但是，话得说回来，并不是我神经过敏，凭空引申，当我阅读其他一些反映特区建设的"报告文学"时，的确曾见到新闻同文学的界线不分，把新闻材料写成"报告文学"的现象。……

医生禁止我多写字，就写到这里吧。勿念

握手！

萧殷　八二年一月八日于东病区

给文学青年朋友们（二）*

离开了人物的真实关系，作品的情节只会悬空

××同志：

读了你的习作《意外的情爱》，使人感到题目与作品的内容都十分模糊和费解。

你来信希望"提点指导意见，特别在故事情节的虚构方面。"我也觉得，在这篇习作中，你除了在写人、状物不够真切之外，最大的问题，就是在情节构思上，你好像根本不注意真实性似的。

作品中的人物和景物，在你笔下都成为一般的抽象的东西；你在描绘它们时，只用些最外表的、最一般的、尽人皆知的形容词去修饰它们的状态、外貌、品性和性质，譬如："轻盈""秀美""窈窕""斯文俊逸""身体高大""端庄美丽""天真烂漫""热情纯洁"，等等。这样一来，这个区别于那个的或此时此地的具体特征，全给那些一般性的概念掩盖了。于是你笔下的人物和事物便失去了鲜明的个别性和特殊性，也失去了那种如见其人、如临其境的感染力与真切感。

其次，情节的发生与发展，缺乏生活气息和真实感，是这篇习作的致命伤。然而真实是艺术形象的基础，离开了性格的真实，离开了环境与人物的合理关系及其发展逻辑，作品不但谈不上艺术感染力量，同时也丧失掉它的思想力量；而变成苍白的、毫无意义的东西。为什么造成这样的结果，你大概没有料到吧？

你这篇习作的中心内容，是写梁烛光和文兰静之间的所谓"爱情"。那么我们来看看，梁烛光之所以使文兰静如此倾心的，到底是什么。据作品介绍，梁烛光"无论

---

* 载1983年8月版《萧殷文学评论选》。

人品和学识,都使她十分钦慕过",月夜曾经勾起她的一些回忆:"在这样的月夜,梁烛光在校园里曾不止一次向他们朗诵李白、杜甫和白居易的诗篇""也是这样一个清幽幽的月夜,梁烛光到她家里来探望她,那时她正在病中,他带了几个橙子,还给她补了课""又是这样一个月夜,梁老师和刚毕业的她们在校园里畅谈理想,鼓励她们珍惜青春年华,把聪明才智献给祖国""在她做他的学生的时代,虽然年纪还轻,就已觉得这个老师是那样可亲可爱,她纯洁的心灵里,曾隐隐地绽开过一朵小小的玫瑰花""听人家说,有人先后几次给梁老师介绍了姑娘,可因为他是个民办教师,二十五元工资,就打了退堂鼓,她实在太同情他了""从来没有谁像他如此关心她""论社会经验、文化知识和思想品德,都堪称我的老师""梁烛光的纯朴、正直,确是打动她的心,而他的婚姻遭遇,也使她十分同情""她考虑的是一个人的素质、品德和学识,而职务、地位、工资和年龄她是不计较的"——于是文兰静对梁烛光十分倾心,处处钟情。

然而对方呢,梁烛光却顾虑重重,不敢轻举妄动。在他看来,文兰静"端庄美丽,天真烂漫,热情纯洁却又勤奋好学,成绩优良";他认为"这样的学生,正是祖国未来的希望,因此,他曾注意培养她";但"他觉得他们是师生关系,不应该扯到这个(恋爱)问题上";而他自己则"是一个正直憨厚的人,多年的教学生涯,使他变得拘谨持重了。他一向善于用理智来控制自己的感情";因此他回信劝文兰静:"要冷静地考虑这个问题,不能感情一时冲动,就失去了理性的控制";又说:"你各方面都是不错的,你有远大的前途……我怎么能耽误你呢?我只是一个普普通通的民办教师,只有二十五元工资,同时我的年龄也比你大了十岁……况且我们是师生关系,我的责任只在于教导你,启发你,培养你,如果我今天和你的关系发展成恋爱关系,这在人们看来,简直是一种不道义的、至少是不正派的行为;人们会责备我,嘲笑我,我如何向世人辩白得了?"经他反复考虑,"他决定了,无论如何不能接受文兰静的爱情,并且即刻给她写了信。"

既然他们之间各有各的想法,各有各的打算(姑勿论这想法和打算是否正确),但其中顶多只是一些挑选干部或培养人才的条件,哪有半点爱情的成分?既然如此,作者的所谓的爱情根本就不存在,而爱情的情节自然也只能到此为止了;可是你不管双方的性格,也不管他们之间(特别是梁烛光对文兰静顾虑重重)的情绪,硬叫他们牵扯在一起;虽然梁烛光一再对她表明他的为人与种种顾虑,可是你却千方百计地生硬地把情节往下拉,总是在"她热爱他,而他却不敢接受"之间兜来兜去,使情节发展得已不顺乎情理,也违背了生活的逻辑。甚至,由于脱离了性格的局限,只想到情节向前发展(继续把情节往下延伸),以至于造出了互相矛盾的场面,严重地违背了生活的真实,丧失了起码的使人置信的力量。下面三种情况的出现,不正说明了你在这个问题上的混乱吗?

(一)当梁烛光听到人们关于他与文兰静的一些流言时,他一方面感到委屈和内疚,同时也使他"深深感到,为人师表是多么严肃的问题,要多谨慎呵"。——这是梁烛光受到一点波折后的内心反应,也是他一贯的、较固定的拘谨、持重、稳健的人生态度的反应。这表现,本来与他的性格是一致的。可是你为了情节发展,为了在绝望中把情节拉回到爱情的圈套里来,竟不惜支使梁烛光违背了他曾经"深深感到"的箴言,硬叫他在一个星期六晚上,趁教师们都离开了学校,独自走进文兰静的房间去;他们虽则只是不自然的闲谈和补课,但在梁烛光的前顾后盼、怕这怕那的性格中,这次相会是可能的吗?这种生活场面,他难道不顾虑到会惹来更恶意的流言吗?

(二)梁烛光一向很持重,严肃,虽则文兰静向他披露过爱情,而他却一再表示,建立这种关系是不可能的,因为"他的责任在于教导她、启发她和培养她",他认为"如果两人发展成恋爱的关系,人们将会把这看成不道义的、不正派的行为",他还认为:"那种欣然接受无知少女奉献的不相称的爱情,犹如那种馋食的人随便接受别人的食品一般可鄙",因此,"他决定,无论如何不能接受文兰静的爱情。"——这种想法和态度,本来完全符合梁烛光的原来的性格,可是,为了制造爱情,为了方便爱情的继续,作品竟违背梁烛光本来的性格,人为地在他内心设置了一种藕断丝连的脉脉情意。当他以不近人情的态度拒绝文兰静的爱情时,曾使她受到莫大的委屈,于是她生气了,不想再理会他。使人奇怪的是,当对方采取应有的冷静态度时,这个一贯态度严肃,怕这怕那的梁老师反而变得非常敏感、十分多情了,甚至连文兰静一点微细的表情也使他瞩目:当他从她房中告辞出来后,发现文兰静"对他有些隔阂了,她在热情之中包含着冷淡,而且有时还巧妙地抓着一两句话嘲讽他,他想,'她心中隐蔽着对我的成见呢'"……

(三)从作品开始到末尾,文兰静与梁烛光的关系,都一直是师生关系,彼此保持着应有的师生距离;小说虽然安排他们有过几次接触,但所谈的,都不外乎"人生道路,四化远景,政治时事,文学艺术"等问题。两人都很矜持,从不放肆……可是你大概为了使"爱情"能够"跃进",急需"突破"这种死气沉沉的气氛,便在小说中安排了这样的情节:"在一个夜晚,当文兰静到梁烛光家告别时,从窗外看见他正在埋头写稿,连文兰静在窗前站了很久他都没有发觉,于是她轻轻拾起一块石子投了进去,梁烛光猛地一愣。而当看清窗外站的竟是她时,就高兴地笑着说:'是你呀!吓我一跳,什么时候来的,快进来吧!'……"这种举动显然不是出自文兰静的性格,而是出于作者虚构的需要。更甚者,你为了证明"创造"爱情的成功,竟在作品末尾,忽然撇开梁烛光所一再表明的人生哲学和对文兰静的具体观点:"感情冲动地一把抱住了她,还在她动人的脸上吻了又吻……"

这种让读者意想不到的结局,很可能使那些一味追求情节的人感到"新鲜""创新"和"突破",可是人们要问:这结局能感动人吗?能令人置信吗?

在生活事实面前,这类事情完全有可能发生;但作为一篇文学作品,却不应满足于表面现象或偶然现象的摹写,而必须通过特定环境与特定人物的关系的深刻描写,揭示事件发生、发展或结局的必然性。

这篇作品只写到爱情纠葛,其实,任何题材或反映生活的任何方面,都不能脱离上述规律。凡是不注意人物性格,不注意性格与情节的相互制约和相互影响,又不注意特定环境对人物性格的影响和对情节发展或变化的作用,都不可能写出具有真实魅力的作品。

这种情况的发生,一方面是由于你缺乏写作实践经验——还没有摸到文学创作的基本规律,但更主要的却是由于你并没有深入生活,对生活还没有应有的理解;尤其是对事件的当事人,还缺乏感性的理解和感情,因而你抓不住他们独特的个性特征,也写不出有感染力的细节和场景,甚至在"对话"时,除了"空话""套话"之外,竟没有一点能表露真情实感的话。

既然如此,你凭什么来写作呢?凭虚构?凭想象吗?是的,文学艺术在创造过程中是允许想象和虚构的,但不是胡思乱想,不是任意杜撰的。艺术的想象和虚构,是建筑在作者深厚的生活基础上,建筑在对人生的深刻理解上,和强烈的感受并由此而引起的炽烈的爱憎上。只有当作家觉得某些事不表现出来、有些话不倾吐出来,便如鲠在喉的时候,这才是创作的冲动,才是艺术形象已经孕育成熟、急迫地要到人间社会上来的征候。

但是,你的情况却似乎完全不是这样,应引起你的深思。

一九八二年六月十日于广州

写作切忌无病呻吟

××同志：

由于常常患病，不能及时给你复信，请原谅！

来信说，你"热爱生活，喜欢文学，觉得世上许多美的东西值得赞颂"；可是根据你所谈的事实，与你自己说的正相反。你的缺点就出在你并不真正热爱生活，也还没有真正理解文学，更没有真正发现、认识世上美好的东西。为什么我这样说呢？从你的来稿看，你对生活并没有真实感受，对事物的领悟也太浮浅，总之，你对生活缺乏热烈而深刻的真情实感。既然如此，怎么谈得上"热爱生活"呢？如果不信，你的习作不正给这些判断做了旁证吗？《春的声音》不过是堆砌一些尽人皆知的形容词和感叹词，罗列了一些极其表面的、司空见惯的现象，既是浮光掠影，也没一点自己对春天的真切感受和新意。至于《思情绵绵》，更完全是胡思乱想、无病呻吟的堆积了。什么"浪花呀！陪伴我吧！因为只有看见你，或幻想、梦见你，一切东西在我的眼睛里，就仿佛都被太阳照亮，一切就变得更有趣、更快活、更有意义，生活也变得更充满快乐了，痛苦也就烟消云散了。"浪花会有这么大的法力？可见你所谓的"有趣""快活""狂热""有意义""充满快乐"，还有你所谓的"焦急""痛苦""痴呆""抑郁""折磨"等等，实在都是些不痛不痒、言过其实的空话。什么"当爱情的烈火燃烧起我的心胸，我怎能不写富有幻想的、抑郁的抒情诗篇？"那么，爱谁呢？爱一个世上并不存在的梦幻中的姑娘。这也说得上"爱情的烈火燃烧起我的心胸"？这些不是胡思乱想、无病呻吟，又是什么呢？你的所谓"热爱生活"，实际上是爱那些空中楼阁或是虚无缥缈的幻境。你并没有发现和感受到人世间真正的美。这就难怪你会把胡思乱想、无病呻吟当作"美"的"思情"（大概是"情思"）来"赞颂"了。同时，你还将"美"错误地理解为"美丽""漂亮"一类表面的东西。这就难怪你热衷于浮光掠影地抒写一些所谓"美丽"的景色，但却不能体现出它们内在精神的美；除了堆砌一些华而不实的辞藻，内容却空洞无物，且毫无意义。你必须知道，形式只有当它恰到好处地表现了某种内容，文字只有当它恰如其分地表达了某种情理时，才是美的；否则便成为多余和累赘。同时，文学是反映社会生活、表现真情实感，并以此打动人心，提高人们的精神境界；它绝不是玩弄技巧的文字游戏。你不从现实生活出发，不写自己所感受的真情实感，却津津有味地搜罗一些华而不实的辞藻,在那里作无病呻吟,那无怪你"常常感到无处着手"。这说明你还未真正喜欢文学,更谈不上走上文学正道了。因此,如果说要解除你写作上的"苦恼",没有别的办法,首先还得认真地、深入地观察、体验生活,描写自己熟悉的有意义的生活,抒写自己的真情实感。其次,便是努力提高表现生活的能力。你也许觉得你的文字很美,其实你的文字不但不能正确地表达内容,而且还很不通顺,像"迫使着无止境的幻想""纯真的幻想迷着我无限的想象""迷呆了花枝招展的姑娘",等等,读来很别扭;还有些错别字和自己生造的词语,如"胆劫(怯)""书(抒)情""潮腾""雨浆"之类。显然在这方面你还得下一番苦功。

我一向不赞成无根据地胡批青年,也不喜欢无原则地吹捧青年,因为打杀和捧杀都是毒药。上面只坦率地谈了我的看法,很肤浅。你听起来也许觉得逆耳,但愿你冷静地想一想!

匆祝

努力!

萧殷　八二年八月十五日

别迷惑在不切实际的幻想中

××同志:

读了来信,感到你和许多青年人一样,对于创作存在着一些不切实际的幻想。

首先,为什么写作?你说:"当一个作家是我长期以来的愿望。"你是从"当作家"的愿望出发来学习写作,而不是出自对生活的感受、理解和热爱,不是发自自己内心的真情实感。像你这样怀着狭隘的个人动机,必然使你对文学这一崇高事业难有正确的认识,使你很难树立真正热爱文学的献身精神和作为作家应有的社会责任感,也必然限制你反映现实生活的广度和深度。这样,你怎么能写出像样的作品?

其次,怎样学习写作?你以为靠书本、靠"天资"、靠老作家的"搀""扶"……这都是不切实际的幻想。学创作,不能只从书本上下功夫,更重要的是生活。从生活出发,把零碎、分散的生活概括为有生命的形象。因此,只追求抽象的知识和技巧,甚至迷信"秘诀"都是无用的。陆游曾告诫他的儿子:"汝果欲学诗,工夫在诗外。""纸上得来终觉浅,绝知此事要躬行。"这"诗外",就是生活；这"躬行",就是写作实践。靠"天资"是靠不住的,从事文学与从事任何事业一样,最主要的是靠勤奋实践、靠努力摸索,并在不断实践、不断总结中逐步提高自己。老作家最多只能从旁指点,路得靠自己走。

现在回答你提出的几个"实际问题"。

一、"我听说,构思是关键的一环,但我总没有走通这条路:当我写下去的时候,便会将我那自认为很周到的构思打乱,从而写不下去。你能解释这种现象吗?"我的回答很简单,你写作过程中出现这种现象,首先证明你在动笔之前并没有进行题材构思,更没有"周到"的"构思"。

二、你说你"所熟悉的生活是平淡的,几乎没有什么动人的或是离奇的场面,但有典型意义"。这就怪了。既然说是"平淡"的,怎么又说是"有典型意义";既具有典型意义,就可见平淡之中有深意,有不平淡之处。看来,你并未理解"典型意义"的实质,既说"有典型意义",但为什么又说"没有什么动人的"呢?你还说"作品即使不大动人,但起码是有价值的"。作品如果缺乏艺术感染力,不动人,无新意,还有什么"典型意义"?哪里还谈得上有什么价值呢?以情动人是文学的特殊功能,没有它,就不成其为文学作品了。

三、你说:"假如将整个世界看作一个统一的整体(国家和人间);假如将不管任何国家的凡是'伤痕'的作品都一律视为'暴露'等,那时的文艺批评家们会有什么样的想法和说法呢?"你大概很有点愤愤不平,认为既然别的国家可以写"伤痕",我们的国家也应该可以写。我以为,问题并不在该不该写"伤痕",能不能"暴露",而在于怎么写,站在什么立场,从什么角度去写"伤痕"和进行"暴露"。

这在不同国家、不同阶级的文学中,是有根本区别的,不能将"不管任何国家"相提并论,也不应不加分析地一味仿效。我们只能站在广大人民利益的立场来观察生活、判断生活和表现生活(其中包括写"伤痕"和进行"暴露")。你说:"'伤痕文学''暴露文学'有不可忽视的作用。"但首先应明确,这"作用"只能是对壮大发展社会主义有利、对广大人民有利,而不是相反。只要坚持这个原则,人间的"伤痕"和社会阴暗面不但可以写,而且应该写。如果有人对社会主义敌人(如"四人帮")的罪行和流毒不许揭露,对危害四化建设和人民利益的弊端禁止批判,那么,这些人倒应该想一想自己,究竟站在哪个阶级立场上。

四、你要我介绍一些符合你的情况的书籍,"列出一些写作必读的作品来",并谈"一些关于你在创作方面的问题",还要我帮你修改稿件。只凭你这一封信,我怎么能了解你的情况呢?我工作繁忙,即使偶尔给青年阅稿和复信,也只能在工作之余。何况我年老体衰,常被病痛纠缠,自顾不暇。怎么可能满足你这么多的具体要求呢?这方面还得请你原谅!同时也向你直言,一个作者要描写各种各样的人物,就特别需要善于设身处地为各种人物着想。否则怎么能理解人、描写人呢?

总之,你对文学写作还存在不正确的态度,对创作的基本知识和规律还缺少了解,也还缺乏应有的文字表达能力(如意思表达不清,文句不通顺,不少错别字等)。还是先正视这些问题吧,别再迷惑在不切实际的幻想之中。言重情挚,望你鉴察并深思之。

匆匆
祝努力!

萧殷
八二年八月十五日于暨南园

创作不能以提出问题为满足*

问：最近《文学报》展开对问题小说的讨论。萧殷同志，请谈谈您对这个问题的想法。

答：我们首先应想到一种文学现象：古今中外凡经得起时代考验又受到人民欢迎的作品，哪一部不深刻地反映了生活的矛盾？哪一部不是经过作家的反复思考，发掘了生活中的问题，从而对社会改进有所影响的？广义来说，作品总要对生活提出问题，作家总要提出自己的见解和判断。作品不反映生活中的矛盾，作家不思考生活，那还有什么好作品和好作家？鲁迅、茅盾、巴金等，他们都严肃地思考过生活，都深刻地反映了生活矛盾。精神胜利法是我们民族解放的绊脚石，鲁迅的《阿Q正传》，用意不就在于搬掉这块绊脚石吗？《红楼梦》揭示封建主义的没落腐朽和必然灭亡，也是提出问题。作家不能对生活提出真知灼见，那么叫作社会效果也罢，为人民服务也罢，就无从谈起。所以，作品提出问题，反映生活中的矛盾，从而显露出作家自己的见解和倾向来，是天经地义、无可非议的。

问题在于，作品提问题是如何提法？文学家观察、思考、反映生活中的问题，与经济学家、政治家、社会学家不同。所谓"问题小说"提问题的办法，是从概念出发，进行图解，达到概念的结论。这种作品，五十年代就有了，它们从别人现成的结论出发，从社论、概念、政策条文出发，用了很多篇幅，编了一长串故事，绕了不少圈子，最后表达一个简单而现成的结论。现在的问题小说，不一定都从社论、政策条文出发，也许是从自己的某个观点出发，但进行图解的办法却是相似的，不从生活、

---

* 载1985年1月版《创作随谈录》。

从人物、从文艺创作的规律出发。

作品需要深刻地反映时代、生活的本质和矛盾，但这与从概念出发提出问题的做法，是有区别的。

问："问题小说"着眼于问题的提出，不是着眼于再现生活，通过情节反映问题，结果只能给人一个简单概念，而不能提供活生生的艺术形象。是不是这样？

答：是这样。"问题小说"充其量顶多只能在当时给人一些政治影响，至于文艺作品应有的潜移默化地对人们的精神品质、道德情操，以及审美教育、感染等，就谈不上了。既然这样，即政治影响也是不牢靠的。如果塞万提斯、巴尔扎克、雨果的作品也是这个样子，那他们所描写的时代早已过去，对今天的读者就再没有任何意义了。正因为他们的作品不是这样，所以对今天的读者仍然有巨大的艺术感染力和启发意义。《牛虻》写的是民主主义革命，但它对保尔·柯察金这样的社会主义英雄有教育作用，这绝不是概念的作用，而是通过形象表现出来的精神美、品格美、情操美的力量。

从概念出发的东西是行之不远，传之不久的。尽管一时轰动，但很快会被人忘却，忘记得干干净净。

有一些短小作品，并不一定都提出什么巨大问题，但写出了高尚的精神境界和心灵的美，也一样有一股引人向上的魅力。

从人物出发，从生活出发，还可以弥补作家认识的不足……

问：这一点，请您详细谈谈。

答：有两种情况：一种是，作家对生活的认识很明确，他在作品中反映的内容与他的认识是一致的；一种是，作家对生活中某些部分认识不够明确，甚至是错误的，由于他真正从生活出发，生活可以弥补甚至纠正他认识的不足甚至错误。动机与效果有时会出现不一致，托尔斯泰、巴尔扎克都出现过类似的现象。我看到《太平广记》中有一篇笔记小说，作者本意想讽刺一个农民，结果倒反把农民形象表现得很善良，而尖刻地讽刺了商人的卑劣本性。

高尔基说过，形象大于概念。问题小说把自己局限于概念之中，局限于一时一地的某个概念之中。因而深广地再现丰富多彩的生活，它就办不到了。

问："问题小说"是否容易过时？是否可以请您谈谈这方面的意见？

答：问题小说，就是五十年代的图解小说。我们不一般地反对文艺作品要配合党的任务。我们要求文艺配合党的总的政策、总的战略任务并为共产主义事业培育新人。但不是机械地去图解政策，而是要从人物出发，从文艺创作规律出发。文艺作品提问题，作者要从历史进程、时代趋势这样的高度去剖析生活，提出问题，才能深刻、正确地反映生活，才能给人以前进的勇气。

问：问题小说能不能给读者再创造的余地？

答：好的文艺作品，不同经验、不同修养的人看了，会有不同的体会和不同的联想，这是读者的再创造活动。许多优秀作品，经历了很长的历史时期，仍能给后人这种隽永的、反复回味的魅力。那种以提出问题为满足的作品，只能给读者一种干瘪的概念。如果作品单单满足于提出问题，那么它就将丧失文学的特点。

（《文学报》特约记者：沈仁康）

097~196

文学访谈

试论普及与提高[*]
——在中央戏剧学院的谈话记录

自从毛主席在延安文艺座谈会讲话后，中国新文艺运动大大推进了一步，特别是文艺普及工作，获得了很大的成绩，起了巨大的教育人民的作用，推进了革命工作。这是谁也抹杀不了的事实。虽然有如此大的成就，但是不可否认，在普及工作继续向前发展的过程中，在普及与提高的关系上，还存在着一些问题，对于这些问题，文艺工作者不能置之不理，因为，如果这些问题不能得到适当的解决，文艺工作就不能满足人民（特别是劳动人民）的需要，文艺运动就不能迅速向前发展。

但必须首先声明，我在这次谈话中，只打算谈到直接为群众所需要的提高与普及问题，至于干部所需要的提高问题，因范围太大，不想在这里谈它了。

目前普及工作和提高工作的一些偏向

那么，在普及与提高的工作中，目前所遇到的是些什么问题呢？根据各地的通讯反映，群众对普及工作相当普遍地觉得不能满足他们的要求；不论在农村、在部队、在工厂，都同样存在着这样的问题。最近在华北农村曾发生过好几起这样的事情，农民对"新戏"不大满意，认为"说理太多，老一套，没啥看头"，他们宁愿自己摊钱，请旧戏班子来唱戏。在部队里战士也认为："兵演兵，真稀松，不是落后转变，就是郎当兵。"或者是"克唧克，真讨厌，一出台口人们散"，他们觉得要看戏，还不如看旧班子的。类似这样的现象，虽说不是普遍存在，但却是一种值得严重注意的

---

[*] 载1950年11月10日《文艺报》第三卷第二期。

现象。虽然有些文艺工作者既感到这种现象的严重，企图以演大剧来挽回这种局面，但效果也很小。

这是什么原因呢？原因可能很多，但我以为文艺工作者没有从内容上，形式上按照群众的需要与文艺水平出发，却是一个很主要的原因。在普及工作者中间，有一种最普遍的想法和看法，就是把普及的东西，有意无意地视为内容简陋的东西，或者视为从思想上到艺术上都是很低的东西。因此，他们很满足表面现象的罗列，很满足从概念出发、由两个人到三个人在舞台上来说教的所谓"公式主义"的作品。还有一种比较普遍的看法和想法，认为普及仅仅是形式和语言的问题，以为用老百姓所喜闻乐见的形式，和运用群众的自己的语言，就可以把普及工作做好，至于生活反映和思想内容如何，却几乎完全被忽视了。还有一种想法或看法，是把普及初期的作品，当作普及的唯一的标准，他们拿着这些作品到处去普及，第一年是它，第二年是它，第三年还是它，总是老一套的货色，老一套的主题和形式，搬来搬去，已成了一套"死公式"了，还是抱着不放。他们之中有一种最错误的思想，就是认为陕北的形式是中国唯一的普及形式。因此当地民间的文艺的搜集、研究、采用工作，有意无意地被忽视了。既然这样，我们的普及工作怎么能够满足群众的需要？怎样能够使群众乐于接受呢？

问题已经很明显，这样普及下去，当然不能达到教育人民的目的；需要提高，已成为普遍的呼声。但是，好些专家和文艺工作者，都比较着重技术上的提高，比较着重形式方面的提高；那些在群众中做文艺工作的同志，在碰了钉子之后，也认为只有技术提高了，才能满足群众的要求。拿秧歌舞来说吧，当群众觉得秧歌舞总是"三步一退"，嫌它太单调之后，有些同志就尽力在形式上下功夫，在队形变化上下功夫，在步法上下功夫，以为这样一来，就可以满足群众的要求了。但他们却忘记了：离开生活、离开思想内容，单纯在形式上求花样，是不能提高文艺水平的。再有一种对于提高的看法，就是认为三幕五幕的大剧，才是提高的东西，对于劳动人民所习惯、所喜爱的短小形式，则用一种不屑理会的态度去对待，从这样的观点出发，他们有意无意地轻视民间形式，对于劳动人民的欣赏水平与需要，自然就更茫无所知了。既然这样，那么，就可以想象，在这种观点支配下所"提高"的作品，又如何能满足群众的要求？如何能够使群众乐于接受呢？

把普及与提高截然分开，是问题的关键

那么，问题在哪里呢？

文艺工作者的政治水平与文艺水平低，或个人主义的趣味与审美观点等等，固然有关系，但这些都不是问题，我以为把普及与提高截然分开来看待，才是问题的中心。

毛主席说：在普及的基础上提高，在提高的指导下普及，这两者的关系，规定得非常明确而肯定。普及工作与提高工作只是一种分工，并不是划定范围，互相孤立，各自为政。要普及工作做得好，普及工作者首先必须明确地认识工作方针，这个方针应该是：从现有的人民的水平上，有计划有步骤地提高人民的文艺水平与政治水平，从而提高整个民族文艺的水平。因此，普及者要善于利用人民自己的萌芽状态的文艺，逐步加以改造、提炼、加工，逐步提高，目的在于引导这些萌芽状态的文艺，逐步与总方针结合。其实，普及者与被普及者中间的差别，就是因为前者善于引导群众的文艺水平逐步提高，后者则不是。如果一个普及者连这点也不懂得，"那么普及者与被普及者岂不是半斤八两？"这样的普及，显然是脱离了提高的指导原则，便成为毫无目的的普及，"这种普及岂不又变成没有意义了吗？"

虽然有一部分同志在普及中同时注意到提高，但有不少的普及工作者，仍然抱着"为普及而普及"的盲目态度去做工作。他们把"普及工作"简单地理解为"传播工作"。普及工作中所发生的问题，他们不大关心，认为这是理论家与作家的事，与自己无关。这样普及的结果，就正如毛主席所指出的那样："一月两月三月，一年两年三年，总是一样的货色，总是一样的'小放牛'，总是一样的'人、手、口、刀、牛、羊'。"既然如此，那又如何能满足群众的需要？

造成这样的结果，当然不能完全把责任放到普及工作者的肩上，专家或一般不是直接在群众中做文艺工作的同志也有责任的。

有不少文艺工作者，都不太关心普及的工作，对于普及的工作中所发生的问题，不大感兴趣，很少分析研究，真正负起责任去研究这些问题，去解决这些问题的人，就更少更少了。

像这样的现象，应该加以改变。因为这些现象再继续下去，不仅不能给普及以指导，不能从普及中吸收养料，丰富自己；就是所谓"提高"也很成问题。毛主席说

过:"普及是人民的普及,提高也是人民的提高,而这种提高,不是在空中提高,不是关门提高,而是在普及基础上提高。这种提高,为普及所决定,同时又给普及以指导。"很显然,上述那种脱离普及基础的提高,不是为普及所决定,而是为个人爱好或个人趣味所决定的,这是凭空的提高。这样的"提高",其结果,群众自然无法接受,对普及工作来说,自然不能给以正确的指导。

普及工作与提高工作不是截然分开,两者是互相关联,互相影响,互相发展的。没有普及,提高将无从谈起,没有提高,普及就很难继续下去。只有两者有了更正常的关系,新文艺运动,才能够迅速推向前进。因为新文艺运动的发展过程,就是普及与提高辩证发展的过程,离开了不断的普及与不断的提高,就没有新文艺运动,当然更谈不到新文艺运动的发展了。

群众为什么要求不断地提高

要研究普及与提高的关系,我们首先必须弄清楚"群众为什么要求不断地提高",和"为什么要在普及的基础上提高"两个问题。

有人这样说:"群众不爱看新戏和听新内容的说书,主要原因是因为他们旧趣味还很浓,不愿接受新事物。"这样的说法,对某些抗拒新文艺的人来说是对的,但不是所有的群众都是这样。我们都记得,当普及工作刚一开始时,人们都喜欢看新秧歌,听新说书,而且都认为从这中间得到了教育。可是时间久了,他们就不爱看(或听)了。什么缘故呢?这是由于人民的要求提高了,而文艺还停留在普及开始的水平上。毛主席告诉我们:"人民要求普及,跟着也就要求提高,要求逐年逐月地提高。"如果我们的文艺长久停留在一个水平上,不仅在思想内容上不能满足群众的需要,即在艺术上也同样不能满足群众的需要。

革命运动正在蓬勃地发展,社会正在欣欣向荣。社会生活已有如此大的变化,那么由客观社会的发展所反映到人们脑子里的问题也在变化,现实在人们脑子所提出来的问题就越多,人们要求解决这些问题也就越迫切。只要运动在前进,问题就会不断地发生,一个问题解决了,运动就会前进一步,也就是提高一步。如果说,开始普及的文艺能够解决群众某些思想上政治上的问题的话,那么,如果拿这同一的文艺,同一的主题与同一的形式,在半年、一年或两年之后,又在同一地区出现,显然,群众不会再爱看了。因为这样的问题在那个地区可能早已解决,盘桓在群众脑子里的,不再是解放初期的那些问题,而是在革命运动过程中所遇到的新的问题了。对于这些问题,群众希望能在文学艺术中给以解决,如果一个文艺工作者不了解群众的这些需要,反而脱离实际地重复着普及初期的主题(注意我说的是主题。而不是题材),那么,他的作品就会慢慢脱离群众。

就相对的意义上说,主题也是有它一定的时间性的。如果说,在土地改革以前,"白毛女"能回答老解放区农民的主要问题,那么,今天就不一定能回答那些地区农民的主要问题了。为什么呢?因为现实变了,现实在人们脑子里所提出来的问题也不同了。如果在土地改革以前,盘旋在农民脑子里的,是没有土地与需要土地,以及地主残酷的压榨和农民渴望翻身是主要矛盾(主要问题)的话,那么,经过土地改革的地区的农民,这些主要矛盾就不再存在了。可是新的矛盾又产生出来,也许是提高产量与落后农具发生了矛盾,也许是合作社的供应与农民的需要发生了矛盾,等等。从这简单事实,说明了在现实不断变化中反映到群众脑子里的问题也是不断变化的。我们常常忘记这条规律,不善于掌握这条规律,不善于从现实生活中去发现新的问题,并表现这些问题,不善于把人民脑子里的重要问题通过艺术形象表现出来,并加以解决,反而常常满足于表面生活浮浅的认识,满足浮面的现象的罗列,像这样的文艺,当然不能满足人民逐年逐月提高的需要。

人民不仅要求文艺作品的政治性与思想性逐步提高,同时也要求艺术性逐步提高。

所谓作品的艺术性并不是脱离思想内容的东西。凡是深刻地真实地表现了生活与斗争,使生活与斗争的真实面貌(不是表面现象)表现出来,而且富有形象的感染力,这样的作品,就是有艺术性的作品。劳动人民对艺术的兴趣是很强烈的,他们喜欢一切富有形象感染力的文艺,越是形象、越是真实地表现了生活内在面貌的作品,他们就越喜爱。旧戏所以对劳动人民还有一些魅惑力,就是因为它的形象感染力能够吸引观众的缘故。假如我们普及初期的作品,在政治上或思想上能够在群众中起一定的启蒙作用,在艺术上给以某种程度的满足,那么,当群众的思想水平与文艺水平逐渐提高的情况下,在半年一年两年之后,如果我们还拿出同样缺少艺术加工的、很粗糙的作品给他们,他们就不会满意了。原因是他们的艺术鉴赏能力已逐步提高。这时候,他们对于那些粗糙地、表面地描写生活的文艺,或由概念出发的所谓"公式主义"或"标语口号"式的文艺，都会表示冷淡。

为什么要在普及的基础上提高

有人问："群众已然要求提高，那么，一下子提高到'完美'的程度，不是一劳永逸吗？为什么要在普及的基础上提高呢？为什么要逐步逐步地提高呢？"

所谓普及的基础，据我的了解，认为这是指群众对于普及工作的自觉程度与认识程度而言。我以为无论是政治运动也好，文艺运动也好，都不能离开群众的认识程度或自觉程度来进行的。刘少奇同志在《论党》中说：

……当着群众还没有自觉时，我们的责任，就是用一切有效的适当的方法去启发群众的自觉，不论如何艰苦，需要如何长久的时间，这首先的第一步的工作，是必须作好的；因为只有作好了这第一步，才能进入第二步，即是当着群众已经有了某种必要的自觉之后，我们的责任，就是去指导群众的行动，指导群众组织起来，斗争起来；在群众组织起来，斗争起来以后，我们再从群众的行动中去启发群众的再自觉。这样，一步一步地引导群众去为党提出的人民群众的基本口号而斗争。……

这段话很明确地指示我们：远大的目标不是一下子就能达到的，必须经过很多教育与实践过程，才能使群众一步一步地自觉起来，一步一步地去实现这个目标，接近这个目标。只有有了第一步自觉的基础，才可能引导他们走向第二步，只有有了第二步自觉的基础，才可能引导他们走向第三步。如果不是这样，无论目标如何美好，也无法实现。文艺的普及工作与提高工作也不能离开这样的规律，谁要是不从普及的基础上来提高，谁就会脱离群众，脱离实际，而变成空中提高。实在情形也的确存在着这样的现象，除有一部分同志沿着普及基础的道路去提高，另外还有一部分同志却是离开了普及基础，单凭个人的趣味、爱好出发去从事"提高"工作；其实这不是真正的提高，这样的所谓"提高"，对普及仅不能起指导作用，反而会起妨碍作用的。

文艺普及的目的，是向群众做思想启蒙，向群众做新艺术的启蒙，进而引导他们自己利用文艺来教育自己。但只有当他们自己掌握了这文艺武器，或对文艺有了初步的认识之后，他们才有可能去认识比较高一级的文艺。只有这样，才能达到"普及是人民的普及，提高也是人民的提高"的目的；只有这样根据群众对文艺认识的基础，逐步逐步地提高，才能达到整个民族的文艺的提高，而不是少数人的提高；只有这样提高起来的文艺，才可能是富有民族特点、民族风格的文艺。

如何从普及的基础上提高

如何从普及的基础上提高呢？

毛主席说：提高应该"为普及所决定，同时又给普及以指导"。所谓提高，就是以艺术实践来解决普及中所提出的问题，并给以艺术加工。普及工作中所存在的内容问题、形式问题或方法问题，如果在实践上给以解决，那么普及工作就会提高一步。这样的提高，显然是由普及来决定，同时又反转来指导普及的。

群众要求普及，跟着就要求提高。但在什么情况下群众才会要求提高呢？是在普及工作不能满足他们的需要的时候，或者不能完全满足他们的需要的时候。这时候，专门家及一般文艺工作者必须善于倾听群众的意见，分析这些意见，进而研究普及工作中存在着的问题，并找出这些问题的根本原因。只有找出问题的关键，然后在实践中加以解决，才有可能。如果不这样做，那么，所谓"提高"就无从下手。

现在，普及工作所以不能迅速地提高，其中有个最重要的原因，就是普及者与专门家都没有很好地去研究普及工作中所存在的问题，没有去研究这些问题的关键。群众对于秧歌舞、秧歌剧、鼓词、地方戏、兵演兵等等，都还有许多意见。既然我们的普及工作是为他们服务，但如果我们不去研究他们的意见，那我们就容易迷失提高的方向。

如果我们承认普及是提高的不可缺少的基础，那么，我们就不能不承认，提高就是普及的正常的继续与发展。就创作过程来说，提高的作品的创作过程，就不能不是普及的作品的创作过程之直接的继续与发展。但是所谓继续与发展，并不是自流的，文艺工作者必须在普及工作中经常发现问题，提出问题，针对着这些问题加以不断改进、加工、提高，只有如此，普及才可能不断提高，只有这样的提高，才可能是普及的继续和发展。

但提高，首先应该是思想内容的提高，而不是单纯形式的提高。有些同志把加工较少的作品错误地理解为内容浅薄的作品,理解为生活表面的记录,这是不正确的。毛主席要我们"雪里送炭","炭"是有用的,能御寒的,能解决某种困难的。如果"炭"已失去它燃烧的能力,那么它就失去御寒的价值。我们的某些作品所以不能满足群众的需要,正因为它对群众已不能起什么积极的教育作用,失去了"炭"的价值了。这样的作品,如其叫作"炭",反不如叫作"灰烬"。毛主席指示我们,普及的文艺与提高的文艺,只有加工多少的区别,从来没有说过,普及的文艺或提高的文艺可以容许片面的或不真实的内容存在。

因此,要提高,首先必须在描写生活的真实性与深刻意义上,按照群众现有的接受能力与认识水平提高一步,只有如此,才能起启蒙思想的作用,才能通过文艺"使人民群众警醒起来,感奋起来,推动人民群众走向团结和斗争,实行改造自己的环境"。

文艺作品的思想性得到解决之后,群众接着就要求艺术性的提高,这是一定的。但作品的艺术性的提高,不能理解为单纯技术的提高,它是与内容密切相关联着的,也是与普及基础紧紧相关联着的。如果普及的文艺,是用群众所喜闻乐见的形式反映人民的生活,那么,在这基础上提高一步的文艺,应当更好地利用这种艺术形式去集中、去组织、去形象人民的生活,并且要求比普及文艺有较多的集中性、典型性与普遍性。

当然,在集中、组织、创造形象的过程中,适当地吸收、消化一些旧文艺或外国文艺的某些较好的表现方法,以补民间文艺某些不足的部分,使我们原有的人民文艺形式能够更完善地去表现生活,也是必要的。

总起来说,要在普及的基础上提高,专门家与普及工作者都必须经常了解并研究普及工作中的情况与问题,只要能更及时地发现问题的关键所在,问题的解决就比较容易。但是,要使提高不脱离普及的基础,还必须不脱离生活的真实描写,还必须不完全脱离人民所喜闻乐见的形式;只有这样从普及基础上所逐步提高的文艺,才可能是:既能反映生活的真实面貌,又具有中国气派中国作风的文艺。这样逐步逐步的提高过程,就是普及,提高,再普及,再提高……的辩证的发展过程,也就是新文艺运动的发展过程。

至于普及者如何提高的问题,文艺工作者如何与群众文艺运动结合的问题,都与普及与提高工作有密切的关联,但因时间有限,只好另找机会再谈了。

一九五〇年十月三十日,北京

论人物的转变与新人物的描写[*]
——和中央文学研究所学员们谈话的一段

一

我们处在新旧交替的革命时代，处在新的品质迅速生长与旧的习气逐渐死灭的时代。在这个时代，无数的人都从旧到新地变化着。由思想、感情、作风，以至生活方式或待人接物的态度，都在迅速地变化着。人们的思想迅速发展与提高，正是现实生活中广泛存在着的事实。

作家有责任去反映这历史的真实面貌，有责任通过艺术形象去表现这巨大的变化。因此，完全否定人物转变描写的作用，是不妥当的。实际上，问题不是应不应当写，而是如何去写。如果转变的描写被表现得很真实和很深刻，它仍然会有很大的教育价值，仍然可以启发并鼓励人们继续进步。

现在，据我所读到的作品看来，其中写思想转变或思想发展的固然很不少，但写得较好的却还不很多；有的甚至写得很糟，糟到歪曲现实的程度，糟到令人反感的程度。这大概正是读者反对描写人物转变的主要根据。

为说明方便起见，我想把描写人物转变的各种偏向加以列举，同时给以简单的说明与分析。

有一种写转变的作品，只把人物转变前后的表现，并列地描写出来。譬如有一篇作品是写一个小市民的转变，但作品只写他转变前怎样怎样，转变后如何如何，至于他的思想变化过程，却一点没有描写。我们描写人物转变的目的，主要是通过人物

---

[*] 载1984年4月版《萧殷自选集》。

转变的描写来启发、鼓励人们进步。要达到这个目的，必须写出思想转变的关键与变化的规律。只并列地描写转变前后的表现，显然不能给读者什么有益的启发和教育。另一种情况，有些作者很注意人物变化过程的描写；但是，他们只从表面现象上去注意人物的变化。譬如有这么一篇作品：写一个小学教员的工作作风不严肃，常常马马虎虎对待工作；经人批评之后，他彻底变化了，作风变严肃了。现在，姑且不谈这样的转变是否合理，其实，这种从生活表面上提出问题，又从表面上"解决"问题的做法，并没有真正接触问题。因为"马马虎虎对待工作"是一种生活现象，是一种表现。产生这种现象，是有一种思想在支配着他。这思想，可能是虚无思想或玩世思想，它表现在工作上可能是不严肃，表现在恋爱上可能是玩弄对方，表现在待人接物上可能是嘻嘻哈哈，不愿谈正经事。如果作者能抓住这个性格，不仅问题发掘得深刻，而且可能从各个生活侧面去表现这个性格，丰富这个性格。只要性格特征被把握住了，描写他的变化就会深刻得多。

又一种描写思想变化的作品，虽然思想关键被作者抓住了，矛盾也被抓住了，但是思想变化被表现得过分突然。我曾读过一篇来稿，是描写一个恋爱至上主义者和一个作风很不正派的人闹恋爱的故事。因为大家（她的朋友和同志）认为这事关系她的前途，所以都热情地劝阻她；不料，她竟认为这是阻碍她的恋爱自由，由怀疑到怀恨，最后以致大闹情绪，甚至想"不干了，回家去"。后来经过组织上找她谈了一次话，和一个朋友的劝解（而且他们所谈的都是些抽象的道理）之后，她觉醒了，转变了，而且成为一个思想很健康的干部。现在不谈这题材是否有描写的价值，但这样突然的转变，是可能的吗？如果她在谈话前有过思想矛盾，由一次谈话就觉醒过来是可能的；但这种思想矛盾，在作品中却一点也没有被表现出来。这样的转变，怎么能有使人信服的力量呢？

另外有一种写人物转变的作品，思想矛盾被描写得很明确，但作者所努力促成他转变的，着力于物质的力量或感情的体贴。作者企图以这些来感动人物，促进人物转变。有这么一篇作品，写一个对共产党抱成见的中农，作品中细腻地描写这个中农看了许多事实之后，还不相信这是共产党的政策，还说这是先甜后苦的做法，他表现得很顽固；可是作者着力描写的，是当他有困难的时候，村干部和积极分子拼命送粮食给他，各人都用感情去感化他，他的思想却一点没有感触，就转变了，而且拥护共产党了。我要问：难道给他物质和对他感情体贴，他不会怀疑是先甜后苦吗？送物质，在某些农民看来确是重要的；感情体贴，有时也能起一些作用；但仅仅靠这些是不够的，不能改变他对共产党的成见的。我不是一般地否定物质与感情对思想变化的影响与作用，也不是主张所有描写思想变化的作品都排斥送物质与感情体贴的描写。问题不在这里，而是在于这种种行动是否能打中他的思想要害，这种种行动是否恰恰给了他以有力的教训，解决了他的思想矛盾。如果不是，那么不管你在作品中给予他多少物质与多少感情，读者仍然会感到他的思想并没有转变。人物思想转变，只单纯用物质与感情作为动力，完全忽视了思想教育与社会风尚的巨大影响与作用，显然是不正确的。但另一种情况，却完全依靠敌人的压力，而且把这种压力作为促进人物思想转变的唯一的动力，也是不正确的。譬如有一篇作品，写游击区一个顽固的中农，他骂共产党，反对共产党的政策，虽曾用各种方法争取他，但没有一点用处；听说敌人来了，他还表示高兴，打着旗子去迎接；可是敌人把他的女儿强奸了之后，他才觉醒过来，而且变得非常积极。又有一篇作品，写鸭绿江滨一个农民老汉觉醒的故事，他不愿他的儿子去参加志愿军，天天骂儿子，甚至不让他儿子走出门外。可是有一天，敌机来轰炸，把他的房屋炸塌，仅有的一头牛也被炸死了，于是老汉觉悟了，不仅叫他儿子去参军，而且还动员他的女儿去做救护工作。我们暂且不管这些人物的思想变化是否自然，是否合情合理；但这种仅仅把敌人的力量当作唯一动力来促使人物觉悟，完全忽视了我们自己的思想教育的作用，也是错误的。我不否认敌人的直接迫害能促使人物思想发生变化，但却不能把它作为唯一的动力；更主要的应该是我们的思想教育的影响与现实生活对人物潜移默化的作用。

再有一种写"转变"的作品，把思想矛盾提出之后，作者很有意识地去解决矛盾，而且紧紧地抓住这基本的思想矛盾；但是由于作者所选择的主题并不是从现实生活中汲取来的，而是从概念出发，即从概念中提出一个矛盾，就企图通过作品加以解决。为解决人物的思想矛盾，作者针对着这矛盾找出各种各样的理由，通过各种各样的方法去说服这个人物；道理虽然很多，也很周到，但是人物是否被感动呢？却是问题。因为这些道理就连作者自己也很难信服，如何能说服人物呢？最糟糕的，是有些作者在描写各种事实以促使人物觉醒的时候，完全不注意描写人物内心的反应，仿佛作者凑足了理由，人物就该觉醒似的，至于这些理由是否能打动人物的感情，作者就不管了。这样的描写思想转变，能使读者相信和感动吗？造成这种现象的原因可能很多，但最主要的，却是作者脱离了生活，纯从概念出发。如果转变的主题确是从生活中感受得来，作者自己也被某人的转变感动过，而且在感动中孕育了这个主题；那么，我相信，这种用概念来解决思想矛盾的毛病，就不会再在作品里出现了。

总之，不管你描写的是思想转变也罢，或描写思想发展也罢，要使作品能起教育作用，必须真实动人地写出思想矛盾。因为一个人的落后或"思想不够进步"，在他意识里是存在着一种思想障碍的；只有把思想障碍解除了，思想的变化和发展才有可能。如果仅仅把转变前后的现象并列地描写，根本不去接触思想变化的过程，或者只表面地描写变化过程，都不可能真正地揭露思想矛盾和真正解决思想矛盾。思想由落后到转变（由这阶级到那阶级，由旧到新，由个人到集体），是需要有一定的认识过程的。这过程即使很短促，但在文学作品中表现这过程，却不容忽视与草率，必须抓住思想障碍的关键。忽视了这一点，所谓思想转变或思想发展，都会失去使人信服的力量。读者对于那些还没有解除思想障碍，人物就突然转变的作品，以及对于那些凑足了理由就生硬地叫人物转变（形象地提出问题，概念地解决问题）的作品之所以不满意，其理由就在这里。思想的变化，不是突然的，这是由一种思想战胜另一种思想的矛盾斗争的过程，这变化是由内外的各种因素的影响和刺激逐步完成的，不是一下子完成的。虽然，有些人好像由一件事情（一个因素）的刺激就彻底改变了他的思想，实际上，这个因素只不过是一个促成突变的近因；在这以前，一定已有其他的刺激不断地影响他，已动摇过他的思想根基了。我以为新的社会环境的潜移默化的影响，起着重要的作用；这影响从表面上看并不显著，但它却实实在在地在促使人的认识发生着逐渐的变化。读者对那些"飞机扔炸弹，思想大转变"的作品；对那些把敌人的压迫看成促成思想转变的唯一动力的作品之所以不满意，并认为不合理，理由也就在这里。我们描写人物思想转变或描写思想发展的目的，主要是为了教育人民，启发落后的走向进步，走在后面的赶到前面来。要达到这一目的，首先就要求创作者认真观察、研究现实中存在着的落后性格。可惜有些作者并不都是如此，他们为写转变而写转变，为了写转变，作者人工地制造了一个或数个所谓落后的人物，为了把落后的性格写得突出，不惜把国民党时代、日伪时代的落后人物的性格，都用数学的加法硬"加"到一个生活在现今社会的人物身上；至于这样的性格是否可能以同样的方式表现出来，作者就不太考虑了。既然这样来"创造"人物，那么，他的真实性及其现实意义，就有问题了。

上述种种现象，它们总的原因可以说都是从概念出发。再具体点说：（一）因为题材不是从生活中得来，所以转变的关键往往写得不真实，也不动人；（二）作者虽然接触了一些生活，但由于生活素材与作者的思想感情没有融合；结果，写出来还是现象，不能透过现象看出任何新的意义；（三）作者思想水平不高，对新人物新品格不太理解，写落后时还能应付；但一写到人物的觉醒，就很难摆脱概念化或公式化。……

二

关于描写人物转变的问题，我在前面已经约略地谈过，现在我想谈谈描写新人物的一些问题。很显然，仅仅描写人物的转变，只是反映了现实的一方面。更重要应该是描写我们时代的英雄以及他们的事迹。

目前，在我们的文学作品中，描写英雄人物或具有崇高革命品格的人物，已引起作家广泛的兴趣，而且已创造了较有血肉的新人物：如马加的《开不败的花朵》中的王耀东，立高的《永远向着前面》中的李超，柯夫的《堤》中的王志远等等，都获得读者较好的评价。但是并不是所有写新人物的作品都是这样。如果仔细地研究一下目前描写新人物的作品，你就会发现其中还有不少需要纠正的缺点。现在，我想简要地来分析一下这方面的几个较突出的问题。

有好些写正面人物或英雄人物的作品，总是写他们从小就如何如何的不平凡，仿佛一个英雄从娘胎里就已经形成了似的。譬如电影《刘胡兰》吧，编导同志把她写成自小就与众不同的人物，只七八岁时，她就勇于反抗地主；即使幼年的刘胡兰确曾有过这样的事，但这非凡性格如何形成的呢？观众却无从理解。其实，英雄性格是在现实生活中逐渐形成的，绝不是一生出来就是英雄。那么是不是说：英雄必须从错误的道路上走过来呢？是不是说英雄的幼年就不可能有非凡的事迹呢？不，我不是这样的意思！我只是说，英雄的形成，不能像某些作品所表现的那样简单、直线和神奇。但如果作者能辩证地（即不断克服矛盾，不断提高地）去写英雄性格的成长过程，就会更合理些，更真实些和更亲切些。

现实生活中的英雄人物，并不都是从儿童时代就具有这种英雄的品格（英雄在儿童时代的种种表现不一定都比普通儿童突出）；而是在现实生活中，在他自己亲身体验中，一步一步地认识生活的真理，并逐步走向为这真理去斗争。这样的过程，正是一般英雄品格形成的过程。譬如一个英勇的护厂英雄吧，在最初，他也可能与一般人一样的看法，对革命，对共产党的政策都不甚了解（因为他看不到事实，又不能不受旧社会某些思想的影响），认为工厂都是别人的；后来，经过许多体验与教育，才逐步地认识了革命与共产党，才认识了共产党所代表的利益正是人民的利益；因而才产生了行动。既然他认识真理的过程是逐渐的，英雄性格的形成过程，当然也是逐渐的。

描写具有崇高革命品格的人物，虽然也有写得好的，但大部分都写得没有个性也无血肉；特别是写领导干部和共产党员，这缺点就显得更加突出。要写得正派，严肃，作者总是写他板着脸孔工作，开会时，一说话就是一大篇抽象的原则和条文……这样写的结果，当然只会写成了一个没有血肉、没有感情，成为一个很难理解的人物。这不仅歪曲了新人物的精神面貌，首先就歪曲了新人物的政治的和生活的面貌。

这样的人物，当然不可能感动读者，因为人们觉得他不是我们中间的一个，他与我们中间似乎没有任何相同的东西。既然如此，又怎么能够引起读者在感情上的共鸣呢？

为什么会产生这样的现象？主要是作者把政治与生活截然地分裂开来看待，把两者对立起来看待。以为一个政治家或革命英雄，没有普通人所共有的生活情绪，以为有了人的情绪，就会妨害他的严肃性（或叫原则性）。由这样的认识出发，常常把正面人物写得非常干燥无味，非常不近人情。结果，把积极人物变成一种道德的象征或抽象观念的符号。虽然作者是通过一个"人物"来表现这些观念，但是，因为无血无肉和无个性，所以他仍然不是一个活在社会上的人，只是一个贴上"英雄"标签的"木偶人"而已。

谁都知道，不管是领袖或是英雄，他也是人，既然是人，也就不会没有人的情绪；所不同的，仅仅是他能把政治原则性与通常的生活情绪很好地结合在一起，使这种情绪服从于政治原则性，使两者融洽无间。一个人的生活是多样的丰富的，除了政治生活外，他还有朋友、家人、同志；有时也到外边去玩；在不妨害政治原则的情况下，合情合理的人的情绪，为什么不应该有呢？

有一篇散文这样写道：

我们冲上了人桥，在那一刻，我只有一个简单的思想："踩得轻些吧，别踩痛了同志们的肩膀！"

我听见桥底下，水打在同志们身上的声音，我听见同志们"哎哟哎哟"的声音……

一个读者批评道："'哎哟哎哟'是一种惨痛的呻吟和脆弱的表现，我们志愿军是无比英勇的，经得起任何艰苦，他们不管在什么环境下，都会表现勇敢和愉快，这样来描写，我觉得不应该。"最后，他说："我希望写得近情近理些，让人们易于理解。"

志愿军是英雄，但他们也是人；既然是人，当他肩上捎着一个极重极重的负担的时候，怎么能毫无声息呢？一个坚强的革命战士，被敌人打得皮破肉绽的时候，能够不咬着牙根，从牙缝里发出短促的"哎哟"吗？是不是有了"哎哟"就表示脆弱呢？这实在是一种生理的自然反应，是抵抗痛苦的表现。这是合乎情理的。他能在这痛苦中坚持下去，就说明经得起艰苦，经得起考验，这就正是英雄的本色。硬要求一个英雄在一种万分难忍的痛苦中表示愉快，是不近情理的。

这当然是一个极端的例子。

然而在写作中，这样的事实，却也是不少的。

如果从这样的认识出发去写新人物，写我们的英雄或领导干部，势必要把他们写成像无血无肉、无感情、无心灵的木头人了。为了表现他们的坚强，就可以不顾他们的生理的痛苦，硬叫他愉快；这样写的结果，我们只会觉得他是神。因为这样被拷打得皮破肉绽，竟在生理上毫无反应，这是人吗？这能引起读者在感情上的共鸣吗？

《日日夜夜》中的女看护安娘，常常冒着密集的炮火过伏尔加河，人问她怕吗？她说怕。但我们有一些写作者，却常常躲避去描写这些真实感情，以为写了一个人（当然不是士兵）害怕炮火，就仿佛这英雄性格就会受到损害。其实不敢去写，甚至歪曲地去描写他们，反而会损害他们性格的真实。

问题在于这些个人的生活情绪是否妨害了他的政治事业，是否破坏了他行动的原则性。如果不，有什么不可以描写呢？

我们的英雄如赵桂兰，当她的手臂被炸坏，医生给她动手术时，她不是不痛（她头上已冒出豆大的汗珠，甚至咬着牙根）；所不同的，她能忍受得住。如果为了写出她坚强而硬叫她装出笑脸来，这不仅在情绪上是不可能，就在生理上也不可能。因为痛苦使肌肉紧张，如何能笑呢？

所以，我们要"写一只羊，作者就要变成羊"（高尔基语）。必须设身处地去想一想，虽然写的是英雄，但千万不要忘记他也是人；凡人的生理现象与常情心绪，他都有的，这一点，无论如何是相通的。如果不如此写，读者的感情就不会与人物的感情沟通一气。

有些人错误地去理解小资产阶级的感情，以为一切生活感情都是小资产阶级的感情，甚至把一切热情的表现，都视为小资产阶级的感情；很显然，这是不正确的。

革命是为了人们的生活过得更好。革命的政治原则，并不反对人去生活，更不反对人们去过人的生活。个人的生活情绪只要不妨害或破坏革命事业，不但不会遭到反对，相反，革命才是真正丰富人的感情，和发挥人的感情。列宁曾说过："没有人的情绪，就永远没有、也永远不能有真理的追求。"

由于我们不了解政治，常常把政治神秘化，使政治完全脱离了人的生活，脱离人的生活情绪。因此处理起正面人物时，就不善于抓住人物内在的思想感情去描写他对工作或对生活的严肃性（原则性），反而只从最外表的现象上（如脸部表情等）去说明他的严肃性。这样一来，人物就常常成为无血无肉、无生命、无感情的木头人了。

以上种种情况，说明什么呢？这说明我们的作者不是"政治太多"，而是太少了；这说明我们写政治不是太多，而是写得太少了，太肤浅了。

我们也常常看见这样一些作品，为了把英雄写得突出，就把敌人写成傻瓜，把群众写成蠢猪；既然这样，那么，英雄还能成什么英雄呢？

其实，这是由于不了解英雄，不了解英雄的性格，更不了解他们的思想感情，特别是不了解英雄如何去对付强有力的敌人。因此，只有把敌人写成懦弱无能的傻瓜。我们读《恐惧与无畏》时，就知道敌人也用脑子作战，采用各种极狡猾的方法来作战。现在在朝鲜的美帝国主义的军队也是如此。写出敌人的狡猾，是必需的，这绝不会削弱英雄的本色；相反，英雄最终能战胜了狡猾的敌人，所以才更能显出英雄的才干、机智和勇敢。

敌人是顽强狡猾的，不写出来，不但不能教育人民，反而只会欺骗自己。把敌人写得懦弱无能，是容易的，因为作者比较容易想象；但只能战胜傻瓜的"英雄"，有什么意思呢？

电影《愤怒的火焰》中的英雄札斯洛诺夫，不仅自己是一个非凡的英雄，而且他

所领导的每个人都是英雄。真正的英雄，不仅自己机智勇敢，而且还善于领导群众也机智勇敢，这是新英雄主义。它与个人英雄主义是根本不同的。

然而，我们在这方面却做得很不够，我们有些作品把群众写得愚昧无知，用他们的愚昧来烘托英雄；其实，这样的英雄也不过与普通人的品格差不多。

新人物塑造得不好，主要是我们的思想水平太低。我们的思想水平常常赶不上新人物的思想水平，我们不理解他们，当然就无法把握住他们内在的思想感情，也把握不住他们的思想方法与作风；总之，把握不住他们的精神世界。因此，我们常常把新人物写得很概念化，而旧的人物反而写得很生动和很突出。

有人怀疑这一点，认为描写新人物之所以概念化或公式化，主要是由于写作方法不好；认为思想、生活都是不重要的；事实上，离开了生活，离开了认识生活的世界观，单从"技巧"下功夫去杜撰人物，其结果，它只会造出不真实的"人物"来。

如果一个作家没有高尚的品格，要他写出一个具有高尚品格的典型人物，是不可思议的。作家的任务，就是寻求心灵世界里的秘密；只有寻求出这秘密，人与人的关系即社会现象，才能得到解释，才能得到答案。试想一想吧，一个具有小市民思想感情的作者，能够理解一个自愿参军的青年农民吗？他也许在看了这现象后会想："这才是傻瓜哩！"既然如此，这个作者怎么能够真实地理解他崇高的爱国主义的思想感情呢？一个具有虚无主义或玩世思想的作者，他怎么能够理解生产建设中的新英雄主义者的思想感情呢？他怎么能够理解这些奋不顾身的行动的伟大意义呢？一个个人主义思想浓厚的作家，他能够理解和领会集体主义精神和集体生活的意义吗？他能够理解集体主义者的精神世界吗？一个处在斗争以外的作家，他怎么能够理解一个积极参加斗争的人的内心面貌呢？

文学艺术是最真实不过的东西，不能有一点虚假，一虚假就不会有艺术（如像某些法西斯作家那样）。批判现实主义诸作家，都是从真实感情出发和抱着某种社会理想去写作的；只是由于阶级意识以及阶级生活所形成的世界观限制了他们，使他们看不清生活的本质，看不清生活发展的道路，但他们在主观上总认为这是真实的，而且热衷于这"真实"的；否则，他就不能创造出艺术来。作家必须用他的全副心灵（爱或憎）去写作，如果心里不爱而硬去歌颂，在情绪上就会显出矛盾，而且势必把人物弄得很概念化。

作家思想感情的改造，所以提得那么重要，它的积极意义就在这里。

只有思想水平提高了，只有作家具有高尚的革命品格，他对一切富有革命品格的事物和人物才会热爱，才能有敏锐的感觉，才会感动，才会在情绪上有表现它们的欲望。在另一方面，对于腐朽事物，对人民、对革命不利的一切，才可能有灵敏的感觉，才会有强烈的憎恶，才会在情绪上有暴露它、消灭它的欲望。

只有当我们有了高度的政治热情，我们才能去爱人民之所爱，去恨人民之所恨。只有这样，作家的感觉才会敏锐，才会强烈，才能准确地把握住新的人物品质，才能创造新的英雄形象。

一九五一年三月五日于北京

再论普及与提高[*]
——在中央文学研究所的谈话记录

把普及与提高割裂开来对待是不正确的

我们的国家,已完成了全部大陆的解放,经济恢复工作正在有系统地大规模地进行;抗美援朝保家卫国的正义战争正轰轰烈烈地开展;全国人民都以高度的热情与自觉性为祖国的自由、繁荣与幸福而努力工作和英勇战斗。在这样的情况下,劳动人民普遍地迫切地需要文化教养与艺术教养,要求继续不断地武装他们的头脑,提高他们的政治觉悟与阶级觉悟,要求提高爱国主义与国际主义的思想水平,用这些来支持与鼓舞他们的工作与战斗,激发他们的积极性与创造性。因而,文艺的普及工作,就更加重要,文艺写作者对人民对国家所负的责任,就更加重大了。人民的文学作者应该用最高的热忱,担负起这一教育人民的工作。我们的文学作品应该广泛地深入人民群众(特别是劳动人民)中间去,要更多地反映他们的生活与战斗,同时要反转来教育他们,培养并提高他们新的道德观念和崇高的革命品质,使他们在建设中发挥高度的自觉性与积极性,有创造性地从事祖国的伟大建设工作。只有这样的文学作品,才会被人民所喜爱,才能真正对他们起教育的作用;只有努力写出这样作品的作家,才会受到人民敬爱与尊重,人民才会给予他最高的荣誉。

事实上,我们的许多作家与青年学作者都已获得了这样的荣誉。他们深刻地写出了人民的生活与斗争,同时对人民进行着积极的思想教育。十余年来,我们从事文艺普及工作的同志,辛辛苦苦、勤勤恳恳地为教育人民、提高人民的政治觉悟,尽了最

---

[*] 载1952年3月版《论生活、艺术和真实》。

大的力量，也产生了许多极优秀的作品（如歌剧《白毛女》《血泪仇》，如小说《李有才板话》《吕梁英雄传》，如诗《王贵与李香香》，如韩起祥的说书，以及许多其他短小精悍的作品），这些成绩，在近十年来的文艺运动中，放射着光芒，这是我们文学界最宝贵的收获。

当然，这并不是说，我们的普及工作没有什么缺点，而是相反，在普及工作与一些所谓"通俗化"的作品中，还存在着相当多的缺点，甚至还存在着相当严重的缺点。

在《在延安文艺座谈会上的讲话》中，毛主席虽然已明确规定了普及与提高的正确关系，天才地规定了在普及的基础上提高，在提高的指导下普及的原则，可是一直到现在，许多同志对这两者的关系的看法，还存在着很大的偏差。虽然有些同志在口头上承认普及与提高不是互相矛盾，但在实践中却又把两者孤立起来看待。而且抱着这种看法和想法的人，还不是个别的。譬如有不少同志认为所谓普及的作品，就是思想性浮浅艺术性低劣的作品，认为一个作家总是写"普及"的作品，会降低自己的艺术水平。于是，他们有两套计划，用两种态度来进行创作；那就是，当领导方面分配了写作任务时，他就抱着一种轻率的、马虎的态度去写作，潦草从事，写完就算；反而把主要的精力与时间，放在所谓"艺术性更高"的作品的写作上。在他们的思想里，认为群众的水平很低，普及的作品既然是专给群众看的，认为即使是随便写出来，也能满足群众的需要。这种观点之极端错误，是很明显的。

还有另外一些同志，他们认识到普及工作的重要，愿意以最高的热情为普及而写作，怀着满腔热情去教育群众。但他们急于开门见山，就事论事（即发生了什么问题，就解决什么问题，头痛医头，脚痛医脚），急于收到效果，不善于从生活与斗争中去发现问题，把握题材，常常从观念出发去把握问题，凭空虚构故事，缺乏入情入理的描写，这样写出来的作品，往往没有什么生活实感，使人觉得枯燥无味。最糟糕的，有人竟认为只有这样的作品，才叫作"普及"的作品。从这样的观念出发，他们常常为了写出"问题"，就不惜凭空地制造矛盾，制造误会，制造故事，或单纯以技术知识来教育群众，或企图以描写表面的劳动过程来教育群众，或以时事的轮廓加上标语口号来教育群众……所有这些，都不可能真正地反映生活的真实面貌，不可能把现实中真正存在的问题反映出来，至少它不能把主要斗争中的主要思想问题反映出来，因此，它就不能真正地起教育人民的作用。

这是"普及"作品在内容方面所存在的严重问题,但在形式上,也同样存在着不正确的看法,譬如有人认为普及的作品,仅仅是采用民间形式、民间语言的作品,以为用了群众的文艺形式或采用群众语言的作品,就是"大众化"的作品,实际上,不从内容上去求大众化,是无论如何也不能做到大众化的。

在提高方面,有人认为把群众中产生的作品加以形式上的加工,加强故事性,增加些"卖关子"的描写之后,就认为是提高了,就认为能够满足群众的需要了。此外还有一种意见,认为提高就是多采用外国文艺形式或旧文艺形式,但他们却从不考虑这些形式是否能够很好地表现我们人民的生活与斗争。最荒谬的说法,是认为"提高仅仅在艺术形式上进行加工,然后将这些'提高'了的形式,供普及工作者去采用"。这是形式主义思想最露骨的表现,是一种应该受到严格批判的有害的文艺思想。

还有一种看法,以为有了"技巧"就可以提高。抱着这种观点的同志,他们既不愿意深入生活,又不愿学习政治,也不研究群众的文艺,只关起门来提高。既然这样,他能依靠他的写作技术而提高写作水平吗?能够满足人民群众日益提高的需要吗?当然不能。离开了生活,他如何能够单靠写作技术来把握并写出现实斗争中主要的思想感情呢?如何能够针对主要思想矛盾进行教育呢?显然是不可能的。其实所谓"技巧"并不是脱离生活的魔术,作家不熟悉生活,他就不可能有什么技巧,"技巧是起源于擅长观察生活,洞察现象的内蕴,发现主要的,觉察新生的。"(见苏联《戏剧》杂志社论:《剧作家的技巧》)离开了生活来奢谈"技巧",那就必然会使"技巧"变成"冷冰冰的手艺"或"生硬的套子"。

上面所述的普及与提高的种种的做法与看法,都是分裂的,各自为政的,结果,"普及"的作品不能提高,"提高"的作品也无法普及。正如一部分人民群众所反映的那样:"提高的作品,咱们看不懂,普及的作品,咱们看了又不过瘾。"

没有普及,提高将无从谈起,没有提高,普及就很难继续下去

普及与提高的正确关系,不是划定范围,互相孤立,各自为政,而是互相联系,互相影响,互相发展的。没有普及,提高将无从谈起,没有提高,普及就很难继续下去。

为什么呢？

毛主席说"普及是人民的普及，提高也是人民的提高"，要普及，又要提高，都是为了适应人民的需要。普及，不是盲目的，不是随便向人民群众演唱些什么东西。普及的主要目的，是向人民群众做思想启蒙，向人民群众做新艺术的启蒙，进而引导他们利用文艺来教育自己。如果我们的普及工作者或写作者脱离了这样的目标，我们就会迷失方向，就会变成盲目的普及，就会把普及工作简单地理解为"传播"工作，有人拿演出的场数多少来衡量普及，不正是这种看法的反映吗？这类同志常常只从主观努力上去计算"普及"，却不从客观的效果去计算普及，也不从客观效果上去看作品是否达到思想启蒙与艺术启蒙的目的。

普及，既然是有方针有目标，因此做普及工作或为普及而写作的同志，就应该有步骤有计划地去做普及工作。所谓有步骤有计划，就是按照人民群众的思想水平与艺术水平去做思想启蒙与艺术启蒙的工作。但人民群众的水平是逐步提高的，它不是永远停留在一个水平上，普及者必须善于按照这种逐步提高的水平（思想与艺术的水平）去写作，因为，如果不按照人民群众的水平，不按照人民群众在实际生活或斗争中的需要，那么，这样的作品就很难适应人民群众的胃口，就很难普及下去。

这就很明显地告诉我们：普及与提高并不是，也不能是截然分割、各自为政的。如果普及工作者时刻考虑到人民群众的需要，考虑到人民群众在思想认识上与艺术鉴赏能力上的逐日提高，懂得他们的需要也逐日要求提高的话，那么普及者就不会把普及与提高割裂开来看待。据说，《王秀鸾》这样的作品已不能充分地满足目前群众的需要了，从前人民群众很欢迎它，大家都受到了它很多的教育。可是现在不同了，许多村庄都出现了像王秀鸾这样出色的人物，而且他们勤劳的程度，有的已超过了剧作中的王秀鸾了。这说明生活在新社会里的人，他们的认识在不断地进步，如果我们的创作赶不上他们的需要，不按照他们逐日提高的需要而逐步提高我们作品的思想水平与艺术水平，人民群众就不会喜欢看我们的文艺作品，就不买我们的货了。让我再举一个例子，有一位同志写了一个有关农民变工的剧本，剧的内容是这样：一个农民开始不愿参加变工组，后来勉强参加了，但表现得很自私，不积极，有时还怠工，一直到收成时，因分得很多红利，他才改变了他的认识。实际上，这是几年前的情况，现在，农民已有了土地与畜力，不一定需要依靠变工才能生产，因此自耕自作的保守思想还有力地支配着他们；但只要他们一想到精耕细作和提高生产质量，就知道只靠自己的畜力和个体的劳动是办不到的，在这种矛盾的心情下，他们最后还是愿意加入变工组的。这说明农民的思想情况改变了，发展了；如果仍然用过去的眼光来看他们，或拿过去的情况来表现他们，显然不可能反映出他们目前的真实的思想面貌，当然也就不能教育他们。这样的作品，当然就很难普及下去。

就艺术性来说，普及与提高也不能互相孤立，各自为政。"人民要求普及，跟着也就要求提高，要求逐年逐月地提高。"这不仅是指作品的思想内容说的，同时也是指艺术性说的。所谓作品的艺术性质或艺术价值，并不是高深莫测的东西，实际上，一个最普通的劳动人民也有艺术的要求。《打渔杀家》《水浒》《白蛇传》，以至于韩起祥的说书……之所以能够这样富有魅力，这样引人入胜，就是因为它们有形象的感染力。这些作品不仅仅内容进步，同时也是因为作者善于通过艺术形象，深刻生动地表现了当时人民的主要斗争中的主要思想感情。很显然，只深刻地把握了主要斗争中的主要思想矛盾，不一定就有形象的说服力与感染力，还必须通过形象——人物之间的关系的描写，必须从这描写中合情合理地体现了进步的思想内容，只有这样与血肉生活相融合在一起的思想内容，才可能真正地感染观众，真正为群众所接受。

越是真实地明了地深刻地表现了生活面貌的作品，就越有艺术性质与艺术价值，就越有形象的感染力或艺术的说服力。这样的作品，因为它充满了生活气息与合情合理的思想感情，所以就容易感染群众；越是真实合理地描写了生活的作品，它的主题思想就越容易为群众所接受。一切说教式的作品所以没有力量，就是因为它的思想内容没有与血肉生活相融合的缘故。

因此，我们的普及工作者，如果仅仅在作品内容上注意及时，注意群众的需要，还是不够的，因为群众不仅在思想内容上要求逐步提高，同时在生活表现的明了性与正确性上也要求逐步提高，即在艺术性上要求逐步提高。如果说，在普及初期，简单地或较表面地描写生活，群众还欢迎的话，那么时间久了，如果总是那一套简单的公式，群众就不会像开始时那样热情，那样爱看了。因为群众的艺术欣赏能力已提高了一步，"老一套"的公式首先就妨碍了新的思想感情的表达，至于要更明了更正确地表达这新的思想感情，自然就更加谈不上了。

从这里，我们也可以得到一点认识，即是普及的作品不能也不应该永远停留在一个艺术水平上，它应该是按照人民群众的艺术欣赏水平逐步提高。所谓提高，不是按照作者自己的爱好与趣味去提高，而应该是按照人民群众的艺术认识的程度逐步地提高。不仅直接在群众中做文艺工作的同志有这样认识,指导普及工作的专门家也应该有这样的认识。一离开普及的基础,离开人民群众的水平——他们的思想水平与艺术水平,提高就一定会悬空,就一定会脱离人民群众的实际需要,就不能切实地达到教育人民的目的,这样"提高"起来的作品,首先就很难普及,自然,它更谈不上指导普及了。

专门家的正确态度,应该常常参加普及工作,发现、研究普及工作中存在的问题,要经常注意研究什么问题是妨害普及工作向前发展,并且应该针对着这样的问题,找出矛盾的关键,给予理论的解决,并在创作上加以切实帮助和指导。一个专门家如果离开了普及工作,对普及工作的实际情况与问题茫然无知,对普及工作不闻不问,反而说"我只管提高,普及工作与我无关",在这种论调支配下的所谓"提高",就正是毛主席在九年前所指出的,那是空中的提高,是关门提高,而不是在普及基础上的提高。这种"提高",不是为普及所决定,也不是从工农兵现有文化水平与萌芽状态的文艺的基础上去提高,而是为专门家的个人的偏爱所决定的。

提高的目的,不是其他,而是为了更深刻更完美地表现群众的生活与斗争,更真实地表现群众的思想感情,是为了使已经普及的认识再提高一步,更适于人民的需要。离开了这个目的来谈提高,就一定会走入歧途,就可能摔进形式主义的泥坑,就可能产生教条主义地硬搬旧文艺形式或外国文艺形式的偏向。

必须特别说明,我们之所以重视民间形式,就是因为它是人民自己所喜闻乐见、久经考验的东西,这种形式更适于表现人民群众的生活与斗争,并容易为他们所接受和理解。但是,绝不能因此就得出结论,说我们可以拒绝吸收本国的古典文艺或外国的文艺遗产,不是这样,也不能这样。我们应该认真地学习我们一切优秀的古典作品与一切优秀的外国的艺术作品,从中吸收滋养,借以丰富我们的艺术。但是也必须说明,我们吸收古典形式和外国形式的目的,主要是借鉴,是为了补充我们民间形式的不足,使原有的人民文艺形式能够更完善地去表现生活与斗争。对于适于表现或能帮助我们更好地表现生活与斗争的,我们应该大胆地吸收,否则我们就应该抛弃。如果有人拿外国形式来代替民族形式,甚至以为这种"代替"才是提高,那我们就要诚恳地奉劝他们,说:"此路不通,及早回头!"

不管是普及也罢,或者是提高也罢,我们主要的方向应该是沿着民族文艺的传统去发展,去提高。我们一定要把握住这个主要方向,一切轻视本国文艺传统或者把外国文艺传统作为主要方向来发展的观点，都是不正确的。因为离开了民族的文艺传统，我们就不能消化一切外国文艺的优良传统，离开了人民群众的文艺传统，我们就不能批判地吸收旧文艺的长处，也就无法创造民族形式和发展民族形式。结果，只会搬运旧文艺或外国文艺，结果，势必造成以搬运来代替我们的创造。这样的做法，不是丰富我们的民族形式，而是破坏或妨害我们民族形式的创造与发展。

如果我们承认普及的文艺，应该用人民群众所喜闻乐见的形式来表现人民的生活与斗争的话，那么从这基础上提高的文艺，就应当是更好地运用这种艺术形式（即民间艺术形式）去集中，去组织，去形象地描写人民的生活与斗争。同时吸收旧文艺与外国文艺的某些长处，来丰富我们原有的民间艺术，使之有更高的表现能力，使之能够更正确更明了地表现人民的主要斗争中的主要思想感情，并使这样的作品比普及的作品有较多的集中性、典型性与普遍性。

只有大众化的作品，才能真正教育人民

现在大家对普及工作都很重视，许多作者都努力在文艺大众化的方向下努力写作；许多刊物的编辑方针，也逐渐趋向大众化，逐渐面向人民群众（工农兵）；这种种现象都是好的，这方向也是正确的，应该受到大家的尊敬和支持。因为文艺愈能大众化，就愈能广泛地流传，就愈能普及，这样的普及就不会再是表面的形式上的普及，而是向人民群众进行普及的切实的教育，也只有这样的普及，才能收到启蒙思想、提高政治觉悟的实效，才能达到文艺普及所预期的目的。

那么怎样才能使文艺大众化呢？什么样的作品才配叫作大众化的作品呢？那些记录表面现象，从概念出发人工地制造矛盾的作品，配不配叫作大众化的作品呢？不配；那些用群众形式、语言记录生活现象，或用人民群众的语言描写着非人民群众的思想感情的作品，或把人民群众的思想感情庸俗化的作品，配不配叫作大众化的作品呢？也不配。

那么，大众化是什么呢？毛主席告诉我们：大众化"就是我们的文艺工作者自己的思想情绪应与工农兵大众的思想情绪打成一片"。所谓在思想情绪上打成一片，就是文艺作者真正地彻底地理解工农兵的思想、情绪、意志与愿望，就是彼此在思想情绪上对于切身的具体问题有着共同的感觉与情绪，也就是彼此共呼吸，共感觉，共喜

怒,共哀乐。那些对人民事业采取旁观态度的作者,这种"共鸣"是不会有的。只有经过思想改造、真正站在劳动人民的立场上、把自己放在与他们同样的地位与利害关系上、处处为人民的利益着想的作者,才可能有思想情绪的共鸣。请设想一下吧:当六月久旱,农民们正以焦急的心情盼望下雨的时候,一个完全没有劳动观点的作者,能够理解农民那种焦虑的思想情绪吗?在这时候,忽然下起大雨来,那位作者又如何能够理解农民的喜悦的情绪呢?这种情况,正说明那位作者与农民并没有在思想情绪上打成一片。造成这种距离的原因,是因为两种人各站的社会生产地位不同:一种人从劳动上去思考问题,另一种不从劳动上去思考问题。请再设想一下,在这种情况下,不管这位作者采用了如何生动的民间形式或如何精练的人民语言,但是可以断言,他绝对不能写出群众化(或大众化)的作品来的。

当然,我们所要理解的人民的思想情绪,并不是任何一种什么思想情绪,我们应该理解的,主要是他们在主要斗争中主要的思想情绪。比如在用"宽大无边"的态度去对待反革命分子时人民群众所表现的不满或某种程度的消极的思想情绪;比如在大刀阔斧地镇压反革命时他们所表现的主人翁的思想情绪;比如在土地改革时期农民所表现的革命的战斗的思想情绪;等等。只有抓住了关系着广大人民生活与命运的思想情绪,才能真正地本质地表现出人民斗争的主要风貌,只有把握了并描写了当前主要斗争在人民脑子里所反映的主要的思想情绪的矛盾及其克服的规律,才能反转来教育人民,启发人民。

如果我们无视人民群众在主要斗争方面的主要的思想情绪,或歪曲地描写了这主要思想情绪,就不能正确地反映现实,就会脱离人民最根本的需要。

为什么我们常常说"不能正确地描写人民的思想情绪,就会歪曲政策"呢?那是因为共产党与人民政府的政策是人民的最基本的最正确的思想情绪在某个具体的历史阶段中集中的表现。政策不仅代表着人民群众的目前利益,也代表着广大人民群众长久的利益。因此越能深刻地理解人民群众在生活与斗争中最根本的思想情绪,就越能深刻地体会政策的精神,越能掌握政策精神,就越能深刻地正确地描写出人民群众在生活与斗争中最根本的思想情绪;这样由作品形象所体现出来的政策思想就有越高的价值,教育作用就越大。这样的作品,就越群众化(或大众化)。

因此,仅仅采用了人民所熟悉的形式或语言,并不就等于做到了大众化。要真正使文艺作品大众化,首先作者自己的思想情绪就必须群众化。只有如此,作者才能充分地理解人民群众的生活与斗争,只有当作者理解了人民在斗争的主要方面所存在的主要的思想情绪,只有对现实斗争中某个侧面有了较彻底的理解的时候,大众化地表现生活才有可能。马克思在《黑格尔法律哲学批判》中说过:"理论一旦把握着大众,就要变成物质的力量。理论只要它大众化地表现,就能够把握大众。而理论只要一彻底化,就能够大众化地表现。彻底,就是要抓住事件的根蒂,然而对于人,根蒂就是人自身。"若从理论上说,只有当我们彻底地懂得了某一论点之后,才可能深入浅出地把它传达出来,不理解或理解得很浅,不论你口齿如何流利,也不可能说得很清楚的。(当然,理论的大众化与作品的大众化,不能以同一标准来衡量,它们各有各的特点,各有各的发展规律,这里暂时不去论它。)从文艺写作上说也是这样,只有当我们深刻地理解了事件的根蒂,把握了参与事件的人们的最根本的思想情绪的时候,才有可能将事件大众化地表现出来。

要真正地教育人民,文艺作品必须大众化。只有大众化地表现了人民大众的思想情绪,才能真正广泛地深入地流传,才能收到文艺普及的实效。

加工多少,只有程度上的区别

既然这样,那么是不是普及与提高在加工上又没有什么区别呢?有的。毛主席已经很明确地指示过:"普及的文艺是指加工较少、较粗糙,因此也较易为目前广大人民群众所迅速接受的东西,而提高的文艺则是指加工较多、较细致,因此也较难为目前广大人民所迅速接受的东西。"在这段话里,毛主席明确地教导我们,无论普及的文艺或者提高的文艺都要加工,两者之间的区别,只有程度上的不同,一种是加工较少,一种是加工较多。

所谓加工,就是把"日常的现象组织起来,集中起来,典型化,造成文学作品或艺术作品"。(毛主席语)因而,所谓加工多少的区别,主要是表现在作品的集中性、组织性、典型性的程度上,越是加工多的,其典型性应该越强,凡加工较少的,其典型性就较差。这里只有"加工较多"和"加工较少"的区别,并没有丝毫意思说普及的文艺可以容许不加工。列夫·托尔斯泰说得很好:"假如果戈理把一个喜剧写得粗劣无力的话,大家也许不会读它,而读它的人恐怕只有现在的百万分之一吧。艺术作品要磨砺才可以流传,磨砺就意味着它作成艺术上完美的东西。"当然,所谓艺术上的完美不能单从形式去理解它,也不能让形式主义者拿来作为单纯追求形式的借口。须知形式完美并不是艺术的目的,只有当它充分地明了地反映了生活,体现了思想,并有力地在思想上说服读者的时候,形式才真正是完美的。

当然,在普及的作品中,我们不能要求有过高的艺术上的完美,但适当的加工,却还是必要的。然而在我们的许多企图面向群众的作品里,却恰恰是不太重视把现象加以组织和集中,不太重视通过艺术形象来体现思想。有不少作品只把现象原封不动地搬上戏台或搬到作品上,认为"平常怎么样,到台上就怎么样演出",这样就使得作品软弱无力,缺乏典型意义,思想性贫乏得使人吃惊。这种情况必须改变,否则,文艺的普及工作,就赶不上人民群众的需要了。现在有些地区的群众不爱看"新戏",反而喜欢"旧京戏",不正是这种情绪的反映吗?这种现象之所以发生,普及作品没有适当的加工,实在是一个很重要的原因。

但是,要改变这种情况,并不是靠写作技术就能办到的,最重要的,是作者更好地深入生活,深入火热的斗争中去,不要只一知半解地认识生活,不要只满足生活现象或故事梗概的记录,必须"理解事物的本质,事物的全体,事物的内部联系",不管你在写作时组织集中的程度如何,但你总不能不理解事物的最核心的问题,只有作者由现象透视出本质,并适当地给予艺术加工之后,读者才能通过作品的形象看出事物背后的新的意义,读者、观众才理解这是什么问题,和造成这问题的根源是什么。只有这样的作品,才能引起读者、观众的爱憎,才能得到启发,进而引导人们去解决这具体问题。这样,它就尽了一篇文艺作品最起码的义务,也是普及作品应有的最起码的思想内容。但是如果作者能看得更深更远,能够从一个具体问题的内部联系中寻找出更深刻的思想原因,理解并描写出它的规律性,那么,这样的作品,它不仅对于解决某一具体问题有极大的帮助,而且和这问题的性质相类似的或相联系的问题,也可以获得启示,而得到解决。这样的作品,其典型性就比前一种强得多,这应该是提高的作品应有的思想内容。

比如写行军,或写某次战斗,如果作者能针对着当时的具体情况或具体问题,找出具体思想的原因,给以艺术的表现,也能起很大作用,起码可以引导人们去解决当时当地的具体问题。可是由于这种作品的组织集中得不够与生活描写的深度不够,因而它的典型性较差,教育意义就比较不普遍。但是如果能通过一次行军或一次战斗,深刻地描写出人们的思想斗争,而这思想又发掘得很深刻,合情合理地写出了各种人物的思想情绪及其规律性，那么，这作品就有较强的典型性，其内包的思想性就越强，教育意义就带着更大的普遍性。

由此我们可以明了地知道：不管是普及的作品或提高的作品，都必须有典型性，普及的作品只是加工较少，典型性较差而已。

由此我们也可以明了地知道：当普及工作者抓住了典型，抓住问题的核心，深刻、明了、合情合理地表现出人物的内部面貌的时候，伟大的艺术作品的产生，是完全可能的。

所以说，普及的作品并不是，也不能是思想性浅薄艺术性低下的作品，反转来，思想性与艺术性较高的作品，也不是就不能普及。赵树理同志的《李有才板话》，在陕北农村朗诵时，就引起农民极大的兴趣，韩起祥的说书，也被专门家所喜爱。

于是我们认为：只有加工了或适当地加工了（不是记录表面现象）的作品，只有大众化地表现了大众的思想情绪的作品，才能真正地普及下去，才能广泛地流传，才能收到启蒙思想的实际效果。

一九五一年六月二十九日，北京

谈新闻消息的导语*
——在《中国青年报》编辑部谈话

一

新闻消息，就是我们通常所说的电讯。既然是电讯，每一个字都要花钱的，因此，一定要用字经济，要写得短和写得明确。

当然，要写好一条新闻消息，单靠写作技术是办不到的，最重要的，要看记者能否对问题观察得深刻，能否抓到问题的核心。这些问题，其他同志可能已经谈过，我不打算在这次谈话中重复它了。今天我要谈的，倒是许多人不太注意的新闻写作的技术问题。技术如果能服从原则，才不会产生形式主义或公式主义，才不会产生所谓技术观点。

一条好的新闻消息，常常总是把它的主要的新闻情况，放在前头。这就是新闻工作者所说的新闻导语。如果主要的新闻情况安排得不妥当，就不能使消息写得明确、简练。

在主要的新闻情况中，常常总是包含着三个或四个W的（即时间、地点、当事人与发生的事情）。一条新闻消息，通常都包含着五个W（即时间、地点、当事人、发生的事情、事情发生的原因），这是新闻消息所必须具备的五个要素，否则，就不可能是一条好的消息，至少是一条不完全的消息。

现在，有些学习写新闻消息的人，常常喜欢把一条消息的内容用较抽象的文字概括一下，写在消息的最前头来当作新闻导语，看起来像公文的"摘由"那样，其实，

---

* 载1951年8月版《人间书屋》。

这样的所谓"导语"是多余的，因为它与消息的内容重复。

还有一种"导语"，是以一顶空帽子开头，这顶空帽子与消息的中心内容却没有多少关系。例如：

宛良县邮局，博得了前方指战员、后方机关、商人群众的赞许。由分区邮局送来的报纸、信件，当天即能到区。干部们说："以前半月二十天看不见报纸，现在每隔三天就看见了。"他们为什么这样及时迅速呢？主要是全局人员工作积极负责，时间观念强。如交通员武魁、祝茂等每天来回走六十里地，每逢送递信件的时候，他边走边注意天气的早晚，到了那个机关把信交代清楚后，马上就走，从不中途逗留。邮局里还建立了考勤簿，回去得晚了就打个杠，等到月底开会检讨时即受批评。"可不能误了钟点"，已成为全局人员工作的信条。他们学习制度也健全，确定了早晨（七—八）下午（五—九）这几个钟头进行学习。早晨，文化高点的继续熟练包裹、汇兑业务工作，文化较低些的学习封包、挂号等业务手续，下午集体学习。读报研究讨论上级指示。祝茂同志自四月才参加邮局，现在除包裹汇兑外，投递、挂包封都学会了，并且很熟练。千字课本上的一千个生字，也都认识了。为了加紧支援前线，他们除加紧工作外，在本月三号在全体勤务人员联席会上，又提出生产节约，从薪金抽出一百八十斤小米，捐给前方将士。

现在我们不妨来考察一下，这条消息的导语是"宛良县邮局，博得了前方指战员，后方机关、商人、群众的赞许"。但是下面的内容，除了写出信件投递迅速的原因，与邮局学习情形之外，哪里看得见一点"前方指战员，后方机关，商人群众的赞许"呢？这样与内容完全无关的"导语"。（其实不能算导语）显然是要不得的。

还有一种"导语"，是以夸大的口吻写成，但一看内容，却不能不使人失望。如：

县各机关经充分酝酿后，干部纷纷报名入伍。县委决定县委组织部副部长张中道及刚结婚不久的青会主任刘青所等六人首批参军，县委于十九日开欢送大会，会上张中道、刘青所等均先后报告了参军的壮志，县妇会田兰芬对她光荣从军的丈夫加以鼓励，她并号召全县妇女鼓励自己的丈夫、哥哥上前线去。

导语中写出"干部纷纷报名入伍",但在消息内容上,说来说去,却只有张中道、刘青所等六人,半点"纷纷"也看不见。这种与内容不相称的夸大"导语",显然也是要不得的。

最后还有一种导语,是以"为了……特……"所构成。如:

为了开展李混子爆炸运动,本县各机关特发出通知……
十分区北进文艺工作队,为了配合平汉线自卫反击战,活跃部队娱乐工作,特派郭书田等同志亲赴火线……
为了奠定治河科学基础,树立长期治河计划,今年冀中水利会议特决定于各河各重点地设立"水交站"……

这种写法,是把新闻中的五个"W"中的"Why(为什么)",放在了前面,这种写法最容易造成新闻公式,因为什么事情的产生都有它的原因与目的,如果都把原因用"为了"写出来,那就会变成新闻公式。

二

那么,我们就应当根据上述的缺点,加以改正。

我以为:新闻的第一句话不应该是抽象文字的摘由,也不应该是僵硬的公式;应当是新闻的主要情况,就是说,应该把想传达给读者的新闻情况作为导语,导语以外的文字,只是新闻情况的说明,解释和补充。这样的导语有什么用处?第一,可以把消息写得更明确更完整。第二,能够"开门见山"地写出新闻,读者看了消息的头一句,就知道新闻的主要内容是什么,容易吸引读者看下去。

我曾分析过一些好的消息结构,它们写得精练有力,实由于导语用得恰当,下面的例子,大家不妨仔细研究一下:

【意大利里窝那××日电】昨晚美军中白人与黑人兵士发生冲突,黑人一名死亡。(以上是导语,也是主要新闻情况)冲突并曾引起黑人部队与意兵之间两小时的机枪对射。据悉起因为双方对舞女之争风吃醋。

【布拉格××日电】于此间开会之三十八国学生大会，今日已通过新成立的国际学生联盟的宪章。（以上是导语）仅荷兰代表投反对票，并拒绝继续出席会议，被选入国际学生联盟理事会之学生，共有一百十九人，每一人代表一万学生。

【新华社上海电】外国独占资本在华的金融势力开始重新抬头。（以上是导语）这一势力曾因日寇侵占中国而一度衰落，当时仅有汇丰等数家在重庆昆明开业，但现据中国银行数字，八月份上海外商银行已达十三家，其资产近八百万万元，其存款达一百五十七万万余元。（这是一九四七年的情形——引用者注）

【新乐讯】新乐解放后，民主政府立即发粮两万余斤，救济贫苦人民，三天中，已有五百十三户贫民得到救济。（以上是主要新闻情况，也是导语）饱受日寇及蒋匪蹂躏九年多的人民，得此救济，欢乐非常。西关有一姓赵的，攒着自己领的粮，一面走一面说："顽军在时三天两头叫当伕，闹得我家吊着锅子没米下。八路军刚来，就给发粮吃，我就是死了也忘不了八路军。"

我们读了这几条消息，觉得写得非常精练、有力、周到，而且没有一点公式。原因就在于他们把主要的新闻情况作为导语，把导语以外的文字拿来补充、说明，解释新闻情况。每一条好的新闻消息，几乎都是这样。为使读者明了，不妨拿报道美军黑白人冲突的消息分析一下：

【意大利里窝那××日电】是地点，"昨晚美军中白人与黑人兵士发生冲突，黑人一名死亡。"这是这条新闻的主要情况，也是作者要告诉读者的主要新闻内容。（其中包括了时间、人物、事情这三个"W"）但这点新闻情况还很不够，读者一定要追问冲突的程度，冲突原因也就是追问第五个W（Why、为什么）与冲突结果。为回答读者的这些追问，使消息写得更具体、完全，所以必须在导语以下，做些必要的说明与补充。

特别明显的，是下面这条消息：

【华盛顿电】有两位民主党参议员支持苏联方面葛罗米柯向联合国安全理事会所提的建议。（以上是新闻导语）即要求各会员国公开报告前轴心国以外的其他国家中的军队，此二人一为宾夕法尼亚州的参议员法兰西斯·梅耶斯，另一为华盛顿州的参议员华伦·麦格纽逊。

"有两位民主党参议员支持苏联方面葛罗米柯向联合国安全理事会所提的建议"是主要新闻情况,但什么样的建议呢?两位民主党参议员又是谁呢?记者不能不加以说明。否则,这条就不完全,也不具体。

因此,我们可以说:导语以外的文字必须与主要新闻情况互相关联、互相补充,使五个W(What, Who, When, Where, Why)都齐全起来,因为只有这样,消息才能写得完全而又具体。

这些消息,都是把新闻的主要情况放在前面,主要情况中往往包含有三个或四个"W",但是"Why"(为什么),却都是恰当地放在导语的后面,这样才能使读者容易抓到事情的中心环节,乐意看下去。

三

此外还有一种有关必录的新闻消息,这是一种纯客观的报道,这种消息既没有中心,也没有中心思想,也没有明确的立场。例如:

一区刘家庄,共有一五四户,去年土改侵犯中农三十一户,所以群众生产情绪很低,许多人反映说:"咱村斗了一团糟,究竟政策怎办的?"可是被斗户中农王子勇和别人想法不一样,因他哥哥在本县工作,常常给他写信解释政策,所以对生产一贯积极,他并说:"他能斗,我能受,我看政策还是为群众办事的。"向群众也时常宣传说:"好好生产吧!"但谁也不听。可是他于春天买了一头牛,十几亩荒地后群众在他的影响下,有三十五户继续开荒,两户被斗中农也动手参加开荒了。

这条新闻就没有中心思想,不能说明"拥护什么"与"反对什么。"只看到表面现象,歪曲了农民斗争的本质。

另外一个例子——

【高阳讯】最近在集上发现不法屠户偷杀牲口,妨碍生产现象。如出岸村王林曾,以一个病牛为引,取得执照,偷着杀了三个;又,孟仲峰集上也查获北漕口张常的执照早已过期,×村一屠户牵着拔掉两颗牙的牛,说吃不了草,要求开执照,还

有一个屠户在牛蹄夹里钉上钉子,说是拐牛,也要求开执照。这些不法行为,应严加防止。

这条消息从头到尾就贯穿着一个思想,即"有不法屠户妨害生产,应严加防止"。这条消息的每一个字,都是为说明这个思想写出来的。由于有明确的中心思想,所以导语也很恰当。

如果只是事情发展到那里就写到那里,没有中心,导语也必然与下文脱节,前面所举的"宛良县邮局博得……赞许"就是一个典型的坏例子。为更明确起见,我再举一个例子:

【安国讯】本县为克服教师调动频繁,影响教育工作及教师与村里联系不好的现象,并激励教师之进取心,特决定寒假期间由各村自聘教师,聘后经县批准备案。现大部村庄已聘妥,有四十四个教师被解聘,有的是因为文化水平低,能力弱,又不虚心学习,有的因作风不好,有的不出学校大门,不与村干部、群众联系,被解聘者,除县级选择介绍到未聘妥教师之村庄外,其余送短师学习,实行自聘教师的方法,激发了各村办学热情,除村干部讨论聘请对象外,并征求群众及学生的意见,决定后写聘请书,并说明待遇,由于各村争聘好教师,激起了教师的进取心,有的说:"不努力工作,不学习,今后吃不开啦!"

这条消息比起"宛良县邮局博得……赞许"和其他漫无中心的消息来要好得多,但如果与一个有明确中心,而又写得完整的消息比起来,却还很不够。首先它表现了两个中心,其次导语与下文重复,如果改成下面两个消息,或许会好些:

【安国讯】此间县政府决定寒假期间由各村自聘教师,聘后再请县府批准备案。现大部村庄已聘妥,实行这种自聘方法时,除村干部讨论聘请对象外,并征求群众及学生的意见。决定后写聘请书时确定待遇。现各村都争相聘请好教师,激起教师进取心,有的说:"不努力工作,不学习,今后就吃不开啦。"

【又讯】实行各村自聘教师后,安国有四十四个教师被解聘。查被解聘原因,多系因文化程度低,能力弱或不虚心学习,作风不好,有的常不出校门,与村干部缺乏联系。县政府对被解聘的教师，除选择介绍到未聘妥之村庄外，其余的均送短师学习。

这两条"改作"，各有中心，再以主要新闻情况放在前头，当作导语，显然比"原作"完整些。所以，我们在一则新闻消息中，最好只说明一个问题，如果问题较多，可以用"又讯"来说明它，或是另写通讯来补充。

也许读者要问：为什么要把主要的新闻情况当作导语，放在前面呢？这样做有什么好处呢？这个问题我刚才已大致谈过。现在再解释一下：

读新闻的人与读小说的人心情是不一样的。读小说的人，在精神上是准备由静看到动，由气氛的描写到人物的出现，再到情节的开始与发展，由事情的开端，到情节的高潮，以至于结束。总之，读小说的人在精神准备上，是抱着"慢慢读下去"的心情。然而读新闻消息时的心情却不是这样，他们要求"开门见山""一目了然"，如果一条消息也从静止的事物开始，再慢慢写到动态，甚至从一个人的历史叙述开始，最后才写出新闻。这样的写法不仅使读者沉闷，而且对一条消息的结构也是有害无益的，这样写的结果，一定又长又臭，又不明确。

把主要的新闻情况，放在前头，把导语以外的文字用作主要新闻情况的补充、说明和解释，这不仅有明确的中心，而且可以把一条消息表现得更明确更活泼完整，而且永远不会变成"死公式"。

我们也不赞成"有文必录"的报道，不赞成总是把一件事情从头写到尾，死板地按事情发生的先后，顺序排列；也就是不要只满足于一般情况的记录，而应该处处照顾广大读者的需要，有中心，有选择地处理新闻材料。好的消息为什么不是"从头写到尾"，为什么每条消息有一个中心思想？原因就是它已经经过研究和取舍的缘故。

但是我们的一些学习新闻消息的青年同志，却常常"从静止的事物写到动态"，或用很多的文字交代了原委之后，再去写新闻，或者从一个人过去的生活写到现在，最后才是新闻。这样写的结果，常常把要报道的主要内容不知不觉地写在后面。如：

【青沧交讯】大和庄的伪军，每顿饭只吃两个棒子面窝窝头、一碗溜锅水，有时到老百姓白菜窖里偷白菜，闹顿白菜汤喝，就是最高的生活了。伪军们天天盼着过年，好吃顿白面，但三十了，还是吃的窝窝头，喝溜锅水。

这条消息，主要新闻情况，（即作者想告诉读者的新闻内容）是"虽到年三十，大和庄伪军们仍吃窝窝头喝溜锅水"，但在消息上，新闻却在最后面。什么原因呢？原因就在于作者死板地依照事情发生时间的先后排列的结果。

这条消息本身，除新闻情况外，补充说明的材料也是不够的，如"年三十吃窝窝头"伪军的反应怎样，这是极重要的，但作者没有写出来。现在我把它略加改写，抄在下面：

【青沧交讯】大和庄伪军于旧年三十仍吃窝窝头，喝溜锅水度日（以上导语）。查他们早日每顿饭只吃两个棒子面窝窝头，喝碗溜锅水，有时偷窃老百姓窖子里的白菜来改善生活，因而他们天天盼着过年，满以为新年时可以吃顿白面，然事与愿违，情绪大为低落。

我不想再逐条分析了，下面的"原作"与"改作"希望读者自己去研究讨论吧！

【原作】安国讯：本县土地改革已经结束，百分之三十的农民，经过斗争清算，翻身得地，得地农民，切望迅速得到红契，使胜利果实取得法律保障，好安心生产。稽征处接受农民这一要求，决定组织大力税契，并计划于农历三月大生产开始前，完成全县税契。正月初六，即派四个税契员带领六个协助员，携大批契纸，到二区试习，召开村干部会，传达税契办法和纳税等级。村干部回村后，即展开宣传动员，协助农民丈量地亩，造成全区税契热潮，预计在吸收该区经验后，即将迅速展开全县税契工作。

【改作】安国讯：此间稽征处决定组织税契，并计划于旧年三月大生产开始前，完成全县税契（以上导语）。这一决定是根据该县广大农民的要求。安国县土地改革结束后，百分之三十的农民已分得土地，为使胜利果实取得法律保障，安心生产，农民纷纷要求得到红契。正月初六，此间稽征处即派员携大批契纸，到二区试习，并召开村干部会，传达税契办法和纳税等级规定。会后各村干部回村后，即展开宣传，协助农民丈量地亩。闻二区现已普遍造成税契热潮，预计在该区取得经验后，即将迅速展开全县税契工作。

【原作】定县讯：本县新解放。百余村庄农民，九年来在日、伪、蒋与封建势力压迫统治下,历尽苦难。解放后,县委宣传部及教育科即组织三十名教师,六个村剧团,及民间艺人等数百人,到该区展开宣传,同时在县区村翻身队领导下,经过启发教育,农民觉悟空前提高,迅速燃起翻身烈火,纷纷组织力量,与汉奸恶霸封建地主进行清算,并要求实现耕者有其田。县委对此特指出:"接受中心区土地改革经验,大力为群众撑腰,大胆放手发动群众,全面展开控诉复仇,反奸清算斗争,使当地群众彻底翻身,实现耕者有其田,结合完成安抚救济,及备战工作。并注意在土地改革中,发现与提拔骨干分子建立我之组织,树立今后反敌报仇的坚强基础。"新区接此指示后,百余村庄,已全面展开农民翻身运动,某村一农对记者说:"现在是我们抬头的日子到来!"预期不久将获得成绩。

【改作】定县新解放的百余庄村农民,已全面展开翻身运动(以上是导语)。九年来他们在日、伪、蒋与封建势力压迫统治下,历经苦难。解放后,经县委宣传部及教育科派去三十名教师,六个村剧团及民间艺人数百名,深入宣传,再经县区村翻身队的教育启发,农民很快觉悟起来,纷纷组织力量,与汉奸恶霸封建地主进行清算,并要求耕者有其田。县委指示中特别强调:"接受中心区土地改革经验,大力为群众撑腰,"指出在运动中应与安抚、救济及作战工作相结合,并注意发现与提拔骨干分子,迅速建立组织,以树立今后反敌报复的坚强基础。现该区翻身烈火,如野火燎原。某村一老农对记者说:"我们抬头的日子来到了!"运动正猛烈开展,预期不久即将获得成绩。

【原作】正叶讯:我县大部干部学习报纸时,有几个缺点:一、只看大题,二、只看胜利消息,三、很潦草地看一遍,四、一看一扔。这样地学习下去,对自己对工作都是很不好的,为此,县委特发出指示,要大家重视时事学习,报上的社论或重要文章,要及时组织讨论,并和干部思想及当地工作联系起来。用漫谈结合回忆的学习方法,对各地经验介绍要抓紧研究吸收。县区干部到村,要帮助村干部及冬校学习。此指示发出后,全县学习顿呈新气象,有的干部学习"论战局"以后说:我的工作情绪更高涨了,因为增强了打败蒋介石的胜利信心。

【改作】正叶讯:此间县委发出指示,要大家重视时事学习,对报上的社论或重要文章,要及时组织讨论,并和干部思想及当地工作相联系(以上是导语)。过去该县干部大部分不注意时事学习,看报只看大题,只看胜利消息,或很潦草地看一遍就扔了。因此该指示强调采用漫谈结合回忆方法。指示强调各地经验及时介绍并迅速研究吸收。对县区干部到村时，责成帮助村干部及冬校学习。此指示发出后，该县学习顿呈新鲜气象，"论战局"讨论后，一干部说："打败蒋介石的信心已增强，所以我们工作情绪也更高涨了。"

个别观察和艺术概括*
——在河北省青年业余文学创作者会议上的讲话

一

这几天,同志们听了许多有益的报告,这些报告的内容都很好,我不想重复了。我今天想谈的,是如何克服写作中的概念化与公式化的问题。

最近,党提出了"百花齐放,百家争鸣"的方针,这对于发展我们的科学和我们文学艺术事业,都是极其重要的。

大家大概都还记得,近几年来,由于自由讨论的空气不浓,相互交换意见、探讨问题的风气没有很好形成;批评与自我批评也没有充分展开;结果,我们的文学艺术不能得到应有的提高与发展。今后,为了文学更好地为社会主义事业服务,应当展开批评与自我批评;为了辩明真理,应当有批评的自由,也有反批评的自由;只有经过充分的争辩,矛盾才会逐渐解决,马克思主义才会逐渐地在创作实践中发挥它的作用。这对繁荣我们的文学创作事业,是极其重要的。"集思广益"会使我们更容易把握真理;任何片面的、脱离实际的论断,都不可能得出正确的结论。特别值得注意的是,这种不正确的论断,已经妨碍了实践,妨碍了创作的发展。因此,我以为,党所提出的这个方针,不但对整个文学艺术事业的发展会有推动作用,就是对我们青年写作者来说,对活跃我们业余的文学写作活动来说,也是具有积极的意义。

党提出"百花齐放,百家争鸣"的方针,主要的目的,是扫除一切障碍,为繁荣社会主义文学事业创造条件。只有经过互相竞赛,我们的文学创作才能逐渐地得到发

---

* 载1956年10月7日《河北文艺》十月号。本文为1984年4月版《萧殷自选集》收录的版本。

展与提高。

但是现在，有些看法和做法，是妨害"百花齐放，百家争鸣"的方针的，清规戒律仍很多，不适当的限制还没有完全解除。譬如题材问题，有些人就提出：工农兵以外的题材都没有意义，都不值得去写；认为要为工农兵服务，就一定要写工农兵的生活。这种看法显然是片面的，这是把服务对象与描写对象两件事混为一谈的说法。谁都知道，要为工农兵服务，直接描写工农兵生活的作品，当然是首要的，第一位的；但并不等于说，一切非工农兵生活的描写，对于工农兵群众都毫无意义。仅仅懂得劳动群众的生活，而完全排斥描写其他阶层生活的作品，只会使劳动人民的眼光越来越狭隘。问题不是能不能写其他阶级的生活，而是怎样写，站在什么立场去写的问题。

当然，对于专业作家，应当更多地要求他们正面地去描写群众的重大斗争和史诗一般的题材，应当要求他们尽可能地对描写对象有所选择；但是，对业余作者来说，却不能这样。业余写作者熟悉什么，就写什么；他们可以写工农兵群众的生活和斗争，也可以写其他的题材，比如小学教师写小学生的生活，银行职员写银行里的生活与斗争，医务工作者写医院中的生活与斗争，等等，都是可以的。只要写得真实动人并且饱含着社会主义的精神，工农兵群众都会感兴趣，而且会得到教育。

从这里可以看出，对题材提出种种不合理的限制，不仅会妨碍作品更广泛地去反映社会上各阶层的生活和斗争，而且也会削减艺术内容的多样化。

其次，在风格问题上，也有各种清规戒律，各种不合理的限制。有些编辑同志，只喜欢自由诗，而不喜欢格律诗，这是他自己的爱好，我们不能加以任何责难；但是，如果他以自己的爱好，来妨碍别人的爱好，损害别人的风格，那就是错误的。我们主张在风格上也应该百花齐放，应容许粗线条的，也应容许细腻的；应容许奔放粗犷的，也应容许细腻含蓄的。但是一直到现在，仍然有人以自己狭隘的兴趣，来限制别人的兴趣；拿自己的喜爱，去妨碍别人的不同风格的发展。在小说上，在戏剧上，也存在着同样的问题。要使艺术丰富多彩，必须突破这种限制；只有这样，我们的艺术之花，才能万紫千红，绚丽多姿。

再次，在创作方法上，也应当是多种多样的。忠实地按照生活原有的面貌，去概括现实中既有的典型现象，固然是我们所应当遵循的法则；但是，狂放的、适于发挥远大理想的浪漫主义，难道不可以采用吗？

百花齐放，并不能像花园里的花那样，年年如此，每年都是同样的颜色、同样的形状和同样的气味。文学艺术上的"百花齐放",其本身就含有互相竞赛、各显所长的意思。当然,不是故弄玄虚,更不是投机取巧,而是老老实实地使艺术花朵开得更鲜艳、更馥郁和更动人。一句话,不管是什么样式的作品,都应该发挥它的独创性。一方面固然应该力求提高作品的思想力量,另一方面也应该不放松地提高它的艺术力量。

因此,在百花争妍的时候,要反对那种既没有生命力的,也没有色彩的假花——概念化公式化的作品。要是在我们文学的园地里,放任概念化和公式化自由蔓延,将来也许花很多,但它们可能都是没有生命液的和不动人的。

现在,我们不妨看一看经常出现的概念化和公式化的各种表现形态吧。有些青年写作者,当他写中农入社的时候,总是离不开如下的公式,即:党发出了号召,周围群众掀起了参加农业合作社的热潮,中农产生了各种顾虑、犹疑和动摇,以至产生了种种的不安,然后经过他的儿子和闺女(儿子或闺女总是青年团员)的说服,再带他到邻村去参观了别的农业合作社,于是中农的思想打通了,也入社了。那么,我们来看一看,这样的描写,有没有违背生活的逻辑呢?应当说:没有。因为,这种现象,这种过程,在合作化运动过程中,几乎到处都可以听到和看到,也可以说,是一条规律。问题在于作者仅仅写出这条规律,除此之外,再也没有任何生活内容和人物形象了。为什么会产生这样干巴巴的作品呢?可能还有旁的原因,但最主要的,是作者没有从生活出发,而仅仅依靠上述那种"尽人皆知"的规律,而且把这条规律当作作品的主要内容来表现。值得注意的,是这种做法,并不是个别的。有些作品,竟会不约而同地雷同起来。例如1955年《河北文艺》三月号上的《李天贵和他的黑骡》与1955年《文艺月报》一月号中的《牛栏旁》两篇作品,在基本内容上是相同的(但经调查了解,前者并不是抄袭后者,因为《李天贵和他的黑骡》这篇文章,在1954年的冬天已经寄到了编辑部)。这两篇作品,为什么会在基本内容上雷同呢?那是因为他们只写了一般性的、小私有者共同的特征。

我们应该从这里得到一个教训:只抓住一条规律或几条规律,而且还拿这些规律当作作品的情节,那是一定要碰壁的;这类作品,其矛盾斗争或发展过程,肯定是大同小异的。

我们不能反对生活的规律,作品也不能不反映生活的规律;问题是从规律出发呢,还是从生活出发?正确的方法,应该是深入生活中间去,站在马克思主义的高处去研究生活和研究人物。

这是一种形态。

另外，还有一种形态，比如，党号召勤俭办社，有的社干部爱铺张排场，以至于大量浪费了人力物力，最后，经过上级领导人的说服教育（差不多都是说些大道理），结果，社干部转变了。

这类作品，有两个基本特点：第一，从概念出发，即从当前的政治口号出发；第二，把生活简单化，使人物的行动来适应作者说教的需要。一般说，这类作者，是想配合当前的政治任务的，论其动机和用心，都是好的；但是，这样的作品，却不能收到他所希望收到的效果。因为，第一，这类作品没有一点生活气息，也没有较深的思想内容；至于感动人的力量，就更少了。剩下的只是几条瘦骨嶙峋的概念或规律。

再有一种形态，就是从报纸上或者是从领导者的报告里面，抽出一些问题，加以想象，编造事件，搭成了作品的架子；然后以自己浮浅地感受到的一些东西（比如对景色的感受；对人物某些举动的感受等等）贴在架子上。从表面看起来，这些作品似乎也有些生活气氛，但是事件发生和发展的内在因素，却是空洞无物的，不真实的。这种作品都有一个共同的特点，就是把生活简单化：作者对于任何困难和障碍，都看得非常简单；对于克服困难和撤除障碍所需要的智慧、毅力和勇敢，也被看作是任何人身上都有的品性。因此，什么困难在作者笔下都很容易解决；胜利的取得，也是轻而易举的。请你们想想，这样的作品，能够教育人吗？它和我们要通过复杂曲折的斗争才能前进一步的现实生活有什么相同的地方呢？

上面所列举的三种形态，并不是公式化概念化表现形态的全部；即使就这三种形态来说，已经值得我们严重警惕了，因为它们只会损害文学作品的思想力量和艺术力量。这种脱离生活、违反艺术规律的做法，只会妨碍我们文学创作的繁荣和发展。

根据上面的分析，我们可以看得出来，写作中概念化与公式化的产生，主要是由于作者脱离了生活，不理解生活，或者是不善于理解生活。

如何深入生活呢？有人说，应该去掌握人们的阶级特征和阶级本质，这当然是对的；但如何去掌握呢？从哪里入手去掌握呢？

阶级本质、阶级特征是需要反映的，而且是必须反映的；但是不少青年写作者把阶级本质或阶级特征抽象化了。脱离了生活的真实，脱离了活生生的富有个性的人，那么，所谓阶级本质或阶级特征，当然只会成为千篇一律的抽象的东西了。

实际上，人们因生活在阶级社会里，所以都带着阶级的意识与阶级的感情，即带有阶级的特征。我们要反映这些特征，不能抽象地去反映，而应该通过活生生的个性鲜明的人去反映。由于各人所处的具体生活环境不同，经历不同，文化教养等等的不同，因而形成了各人多种多样的个性。即使在一个阶层或者一个阶级里面，即使他们所处的经济地位是相同的，但由于上述的具体环境、经历、文化教养等等的不同，各人的个性也不可能相同的。比如果戈理的《死魂灵》中的地主们，又比如《红楼梦》中的那些姑娘们，都是各有不同的看法、爱好、脾气与作风的。由于这种种的不同，因此在表现他们共同的集团特征的时候，就会有不同的形态、形式与不同的程度和色调。

那些把阶级特征写成千篇一律的作品，显然不能把阶级的或阶层的生活真实地表现出来；也不能把具有阶级意识或阶级感情的人真实地生动地表现出来。

这种只注意描写阶级特征，而忽略了个性特征的作品，首先就模糊了阶级特征。因为阶级特征一旦离开了个性的形式，它就变成了抽象的概念；当然，更谈不到有血有肉了。

既然没有血肉，没有心灵，没有独特的个性，只剩下阶级特征的几条标签，那么请你们想一想吧，这样的所谓"人物"能感染人吗？能感动人吗？

谁都知道，作品的思想内容和它的感染力量，都不能离开生活的真实描写；只有真实地深刻地把生活描写出来，生活中所蕴藏的社会意义，才能体现出来；所谓生活的规律或本质，应当是溶解在有血有肉的生活真实里面。只有当你把富有独特个性而又富有典型意义的人物和事件真实生动地表现出来的时候，作品才会有较深的思想内容，它才会有感染力和打动人心的力量。

二

要使作品的思想内容与艺术形象融为一体，使阶级特征与独特个性融为一体，以创造既富有教育意义、又有艺术感染力的作品，首先必须对生活作个别的深入的观察。

你们都是业余文学写作者，时时刻刻都与生活相接触，有些人每天都接触农民，有些人则和广大群众生活在一起；应当说，业余写作者就是生活创造者的一员，按理应当每天都有新的感受；人物和事物的变化，应当每日都有所感觉；而人们的性格特征和精神状态，应当非常熟悉。现在的问题是，我们有不少的业余写作者，他们虽然在工作岗位上或生活在群众中间，但是他们对于周围的人并不熟悉，更不熟悉人们的思想感情和精神面貌。这是什么原因呢？原因可能很多，但最主要的却是由于我们不善于或不习惯深入地对人物进行个别的观察。

谁都不能否认，在我们的周围，有我们亲密的朋友，有一同工作的同志，有上级，也有群众；对于他们，我们不但看见他们在工作，也看见他们与社会的关系，不但听见他们的言辞，也接触到他们的喜怒哀乐；但是事实上，有好些业余写作者，却并不了解这些；他们所知道的，仅仅是一般人们的工作状况和生活状况，顶多是一般的思想情况。一个业余写作者，如果只皮相地了解他周围的人物，他当然无法从中汲取题材，自然就会感到没什么可写了，即使硬写出来，也只是干巴巴的枯燥乏味的东西。

如果我们能选择一些我们认为有意义的——有特性的或表现突出的人物，经常对他们进行观察和保持接触，那么我们对他们的思想感情和性格特征，就会逐渐地有较深的了解。我们不仅要看他的工作，还要看他在生活上各方面的表现；我们不仅应该了解他和同志或朋友的关系，同时也应该了解他和家庭的关系。总之，我们应该从他的生活的各个方面去了解他，我们不仅要了解他对社会的态度和对工作的态度，我们也要了解他对生活的态度；我们不仅要了解他的思想感情，而且还应当了解他的爱好、脾气和习惯。总之，要了解他"这一个"人物的个性和特点。

前面我们说过，一个人的个性和特点，会贯串在他的行动和言辞之中，会贯串在他的政治活动和日常生活中间，也会贯串在人与人的关系中间。业余写作者应该通过这些方面的观察，来了解人的性格特征，这样观察得来的性格特征，就不会是完全相同的；每一个人都有他不同的特点。理由前面已经说过，由于各人的经历不同，所处的社会环境不同和文化教养等等的不同，就产生了不同的看法、脾气和爱好，因而在流露集团特征的时候，他们不可能用同样的形式、同样的程度和同样的色调表现出来，这就出现了性格的多样化。

只要我们经常地对个别的人物作深入的观察，我们不仅能接触到各种各样的独特的个性，而且我们也能看到融合在独特性格之中的共同的集团的特征（或阶级的特征）。

这种观察越透彻，就越能理解各种独特的性格和这个性格与社会环境的联系，以及形成这个性格的历史的和社会的根源。

经过这样的观察，所得到的印象和感觉，就不再是毫无意义的生活现象了。在这一大堆的印象和感觉里面，我们不仅了解了这个具有独特个性的人物，也看见了阶级意识与阶级感情融化在独特性格中的人物了。从写作的角度来说，这里不仅有生动的感性形式的人物形象，而且也有社会内容了。

像上面所讲的，观察生活的方法，是每一个业余写作者都可以做到的，这是我们学习观察生活的最起码的一种方法，也是文学写作者应该掌握的一种方法。但要观察得透，却不是一件容易的事。这需要耐心的细致的劳动，偷巧是不成的。比如有人向先进生产者发问："你的先进事迹是怎样创造的？"这种做法，无论如何不能帮助我们深刻地理解先进人物；只有经过多方面的观察、刻苦的思考（不是想当然地），才能逐渐地理解先进人物的思想感情和性格特征，才能逐渐地理解什么样的精神力量促成了他的英雄业绩。

对落后人物的观察也是这样。但是必须强调一句，只有当我们与落后人物或反动人物处于对立状态的时候，也就是当我们对这些人物进行尖锐斗争的时候，我们才能够充分地理解他们。同样，只有我们尖锐地与落后现象或落后人物进行斗争的时候，我们对于先进人物的思想感情和性格特征，才会敏感地感觉到和深刻地认识它。

三

以上谈的，是如何接触生活的问题，但是仅仅接触了生活和对人物和事物作了个别的深入的观察，并不等于就掌握了题材；要把素材构成题材，还要进一步进行艺术的概括。

大家都知道，文学写作者不应该是照相机，也不应该是录音机，就是说，作者不应该把听到的和看到的事物或人物，不加选择地不加判断地都写出来。生活固然是创作的泉源，但是死板地记录生活，并不等于艺术。丰富的生活素材，必须经过作者创造性的劳动，必须经过作者思想感情的融化、概括和深化的过程，才能创造出艺术形象。

但是，我们好些青年写作者，除了容易犯公式化和概念化的通病之外，也容易犯

罗列现象、刻板地记录生活的通病。这两种通病，一是由于不熟悉生活所造成；一是由于冷漠地对待生活所造成的。很显然，这两种倾向，都是不好的。

文学，是教育人民的手段之一，是阶级斗争的一种有力的武器；既然是武器，我们就应该严肃地使用它，而不应该当作玩具来摆弄它。罗列现象或毫无目的地摹写生活现象，这只能说明作者对文学的社会作用认识不足。虽然这些作者接触了一些生活，但是由于作者站在阶级斗争和社会主义建设的旁边，用冷漠的眼光去对待生活，缺乏鲜明的爱憎，缺乏社会主义主人翁的感情，因此，在他看来，现实的斗争，就成为一片闹嚷嚷的无意义的活动。他们已看不出现实生活中所蕴藏的意义，也看不见现实生活的实质，在他们眼里，现实只是一片乱哄哄的各不相联的现象。如果把这样的现象，照搬到作品里，那么，还能有什么思想内容和教育意义呢？

文学，既然被当作一门武器来使用，作家就应当是一个战士——应当是社会主义事业的一员创业者。既然是战士或创业者，他就必须有所恨和有所爱，有他所要反对的，也有他所要拥护的对象。这种爱憎感情，特别是在接触生活的时候，是无法隐藏起来的；而是相反，作者认为可憎的现象，他会愤怒，对他认为可喜的现象，他会狂喜；作者就是用这种强烈的激情，渗透到他所接触的现象和事实里面去。

在这里，我们应当顺便强调一下，只有当革命的号召成为我们的观点、意识和感情的时候，而且这种观点、意识激起了我们对生活发生了强烈的爱的时候，我们的激情才会和人民的激情相一致，我们对生活的感受，才会越接近真实。这一点是非常重要的，否则，就会像胶卷缺乏感光质一样，作者如果没有与广大人民相一致的思想感情，他就很难感受人民所关切的现象与事实。这种情况，可惜并没有绝迹。好些青年写作者，生活在斗争激烈的生活环境里，他自己也希望找到写作题材，可是由于缺少革命的思想感情与革命的敏感（也就是世界观还没有改造），客观现象还是客观现象，主观感情还是主观感情；两者不能融合，不能互相渗透；结果呢，所谓题材，只是一些没有经过主观融化的、冷冰冰的现象和事实。很明显，在这样的情况下，我们怎能写出动人心魄的作品呢？

我再强调一句，花粉是蜂蜜的源泉，正像生活是创作的源泉一样，但是花粉如果没有和蚁酸相融合，花粉永远是花粉，它不可能成为蜂蜜；同样，生活如果没有和作者的思想感情相融合，并加以创造性地提炼和概括，生活永远是生活，它不可能成为艺术。

艺术的创造，不能简单地理解为生活的现象如实的反映，凡是有巨大思想力量又有巨大感染力量的作品，都是经过作者刻苦提炼和精心创造的。

作家的劳动是创造性的劳动。他应该充分运用他的广阔的知识，丰富的生活经验和艺术的概括能力，创造出既有思想力量又有艺术力量的艺术形象。很显然，这种劳动与简单地抄录生活现象是不同的。根据这样的理由，所以我不同意有些同志把作家称为"写家"的说法，也不同意另一些同志把写作称为"写话"的说法。这些说法，只能使人产生误会，以为写作仅仅是一种简单的文字记录工作，而不是创造性的劳动。

其实，作者从接触生活到写成作品的过程，就是复杂的艰苦的创造性的劳动过程。通常的情况，有一定生活经验的作者，当他在现实生活中感受到某种有意义的事物，激起了感情，并且企图把它记录下来的时候，或企图把这印象在脑子里保留下来的时候，作者就进行了最初步的概括和加工。就是说，作者把能体现性格特征和精神状态的部分，加以突出和集中，有时甚至还把从别的场合所感受到的同类的特征的现象，加以概括（即加以想象的补充），借以丰富这个特征和深化这个特征；同时，作者把感觉印象中一切非特征的无关紧要的现象和事实抛弃掉。

只要我们能经常地坚持这样的劳动，那么，日子久了，素材的积累便丰富了，我们对人物的性格和精神面貌，就会逐渐地有所了解；特别是同类的富有特征的个别现象，接触得多了，感受得多了，而且对每个个别的人物和现象，都下过概括加工的功夫；这样日子久了，富有个性的人物形象，就会逐渐地在我们的脑海里活动起来。

我们青年作者如果用这样的方式来接触生活和感受生活，我们不仅可以对个别的人物和事物能有较具体鲜明的认识，而且也可以逐渐地养成一种艺术的概括能力。

概括、深化生活的劳动，对一个文学写作者来说，是不能一刻放弃的，这是艺术创造的重要劳动。不善于经常地概括和深化自己所感受的现象和事实，不善于敏锐地感受事物的特征，并概括这些特征和深化这些特征，我们就不可能有艺术的创造。

如上面所说，接触生活的过程，就是概括和深化的过程。所谓概括和深化，并不是离开具体的感性形式的现象和印象；而是相反，概括，是概括富有典型特征的生活细节，并贯之以气血，贯之以个性，并使之有生命。这种经过初步概括的素材的本身，其中就有联系、矛盾或斗争的，不过，很不完全很不充分罢了。

我们从各个生活侧面去理解人物，去掌握人物的性格特征，去了解他们的精神面

貌，再把人物放到一定的环境，让他去生活，去和他可能接触到的人们发生联系，去说他爱说的话，去做他爱做的事；总之，让他按自己的意志去和人们发生联系，发生矛盾，或者和别人去斗争，由此自然就形成各种事件。因此，我们认为：作者如果真正地理解了人物，掌握了人物的思想感情和性格特征，也熟悉了人物所活动的环境；那么，创造情节就不会是太困难的事情了。

也许有人会怀疑：这样构成的情节，是不是会毫无意义呢？是的，这是值得注意的问题。如果作者对人物抱着无所谓的态度，没有爱和没有憎，只是让他的人物在社会上闲逛一通，当然会产生毫无意义的作品。但我相信，我们的青年作者不会抱着这样的态度去写作的；绝大部分的青年作者，都是怀着歌颂某种人物，或者暴露某种人物的目的去写作的。既然有爱憎，作者就不会不对他的人物表示态度，也不会对人物的行为不加任何判断。

在文学作品中，作者对生活的态度和判断，不是用作者直接表示态度的方式表现出来，而是以人物的遭遇和他的命运来体现作者的态度和看法的。祥林嫂的悲惨结局，表现了鲁迅先生对旧礼教之极度愤恨；贾宝玉之出家，表现了《红楼梦》作者对于封建势力的反抗。由此，我们就能明白，尊重人物的个性，由人物按照他自己的意志去说他所爱说的话，干他所爱干的事，并不会妨碍作者表示态度，更不会妨碍作者表达对人物的爱憎感情。如果不尊重人物的性格，只是由作者随便支使人物去行动和说话，首先就会使读者觉得不真实。我们要让人物按照他自己的观点和意志去行动；让他在生活中去考验，即使是一个品质极端恶劣的人，我们也仍然让他按照他自己的想法和看法去行动；问题是作者善不善于在最后引起读者去憎恨他，或者让他碰得头破血流。

这种处理，不能规定一个公式，而应当看作者让他处在一个什么样的具体社会环境来决定。在某种具体社会环境里，他能够胡作乱为，损人利己，甚至人们大受其害；而在另一种社会环境里，他可能到处碰壁，以至于受到迎头痛击而告终。

这就是说，一方面要忠实于人物性格的描写，否则，情节的产生和发展就不可能写得真实，另一方面要忠实地写出社会环境；由于你所描写的具体的社会环境不同，人物发展的方向与遭遇也就不同；但不管社会环境如何不同，作者的爱憎与态度的表达，却是不受影响的。可是，我们必须牢记着，千万不要因表达我们的思想，而损害了生活真实的描写；这种做法的结果，生活固然不可能真实地生动地表现出来，以至于损害了作品的感染力；而且，所谓思想意义，也会因这种做法而遭到破坏，显得苍白无力。

四

我在上面所谈的，仅仅是创作过程中的一些问题，我们要想严肃地认真地来使用文学这门武器，除了必须以生活创造者的身份深入生活、研究生活之外，还必须努力使自己成为一个先进的工作者和共产主义战士。只有当我们自己具有共产主义思想和共产主义的道德品质的时候，我们才可能更好地理解生活和更好地运用艺术技巧，然后，才有可能创造出激动人心的艺术形象。

一九五六年八月二十一日于保定

论思想性、真实性及其他[*]
——在上海青年宫与青年作者们的谈话

青年朋友们，我来到上海已好几天了。在这短促的时间内，我曾接触了一些青年写作者，从他们的谈话中，了解了一些情况，也接触了一些写作中的问题。这里有思想意识的问题，即资产阶级文艺思想的影响问题；另外也存在着"公式化和概念化"的问题。现在我想着重谈谈后一个问题。

是的，当我们考察写作中的公式化和概念化的产生根源时，我们总是说，那是由于写作者脱离了生活，不熟悉生活或者不从生活出发。这种看法本来是正确的，也触到了问题的实质。但是，在这几天内，却有青年作者向我提出这样的问题，他们说："编辑同志总是说我的作品很概念化和公式化，一再劝我深入生活和熟悉生活。我天天都在生活中间，在车间里面，叫我再怎么深入生活呢？怎样才能克服概念化和公式化的毛病呢？"我问了他们一些情况，了解了他们的确是在生活中，而且是在车间里边生活着；他们不仅自己是个劳动者，而且应当说，他们还是生活创造者的一员。问题在哪里呢？既然他们在生活中间，在斗争的旋涡里边，可是当他们把这些生活写成作品时，为什么又成了公式化和概念化的呢？

这的确是个值得研究的问题。

但是，问题的关键在哪里呢？

原来是这样：有些同志虽然观察了生活，虽然他们对某些个别人物有所感受，譬如说，他们对某个工人的某几个有特征的表现留下很深的印象，但是，这些同志对某个人物并没有观察透，也没有做进一步的了解；只根据自己所感觉到的一点点，就急

---

[*] 载1959年7月版《鳞爪集》。

急忙忙地将这点印象贴上标签,这标签也许叫作"本位主义",也许叫作"保守思想"。这还不算,他们还要根据这点印象和标签写成作品。请你们想想吧,这样写出来的作品,哪能不概念化和公式化呢?

这是一种现象。

另外,还有一种现象,那就是,有些同志不惯于对个别人物或事物做个别的观察;他们所注意的,常常是事物的轮廓,是事件过程中某几个片段;只抓住了其中的几个片段,就急急忙忙地给它贴上标签,而且还企图以这几个片段和标签就写出作品来。结果呢,作品当然还是概念化和公式化的。

其实,这两种情况,都是由同样的原因产生的,那就是:作者没有很好地研究生活,熟悉生活,没有按照生活本身的逻辑去说明生活;而是匆匆忙忙地草率地以"想当然"的态度去对付丰富多彩的生活。结果,不仅生活的真理不能从生活的真实描写中体现出来,反而首先损害了生活的真实。

这些作者虽然在生活当中,在劳动与斗争的旋涡里面,但是由于他们不认真地深入地观察和研究生活,或者不善于站在正确的立场上去观察生活,结果,还不能说对生活是熟悉的;特别是从创作的角度来看,就更加不够了。

那么,我们这些青年作者,为什么喜欢将一点粗浅的感受急急忙忙地贴上标签呢?有人提出理由说,"一些文艺理论不是叫我们不要只写表面的生活现象吗?"不错,文学不应当只写表面的生活现象,而应当由现象深入本质,这是大家都了解的;但是怎样由"现象深入本质"呢?是不是像我前面所指出的那些同志那样,把匆匆忙忙地感觉到的一些印象,以"想当然"的做法,匆匆忙忙地贴上一些标签呢?这样的做法,显然不能找出事物真正的本质。正确的态度,应当用辩证唯物主义的观点认真地去观察和研究生活;写作者应当以生活本身的逻辑去解释生活,从中体现作者的政治观点和美学观点,绝不应该用主观的推想去代替丰富的生活真实;尤其不应该以"尽人皆知"的一般化的概念去硬套生动活泼的生活。这种"硬套"和"代替"的做法,不仅不可能把生动活泼、丰富多彩的生活真实反映出来;只会把生活图式化和概念化。

前面提到的那些同志的做法及其结果,不正是这样吗?

如果明白了这一层,那么我们就会了解:为什么我们所经历的和所看见的生活,是这样的生动、多彩和富有独特的样式;但一写到稿纸上,反而变得那样枯燥和乏味

呢？道理就在这里。

同志们在写作时能够注意到作品的教育意义，这是正确的；大家在写作时，能够注意到揭示生活的本质或规律性——揭示形成事件的内在根据，也是完全正确的；我们应当反对那种无思想性的或思想有毒素的作品。但是，怎样在文学作品中去揭示生活的本质或规律性？怎样在文学作品中去体现思想意义或教育意义呢？是不是把自己所感受到的一些印象贴上一个标签就能"揭示"出来呢？当然不能；那么是不是拿一些具体的事实来"图解"一些"尽人皆知"社会学的概念，就能把生活本质或规律性揭示出来呢？我以为也不能。

文学到底不是社会学。如果在文学作品里仅仅传达了社会学的某一条或几条概念，那么，文学还有什么独立存在的必要呢？文学如果仅仅依靠一些社会学的概念来作为它的思想内容，我看，这样的"文学"，不仅不能取得发人深省的思想性，也不可能取得足以感动读者的艺术性。

我们大家都明白，当我们阅读一篇文学作品时，并不是怀着寻求社会学的知识去阅读的；在通常的情况下，人们总是怀着寻求美的享受的心情去阅读的。文学假如完全忽视了读者的审美的需要，忽视了艺术形象的创造，反而以简单的生活细节或简单的现象去代替五彩缤纷的人生真实，反而以抽象的社会学概念去代替饱含在生活血肉中的生活真理；那么，这样的"文学"能感染人和感动人吗？这样"作品"里面的所谓"思想意义"，能够说服人和发人深省吗？我以为是不可能的。

实际上，文学作品的思想意义与它的生活的真实内容是分不开的。很难设想，一篇缺乏生活真实的作品会有深刻的思想意义。只有那些把文学作品的思想性作了庸俗化解释的人，才承认作品的思想性可以从生活的真实血肉里游离出来；只有他们才承认作品的主题思想是附在生活真实（人物、情节）之外的东西。

凡是优秀的作品，它的思想意义都是饱含在人生真实图画里面，饱含在栩栩如生的艺术形象里面的。它让读者直接感受到的是生活的真实，是真实的人的思想感情以及人们之间的真实的关系、矛盾或斗争。一句话，是像生活本身那样丰富、栩栩如生的生活情景。如果是这样，读者首先就会被作品中的真实所感动，"你看，写得多么真实！多么入情入理！"或者是："主人公的遭遇实在令人难过！"只有读者首先在生活的真实面前信服了，读者才可能真正理解和接受饱含在生活真实里面的思想意义。

凡是真正地写出了生活真实，由生活真实里面体现出来的思想内容（主题思想），其所包藏的意义是丰富而又深刻的，绝不是社会学的一个或几个概念所能代替、所能解释得了的。你们只要读一读一些优秀作家的优秀作品，就会了解我这样说并不是毫无根据。长篇固然是这样，优秀的短篇又何尝不是如此！我们能够用一个或几个社会学的概念去代替《祝福》或《孔乙己》或《故乡》的思想内容吗？我看很难。

这说明什么呢？说明文学作品在生活真实里面所饱含的思想意义，应当比社会学上的任何一个概念或范畴都更加丰富。

所以，对于那些想以社会学概念来作为自己的"法宝"的青年作者，对于那些把社会学概念当作自己作品的主题思想的青年作者，应当恳切地劝告他们：这种做法，只会阉割生活的逻辑，降低作品的思想意义。

这是一条岔道。一切走入这条岔道的作者，应当赶快地回头！应当按照生活本身那样丰富多彩的样子去描写生活！不仅应当写出生活原有的样子，也应当写出它应该有的样子！我们要记住：任何对生活简单化的做法，对于我们的文学事业都是有害的。

那么，怎样去反映生活的真实呢？怎样才能真实地写出生活的情景，同时又写出了特定环境下的真实人物呢？

这问题的确很大，也很复杂；但是，只要踏踏实实地去做，我看也没有什么高不可攀和特别奥妙的地方。

我以为，如果我们对社会主义事业有高度的责任感，又能实事求是地去观察和判断事物，并能经常地深入地对某些个别人物进行个别的观察，和经常地进行概括；我相信，我们一定可以从社会学的概念里走出来，从公式的套子里走出来，从而接触到活生生的生活真实。

当然，我们也必须记住，千万不要像我在前面所提到的那些同志那样：只观察到一点点，就急忙把这"一点点"贴上标签。不能这样！要对个别人物进行观察，就一定要观察透。就是说，我们不仅要十分注意地观察他在工作中的表现，也要观察他对社会、对人生的态度；不仅要观察他和周围人的关系，也要观察他和家里人的关系；不仅应当注意他的外貌，同时也应当注意到他的精神状态；一方面固然要看到他作为阶级一分子的特征，另一方面（更重要的方面）还要注意到：他以什么独特的方式去

表现他的阶级特征。……总之，要观察透。

如果我们能经常地这样观察一些个别的人物，那么，我相信，我们一定可以理解和掌握丰富多彩的人物性格和丰富多彩的人的精神面貌；这样，我们不仅仅掌握了人物的集团特征，同时也掌握了多种多样的人物的个性。

这样的观察，对我们有什么好处呢？好处很多，首先它可以使我们避免对生活做简单化的或一般化的描写，同时也可以帮助我们克服那种"贴标签"的毛病。实际上，"贴标签"正是一种简单化地对待生活的具体表现。

大家都知道，现实生活中的矛盾冲突，是错综复杂，千变万化的，不可能像某些青年作者在作品里所反映的那样简单和那样"直线"。在那些作者的作品里面，我们不是常常看到一些只有集团特征的"人物"吗？譬如说，这个人物是进步的，于是他在作者的笔下，不管是对待工作、对待生活或者是待人接物……总之，他在一切方面，都被描写得非常进步和非常正确。又譬如说，另一个是落后的人物，当然哪，他在作者的笔下，无论在哪方面都表现得极端落后。作者既然对人物采取了这样简单化的一般化的看法（即以社会学分类的方法来对待各种人物），因此当作者进而处理他们之间（进步人物与落后人物之间）的关系、矛盾或斗争时，自然就不可避免地采取了更简单的更一般的处理方法了。结果，使得人物几乎都变成了木偶，在他身上，除了一股社会学的"范畴""概念"的气味之外，却连一点活人的气息也闻不到了。既然这样，那么作者又怎么能够使人物之间的关系、矛盾或斗争不公式化呢？

其实，现实生活中的人或者人与人之间的关系，都不可能是这样简单和这样"一目了然"的。别的原因不去说它，我们只要看一看人们之间各具不同的个性，就会知道每个人的表现形态不可能是"一个样子"的。即使是同一集团（或者同一阶级）的人，当他们表现集团特征的时候，也会因各人个性的不同，而表现出不同的程度、色调和方式的。请看看果戈理的《死魂灵》中的地主们吧，从他们所处的经济地位来看，无疑是相同的；由他们相同的经济地位所形成的阶级特征来看，无疑也是相同的；但是果戈理并没有把他们写成"一个样子"的人物；而是写成多样化的、个性各异的人物，他们不但外貌不同，脾气、爱好、风度以至于兴趣也不同；正是由于这种种的不同，所以形成了各人的独特的风貌，决定了他们在流露阶级意识与阶级感情时的不同的程度、不同的方式与不同的色调。在《死魂灵》中，我们看见了一些和这各不相同的程度、方式和色调溶解在一起的集团特征，正因为如此，所以这些集团特征，就不会再是抽象地带着"社会学"味道的了；而是成为有心灵、有个性的活生生的艺术形象了。

从这事实可以看得出来，现实生活中的人以及由人的性格和环境互相关联所形成的矛盾和斗争，不可能不是错综复杂、变化多端的，不可能是"千篇一律"的，想用一种简单的公式或概念来规定它，或者企图用一把"标尺"来衡量它，是无论如何也办不到的。

因此，要真实地反映生活，要揭示生活的本质及其规律性，绝不能依靠什么皮毛的感觉材料来"图解"社会学概念，也不能依靠"贴标签"的办法把社会学的概念硬贴到生活现象上去。正确的方法，应当是从社会主义的利益出发，认真地去观察生活和研究生活，尤其应当经常地对一些突出的人物进行个别的深入的观察。

你们也许会问："你为什么这样强调个别观察？这种方法对于揭示生活的本质或规律性又有什么关系呢？"有的。因为文学不能像社会学那样来反映生活，而是"通过个别来反映一般"，也就是说，文学是通过个别而完整的形象来表现作者对生活的判断和评价的。所谓个别化的完整的形象，也就是既具有独特个性的，而又广泛地概括了本质特征的形象，例如阿Q、武松、林黛玉等，就是这样的形象。文学就是要求作者通过这样活生生的、有心灵、有鲜明个性的人物以及他们之间的关系、矛盾或斗争的真实描写，来揭示生活本身所内含的意义的。

如果我们不经常地进行个别的观察，如果我们对现实生活中各种人的个性特征，缺乏理解，或者没有感受，那么，我们拿什么来创造"个性鲜明的形象"呢？我们又拿什么去创造活生生的、各具个性的典型形象呢？

如果我们不经常地进行个别的观察，不洞察那些隐藏在形形色色的个别形式后面的本质特征，不洞悉那些同独特个性掺和着的共同特征，那么，我们将拿什么去概括生活的本质或规律性呢？用什么来说明生活或表现生活呢？

文学既然规定以个别的具体形象来反映生活，那么假如我们学习写作的人不从个别观察入手，不能深刻地了解一些具有独特个性的人物，那我们怎么能够创造出具有独特个性的艺术形象呢？

如果我们认识了个别观察的重要意义，并且经常地进行深入的个别观察；那么，我们就可以避开"图解概念"和"用概念贴标签"的歪路。

但是，这仅仅只解决了题材的来源问题，还不是什么问题都解决了。为了提高作

品的思想内容与艺术感染力，我们还要进一步讨论如何揭示生活的"本质"和"规律性"的问题，也即是，如何从生活真实的描写中去揭示社会意义的问题。在前面，我们曾简单地谈到这问题，但是怎样具体地贯彻在写作实践中？怎样使生活的本质特征具体地体现在艺术形象——人物事件里面呢？却不是每个青年作者都已经解决了的问题。

如果我问你们，我相信，你们都会这样回答我："生活的真理，就在作品里的生活血肉中。"或者说："作品的思想意义，就在生活的真实里面。"这都是不错的；但是体现在哪里？怎样体现出来呢？我想，大概就不太容易说得明白了。

我自己，也不敢说一定就说得清楚，现在不妨试着来谈一谈。

我以为，如果就小说和戏剧来说，它的思想性主要是取决于作者怎么处理人物性格与特定环境的关系。

如何处理人物性格和特定环境的关系，在小说和戏剧的写作中是个非常重要的问题。它不仅关系着作品的思想内容，也关系着作品的真实性。如果处理得不好，生活真实和思想内容，都会受到损害。

为了明白起见，我现在不妨拿鲁迅的《祝福》来分析一下。

祥林嫂，是个善良、勤快的普通劳动妇女；只要能和平地从事劳动，即使很劳累，她也知足，吃好吃坏她都不在乎；她没有过多的理想，对生活反而容易满足，不太爱说话；但是，在祥林嫂的心灵里，旧礼教的意识却生了根，她似乎还没有意识到它的好坏，只有当别人强迫她再嫁时，她才用"嚎骂"来反抗；虽然把头颅碰得"鲜血直流"，但是她无法摆脱社会给她安排的命运。

这样的性格是怎么形成的呢？我们不妨看看祥林嫂所经历的一切以及她所处的社会环境。

祥林嫂在二十六七岁之前，是个农村里的劳动妇女，丈夫死了以后，悄悄地离开了婆家，到鲁四爷家里去做工。只因为"她有小叔子，也得娶老婆"，同时又因为婆婆想多得财礼，硬将她拖进船去，硬把她嫁到深山野墺里去；她本来不依，一路嚎，骂，甚至还"一头撞在香案上""鲜血直流"；但是，她还是嫁给第二个男人了。好在这个"男人所有的是力气，会做活，房子是自家的"，"上头又没有婆婆"，又"生了一个孩子"，于是祥林嫂准备在贺家墺生活下去；但不幸，她的第二个丈夫又病死了；"幸亏有儿子，她又能做，打柴摘茶养蚕都来得，本来还可以守着，谁知道孩子又会给狼衔去的呢？"她只剩下一个"光身""大伯来收屋，又赶她"，逼得她"走投无路"，于是，她只好又到鲁四爷家里去做工。……

请注意一下！在祥林嫂所生活的环境里，也即是作者规定给人物活动的范围里，旧礼教的思想，还是这个具体环境里占着统治地位的思想；在这个具体环境里，并没有出现与旧礼教对抗的势力，更没有这种"对抗的势力"或"对抗的思想"来影响祥林嫂。在这个具体环境里，倒是存在着把再嫁的女人看作是"败坏风俗"的鲁四爷和四婶这类人。生活在这个环境里的祥林嫂，她不可能不受这些思想和风习（旧礼教）的影响和束缚。

正因为这样，所以我们认为祥林嫂的性格是真实的，是在这个社会环境下一个普通劳动妇女所无法摆脱的、而逐渐形成的性格。

我们已经知道祥林嫂的为人是善良的，可是当人家逼着她再嫁时，她却大闹了一场，可见她对于再嫁所抱的态度了。虽然她可能猜到再嫁之后会遭到冷遇，但她却没想到，再嫁的女人连祭祀的烛台也不许摸。但是我们也知道她是"知足"的，所以当她觉得还可以生活下去时，她就准备在贺家墺生活下去。然而，命运在播弄她，不得已，她只好又第二次回到鲁四爷家里去，但情况更坏了。这时她被认为是"败坏风俗"的"不干不净"的女人，逢到祭祀时，再不让她去"分配酒杯和筷子"，也不让她"去取烛台"了。周围的人，也因为她又嫁过一次，都另眼看待她。虽然"仍然叫她祥林嫂，但音调和先前很不同；也还和她讲话，但笑容却冷冷的了"。她悲哀，为失去了的孩子悲哀，然而周围的人却拿她的悲哀来开心，拿她抗拒再嫁时所留下的伤痕作为可耻的烙印，作为嘲讽的资料。……这就是当时祥林嫂所处的具体环境。

我们不妨暂时离开这篇小说，来设想一下。假如祥林嫂没有被迫再嫁一次，鲁四爷、四婶和柳妈这一类人的看法，未必会成为她精神上严重的威胁；假如祥林嫂曾在另一个环境里受过另一种思想（譬如跟旧礼教对抗的思想）的影响，现在尽管她时刻接触到冷冷的眼光，但她未必会因自己再嫁过而增加精神上的任何痛苦。然而小说中的祥林嫂恰恰不能这样，只能是作者笔下所描写的那样，这不是作者任意安排的，而是由她所处的具体环境以及她的性格互相关系所规定的。

我们既然明了祥林嫂的性格以及她所处的具体环境，因此当环境进一步向她冲击时，她就更难支持了。特别是当她听到"将来到阴司去，那两个死鬼的男人还要争"，"阎罗大王只好把你锯开来，分给他们"时，她更加恐怖了。虽然她捐了门槛,但她仍没有被允许去触动祭品,她绝望了。经这一打击,她再也无法支持了。……祥林嫂和她周围的环境(即周围一定的人群)既然冲击到这样的地步,她的悲惨的结局哪里还能避免呢?

从对《祝福》的分析中,我们可以看得出来:所谓真实性,也即是性格与环境互相关系的必然性;当然,如果作者所描写的环境缺乏典型特征,由这样的环境所促成的事件——矛盾或斗争,也不可能是真实的。

同时,我们也可以看到:所谓作品的思想内容,也是深深地蕴藏在性格与环境的关系中的。你们看,祥林嫂性格的形成与发展,都是由她所处的这个社会环境所决定的,通过祥林嫂的悲惨遭遇,就反过来证明她所处的环境——她所处的社会及其制度是吃人的社会制度——从这里也就带出社会内容或社会意义。

如果作者善于发掘现实生活中富有特征的典型现象,加以概括,创造出有特征的典型环境,那么,这环境就会带着鲜明的社会特征和时代特征。这特征,不正是现实生活中某种现象本质的缩影吗?由这样富有现实本质特征的典型环境与一定的性格(如果这性格也是真实的话)互相关系所构成的事件——矛盾或斗争,必然会饱含着深刻的社会意义与丰富的思想内容;同时,从这事件中,也揭示了生活某些方面的本质或规律性。

所以,重要的,仍然是要善于从现实生活中感受富有特征的现象和事实,并善于以革命的观点对这类现象和事实进行提炼、深化和概括。这是文学作者所必须十分重视的一种劳动。这种劳动进行得是好是坏,对于作品的思想性与真实性的高低,起着决定性的作用。

话得说回来,在进行概括以至于构思人物与事件时,作者必须善于发挥自己的理想与美学观点,并尽力使自己的理想与美学观点同自己所感兴趣的、富有特征的现象和事实融为一体,使之成为完整的形象;如果不是这样,我们就会冷冰冰地去看待生活;即使在我们面前摆着最美妙的、最富有特征的社会现象吧,但如果我们对它(现象)毫无爱憎,那么,我们拿什么来概括这些社会现象呢?

因此,社会主义的理想与马克思主义的美学观,对我们这时代的写作者来说,无论在什么时候,都是重要的。否则,我们就会像没有熔炉一样,即使是最出色的素材,我们也无法进行融化和概括,作品的高度思想性也就不能得到保证。当然,我们反对那种拿生活现象来"图解"理想或美学观点的做法,也反对那种拿理想或美学观点去"贴标签"的做法，总之，我们反对一切把社会学概念或美学概念生硬地塞进作品的做法。这种做法，不仅不能提高作品的思想性，反而只会阉割了生活的逻辑，损害了生活的真实；其结果，只会把文学作品变成一种花花草草的社会学或美学的讲义。

不能这样做！不能拿生活"套"入原则的框子里，而应当用马克思主义原则精神去分析生活。对我们写作者来说，也是这样，不要拿生活去"图解"原则，而应当在接触生活时，用马克思主义原则的精神去分析生活和研究生活。如果能这样，我们就不会简单地去对待生活和描写生活了。同时，如果我们不是以生活去"套"原则，而是以原则的精神来研究生活，那么，我们就能够按照生活本身的逻辑来说明生活，也能够把生活本身所具有的那种丰富、多彩、生动的样子表现出来。

用几句话来说，就是这样：如果我们善于从一般观察和个别观察中抓取生活中富有特征的现象，并善于通过我们自己的熔炉（即社会主义的理想与马克思主义的美学观点）将这些现象加以融化，概括，加浓和加深；经过艺术的构思，创造出概括性较强的人物与环境；并且努力使人物性格与环境的互相关系成为事件发展的根据；那么，我相信，我们在前面所提到的那些缺点，一定可以克服，作品的思想意义与诗的感染力，一定也会提高。我们社会主义的文学也就会变得更有力，更美，更具有教育意义。

当然，做起来，不会像我现在说的那样简单，但是如果我们真能朝这方向去努力，去创造，我相信，总是会有些收获的。

朋友们，不知道我的意见对不对，希望通过你们的独立思考加以判断和加以抉择；如果我的意见不对，那么也请你们给以批评。

一九五六年十二月十六日于上海

烈火炼新诗[*]
（萧殷发言）

怎样表现我们时代的风雷？怎样反映当前火热的斗争？对于这个重大而迫切的课题，中国作家协会广东分会与本报编辑部最近一连两次邀请了在穗部分诗人促膝畅叙。新老诗人，济济一堂，各陈己见，畅所欲言。两次座谈会都延续到深夜，仍然兴会未已。诗人们面向灿烂的1963年，对于进一步繁荣诗歌创作，充满了信心。记者现将两次座谈记录按问题整理如次，以飨读者。

为战士者始能为诗人

萧殷：1962年1月，大家对于新诗继承古典诗歌问题的讨论和后来的郭老谈诗，给了广东的诗创作以很好的影响。一年过去了。大家都取得了新的成绩，也碰到了新的问题，现在不妨再来交谈一下。特别是党的八届十中全会公报出来以后，诗人们的方向更加明确了，信心也更强了。我们要很好地总结过去，展望未来，研究和解决一些最迫切的问题，才能更好地反映当前火热的斗争和更有力地推动现实前进。现在就请大家聊起来吧。

萧殷：残云同志最近看了大家写的一万多行诗，一定会有很多感想。

萧殷：依我看，诗人有苦闷，是个好现象。它说明大家都在摸索，都要求突破现有的

---

[*] 载1963年1月24日《羊城晚报》第二版。

水平。如果我们这一代能为共产主义诗歌摸出一条大路，打开一扇大门，为后代开路，倒是个大功劳。所以苦闷不一定是坏事，苦闷了一个时期，也许就会向前跨进一步。

生活的"赤字""库存"及其他

萧殷：这个问题很重要。人家说，广东没有专业诗人，现有的几位比较活跃的诗人都是业余的。问题是，在解决这问题之前，如何才能深入生活，采用什么方式深入生活？

萧殷：要打开生活仓库少不得一把开仓的钥匙，这就是高度的革命理想和革命实践的热情。没有它就打不开。用个人主义就打不开，因为钥匙不对。只有把革命理想、政治热情同生活积累融合在一起，找到了它们的内在联系，诗才会像蚕丝一样，从生活仓库里源源而来，否则，你就找不到新的角度，也找不到新颖的诗眼，因而诗的想象就会闭塞，洞察力就会微弱，即使有生活积累，也很难写出好诗来的。

关于诗歌的群众化问题

萧殷：新诗要反映火热的斗争，必须注意群众化的问题。才能为更广大的群众所接受。群众化是内容问题，也是形式问题，应当把两者统一起来加以研究解决。毛主席提出的新诗要在古典诗歌和民歌这两个基础上发展，是非常正确的，完整的。不必再加上旁的什么基础了。（据说有人主张除古典诗歌与民间诗歌之外，还应把外国诗歌与"五四"以后的诗歌也列为基础。）现在的问题是，有人似乎口头上接受了毛主席的主张，但诗歌如何才能为广大群众所接受、所喜闻乐见的问题，却不加重视。有些诗，在承继古典诗歌这方面，只片面地在语言上下功夫，只袭用了一些旧诗的语汇，却不注意是否容易上口和入耳，即不注意能否为广大群众所理解和传诵，只一味凭自己的爱好去选字炼句，这一来，自然就很难达到群众化了。将来的新诗是个什么样子，现在还很难确定，但有一点可以猜想到的，那一定是容易上口，容易入耳，音乐性很强，因而也易于流传的。

萧殷：只要内容好，群众能念懂，能上口，能听懂，又有隽永的意境，我看，什么形式都可以。应当多摸索,不应过早地规定哪种形式最好。

语言·风格·地方色彩

萧殷:诗和散文不同。方言入诗,还需摸索。我觉得诗的语言不必拘泥于方言。我同意欧阳山同志的意见,对待语言可以古今中外,东西南北,择普而从。这里最重要的是要善于选择和提炼。

萧殷:说到浪漫主义,我联想到叙事诗的一个问题。叙事诗仅有故事和人物,是不够的,那些只用分行的韵文来直叙故事和人物的做法,其实与小说没有多少区别。叙事诗首先应当是诗。应当用诗的情怀去酝酿故事和人物,用抒情的笔触去抒写故事中的细节和情景。更多地运用联想和比喻,能使细节或情景更富有诗意,感情也可能表达得更加丰满。你看《阿诗玛》是如何抒写热布巴拉的。

阿着底的下边,热布巴拉家,
住着热布巴拉家,有势有钱财,
这家人良心不正,就是花开蜂不来,
蚂蚁都不敢进他的门。有蜜蜂不采。

再看看《百鸟衣》怎样抒写古卡和依娌被迫分散后,诗人对情景的感触:

山坡仍然在,青青的树叶呀,
溪水照样流,未到秋天就黄了。
好好的人家呵,
生生地分离了。清清水溪旁,
没有依娌淘米了,
绿绿山坡下,淙淙的流水呀,
没有古卡家,也流得不响了。

如果把一首好的叙事诗分开来念,你会发现它们原来就是许多情绪饱满的抒情诗。正是由于细节、情景甚至对话，都被抒写得诗意葱茏和感情丰满，所以当你一口气把叙事诗读下去时，你不仅会被它的情绪所感染，同时你的心房也将猛烈地被震动。当然，我不是说，任何细节或情景就要运用联想和比喻，我只是说，叙事诗需要有抒情诗的想象，也需要有抒情诗的饱满的情绪。

新诗大有奔头

萧殷：1958年以后，新诗有很大发展，出现了许多好作品。刚才有人说古诗的好处，新诗达不到，我看新诗更有许多好处，是古诗所达不到的。

萧殷：我想强调一下，在诗歌园地里，一定要百花争妍，万紫千红。花色如果不多，自然谈不上繁荣，仅是一花独放，没有比较，没有竞赛，无论内容或形式，都很难达到精益求精。这应当是我们坚定不移的方针。但是，在坚持题材风格多样化的同时，我们还要记住：我们是革命战士，是社会主义事业的建设者和主人，我们毕生所追求的就是社会主义—共产主义理想的实现，如果我们承认诗歌是斗争的武器，就不能只拿这门武器当古玩，只摆弄它来消遣自己，而应当首先把它的战斗作用发挥出来，用一切办法使它在社会主义建设中发挥它所能尽的作用。侯甸同志说得好："写诗要先考虑诗的战斗作用，而不要考虑流芳百世，出诗集。""诗人有时是司号员，但首先是个战士，他的诗，必须参加战斗。能战斗，就是'牺牲自己'也不必惋惜。"要是能抱着这样的态度来写诗，诗作者自然就会把自己的智慧、热情和才华倾注到革命事业里面去，他们自然就会用最美的诗情画意去歌颂我们的建设，也用最动人的语言来赞扬我们的胜利，诗应当为革命事业服务！这也应当是我们坚定不移的方针。至于题材自然有主有次，有轻有重，只要我们都有革命的热心肠，有为社会主义—共产主义大厦砌砖铺瓦的精神，而且又能时刻为建成这座巍峨大厦而操心，那么题材问题大概就不再是个"令人烦恼"的问题了。谁都赞成题材多样化，但"多样化"应当有个共同的基础，那基础就是忠于社会主义—共产主义事业，强烈的实现革命理想的愿望和热情。脱离了这个基础，就可能把"多样化"想偏，偏到不应有的地方去。刚才永枚同志指出：有些人"一说纠正题材单调，就忘了时代特点，一说纠正概念化、公式化，就大写花花草草，或者一强调时代精神，就流于喊口号，这都是极端"。应当引起我们的警惕。

试谈反映阶级斗争[*]
——在一个业余作者座谈会上的发言

康濯同志要我向大家谈谈目前创作中的一些问题，特别是有关反映阶级斗争的问题。十天前，我在武汉曾就这方面的问题谈了一点粗浅的意见，今天我试着再讲一次；但不知道能不能讲得清楚，而且还很可能有错误，仅供同志们参考。

面对现实，面对当代最迫切的问题

大家都知道，文学的源泉是社会生活。任何时代的文学，都不能离开当时的社会生活。我们无产阶级的文学，要帮助人们认识世界和改造世界，就更加需要面对现实，面对当代最迫切的问题。什么是我们时代最迫切的问题呢？简单地说，就是要巩固和发展社会主义制度，发展和壮大社会主义经济；为此，就要首先清除资本主义和封建主义的种种障碍和影响，为社会主义经济和政治的发展扫清道路。因为这关系到广大人民的命运，所以也是当前广大人民最关心的大问题。

文学艺术是上层建筑的一部分，在社会主义经济基础上建立的上层建筑，必须和它的经济基础相适应，它不但要反映这个基础，而且要积极地为这个基础服务。这就是说，文学应该以巨大的热情，通过各种形式，充分反映我们十四年来的社会主义革命和社会主义建设，促进社会主义经济基础的发展和巩固；而对于妨害社会主义经济基础发展的资本主义或封建主义的旧基础及其意识形态，则必须以最大的力量加以打击和肃清。这是无产阶级文学带根本性的历史任务。忘记了这个任务，或拒绝了这个

---

[*] 载1964年3月5日《湖南文艺》三月号。本文为1983年8月版《萧殷文学评论选》收录的版本。

任务，而对社会主义经济基础漠不关心，对阶级的命运、制度的命运漠不关心，就会丧失其为社会主义上层建筑的本质，并且可能会走到相反的方面去，对基础起破坏作用。因此，对一个革命文学作者来说，最重要的问题，是自觉地把自己的创作和无产阶级的革命事业联系起来，和广大人民的命运联系起来。如果忘记了这一条，就不成其为革命作家了。

新中国成立以来，我们的文学创作是活跃的，也是有成绩的。其中有不少作品，反映了社会主义革命和社会主义建设，对经济基础起了积极的作用。但是，从整个文学创作来看，却又不得不承认，我们的作品还是写过去的多，写现在的少；写民主革命时期的多，写社会主义时期的少。当然，不应否认革命历史题材的积极意义；但是，那毕竟是过去的生活，它可以对人民进行革命的传统教育，启发人们思考许多问题，但却未必能够回答今天人民最迫切关心的重大问题。因为今天已经不同于过去，社会矛盾的性质已经改变了，单靠传统教育来推动社会主义革命，显然是不够了。

毛主席曾经说过："革命的文艺，应当根据实际生活创造出各种各样的人物来，帮助群众推动历史的前进。"又说："文艺就把这种日常的现象集中起来，把其中的矛盾和斗争典型化，造成文学作品或艺术作品，就能使人民群众惊醒起来，感奋起来，推动人民群众走向团结和斗争，实行改造自己的环境。如果没有这样的文艺，那么这个任务就不能完成，或者不能有力地迅速地完成。"（《在延安文艺座谈会上的讲话》）这是说，无论在什么时候，文学艺术的主要任务，都是帮助群众推动历史前进。谁忘记了这一点，谁就没有对自己的时代尽到应尽的义务。要帮助群众推动历史前进，首先就要面对现实，反映现实，帮助人们认识现实中的矛盾，认识什么是阻碍社会前进的东西，以及阻碍前进的矛盾的实质，让人们看到矛盾发展的趋势，这样才能回答他们头脑中的问题，提高他们的阶级觉悟。

为什么要这样说呢？我们知道，一辆车子要前进，必须清除车前的障碍，否则，车子就不能前进。文学要帮助群众推动历史前进，也像车轮前进的道理一样，是不能离开群众当前的处境和条件，不能离开当前的现实矛盾来进行的。客观存在决定主观意识。我们的人民正在建设社会主义，我们社会中存在着社会主义和资本主义的矛盾，存在着无产阶级和资产阶级的矛盾，这两条道路、两个阶级的矛盾，必然要反映到人们的头脑中来。在现实生活中，人与人之间的矛盾，人们头脑中的矛盾，实际上正是这些阶级矛盾的反映。我们如果不正视这些矛盾，不在作品中深刻地真实地反映和解决这些矛盾，那我们就不能回答客观现实反映在人们头脑中的问题。人们在现实生活中所遇到的问题得不到解答，就会疑虑重重，就不能提高觉悟，也就不能继续前进。所以，只有面对现实，把矛盾的阶级实质和它的根源揭示出来，才能使人们的头脑清醒起来，提高克服矛盾的信心，从而达到教育群众的目的。

文学是要反映时代特点的，但反映时代的特点，绝不能离开当前时代的主要矛盾和斗争。因为时代是不断前进的，随着时代的前进，每个时期的革命任务都有所不同，社会的主要矛盾也不一样。在不同的革命阶段和不同的社会条件下，阶级斗争及其表现的形式都具有不同的特点。离开了当前主要的矛盾和斗争的特殊形式，那还有什么时代特点可言呢？

所以，文学必须面对现实，面对当代最迫切的问题。只有这样，才能适应社会主义经济基础的需要，积极为社会主义革命和社会主义建设服务。

要用阶级斗争的观点看问题

上面讲过，文学之所以是教育的工具，是因为它能够通过艺术形象解答人们头脑中的疑虑，帮助人们明确头脑里还未明确的问题；离开了这一层，文学就不能帮助人们辨明是非，也不可能帮助人们提高政治觉悟。但是，文学如何才能提高群众的觉悟呢？当然不能离开人们现实的处境和他们当前所面临的实际问题。前面已经约略谈到，我们的现实是存在矛盾和斗争的，这些矛盾和斗争在人们的头脑中必然会有所反映。这种反映形成了各人之间的观念的不同，形成了人们对社会、对各种运动采取不同的态度，因此，人们之间就产生了矛盾和斗争；其中有些是人民群众与敌对分子之间的斗争，有些是人民群众之间的思想斗争，有些则是人们在自己头脑里面展开的思想斗争。无论是哪一种性质的斗争，在文学中都应当得到反映。

反映斗争，指的是反映主要的斗争。什么是主要的斗争呢？这就是社会主义与资本主义、无产阶级与资产阶级之间的斗争，也就是两个阶级、两条道路、两条路线、两种世界观之间的斗争。这些矛盾之所以成为主要的矛盾，是因为它关系到社会主义的前途，关系到广大人民的命运，关系到下一代的存亡。

这些矛盾是极其复杂的，所波及的面很广，它波及各个社会角落，影响到每个阶层甚至每一个人。因为是两个阶级、两条道路、两条路线之间发生了矛盾，所以人们不能不牵连进去，不是站在这个立场，就是站在那个立场，或者在两者之间摇摆；可以说，凡是在社会上生活的人，这些矛盾在他们头脑中都会得到反映。但是，现在有些文学作品所反映的矛盾，却常常局限在经济战线上，或局限在与地富反坏或与新生的资产阶级分子面对面的斗争上。这些斗争自然也重要，也是斗争的一个重要方面，但毕竟是一个方面，而不是全部。在现实生活中，两个阶级、两条道路、两条路线、两种世界观的斗争，更大量的是反映在日常的生活中间，反映在各条战线上面。无产阶级思想和资产阶级思想的矛盾，在我们的生活中、工作中更是大量存在着，几乎在每个角落、在各个事情上都有所反映；有时看起来好像很寻常，但发掘下去，却是两种世界观的矛盾。如果我们不是从表面上去看这些矛盾，而是从思想实质上去着眼的话，那么，不管资产阶级思想表现在什么地方，它都是妨碍人们前进的。你去反映它，解剖它，用无产阶级思想去批判它，就会对人们产生一种鞭策的力量，而与之作斗争的正面人物或英雄人物也就同时得到较充分的有血有肉的反映。如果能这样来反映矛盾，那么，被抓到痛处的人就会更多一些，受到教育的人就会更广泛一些，因为这些被抓到痛处的人，他们虽然没有投机倒把，也不是站在敌对的立场来反对社会主义，但在他们的脑子里面确实存在着严重的个人主义思想，而这种思想正是社会主义前进的障碍，因而这种人正是需要接受教育的对象。把这些人的政治觉悟提高一步，帮助他们树立起无产阶级的世界观，社会就会以更迅速的步伐向前发展。

有些青年作者提出问题，说在工厂里没法写阶级斗争，理由是：工厂都是全民所有制的，没有地主富农，也没有其他阶级敌人；还有一些部队的青年作者也这样提出问题：认为部队中没有对立性的矛盾，因而反映阶级斗争十分困难。好像没有地主富农的地方，就没有阶级斗争似的。这种看法，恰好反映了他们没有用阶级斗争观点去看问题，即没有从两个阶级、两条道路、两条路线的斗争观点去看问题。事实上，工厂里的工人和部队中的战士，都是来自四面八方，他们与其他阶层，尤其是与农民有着千丝万缕的联系，社会上两个阶级和两条道路的斗争，不可能不反映到他们的头脑中。既然有反映，那就说明工人之间和士兵之间的立场观点存在着矛盾，而这些矛盾在性质上虽然属于人民内部矛盾，但在思想实质上却是阶级矛盾，这些矛盾如果由它发展下去，就会成为社会前进的障碍。所以，问题并不在于哪个岗位、哪个部门或哪条战线有没有公开或暗藏的阶级敌人，而是在于你站在什么立场，用什么观点去观察和反映。如果站在无产阶级立场，用阶级斗争的观点，从两条道路、两个阶级的斗争来观察生活，那么，现实生活中各种矛盾的阶级色彩，就会在你眼前鲜明起来，你的视野也就会宽广起来，这时候，你才会看到可以写的矛盾或斗争原来十分丰富。

有人一提到写人民内部矛盾，就有顾虑，怕犯错误。我觉得问题的中心还是在于自己站在什么立场上。你描写人民内部的缺点，批判人民内部的缺点，到底是为了什么呢？是拿它来欣赏或拿它夸大了来吓人呢，还是为了帮助人们实现一种革命理想而去揭露它、批判它？这两种态度是根本不同的，一个是用社会主义主人翁的态度描写现实，一个是用旁观者的、客观主义的态度来暴露现实的困难或缺点。态度不同，效果自然两样。过去那些批判现实主义的作家，他们所站的立场实际上就是在野派的立场，因为那时先进的作家都不当权，他们都站在人民一边去反对当时的反动统治阶级，去揭露旧制度的罪恶和黑暗；揭露完了，也就达到了他们"反映生活"的目的。这是批判现实主义的立场。而我们现在革命作家的立场，却不能这样，我们应该站在社会主义主人翁的立场来反映生活。不但要说明生活，更重要的是改造生活。我们是为了改造生活而去说明生活，去为基础服务，去帮助群众推动时代前进。正是为了这样的目的，我们才去说明生活，去指出矛盾的实质，帮助人们把眼睛擦得更亮。我们的革命作家虽然也要批判现实的某些错误和缺点，但他是为了前进而去铲除前进道路上的障碍，是为了维护社会主义才去破坏一切阻碍社会主义前进的障碍物。在这里，革命现实主义和革命浪漫主义相结合的创作方法显得特别重要，如果作家没有远大的革命理想，那他就不可能去发现那些应该揭露的东西，自然，也不会产生一种为实现革命理想而积极去扫除障碍的炽热感情。

总之，我们既要真实地反映出我们时代的特点——这个特定的历史阶段的特点，又要站在时代的高处，以革命理想的眼光去观察生活和反映生活，因此，要求我们的作品既写出历史的真实，同时又闪耀着理想的光辉。

只要这个问题解决了，那么，如何反映矛盾的问题，就迎刃而解了。

不要把矛盾斗争简单化

现在，写当前斗争的作品比前数年稍多了，也出现了一些优秀的作品，有些作品解答了人们头脑中存在的问题，起着帮助人们提高觉悟的作用，这是令人高兴的。但是其中有些作品，又出现了另一些问题，首先是真实性的问题，还没有很好地解决。

读了一些反映斗争的作品,有这么一种印象,感到作品所描写的环境不典型,不真实。我们的国家已经解放了十四年,经过土地改革,经过社会主义革命运动和政治教育运动,克服了连续三年的自然灾害所带来的困难,经历了十四年的无产阶级专政,社会上涌现了大批新型的先进人物,现在正在顺利地建设社会主义,并且取得很大的成就。对于这个大的社会环境是不应当忽视的。这个社会环境、社会条件、社会风气,不但与新中国成立前根本不同,就是与新中国成立初期也有很大的不同,在这种社会条件下所展开的斗争,既不同于过去,也不同于未来。这十四年的经历,人们是不会忘记的,对地富反坏分子来说,印象尤其深刻。地富反坏分子是想捣乱的,但面对着这样的社会环境与条件,他们却不能不有所顾虑。也就是说,他们如果要捣乱,就必须采取特别隐蔽的方式,甚至要钻某些政策的空子。他们之所以采取这样狡猾和这样阴险的破坏方式,是由我们的社会环境决定的,因为在无产阶级专政的强大威力下,他们不可能胡作非为,乱说乱动。但是,我们有些反映这方面斗争的作品,却把这个大的环境忽略了;为了强调斗争的尖锐性,竟不顾这种具体的社会条件,而把敌人写得非常猖狂,为所欲为,如入无人之境;好像这个社会既没有经过土改,也没有经过任何社会改革似的。在群众方面经过多次运动所提高的政治觉悟,竟一点也看不出来;我们社会中强大的革命力量,敌人好像根本看不见似的。环境既然被描写得这样平坦,斗争当然就被写得十分轻易。丢开了这种经过多少年所形成的具体环境来写敌人的破坏活动,如何能真实地反映复杂曲折的斗争?如何能深刻地揭露敌人的阴险呢?最近我看过一出戏,洪水来了,地主要儿子把公社的羊群赶到洪水中去,企图把羊群置于死地,好像他根本不知道这样做要受到镇压似的。要是写地主决心拿命来拼,是可以这样写的,但戏中的地主并没有下这样的决心,他只是想破坏生产而已。为了强调斗争的尖锐,把敌人写得这样明目张胆和无所顾忌,不仅事件失去了真实性,而首先就歪曲了典型环境。既然如此,怎么能提高观众的政治警惕呢?应该把敌人放在这种社会主义的特定环境下,根据环境和人物的特定关系,揭示敌人怎样诡计多端,怎样用最阴险的办法来进行破坏。这样,才能反映社会主义时期阶级斗争的复杂和曲折,才能揭示这个特定时期的破坏与反破坏的特点;也只有这样,才能通过真实可信的艺术形象,对群众进行社会主义的教育。

当然,这样说并不是要求每个作品、每个戏剧都表现同样的环境;而是说,对于这样一个经过多少年来形成的社会环境,作者绝不该弃之不顾。在我们的现实生活中，敌人的破坏活动，也可能采用明目张胆的方式，但是，作为文学作品，必须写出敌人能够这样活动的特定环境和特定条件，他利用了什么？给敌人钻了什么空子？只有写出了这些，对观众才有教育的意义。但可惜，有些作者常常不注意这些特定环境与条件的描写，结果，情节的发生、发展固然不合乎情理，作品的说服力也因之遭到严重的损害。

一个人的变好或变坏，也不能离开环境的影响，而总是由环境的影响及其他的因素逐渐形成的。一种社会冲突，绝不是一下子形成的，也是受各方面的利害冲突以及历史的社会的各种因素的影响，而逐步形成的。一种性格的形成，也是如此。有些作品，往往把人物的思想转化写得太简单，几句话一摆，立刻就变了。这样离开了环境的影响，怎么能把人物在复杂环境影响下的复杂性表现出来？怎么能反映环境对人的潜移默化作用及其影响的过程？而环境的影响、阶级意识的渗透所引起的思想变化的过程，却不是那样简单的；太简单了，就不能写出特定环境中的特定性格。在现实生活中，阶级意识的互相渗透却是非常细致、非常微妙的，往往使你受了影响还不自觉。因此，要真实表现人物性格的形成和发展，那就不能离开这个具体的特定环境，也不能离开在这个特定环境下的人与人之间的互相关系和互相影响的描写，否则，就会违反生活真实以至于违反生活发展的最起码的辩证法。

关于思想性和教育意义

最近看了一些反映阶级斗争的作品，虽然有些生活气息，但思想内容却极肤浅。这里有两种情况：一种情况是，作品所体现的思想意义，总离不开让做坏事的人吃亏。比方写投机倒把，最后总是给人没收了东西，使他碰了钉子，吃了大亏。问题不在于反投机倒把的题材本身，而是在于作者在解决矛盾时，常常依靠某些偶然的因素；这一来，自然就谈不上新社会环境的积极意义。过去有些写扫盲运动的作品，也是如此，让一些不愿意学文化的人碰碰钉子，闹个笑话完事。这类作品之所以肤浅，主要原因是作者为表现一个概念而硬去编造情节。另一种情况是上一节所提到的，即在写与敌人斗争时，为了证明斗争很激烈，竟把敌人写得十分猖狂，但却极不真实。这两类作品都因作者没有站在高处来看阶级斗争，不理解斗争的实质，只为矛盾去写矛盾，为热闹而去凑热闹；从反映生活来说，这类作品既谈不到广度，更谈不到深度。

　　上述两种情况，都说明作者还没有解决这么一个问题，即为了建设什么而去破坏什么，还不能站在更高的角度来揭露前进道路上的障碍。我们写阶级斗争的目的，并不是为了暴露，主要是为了提高人们的阶级觉悟，希望引导人们站到无产阶级的立场上，用革命的精神来进行斗争，以达到兴无灭资的目的。如果这个目的不明确，或在思想中根本没有这个目的，那他就只能客观地去写过程，只能把一些消极现象罗列出来，却始终接触不到事情的实质。譬如写投机倒把，如果不弄清它的思想实质，弄不清这思想与资本主义的内在联系，也就弄不清它为什么是社会主义的障碍物。这一连串的问题如果都弄不清楚，对投机倒把行为就不能进行深刻的批判，人物性格的深刻性也就表现不出来。

　　有这么一种论调，以为只有把事情说得严重些，或者选择那些血淋淋的事件来写，作品的思想性才会深刻。还有一种情况，那就是把本来没有那么高的矛盾，硬要把它"拔高"；为了"拔高"主题，把很平常的现象，硬提到原则高度来解释；因为处处都是原则，结果作品反而变得概念化，因而作品的思想性也就不可能加深。我们说的作品深刻性，应该从两个方面来考察：一个是看它能不能深刻地反映新时代人民的精神面貌；一个是看它能不能深刻地影响人民的精神面貌。前者是作家与生活的关系，后者是作品与读者的关系。写新时代的人物，就要考察能否深刻地真实地反映他们的精神面貌，即在作品所描写的具体环境下能否把他们真实的精神面貌反映出来。这里面既有正面人物，也有反面人物，但不管是正面人物或反面人物，都不能离开典型环境的影响。只有真实地反映出典型环境中的典型性格，才能典型地反映他们的精神面貌。一部作品，如果读后只能供人一笑，不能打动人心，不能产生潜移默化的影响，那么，这作品就谈不上有什么思想力量和艺术力量，也就不可能深刻地影响人们的精神面貌。

　　其实，作品的深刻性，并不一定与事件的严重性成正比。现实中的某些矛盾，在某些人看来可能认为不是矛盾，因为他不是站在社会主义的立场上，例如对投机买卖，有人就不以为这是障碍；另一些人则认为这是个矛盾，是个阻碍社会主义前进和损害大家利益的绊脚石。如果我们在作品中把"投机买卖"的阶级实质以及产生它的阶级原因通过形象揭示出来，就能帮助读者提高认识，进而引导他们同这种现象作斗争。这样的作品，你能说它没有一定的思想深度吗？

写新生事物的作品，也是这样，它的深刻性应该表现在使人读了以后，能够引起人们去思考、去仿效。在从资本主义到共产主义的整个过渡时期，共产主义萌芽状态的事物是不断出现的，但由于传统习惯的影响，人们不可能很快地感觉到它，或者虽然感觉到了，但还不能深刻地理解它。而文艺工作者，不能像一般群众那样，他的责任，是要在马克思主义、毛泽东思想的指引下，热情地帮助共产主义萌芽状态的新事物迅速地形成和发展。为此，就要通过艺术形象的塑造，对新生事物加以热情歌颂，使之成长壮大，并巩固起来。这就要求文艺作者站在共产主义的高处去观察、发现新生事物的内在意义，把萌芽状态的新因素集中起来，把社会上零零碎碎的、东一点西一点的新事物概括起来，创造成有生命的、有鲜明个性的艺术形象，使朦胧的东西鲜明起来，使人们不甚明确的感觉明确起来，并赋予鲜亮的形式。这样就能帮助人们认清新事物的本质。这样的作品，不仅能够说明生活，说明本质，而且能够回答人们脑子里的问题，起到推动人们改造生活的作用。

因此，所谓深刻性，实质上就是把人们看不清的东西清楚地表现出来；把没有发现的东西，把它发掘出来；把萌芽状态的新生事物，集中起来，创造成鲜明的形象。艺术作品所以区别于社会科学，就是因为它是通过艺术形象来显示事物的本质，它的思想性主要是通过性格的形成和发展；它的深刻性，也主要是深在性格刻画上面。在人物性格外面加上许多议论，或从报纸社论上摘录一些词句，不管人物的个性如何，硬要人物从嘴巴上讲出来，这其实并不能加强作品的深刻意义。文学艺术必须有倾向性，但倾向性、思想性，主要不是靠抽象的说理或空洞的议论，而是靠形象，靠合情合理的情节来体现的。

所以，归根到底，要使作品具有思想的深刻意义，关键就在于提高作者自己的思想水平：只有站得高，才能看得远。如果自己没有共产主义的理想，那当然很难发现具有共产主义品质的人和事；没有共产主义的理想和热情，当然就不可能表现这种具有共产主义品质的人和事。如果自己是个个人主义者，就不会感到个人主义是个障碍，也就不会去批判个人主义。可见，加强作品的思想性、深刻性的根本途径就是深入生活斗争，努力改造思想，和工农兵群众结合起来。只要这个根本问题解决了，其他艺术上的问题，经过不断的实践与探索，是可以逐步解决的。

一九六三年十一月长沙

在某市文艺创作座谈会上的讲话[*]

一、文学创作的任务

文学的任务是什么？列宁、毛主席曾讲过，它是打击敌人、提高人民道德品质的有力武器。离开这个目的，就不是无产阶级文学。资产阶级有资产阶级的文学，封建阶级有封建阶级的文学。过去我们所看到的外国文学作品，这些名著可以说大都是批判现实主义的，资产阶级中一些比较进步的作家，比较有民主主义思想的作家，反对那种不合理的制度，对那个社会进行批判，所以叫批判现实主义。不管莎士比亚也好，托尔斯泰也好，都是批判现实主义的作家，他们把社会实质暴露出来就完事了。我们无产阶级文学就不能这样，我们将来要建设一个社会主义、共产主义社会，就要有一种远大的目标。我们进行破坏是为了建设更美好的社会。比方我们为了建立新中国，就必须把旧中国那种腐朽力量摧毁。我们的文学为了光明就必须批判黑暗的东西，为了先进就要批判落后，为写黑暗面而写黑暗面是错误的。这个目的很重要，不仅是文学的目的，也是做人的目的。你们看古典作品，不管是中国的还是外国的，它不能像我们现在这样有个长远目标，那时马克思还没有出来。一定要有共产主义的高度，一定要有理想的高度才看得清楚。如果我们什么也不管，整天为了几个钱，或者为了几顿好吃的，那是不行的。我们的思想与目标，是和党的目标一致的，是为了建设共产主义，生产力更发展，人和人的关系更好，物资很丰富，各方面都很好。别的阶级是不可能这样的，我们应该从这个高度来看现实。毛主席谈到革命现实主义和革命浪漫主义相结合。我们现在有些作品没有现实主义，特别是"四人帮"时期，根

---

* 载1985年1月版《创作随谈录》。

本离开生活,生活中没有的就捏造,我们一定要以生活为基础。看到什么生活就写什么生活行不行呢?也不行。革命浪漫主义就是革命理想,用革命理想的眼光去观察生活,判断生活,去构思生活,表现生活,只有这样才能把生活反映得更深,更高。假如我们无所谓,遇到些坏事也感觉不到,就提不出问题,感觉不到时代的脉搏,就不可能从生活中吸取好的主题。所以我们在生活中不管有意无意,不管你是否认识到,不走这条道路,就走那条道路;这是客观存在,不承认是不行的。在旧社会地主与贫农当然是不同的嘛。一个人的阶级地位决定了他的思想意识和人生哲学。有些封建社会学说,如儒家的"天命""忠君",叫你不要起来造反;而我们青年时候找不到工作,也没有言论自由,就跑到共产党那里去革命。这是社会地位决定的,不是无缘无故的。还有党的领导问题,这是党的路线的领导,党的原则的领导,并不是某个人的领导。我们的文学作品有这个现象(这在"文革"前就有了),因为要表现党的领导就叫支部书记出来,这个书记在作品中总是绝对正确的。我说支部书记不等于代表党,有些支部书记错误思想很多,个人主义很严重,作风很坏,那只能代表个人。作为体现党的领导要体现党的路线,党的原则的领导,并不是某个人。第一书记就代表党,第二书记就不能代表党,这是谁发明的?生活中是没有的。我在六三、六四年到别省看了十几个小戏,其中有三个写生产队长是反面人物,支部书记是正面人物,所以搞到生产队长都不愿看戏。我看有些生产队长他也可能是党员,有些不是党员难道就不能体现党的路线、党的原则?体现党的领导,任何一个群众都可以体现的。苏联有一个作品叫《青年近卫军》,是法捷耶夫写的。他写与德国打仗,游击队进入敌人后方,前线根本隔断与后方的联系,在这样的情况下,跟敌人作斗争,这个斗争是什么性质?过去每个人受党教育,把这个教育发挥,坚决依靠群众消灭敌人,这不是党的领导是什么?后来有些教条主义者批评,说党应该派人去联系,送什么文件啊。后来他改了,改了后自己不满意,别人也不满意,有些人说你原来写的就很好,改了后很不自然。从这里就看出党的领导是什么,一个群众他如果能体现了党的路线,他就代表党——代表党的思想。有人提出是不是每个作品都要体现党的领导?都要党员出场?这要看你反映什么生活,主题是什么。如果党的领导就是支部书记出现,那这样的小说就糟糕了,支部书记不出场不等于就不体现党的领导。

二、关于题材问题

我们革命就是为了改造世界,对我们改造世界有好处的我们就要,没有好处就不要。要选择与广大人民群众根本利益有关的,与广大人民群众命运有关的,与民族存亡有关的,与人民的前途有关的。这方面内容就挺多了,恋爱的悲剧都包括在里面。题材要多样化,不能你那样写了,我也那样写,那不行。第一个写了是天才,第二个写的是庸才,第三个是蠢材了。搞创作嘛,要不断地出新。文学创作有它本身的规律,离开这个规律就不行,正如离开形象的创造是不行的。有些社会上出现的问题能不能反映?如果写的话会不会就是反社会主义?那就看你从什么立场,用什么观点来看这些现象。如果你的立场、观点不对,写出来就会出偏差。另外,写人民内部矛盾行不行?会不会不利于团结,不利于建设?这是老问题了,人民内部矛盾当然可以写嘛,除了敌我矛盾之外,就是人民内部矛盾。我们现在的工作中心转移到搞四个现代化,今后也可能出现敌我矛盾,但大量的是人民内部矛盾。矛盾是我们天天都碰到的,就看我们怎么写,这些问题希望你们今后多看点作品,看人家是怎么反映的,团结、建设和斗争是不矛盾的。现在我们强调安定团结,但不等于没有斗争。有些人反对团结,反对搞四个现代化,你也不反对,不斗争?当然要斗争嘛。假如生活中没有斗争,或者我们根本取消它,不去反映它,那戏剧也就没有了,文学艺术都没有了。毛主席讲过没有矛盾就没有世界,矛盾是存在的,不要说着重点转移了就没有矛盾斗争了。矛盾斗争当然不是像以前搞运动那样,主要是围绕要不要四个现代化,这种斗争也是代表两种世界观的斗争。这种戏你们可以写。有人提出:领导干部犯错误如果写他的话会不会矛头向上?矛头向上向下,是"四人帮"的话,我们没有这种说法,不管领导也好,群众也好,谁违反了我们国家的利益,对我们四个现代化不利,我们就要批评他。我们《作品》发的一些杂文,就是和这些不良倾向作斗争的。站在共产主义立场,党的立场,以高度责任感把我们中国建成现代化的社会主义强国,那就必须与这种阻碍我们前进的现象作斗争。你是领导也好,不是领导也好,都应该这样。这里有个原则,就是要从团结的愿望出发,从善意的态度出发,去教育、批评他们。我们前面讲到批评领导干部,看他们犯的是什么错误,是不是错误?有些看来是错误,其实并不是错误。还有提到台下的可以写,台上当权的不敢写,怕报复。我看不管台上或是台下的都可以写。主席讲过写人民群众生活中那些坏的恶劣影响,是指

要写出他的阶级根源，并不是由于他是共产党员，是干部就变得那么坏。前提搞清楚了，就好办了。这个题材是可以写的。反正什么人物都可以写，正面人物可以写，中间状态人物也可以写。在人民中间任何时候都是两头小中间大，先进和落后的都是少数，中间状态的人物是多数，有些在变化中，由落后逐步进步，有些原来就不错，现在继续发展，这些人物都是中间状态，为什么不可以写。英雄人物不是凭空创造的，是从生活中来的，有些是有缺点的。长篇小说可以创造英雄人物，可以写中间人物，也可以写反面人物，而且这几种人物都可以当主角。所谓反面人物当主角，并不等于支配整个场面，他可能是众矢之的，变成一个社会渣滓。我们把一个风派人物当主角，写一些口是心非，尽说假话的，当成中心人物我看也可以。所以题材是多种的，历史题材可以写，外国题材也可以写，华侨在海外的生活也可以反映，但主要是反映现代的。

三、如何反映生活

天天接触生活，并不等于理解生活。业余作者在工厂里面，天天接触工人，要写一个所见的工人，想写得生动又写不出。天天深入生活，天天在群众中，但又写不好身边的人和事，表面上好像很熟识他们，实际上并不熟识他们，什么原因呢？因为所看见的是表面现象，实质是什么，内心世界怎么样，不了解，只看见一点点，不了解时代脉搏。满足于生活现象，你没法写作品。有些同志讲生活中感觉不到时代的脉搏，原因是什么呢；就是你天天忙于家事，或者忙于事务性的东西，或者是从生活上着眼多，政治上着眼少，分不清哪些是前进的，哪些是后退的，哪些是主流的、本质的，哪些是逆流的，支流的，所以感觉不到时代的脉搏。还有，必须善于了解人的内心世界，不管小说还是戏剧，所谓塑造形象就是塑造人物形象。形象不是说一个名字，是说一个活的人，不仅是外表，什么表情、样子，而是他的心理状态，性格特征，他的喜怒哀乐，都要使人感觉到。就说中国的《红楼梦》，里面好多人物，写得比较细致，林黛玉说句什么话你就知道她要哭了。我们塑造一个石膏像要用石膏，文学作品塑造形象用什么材料？有人说是行动、语言、情节；那要看是什么样的行动，什么样的语言，什么样的情节，不是任何情节都可以塑造形象的。用什么材料？就是要富于性格特征，能够表现他们内心世界、思想感情、喜怒哀乐，或者是他们职业特征。通过几句话，行动表现出来，这就叫作富于性格特征的一种生活细节，或者场景。离开细节，离开场景就没有小说了嘛。我曾举过些例子，这些例子都是我平常观察记下来的，这个本子，"文化大革命"中给拿走了。如写一个人的精神面貌，我写了一个叫阿莲的女工，三十多岁，她对技术革新很仔细，她画了个草图，每天中午回家喂她的小孩子，开始用小匙羹一口一口地喂粥吃，一边喂一边看图纸，看得入了迷，把粥搞到小孩子满脸都是，小孩哇哇地叫起来，她一看，小孩满脸都是粥花。这个场景，说明她全部精力都投入设计上面了。有次到外面出差，见到一个打篮球的同志，看见我们坐在球架旁边看，他投中一个就看看我们，投中一个又再看看我们，这种心理状态一看就知道，就是说："你看我投得多好啊！"用行动表现就知道他想说什么。这些例子很多，这些材料在生活中，你要去找。为什么在你身边你写不出呢？因为你不注意观察。这些有特征，有细节的东西，不注意是写不好的。例如一个英雄人物做出了轰动一时的事业，你如果平时不注意观察，光知道他的事迹，同样写不好这英雄的。还有你们提出专业作者可以到处采访，体验生活，业余作者不可能这样子，其实，我刚才说的写作材料问题，这些如靠采访也是不行的。专业作家天天靠采访，我看会失败的，他必须有一个深厚的生活基础。从前有个苏联作家，他说有一个新闻作者报道一个英雄给敌人抓了后逃跑出去了，很了不起，他就去采访了，结果写出来的和在报纸上报道的差不多，都很简单。还有一个例子，我看到一个青年工人见炉子里出了问题，炉子温度很高，他就拿起棉被浸过水披上就进炉子里修理炉壁，不到几分钟就会晕倒在里边的，后来他勇敢地出来了。我去问他为什么有那么大的勇气？他说为了革命嘛。他这么简单回答你，你就要靠平时观察才行了。刚才说的《青年近卫军》作者，我问他是怎样写成他的小说的，那些人物形象为什么写得那么好？他说他以前在远东参加过游击战争，第二，他曾在矿区生活了好几年，他说如果没有这两个生活基础，光靠采访，是什么也写不出的。有些同志提出天天写日记积些材料，这是对的。是以人为主还是以事为主？我看这主要是生活中的感受，如感受一些好事就把这些事的轮廓写下来，把富于特征的场景和事物记下来。人和事二者不能截然分开的，事情是人做出来的，应该着重人；通过事表现人的精神状态，内在的精神。内在的精神是看不见的，通过行动的描写表现内在精神才有价值，才是宝贵的。这是塑造形象的材料，经常写些速写很有用的。现在有些小说对写景色不太注意。广东的景色和别的省就不同，比方说，广东的团云，北方没有这个东西，这就是广东的特点。春夏秋冬，早上、中午、下午景色是不同的，你要经常观察。从前有个作者，他不管什么时候，是早上也好，晚上也好，抬起头一看就说："啊，三星！"三星是什么，他也搞不清楚。三星是移动的，不是停在那里的，早晚也是不同的。积累的功夫就是修养的功夫，很艰苦的。从前我写过一篇散文，叫《桃子熟了的时候……》，写到一九四六年我坐美国飞机，忽然感觉到两个耳朵受到冲击，我赶快张开口。五八年《羊城晚报》有篇文章，讲飞机为什么起降会产生耳膜冲击现象？最近《大众医学》引用了我以前那篇文章的话来说明耳膜的原理。我们在平时生活中应注意观察生活，记录些东西，但主要是记人物的性格。开始搞文学的要打基础，就这样打法。

四、如何提高艺术质量问题

我们有些题材不错，主题也很正确。但是有了好的题材，正确的主题，还不一定写得很好，群众不喜欢看，不接受。更主要的问题是艺术感染力，看你写的形象能不能感染群众。写悲剧你能掉眼泪，被感动了，就说明有某种思想在你头脑里萌芽了，如看了《白毛女》，对黄世仁憎恨，对白毛女同情，这就进行了一场深刻的阶级教育。我们的文学作品有高度的思想性，能打动人就不容易，首先就要从生活出发，不能凭空想象，就要像生活那样丰富多彩，不要脸谱化，各种职业的人，讲各种职业的话，生活是丰富多彩的，曲折多变的，你不要把他简单化，这是最起码的一条，也是最起码的现实主义。人物和故事是一个问题，我们大概会注意故事，光写故事、情节不行，实际上情节是人物所造成的，是人与人观点不同，作风不同，工作方法不同，或者对某个问题的看法不同，就产生矛盾斗争，这个矛盾斗争延续下去就是情节，就成故事，所以故事离开了人物性格又怎么能产生、发展？这里就有个人物性格和环境问题。你只写故事不写人物，那个故事就是无源之水，没有源头。还记得鲁迅先生写《阿Q正传》的时候，有那么个事情：那时主编孙伏园，在他那里连载，快要大团圆了，就是枪毙的意思，他见大家都喜欢看，还是不要那么快大团圆，建议拉长些，鲁迅当时不同意；孙伏园回乡去了，另一个姓张的青年他对阿Q素无爱憎，把大团圆送去排印，后来孙伏园从乡下回来，阿Q已经枪毙一个多月了。这就是说该枪毙的不枪毙不行，这是必然性，不能随便的。再如小说《毁灭》中有个知识分子美谛克，他原来有许多小资产阶级情调，原来是设计这个美谛克最后自杀的，小说写下去的时候，作者发现这个美谛克很懦弱，连自杀的勇气也没有，不可能自杀。小说最后写他逃跑，这是决定于他的性格。所以作者如果离开了人物性格，离开当时环境，那就不真实。环境就是你生活中的社会，如你们工厂、车间；这个工厂、车间就跟整个社会有关系，这就是特定环境、典型环境。一定的性格产生在一定环境之中，我们现在的劳动英雄，只能产生在社会主义国家里，不可能产生在资本主义国家里。一定的事件也只能产生在一定环境中间，不管周围环境而随意捏造情节，那这个情节就不真实，不可信。恩格斯说过一句话：必须"真实地再现典型环境中的典型人物"，这是很内行的话。其次，再谈谈主题的提炼，不能像"四人帮"那一套，搞"主题先行"，先按主题，再编故事。主题不是外加的，而是生活本身的，是从人物情节发生发展的过程中提炼出来的。主题的挖掘不是那么容易，要反复思考，深入探索，才能找出寓意，这就是主题。现在常常主题不是从生活中来，题材也不是生活中来，违反了创作规律。毛泽东同志讲：生活是创作的源泉。表现主题，不是去说明主题，你的话不要讲，要让群众知道你爱什么恨什么，不是用一种理论言语去说明，不是离开故事人物去加上一句话，而是从情节的发展中去体现主题。主题思想和人物故事是鱼水不可分的。这样艺术的感染力很大。

五、我们的文学创作如何适应四个现代化

这是个新问题，我们还没有经验。我们到外国去看一下，很多东西根本莫名其妙。我们看电视，美国普通工人家庭的生活比我们副总理还要好，一个普通工人有一个五岁、一个六岁孩子。有小孩卧室，有孩子娱乐室，娱乐室里面什么都有，小孩子玩的机械化、电器化的东西，我们都不懂。我们没有赶上这个时代，生产力没赶上去。对我们来说，四个现代化是全新的东西。那么文学怎么搞呢？写陈景润当然很好，写科学家，但并不是每个科学家都像陈景润那样富于戏剧性。他的心理状态全放在科学上，有一个共同的为社会主义贡献力量的理想，但你怎么表现呢？这比较难。写科学幻想小说，但范围很小，拿些科学普及的知识当散文来写行吗？文学艺术和自然科学是不一样的，因为自然科学是解放生产力，文学艺术给人们精神力量。我们应该开始考虑文学作品反映四个现代化的素材，现在就应该开始准备，鼓励、支持青年作者、业余作者写四个现代化的作品，不断探索，不断提高。

一九七九年二月七日于茂名市

开拓题材，提高艺术质量*
——一九七九年二月与高州青年作者谈话

一

党对文艺的领导，很重要的一条，就是贯彻“百花齐放，百家争鸣”的方针。百花齐放，就是要放百花而不是一花独放。两年多前也说不上“一花独放”，因为“四人帮”所放的并不是花，而是一些“从路线出发”“主题先行”，然后用“三突出”模式“搕”出来的玩意儿。现在，我们应从题材的禁区里冲出来，努力做到题材、形式、风格的多样化。

题材，前些年被限制得太严重了，这个不许写，那个也不许写。我们的生活原很广阔，各种各样的斗争也极其复杂，可是到处都是禁区。现在“四人帮”已被打倒，禁区已在拆除，凡是跟人民根本利益有关的，尤其是同广大人民群众命运有关的，我看都可以写。应该写人民关心的事情。劳动群众是进行物质生产和精神生产的，因此，他们特别关心那些影响生产的干部作风，比如瞎指挥、官僚主义、形式主义……凡是在生产中起阻碍作用的做法，群众都很反感，都十分注意，因此干部在执行政策时的思想方法、工作方法，群众也是很关心的。移风易俗、矛盾冲突、劳动、工作，这些与群众有密切关系的问题，群众都会关心。群众所关心的生活和斗争，都是可以作为题材来反映的东西。只有这样，我们才能把群众要说的话说出来，才能通过艺术形式把群众关心的事表现出来。

如果离开了生活，离开了物质财富或精神财富的创造来谈题材，可能都是空话。

---

* 载1984年4月版《萧殷自选集》。

这十多年来，我们得到的痛苦教训已经够多了。离开了社会建设专搞什么政治运动，这种情况过去在作品中有过大量的反映。这类作品大都是说空话，说大话，说假话，是没人看的；即使今年有人看，明年人们就不要看了，经不起时间和实践的考验，很快就被人忘得干干净净。"四人帮"在题材上设置了许多禁区，不许写恋爱，不许写家庭，不许写夫妻；悲剧不准写，革命低潮也不准写，革命失败更不准写。人物呢？中间人物，即由落后到进步，处于转变、发展状态的人物，都不许写；只能写他们的所谓"高、大、全"的"英雄"。被当作反面人物和被丑化的是些什么人呢？首先就是被"四人帮"污蔑、打击的所谓"走资派"——老一辈无产阶级革命家和所谓"臭老九"——也即是一些科学家、工程师、医生、艺术家、作家、教授、教育工作者等等，他们拿知识分子来践踏，因为"臭老九"最好欺负，把你抹黑了，你也拿他没办法。前几年，几乎绝大部分的反面形象都是"臭老九"，我们都看腻了，也都看厌了。至于所谓"英雄"人物，全都是像张铁生、翁森鹤之类的野心家、阴谋家的走卒。

解放思想，冲破禁区，写各种各样的题材和人物，这是必要的。但我们要提倡写英雄人物。以前有人以为，反对"三突出"，就好像是反对写英雄人物，其实"三突出"和写英雄完全是两回事。写无产阶级的英雄人物，我们始终还是需要的。在社会主义时代，为什么不写我们自己的英雄人物呢？但是我们反对"四人帮"的那种所谓"英雄"，即反人民、反党、反社会主义的"英雄"，那绝不是无产阶级的英雄，而是实实在在的阴谋家和野心家。

英雄人物要写，正面人物也要写，而且要写好。中间人物我们也一定要写。毛泽东同志《在延安文艺座谈会上的讲话》中说过，城市、农村有些小资产阶级，他们身上有包袱，我们要帮他们卸下这个包袱。要写他们改造的过程，而且还认为这是最重要的任务之一。这中间有个"最"字，可见毛泽东同志对这方面的重视程度了，我们为什么就不能写呢？生活中既然存在着中间状态的人物，写这些既有优点又有缺点的人，把他们的转变过程写出来，这是完全合理的。例如苏联影片《夏伯阳》，夏伯阳是一个农民领袖，很勇敢，但也写了他一些缺点，可一点也没有损害他的英雄形象。

从现实生活看，我们不能说，在我们的人民中，除了完美高大的"英雄"外其余的全是坏蛋。事实上，中间人物在群众中间占多数。要讲先进与落后，在什么时候大约都是两头小，中间大，我们不应该有什么禁区，不仅中间人物可以写，反面人物也可以写。只要根据你的作品的需要，哪一种人都可以作为主角，不能像"四人帮"那样，只有英雄人物才能当主角。反面人物也是可以当主角的，主要是看你构思的中心是什么，反映的主题是什么。生活中的主角不等于舞台上的主角。作品中的主角不一定就是在那里把持一切，左右一切，他也可能是众矢之的，或者是社会上的渣滓，是反面的形象，最后的结局，不是让他碰得头破血流，就是预示着他的灭亡。

从时代来说，也是这样的。历史题材可以写，现代题材和外国题材都可以写。我们广东华侨很多，他们与外国人接触比较广泛，这种题材为什么不可以反映呢？问题是看你怎么写，站在什么立场，用什么观点去写。以前写过一些消极现象，写过一些悲剧，有人就很紧张，认为是反映了生活的阴暗面。其实，问题的关键不在于是否写了社会的阴暗面，而是在于作者的立场、观点和世界观。我们写作应该有一个正确的指导思想。我们是处在这个时代的人，应该首先反映这个时代的生活和斗争，这是主要的，不要颠倒过来。应该反映这个时代人民的愿望和要求，要替他们讲话，要回答他们在生活中所提出的问题。他们在现实生活斗争中碰到很多问题，有很多疑问，需要我们通过艺术形象给以回答，至少通过形象把这类还模糊的问题明确地提出来，激发读者深一步地去思考它们，寻找它们之所以存在的原因。

鲁迅先生写《阿Q正传》之前，在人民群众中相当普遍地存在着一种精神胜利法：即自己吃了亏，还自己找出一种自己骗自己的理由来自我安慰，不但不认输，而且还洋洋得意，认为自己又胜利了一次。在当时，中国的确有不少这种自我安慰、自我欺骗的人，这种精神胜利的心理状态，对中国人民，尤其是对于面对着各种欺凌、压榨、侵略……的中国人民，是一种最有害的精神鸦片：受了外人的欺凌和压迫，不仅不反抗，反而用一种自我蒙蔽、自我安慰的精神鸦片来麻痹自己。当然，在当时很多人对这精神鸦片的毒害还没有认识，而鲁迅先生通过艺术形象塑造了这个"阿Q"，就是通过这个形象批判了那种既无知又愚蠢的精神胜利法。从此，阿Q作为一面镜子，使那些"实则吃了亏，但在精神上自以为胜利了"的人，慢慢认清了自己的嘴脸。因为这种人很多，不仅社会底层有，上流社会也有，所以阿Q这个形象的创造，在提高人们的觉悟上，起了巨大的作用。

我们现在呢？当然跟阿Q那个时代不一样了。但现在有现在的精神鸦片和精神枷锁。这十多年来被"四人帮"搅乱的思想难道还少吗？不仅群众的头脑被搅乱了，连我们的头脑也给弄得乱糟糟的。我们大家都应该善于观察生活，善于思考生活中确实存在的那些问题,并以此为基础去创造各种各样的艺术形象,创作各种形式的艺术作品,来回答这些问题。所以,作品里不能只局限于写几种人物,局限于写某几方面的题材,应该突破,题材应该十分宽广。

现代的题材应是重点。我们不要老在过去的时代兜来兜去。因为要搞革命,要搞社会主义现代化建设,如果总是回头看,老是满足于历史题材,那么今天斗争中所存在的问题,靠什么来解决呢?但这并不是说,只准演现代戏,不能演古装戏。古装戏还是要演,文化遗产也是很重要的。人民群众喜欢好的古典艺术,这本来是正常的现象,你硬不让他们看,完全不考虑他们的审美要求是不好的。我们要大大提高我们的民族科学和文化水平,也包括提高我们的生活情操和欣赏趣味。有些青年作者,读书读得太少,对中国古典的作品,特别是外国古典的作品读得更少。没有借鉴,没有比较,怎么能写出好作品呢?你看得多,眼界就高了,首先是眼界高,技巧就容易提高。但在写作时还是要有个大致的比例,不要轻重颠倒,古今颠倒,反映我们的生活,反映当代的题材还是应当占主要的位置。

现在我们面临着一个更新的题材,就是实现四个现代化的问题。我们文艺工作者必须做好准备,一方面是生活的准备,另一方面是思想的准备。不能到时措手不及,光靠老一套是不行的。

二

有没有形象感染力,是关系到作品艺术质量高低的一个很重要的因素。只让人物在台上发议论,作讲演,就是说得再透辟,也不能在感情上引起观众的共鸣共感。只有通过形象,通过情节,通过人物的遭遇或命运才可能打动人心,达到感化人、教育人的目的。

艺术质量的问题,直接关系到群众是否乐于接受的问题。作者只有好的动机是不够的,更重要的还要看你写出来的作品群众是否喜闻乐见和乐于接受。所以在题材问题解决之后,紧接着就要解决如何正确地反映现代题材,如何提高这类作品的质量问题。现在,我想从三个方面来谈谈我的看法:

一、坚持从生活出发,忠实地反映生活。在进行创作时,要像生活本身那样丰富多彩,那样变幻莫测地反映生活。而不要把生活简单化、图式化,不要把事情的发展都写成直线，写得轻而易举。要真实地反映人民的生活和斗争，以引起群众的共鸣共感，进而为广大群众所利用，就要忠于生活，真实地反映生活，就要把人民群众在斗争中所碰到的困难、障碍和问题，把他们的要求和愿望，他们的爱憎之情……通过形象，通过情节和人物的遭遇或命运反映出来。既然是实心实意地为人民服务，首先就得对人民采取忠实的态度，负责的态度；也就是说，作者对人民群众要说老实话，说真话。

人民不需要对自己不利的东西，我们也不要对这类东西进行捧场。作者要做人民忠实的代言人，绝不能口是心非，绝不能把自己不喜欢的东西硬装出喜欢的样子去赞颂；或者把自己本来认为是好的东西却跟着人家去咒骂，去批判。这都是说假话，无论对人对事都不能这样！要提高作品的艺术质量，我说这是首要的条件。如果这一条做不到，所谓提高艺术质量，顶多只是一句空话。

"四人帮"横行时，歌颂和暴露是完全颠倒的，你痛恨的东西，他就歌颂，你热爱的他就憎恨。我们从内心拥护邓小平同志，但一九七六年那阵子，"四人帮"却大刮什么"反击……""打倒……"的妖风，把矛头指向邓小平同志。我们最敬爱周总理，他们就到处污蔑，到处射冷箭，他们搞的那一套，完全与人民的愿望相反。他们是一些败类。我们要忠于人民，要把人们想说而说不清的话通过艺术形象说出来，把自己的心里话说出来，这样的作品群众才容易接受，才能引起广大读者、观众内心的共鸣，作品才有力量。《于无声处》这个剧本我们从艺术的角度来看，它也不是完美无缺的，但它无疑是个好剧本。为什么呢？首先是作者把许多人想说而没有说，想说而不敢说的话写了出来。像何是非那样的新型叛徒，跟从前的叛徒不一样，从前的叛徒是在敌人的枪口下逼着叛变、出卖；何是非却没有被敌人逼迫，他是自己出卖灵魂，出卖同志，所以这种人就更可恶，对革命事业危害就更大。像欧阳平这个新英雄，何是非这个新敌人，都是在新的历史条件下产生的，都值得我们去反映。《班主任》的作者刘心武，思想很活跃，很能发现问题。社会上有很多问题，他思考得很深，他的作品提出了也回答了许多人们还没有触及的问题，这是难能可贵的。

二、要写出典型环境中的典型人物。怎样才能正确、深刻、真实地反映出人民的生活斗争呢？表面的东西是不能感动观众的。很多作者都喜欢写故事和情节，而往往忽视了写人。两个人有矛盾，脾气不同就吵架，吵架的过程就是情节。这个情节是怎么发生的呢？情节是由人和人之间的关系构成的。要是你忽然写两个人打起架来，而你又不写他们的性格，没讲清楚他们闹矛盾甚至引起打架的思想原因，读者、观众就会感到莫名其妙。如果没有写出人物性格，写出人物在特定环境中形成的性格冲突，那么，这个故事、这个矛盾、这个斗争究竟是怎么产生的？读者、观众就会产生疑问。如果光有矛盾，光有故事，而这矛盾、故事又游离于人物性格冲突之外，这个矛盾便成了无源之水。矛盾的根源在于性格不同，性格不同是由于思想、观点、态度的不同，或者是由于所代表的阶级利益不同。《红楼梦》里的人物，个个都是活的，整个故事情节都同书中的人物性格冲突分不开。一个人的性格怎样形成，都有他的社会根源。《红楼梦》如果不写出这么多性格鲜明的人物，人们是很难读得下去的。有一次在国外，外国作家问中国古典作品怎样写人物，我说，我们有些古典作家对人物个性化的刻画，不仅注意说话的个性特征，连写诗也是各具个性特色的，各种不同的人物写出来的诗、词都不一样。《红楼梦》中的姑娘们赋的诗各具特色，黛玉的诗与宝钗的诗就大不一样，不光内容不同，感情各异，连语言风格也不同，而且读者一看，就看得出是谁的诗。

许多青年作者只写故事，却不写人物，不写性格，这种情况相当普遍。不写人物，人与人之间的矛盾从哪里来的呢？它怎样发生、发展的呢？矛盾并不仅仅是由于人物性格不同，而且与社会也分不开，因为人物的性格的形成有其社会的原因。而通过人物性格所反映出来的社会意识、社会风气等，以及它们之间的矛盾冲突（当然是通过性格的冲突反映出来），又转过来反映出各种社会矛盾。这种题材，才可能带引出深刻的社会内容，才有典型意义。当两个性格冲突代表着两种思想、两个集团或两个社会势力的矛盾，这个矛盾才可能有典型意义。人不是孤立的，他们的思想感情总代表一定的阶级和社会集团的利益。如果光写情节，不写支配人物行动的人物性格，情节的发生、发展就无法理解。光写情节不写人物的作品，尽管写得很热闹，不可能有较深的社会意义。

写性格，必须写性格怎样形成。有些作者只在作品中这样介绍他的人物："这个人物的性格就像火柴头一样，一擦就着"，如果光靠这样介绍是写不出人物的，应该用形象、行动来表现人物，而不能像报道那样，用抽象的报道语言来介绍人物，如事件的产生是由于什么原因，矛盾是怎么来的，等等。鲁迅先生写的孔乙己是通过艺术的语言，写出了他所处的时代背景和特定的社会环境，通过写他的性格形成的过程来表现他的性格。写性格的发展，不能不写环境，性格的形成跟生活环境是不能分开的。祥林嫂的性格，就是满脑子的旧礼教。她的思想从哪里来的呢？那时旧礼教成了统治的思想，社会上从上到下都是这样，连她的劳动伙伴柳妈也有这种思想；这个环境，在那个社会中就是典型的环境；在这个典型环境的支配下而产生的性格，叫作典型性格。如果这个典型环境有一种社会风气、风俗，或一种思潮，一种政治倾向，就会慢慢影响生活在这环境的人们的意识、欲望……也就逐渐形成性格，而这个具有社会的阶级的特征的性格，又是同他本人所独具的个性分不开的。由于这个性格是从社会中产生的，就把社会原因、社会内容带出来了。以孔乙己为例吧，那时的小知识分子就是这样，他不会劳动，又好吃懒做，别人叫他帮着抄抄写写，他却把别人的东西偷走，别人便不请他了，最后被打折了腿，成了个可悲人物。这个悲剧是谁给他的呢？就是封建社会，是科举制度。社会意义就是这样表现出来的。性格的形成和发展，性格和性格的互相关系和矛盾，就构成作品的情节，这些都离不开环境的影响。矛盾斗争的发展不可能离开典型环境的影响，离开了环境的影响，它不仅将失去任何内容，而且它本身的发展也将失去任何客观根据。

祥林嫂原先的丈夫死了，被逼再嫁一次，她的社会地位更低了，被说成是不干不净的人，使她背上了沉重的精神枷锁，被压得抬不起头来。祥林嫂的性格、遭遇和命运，是社会环境所逼成的。她婆婆逼祥林嫂再嫁一次，别人就更看不起她，说她不干不净，更不敢跟她接触，甚至不准她摸祭品，祥林嫂的悲剧结局就更接近了，终于迫得她发了神经病。我们设想一下，如果当时祥林嫂有点民主思想，她就不会是这样的一种性格。她就会想："你不准我摸，我就休息休息。"但她却不能那样去想问题，封建思想使她感到很痛苦，这件事是对她的精神的一个毁灭性的打击，使她最后的一点希望也归于幻灭。这样的性格受环境所迫，受到周围人们的冲击，她再受不了，整个人的精神就垮下去了，神经病终于发了，最后死于街头。在这样的典型环境中形成、发展的典型性格，受到严格的生活逻辑和性格逻辑所支配，你想在任何地方改动一下都不成的。恩格斯曾经说过一句话："一个人物的性格不仅表现在他做什么，而且表现在他怎样做。"因此在塑造人物性格时，一定要写出他所处的典型环境，写出这个环境促使他怎样去行动，这样才能把人物性格写出来，性格是社会存在所形成，带有深厚的社会内容和时代色调。如果你歌颂一个好人，读者就会通过这个好人去热爱那个扶植好人的社会——社会制度、意识和风尚等等。例如我们写一个好医生到少数民族地区去医病，人家就说是党派来的医生，不仅爱这个医生，而且爱这个社会制度。如果这个医生的作风很不好,人家就不仅不爱这个医生,而且也会影响到人们对这个社会制度的看法。白毛女被搞得这么悲惨,谁搞的?就是地主阶级压迫成这样的嘛。要通过人物,通过事件,通过人们的遭遇和命运来反映深刻的社会意义,若离开典型环境与典型性格的关系的描写,就不能达到这个目的。只注意矛盾冲突,只编故事情节是不行的,一定要写性格的冲突。写戏不能光想着戏剧的冲突,还要十分注意性格的冲突。性格的冲突就是人物的冲突,人物的冲突不是表面的,你一个拳头来我一个拳头去,而是体现着两种思想、两种世界观的冲突,体现着两种社会力量、两种社会意识形态的冲突。写出性格冲突,舞台冲突才符合生活的真实,才有生命,不但有说服力,而且有艺术的感染力,情节不是越多越好,拉拉杂杂的东西不是艺术,只是大杂烩而已。

艺术有统一的生命,不能任意增加或削减,其中任何一点东西都应该是气血相通,脉络相连的,该向左的就得向左,你不能硬叫他向右拐。《毁灭》的作者原来在小说提纲上是打算安排美谛克在战争环境中坚持不下去自杀的,作者在写作中越来越认识到他懦弱怕死,根本不可能有自杀的勇气,所以小说最后只能让他逃跑。打倒"四人帮"后,有些相声很不错,情节本身就很使人发笑,又很深刻。可是也有些写正面人物的作品,其本身的确没有什么引人发笑的情节,但有人为了引人强笑就硬凑些噱头,这有什么意思呢?只迎合低级趣味罢了。一定要从生活出发,按照性格与生活的发展逻辑去展开情节。人物不受他所处的环境的制约与局限,而任意行动,只会歪曲生活真实。如《侦察兵》有些地方就是乱来的;《春苗》更是这样,解放以后卫生院的医生敢这样乱来?"四人帮"妄想拿这"胡编"来欺骗观众,来证明你是修正主义,脱离人民,虐待贫下中农,但却完全离开了解放以后的特定环境,这种情况只有在国民党时才会发生。这就违反了真实,不但不可信,而且连一般的社会面貌也被歪曲了。人物的某种行动不能超过特定的环境,超过就不行了。我看过一些小说,写老干部与"四人帮"英勇斗争获得胜利,当时"四人帮"还没有倒,还在作威作福,你凭什么去同他们斗争并取得胜利呢?不能离开典型环境随便安排人物的情节和命运。

三、我们是革命者,不是为反映生活而反映生活,主要是为了改造社会改造世界而去反映生活。我们的艺术创作是为着革命的目的,跟十九世纪的批判现实主义的作者是不同的。过去,我们所读的文学名著,绝大部分是批判现实主义的作品,那些作者是站在人民一边，他们看到农奴社会、宗教统治或资本主义世界的丑恶，很不满，而那时还没有马克思主义，历史长河中的下一社会形态——社会主义，还没有人明确指出来，奋斗的目标还不很清楚，因此那些批判现实主义作家怀着极大的愤怒去揭露旧世界，而且揭露得很深刻。他们把旧社会的丑恶揭露出来指明了它的实质，就算完成了他们的任务。而我们现在不同了。我们是在马列主义、在共产党领导下的革命者，是为人民、为革命事业服务的。因此，只抱着揭露的目的去反映生活是远远不够了。我们反映生活中消极的东西，批判生活中的某种不良现象，也是为了建设更美好的东西，我们是为创造更好的社会才去揭露那些腐朽的事物的。忘记了这一点，批判、讽刺或暴露时就容易出问题。这个目的性一定要明确。

我们面对着丰富多彩的、斗争复杂的社会生活，必须有个明确的目标。我们勇敢地批判一些腐朽的事物和腐朽的现象，那是从前没落阶级遗留下来的东西，必须铲除干净，以便更好地建设社会主义。我们是为了建设才去破坏，作者必须有这个远大的政治目标，也就是共产主义理想，用这个革命观点去观察、判断我们的现实生活。毛泽东同志提出来的"革命现实主义和革命浪漫主义相结合"就是这么个意思。现实主义是基础，浪漫主义是主导。换句话说，现实生活是基础，是源泉，而共产主义理想或世界观则是艺术创造的熔炉或工厂。一旦离开了现实生活，既没有现实主义，也没有浪漫主义。有一些作品本来是悲剧，却硬加上一条光明尾巴，来个圆满的收场，还美其名为"革命浪漫主义"。其实不应该这样庸俗地来解释"革命浪漫主义"的。革命浪漫主义应当是怀着共产主义理想、高瞻远瞩地去观察生活，判断生活，构思生活，表现生活。头脑像个熔炉一样，熔炉里面是个共产主义理想或世界观，生活素材要经过熔炉的熔化。如果你有高瞻远瞩的眼光，你就会看到哪是腐朽的东西，哪是妨碍革命前进的东西，哪是破坏社会主义事物的东西，你就会很敏感，而且会有准确的判断。另一方面，对正面的东西，对适应社会主义发展的真正的新生事物，你也会很敏感，而且会引起由衷的敬慕之情。所以毛泽东同志所提出的这个"两结合"的创作方法是极其重要的。用发展的眼光看事物，即使碰到一些困难与障碍，你也能预见到光明的将来，而不会悲观失望。即使是反映暂时失败的题材吧，只要你站在革命高处，而且从全局着眼，也还是能预见到将来的胜利。如影片《大浪淘沙》，写的那次"马日事件"在历史上确是失败的，而且也没有立即带部队上井冈山。事实上那时井冈山上已有毛泽东同志等在组织力量，因此影片最后把战斗部队开向井冈山，是符合当时的典型环境，是符合历史真实的，使观众在这困难的历史阶段，也能看到光明的远景，绝不是一个"光明尾巴"。不管时间地点，不管历史社会条件，都来一个光明的尾巴，是不必要，也不妥当的。印度有个影片《两亩地》，写一个村子进行斗争，周围都是资本主义世界，村子是代表劳动人民的，斗争胜利了，把地主赶跑了，最后大家都非常高兴。但从印度的现实看，这只是一个幻想。这个片子看起来很痛快，细想只不过是一个虚幻的光明的尾巴。没有现实基础的光明尾巴是没有说服力，没有力量的。革命的现实主义和革命的浪漫主义就是要用长远的眼光看问题，只有这样的作品才能达到相应的高度和深度。凡是具有共产主义性质的事物，虽然开始很微弱，但它都是在成长的，怎么也扑灭不了的。代表人民利益的先进的东西，符合历史发展趋势的东西，是扑灭不了的。所以革命的现实主义和革命的浪漫主义相结合的作品就有生命力，有艺术力量和思想力量。

一九七九年二月九日于高州

当前创作中的几个问题*
——在中国电影家协会广东分会的一次谈话

一

真实性确是文学艺术的生命,没有生活的真实,便没有文学,也没有形象,更谈不到什么艺术。

下面两种对真实性的理解和做法都不正确,应该给予批判。

第一种,是把现实生活中所有存在的实在现象,都认为是真实的,理由是"我亲眼看见,还能不真吗?"不管是美的,丑的,个别的,偶然的,凡是现实生活中实有的,存在过的,都认为是真实的,而且有人还把这叫作生活的真实。这显然是一种误解。从这种错误的看法出发,于是,有人以为在文学艺术作品中描写了这种现象,就算反映了生活的真实,以为反映了真实就是反映了一切,真实就是一切。最近在广州召开的当代文学学术讨论会上,有人以为"反映了真实,暴露了现实社会中的问题和丑恶,就是最现实主义的作品"。可是,他们离开了人物与环境的典型需要,也不考虑客观上可能产生的社会影响与社会作用。有的则是完全用自然主义的创作方法,淋漓尽致地去描写"打、砸、抢",并对这种不加批判、不加选择的描写持欣赏的态度,以为这种东西就是真实,这是错误的。

第二种,为了美化生活,而进行荒唐的捏造,只求美化,求大,求洋,不惜歪曲历史,歪曲所描写的地区的生活面貌和社会特征,甚至不惜歪曲人物的身份和职业的特征,这是骗人文学的特点。例如,《春苗》就有很多东西是离开了特定环境的:解

---

* 载1983年8月版《萧殷文学评论选》。

放那么久,还把国民党时代的那些丑行搬到我们社会来。他们的主要目的是污蔑革命老干部,为了篡党夺权,于是就不惜歪曲一切。又如,重拍的《南征北战》,打仗时战士穿的的确良,比演习时还要整齐、干净,究竟当时有没有的确良?时代的特征、人物的性格特征都不管了。有人说这是高档生活,是理想,是浪漫主义。以上两种对真实的理解,都是与现实主义的起码要求不相符的,可以说是反现实主义的。

为什么要提得这么严重呢?因为现在对真实性的问题,在一部分同志中间出现了严重的分歧。有些人以为这就是真实,有些人就不同意,认为这不是真实。我认为:应该从生活出发,要按照辩证唯物主义反映论来反映生活。辩证唯物主义的反映论,是不能停留在对于现象或偶然事物的反映上,而是要从中反映出生活的本质和规律性。

什么叫本质?从前认为凡是光明的、进步的,顺着潮流的才是本质,凡是逆流、支流,或前进中的障碍,都不算本质。按照马克思主义的观点,本质就是事物的内部联系。它是由事物内部的矛盾构成的,矛盾双方,既相互依存,又相互对立。事物就在这样又统一、又斗争中不断前进。就社会主义社会来说,这种矛盾贯穿在一切事物之中,表现在各个方面,如革命与反革命,先进与落后,正确与错误,光明与黑暗等等的斗争,所谓反映生活的本质,就是要反映这种矛盾与斗争。如果只反映统一的一面,而不反映斗争的一面,显然是不能反映生活的本质的。过去那种只承认正面的,顺着潮流的才是本质的观点,是片面的,不正确的。把生活的主流,把矛盾的主要方面与本质等同起来,而把支流、逆流、困难、错误、落后排斥在真实之外,排斥在本质之外,把矛盾的次要方面同本质割裂开来,这是一种歪曲,是经不起推敲的。由于对本质的不正确理解,因此,在文学艺术中反映支流或逆流方面的题材时,作者常常受到不应有的指责,过去,这样的例子很多。

我们应该从唯物主义的反映论出发,从生活出发,依照现实主义的原则去反映生活。要忠于生活,要对生活讲真话,该歌颂的就应该尽情歌颂,该揭露的就要严肃揭露。

在这里,我想必须强调要用最大的力量去恢复现实主义的好传统。什么是现实主义的好传统呢?首先,要求作品通过对客观生活的具体描绘,从中自自然然地表露作家的思想倾向,不要像"四人帮"那样搞"主题先行"。契诃夫有一次对一个作者说:"你尽管喜爱你的人物,就是千万不要说出声来!"就是说,要通过艺术形象来表露你的看法，而不需要你出来说话。也不需要你借人物的口来说话。第二，要像生活本身那个样子去反映生活，要像生活那样真实和精确。生活本身丰富多彩，绝不是枯燥无味的。第三，不能就表面写表面，就偶然写偶然，应该把积累收集起来的生活素材，经过作家严格的集中、概括、浓缩、凝聚，创造成为有呼吸的、有脉搏的、有个性的、有血肉的、有生命的完整的艺术形象。这些年来，对现实主义的好传统破坏得很厉害；写空话、大话、假话的风气流行一时，现在应当是恢复现实主义的好传统的时候了。否则，我们就无法反映生活真实，无法达到生活真实与艺术真实的统一，自然就更谈不到反映我们伟大的时代面貌了。

二

艺术既不是原始生活的复写，又不能须臾离开生活。艺术既以感性的、具体的、个别的和偶然的生活形态出现，又不能满足于实际发生的某些个别现象或偶然现象的描写。

文艺创作是一种创造性的劳动。作家在进入创作过程时，应该把收集积累的生活素材，经过严格的集中、概括、浓缩、凝聚创造成为有呼吸、有个性、有血肉和有生命的完整的艺术形象。这是一个艰苦而又复杂的过程。而且每个作品的构思和创造过程也不一样，因而想用简单的几句话来表达，是办不到的。你们都是编导、作家、演员，在这方面有许多体会和经验，也尝到了其中的甘苦。这里面的微妙处是不容易说清楚的，现在只能把大家经常遇到的，而且是现在有争论的问题，简单地谈一谈。

创作，首先是要深入生活，在观察、体验中判断生活时，千万不要被数量迷惑住，不要满足于量的多少，最重要的是要努力把握质的必然性。要从纷纭复杂的生活现象中去把握生活的本质和规律。质的必然性抓住了，对创造艺术形象是有很多好处的。越是把握住质的必然性，人物或事物特征的概括性就越大，浓缩和凝聚生活的程度就越高，其典型性就越强。高尔基说，典型"是牛奶中炼出来的凝乳，这是发过酵，提炼过的东西。"不是原始生活的再现，而是更接近生活本质，更符合发展规律的东西。

什么是质的必然性呢？就作品的事件来说，它的发生与发展，作家总是努力避免实际发生的事实的照搬或表面的摹写，因为这类现象常带偶然性，很难揭示本质。对这种偶合的东西，即使写得很生动，也不能反映质的必然性。要使事件的发生和发展都符合此时此地相互关系的必然逻辑，都按照不能不发生的规律去发生和发展。总之，作家不是按照实际发生的样子去记述，而是按照它过去、现在和将来可能发生的样子去描写。这样，就比较接近生活的规律、本质和质的必然性。

艺术典型必须包括生活的本质和规律，但是，凡是包含本质和规律的，不等于就是典型。能称得起艺术典型的，除其他的特征之外，它还应该是对某种生活真理的新发现。就是说，既要在生活中有所发现，又要通过形象将这真理体现出来。

托尔斯泰在回答什么时候可以写作时曾说："只有当你感到心中有一种完全新的、重要的、自己明白而人们还不理解它的内容时，当必须表现这一内容的要求不能使你安静的时候，那时你才好写作。"重复别人已经发现的东西，或别人已经用形象表现了的东西，而且丝毫没有增添自己的任何新发现，这样的作品，尽管也体现了生活的规律和本质，但却称不上是艺术典型。

凡是成功的艺术典型，可以说，都是对某种生活真理的新发现。

有些生活现象在社会上大量存在，可是人们司空见惯，习以为常，更不理解它们存在的意义，作家如果洞察其内涵，将这类现象，经过集中、概括，创造出引人注目的艺术形象，就会使人恍然大悟。有的事物刚在冒头，许多人还看不到它们，或偶尔看到而不注意，或注意到了，却不理解它们出现的意义。还有些生活现象复杂多变，有的生气勃勃，有的奄奄一息，有的忽然改变方向，有的却加快原来步伐，等等，但这不是偶然的，如果仔细观察，发现其中因果关系，抓住它的规律和本质，并通过形象表现出来，就能创造艺术典型。《阿Q正传》中的阿Q，就是一个艺术典型。《于无声处》中的何是非，也是一个典型。它们有代表性，使一些人看过之后，感到刺到自己的痛处，甚至怀疑它是写自己，这可又不能完全怪作家，说像又不全像，说写自己又不全是写自己。总之，这些艺术形象使人警醒，使人悚然而栗。

本质、规律不是抽象概念，而是具体的东西，有无限丰富的内容。如果把它变成抽象的东西，它在创作中就不起积极作用，写出来的人物就会变成概念。从前，有一种说法，认为在阶级社会里，阶级和阶级斗争的规律是最重要的，左右一切的；但应该看到，这并不是唯一的。新中国成立以来出现了一些好作品，不能说只是阶级斗争的规律在起作用。除了阶级斗争之外，还有很多因素，有民族的因素，有时代的特点，还有地区的特征，以及历史传统、道德风尚、文化教养、家庭环境等因素都在起作用。所有这些因素表现为一种综合性的现象。好的小说不是由一种因素决定人物的性格，而是由多种因素决定的。这种综合性的现象，不仅体现在典型性格中，也体现在典型环境中，因而形成了多样、复杂的典型环境。而且阶级斗争的内容和形式，也不能总是一个样子，它是发展的、曲折的。所以，这种典型环境以及人物、事件的发展和变化，也不可能总是直线的，而是很丰富、很复杂的。

过去，只承认英雄、正面人物是生活中真实存在的，甚至连典型环境似乎也只能写革命的、光明的、顺利发展的一面，这观点是极其片面的。所谓本质是内部联系，是对立的统一，有时互相依存，有时互相斗争，一时这方面占优势，一时那方面占优势，由于事物内部的不平衡，因而典型环境也不可能是固定不变的，更不能处处都是光明面。可是，过去不少评论文章却与此相反，对环境的多样化或对某些促使落后分子做坏事的典型环境加以指责，说"这是歪曲了典型环境，丑化了社会主义社会。"

作品要揭示其较深的社会意义，就一定要从人物和事件中，找出酿成事件的潜力与影响，即把特定环境与特定人物的特定关系及其结局，把典型环境深刻而明了地揭示出来，把酿成这种结局的社会根源揭示出来。例如，祥林嫂的形象就只能在那种封建迷信、旧礼教的典型环境中创造出来。不管是正面人物，或反面人物都是这样。

有些人看见现象就写现象，不考虑这样描写会产生什么社会影响。最近看了一篇报道：记述两位老人千辛万苦养儿育女，不仅为儿女们盖了房子，还为他们建了家，但自己老了之后，儿女们却都不管，逼得过年时讨饭，最后因活不下去竟双双上吊了。这件事，如果就表面写表面的话，准会使读者得出错误的结论。因为这种不加分析的自然主义的写法，会使人们以为根源是社会主义制度。现在就有人说：社会主义时期的悲剧，其产生的根源是社会主义制度。这种观点是彻头彻尾错误的。其实，像那两位老人自杀的这件事，就同社会主义制度毫无关系，完全是他们的儿女自私自利的个人主义思想所造成的。而这些资产阶级意识正是与社会主义制度相对立的。只有着重把如何促成这场悲剧的典型环境揭示出来，即把造成这场悲剧的社会原因揭示出来，才能反映出生活的真实面貌。

对于某些揭露现实生活消极面的作品，对典型环境的描写更值得重视。在理论上残存着两种片面的观点：一种是把环境看作是固定不变的，如对《炮兵司令的儿子》，有人认为它不真实，理由是那种情况是少数，不占主流，因而不是典型。另一种，认为《假如他是真的》写的是典型环境中的典型性格，完全无视典型环境中矛盾斗争的真实状态，把人物的活动写得好像不受环境牵制，要干什么就干什么，如入无人之境……

我认为，对典型环境，不管是正面的或反面的，光明的或黑暗的，都应该有透彻的理解。现实生活中，有积极与消极的两个方面。在消极方面，存在着特权思想、官僚主义、派系活动、家长作风、裙带关系、一言堂等等；在积极方面，有实事求是、群众观点、艰苦朴素、扶危济困、救死扶伤、自我牺牲精神等等。我们国家经过长时期的革命与建设，考验了大批干部和人民。这些经过考验的干部群众，对特权思想等歪风邪气是看不惯的，是特权思想等通行的巨大的阻力。《假如他是真的》的主要缺点，是由于作者没有理解这些来自人民中的对不正之风的巨大的阻力，没有正确地理解这个典型环境。由于没有把正面的力量摆进去，所以只看见坏人当道及其活动，看不到反对他们的力量。特权思想是可以揭露的，不然，让它再发展下去就会有亡党亡国的危险。作者提出了这方面的问题，应该得到鼓励，但由于他对整个斗争判断得不正确，结果表现在作品里，就显得很阴暗。有人说，这个剧本的正面人物太少了，我看增加几个也解决不了问题，因为问题的关键是作者对这种事件作了不正确的判断。正因为这样，所以观众一方面认为剧本提出了重大的问题，一方面又觉得作者没有作出合乎历史规律的判断，而深为惋惜。

由此可见，创作不是生活机械的复写，而是把吸收来的生活素材，经过严格的选择、集中、概括、想象，创造出比生活更高、更有组织、更理想的人物和事件。

创作不是原始生活的刻板反映，而是有目的的创造；不是生活现象纯客观的照搬，而是现实生活与作家主观意识相结合的产物。在历史上，阿Q、林黛玉、王熙凤、哈姆莱特、堂吉诃德、奥勃洛摩夫、葛朗台等人物，都是当时现实生活与作家主观意识相结合的产物，都是经过集中、概括、浓缩创造出来的，是发过酵、提炼过的艺术真实，是当时生活真实的结晶。所以，这些典型人物，经得起生活的检验，也经得起历史的考验。

三

对"百花齐放，百家争鸣"的方针，文艺界也有各种不同的理解。有些人，一谈到"双百"方针，就认为什么都是框框，什么都是限制，连四项基本原则也被认为是

框框，六条标准也被认为是框框，甚至为工农兵服务也被认为"不合时宜"。还有些人，把"双百"方针理解为"放任自流"的方针，理解为"我要怎么样就怎么样"的无政府主义的方针，这样去理解显然是很错误的。

"双百"方针，并不是放弃自己的政治理想或放弃自己的奋斗目标。作品的思想倾向取决于作家的世界观，一篇作品到底起什么作用，引导读者走什么道路，取决于作者的世界观。一个作品到底为哪个集团服务，也取决于作者站在什么立场，为哪个集团说话，代表哪个集团的利益，这就是他的世界观。所以，作者有什么样的世界观，就创造出什么样的作品。这是客观规律，是不以人们的意志为转移的。托尔斯泰好像曾宣布过他只为真实而写作，可是他的世界观驱使他的作品引导读者去憎恨农奴制度和黑暗的教会。他的爱憎是很强烈的。你能说他的作品不起社会影响，不产生社会效果吗？这是不可能的。就作家的感情来说，他能因为有"双百"方针而放弃他的爱憎吗？

我们生活在社会主义革命和建设的时代，不可能没有自己的理想，也不可能没有自己的奋斗目标。一个革命作家绝不可能因为有"双百"方针而放弃自己的理想，放弃自己的爱憎，或放弃自己的观点和感情。可是，有些人在提问题时，把"双百"方针看成只能顺着他的观点、他的喜爱行事，别人如果对他的观点或喜爱稍有异议的话，他就说你向他打棍子，或者怀疑"双百"方针要"收"了。

要知道，"双百"方针是我们党提出来的，"是在承认社会主义社会仍然存在着各种矛盾的基础上提出来的，是在国家需要迅速发展经济和文化的迫切要求上提出来的。"这个方针是"促进艺术发展和科学进步的方针，是促进我们的社会主义文化繁荣的方针"。很清楚，"双百"方针是为繁荣社会主义科学与文化才提出来的，那些稍一遇到不同意见，就指责对方打棍子的人，实际上他们是堵塞人家的意见，妨碍自由讨论，阻碍艺术和科学向前发展的。

在共同目标的前提下，展开如何走向目标的讨论，有什么不好呢？只要有共同的愿望，不管意见多么不同，争论多么激烈，对于促进和改进艺术实践都是有好处的，因为它可以调动积极性，群策群力，集思广益，把大家的智慧集中起来。

至于题材、形式、风格的多样化，更是社会主义文艺所提倡的。只要有利于社会主义事业，有利于人民，又为人民所喜闻乐见，这样的"百花齐放"，正是我们社会主义所迫切需要的。这样来理解就不会对"双百"方针发出一些奇怪的议论。例如有人说："我只要写真实就行了，为什么还要讲社会效果呢？"还有人说："我的任务是真实地反映现实，管它产生什么影响？"这些人走得太远了，一味追求离奇情节，追求异国情调，完全不顾中国人民的欣赏传统。这一来，当然就可能会引起读者的异议，但对异议也未尝不可以讨论嘛。

说到这里，所谓社会效果的问题似乎不成问题了。既然处处从广大人民利益出发，处处从社会主义事业的利益出发，有哪个作家对自己的作品会不考虑它可能产生的影响与作用呢？每个作者都会考虑自己的作品会引导群众走什么道路的问题，除非是有成见的，或敌对分子，谁不为国家、不为广大人民（包括自己）的前途和利益着想呢？可是，前一段，竟有人把"真、善、美统一"也当成一根"棍子"，有的甚至把"坚持四项基本原则"也当成"棍子"。我看，这些人好像要离开人民大众，离开他的祖国似的。在他们的主观愿望上，可能不是这样，但这样走下去，客观后果是很可怕的。不然的话，为什么要反对讲社会效果？为什么对国家、对人民的事业可能遭到损害的事也反对考虑呢？

过去，有人装得很清高，把文学艺术看作是非功利的，宣扬为艺术而艺术。黑格尔认为："真正的艺术家不知道自己在（为社会）做什么，这是一个错误的想法。"别林斯基也认为："剥夺掉艺术为社会服务的权利，这不是提高它，而是贬低它。从而使它成为游手好闲之徒的消遣品。"所以，艺术家不考虑作品的社会效果是错误的。

斯大林称作家是人类灵魂的工程师，所有的艺术家都担负着提高和改造人们精神品质的任务。如果作家、艺术家没有美好的社会理想，没有崇高的政治目标，对什么都抱无所谓的态度，那他们凭什么去引导读者走向光明大道呢？

一九八〇年七月十八日于广州

197 ~ 336

文学飞鸿

关于文学评论的方法[*]
——两封复信

一

……你的读诗计划已看过，范围很广，包括的方面也很多；说实在话，现在的新诗，也的确很需要有人去研究；如果你的研究工作能够得到一种较好的结果，那对于新诗歌的建设，一定会有帮助的。

不过，根据你的几篇文章，我以为你在研究诗的方法上还存在着值得商榷的地方。特别是读了你最近寄来的《读〈佃户林〉后》之后，认为你的研究方法，有努力改进的必要。

你经常注意搜集材料（如你经常写读诗笔记，经常从诗中摘录一些你认为好的或坏的诗句），是很有意义的工作；但是，你对材料的态度，却有可议之处。譬如当你写《诗评》时，你不去分析你所积累的材料，从中寻找出规律；只把这些材料罗列并堆积起来。这样的《诗评》，能给读者或作者什么启发和帮助呢？我以为纯粹是材料的堆积是无意义的。材料，只有经过正确的立场、观点分析研究之后，才能获得新的意义。

你在这篇《诗评》中，连篇累牍地引录原诗，并且不厌其烦地叙述着诗的内容；如果这是为了分析问题的方便，或者为了把问题提得更明确，这是容许的；但是，你摘引了原诗之后或叙述了诗的内容之后，并没有用科学的态度与方法去分析它们，只说"好"或"很好"，或者说"这是一首很感动人的诗"，等等。可是好在哪里？为

---

[*] 载1984年4月版《萧殷自选集》。

什么好？却没有说出个"所以然"来。既然如此，那样的所谓《诗评》，读者能从其中得到什么呢？作者又有什么必要去写这样的《诗评》呢？让读者去读一遍原作就成了。你既然没有从《佃户林》这诗集中发现什么问题，也没有找到新的创造，既没有从内容上提出问题，也没有从形式上提出问题，全文大部分是诗的摘录，除了"好"或"感动"之外，看不出你有什么见解，作为一篇"评论"来看，这不能不是一个巨大的缺陷。

你写"诗评"仿佛没有什么目的，只把你平日读诗时所摘录下来的材料，略加安排，加以罗列、堆积起来罢了。像这样的"诗评"，读者是不爱读的。我希望你写"诗评"的时候，首先应该弄清写"诗评"的目的，你要批判它们呢，还是要赞扬它们？如果你要赞扬它们，觉得这些诗很值得向读者推荐，那你就应该认真地分析它们，说明为什么好，好在什么地方；如果你的分析确能说出个"所以然"来，那么你的"诗评"不仅不会如此空洞，而且还会受到读者的欢迎。

其次，从你的文章中，看出你是读了很多理论书籍，背诵了许多原则；应该说，这是很可贵的。但同时从你的文章中，也看出你对这些理论原则还消化得太少；就是说，你对于这些原则或条文还仅仅停留在词句的背诵上，你还不善于运用先进的理论原则去分析实际问题。正因为这样，所以你常常只会拿抽象原则去对付具体问题（具体事实、具体矛盾或具体创造）。既然如此，具体问题当然不能得到科学的有力的分析。比如你引录王希坚的诗之后，连声称赞，再三说"很成功"。但"成功"从何而来呢？你却离开了具体的作品与具体的作家，只笼统地说："认真地深入群众，积累丰富的生活经验，再加上一定的艺术修养和表现形式，我想，不愁没有动人的佳作产生。"你用如此抽象的概念、如此一般化的常识去解释这样具体而复杂的问题，当然是不可能解释得清楚的。其实像这样笼统的概念，对于任何一个作家或者任何一篇作品也同样适用的，在十年前可用，在十年后还可以用。既然到处可以用，什么时候也可以用，那么，对具体作家或具体作品来说，就一定会变成不着边际的空话。

再如，你摘引了李冰的《大娘》一诗之后，也同样写了一大段不着边际的话，你这样写着："我们解放军是名副其实的子弟兵，是从群众中'土生土长'来的，是在共产党领导下的人民武装，这支军队具有丰富的经验，是在毛主席和朱总司令亲手培植下生长壮大起来的……"等等一大段。但是请问，这段话是为了说明什么问题呢？这段话与李冰的诗有什么关系呢？恐怕连你自己也不太清楚吧？

像这样的例子，在你的《诗评》中还有不少，现在用不着一一举出了。总起来说，在你的《诗评》中，除了引录原诗或叙述诗的内容之外，就只剩下一些"摸不到边"的空话，这就是你的所谓《诗评》的全部内容。

请你也替读者设想一下吧：这样的所谓"诗评"对于读者能有什么启发和帮助呢？

到底应该怎样分析和研究问题，怎样把先进的立场、观点与方法运用到实际问题上，等等，不是这封短信所谈得清楚的，以后有机会再讨论吧……

一九四九年十二月十六日于北京

二

……你的诗评，已经读过。你对于一首好诗或一首坏诗，都是经过慎重的分析之后，才下判断的。可以看出，你对于作者是怀着一种责任心与热情的。你几乎对诗中每一个微小的问题都细心地予以分析和说明，如你对于《小毛毛》一诗的分析：

> 小毛毛，真欢喜，
> 拖着两条长鼻涕，
> 黑牙獠出半寸长，
> 鬓角抹着一块泥，
> 走道像只小狐狸，
> 奔到家里笑嘻嘻，
> 妈妈问她什么事，
> 她结结巴巴说半天：
> "爸爸分了七亩好水地！"

你对于"拖着两条长鼻涕""走道像只小狐狸"等等的句子，都给以分析，而且分析得很仔细。比如你分析到"黑牙獠出半寸长"一句时，你写着：

小孩子的牙并不是黑色的，你大概想用"半寸长"去夸张她的牙长吧，但这给读者留下的印象太丑了，而且你还用"獠"字去表现牙齿的外露，这却使人联想起"青面獠牙"了。这样被丑化了的女孩子，读者能从她身上引起一种什么情绪呢？

很显然，你这样去分析作品，对于作者本人是有一定的参考意义的，因为你的分析正针对着诗的具体缺点，使作者能够参考你的批评，有助于去修改他的作品，但如果当作诗评来看，这样琐碎的批评显然是不够的。为什么呢？因为你只分析了作品中的特殊现象，你没有通过这些特殊现象的分析，从原则上去提出问题，因而，诗作者以外的读者，就很难从中得到什么有益的启发和帮助了。

你认真分析作品，并说明这些缺点的性质，这都是好的。但仅仅停止在这表面的特殊现象的解释上，却没有多少意义。因为对特殊现象的解释，只能对具有这样特殊内容的作者才有点用处。就是说，世界上有多少作者在具体而特殊的事情上是完全一样的呢？因此，我认为上述那种分析问题的方法，是不会得出具有普遍意义的结论来的。如果你通过某种特殊现象或者某个具体缺点的分析，进而更深一层地探索出产生这特殊现象的深一层的原因，那么，不仅对作者会有更多的帮助，即对一般读者也会有帮助的。

然而，你的诗评仅仅孤立地分析了这些特殊现象，而且停在这种现象的解说上，并没有深一层地通过这特殊现象的分析去探寻一般的规律。其实，在你所指责的两节诗中，是有着共同的规律的，都是因为作者不会选择恰当的形象，或不注意选择恰当的形象所造成的。前一首作者本来是想用形象来表现当时敌弱我强的形势，但因形象用得不恰当，结果使诗的积极意义受到严重的损害。后者，作者是企图通过一个农民的孩子来表现翻身后的欢乐情绪，但因作者不注意选择形象，把形象丑化了，结果，伤害了诗的内容和情绪。

如果你经过具体分析之后，找出这个形象不恰当的原因，问题就已经深入了一步，也就是说，问题就有较普遍的意义。如果你根据"不会选择或不注意选择形象以致损害了作品的主题"这一认识，再将一般初学写作者表现在这方面的具体例子加以综合，并给以概括的分析；那么，你的批评，就不再是仅仅对"这个作者"有用，因为它是通过具体问题的分析，把握了这问题的一般规律，因此，它就有了更广泛的教育意义……

一九五〇年二月十五日于北京

"生动"与"严肃"及其他*
——问题简答五则

问：作品写生动些好呢，还是写严肃些好呢？严肃的东西太枯燥没有人要看，生动的东西有时主题意义又不强，虽然满纸"欢蹦欢跳"，可是看后没有多少可回味的。你说像这种情况，应如何决定取舍呢？（山西一位读者问）

答：在文艺创作中，"严肃"与"生动"并不是矛盾的。描写一种极严肃的生活与斗争，一样可以表现得非常生动而富有吸引力。如法捷耶夫的《青年近卫军》，不也是一个很严肃的题材吗？但它并没有因为题材的严肃而损害了作品的生动性。

你把"严肃"和"生动"截然分开来看，认为"严肃的东西太枯燥，没有人要看，生动的东西有时主题意义又不强"，是不妥当的。一直到现在，我们还不能找到恰当的作品来证明你的看法。我们认为：写得枯燥而不生动的作品，绝不是因为它的题材太严肃；写得生动有趣的作品，也不一定因为它的题材不严肃。一篇作品表现得生动或不生动，实际上与题材并无直接关系。这决定于作者对所写的生活与人物是否熟悉，决定于作者是否按照生活本来的面貌那样去表现生活，是否像生活本身那样丰富多彩而又曲折多变地去描写生活，如果能这样，那么即使处理很严肃的题材，也能表现得很生动；否则，即使你处理一个你认为"欢蹦欢跳"的题材，也不一定就能写得生动，观众（读者）也不一定就爱看。

其次，你把"生动"与作品的"主题意义"对立起来看，也是不妥当的。我们的文艺作品是教育人民的一种手段，因而，作品的主题应该是有利于广大人民的长远利益，应该是对人民负责的、严肃的。但是文艺作品主题思想的严肃性，并不是由枯燥

---

* 载1980年6月版《谈写作》。

乏味的说教来完成，而是通过对生活的真实的描写，通过艺术形象来体现的。愈能艺术地表现生活，作品就愈生动多姿，"严肃"的主题思想就愈有感染力量。

现在，的确有些作品只顾"趣味"，而忽略了主题思想的积极意义。也有些作品用说教来代替有血有肉生活的描写。殊不知说教愈多，"主题"就愈加空洞无力。这样的作品当然枯燥而不"生动"，当然没有人要看；从表面看来，这样的作品似乎很"严肃"，但若从效果上看，却是对读者极不"严肃"极不认真的。

一九五〇年三月

问：为革命任务而写作，会妨害创作自由吗？（业余艺术学校文学系学生班问）

答：要回答这个问题，首先必须弄清楚你到底是为谁写作，你的写作是为什么人服务的问题。如果你写作的动机只是为了表现自己，或者仅仅拿写作当作交际场合中的一种游戏，那么你对于人民（特别是劳动人民）所感兴趣的题材，显然不会感兴趣。甚至你会觉得这样的题材只会妨害你的艺术天才的发挥。在这样的心情之下，要是有人希望你写一篇与广大人民利益有关的，能够鼓舞人民为自己的前途去奋斗的作品，你就会觉得"不自由"，甚至会觉得，这一来"自己的思想情感哪里还有充分发挥的机会"，于是深感苦恼，大叫"妨害了创作的自由"。

如果你所指的是这种"自由"的话，那么我以为妨害一下，对人民大众或者对你自己，都不是损失。因为个人主义的情绪与思想之逐渐衰退，对于新文艺创作是有益的。

凡是优秀的作家，无论在什么时候，他们总是首先考虑人民的利益。他们时刻都关怀着人民大众的斗争与生活。因此，他们的情绪与人民的情绪是一致的。他们的利益与人民的利益也是一致的。他们喜人民之所喜，忧人民之所忧，他们在创作中抒发这种情绪，不仅对革命事业无害，反而可以教育人民。这种作家虽然也常常为结合革命任务而写作，但他们不会觉得这是"不自由"。至于作品是否写得好，问题在于他们是否时常关心人民的生活与斗争，是否深刻地理解这种生活与斗争。如果作家平日很了解人民的生活和斗争，而且对这种生活有深刻的理解又有强烈的爱憎；那么，即使是临时为配合革命任务而写作，也仍然可以写出较好的作品。自然，他们更不会感到"不自由"了。

在人民民主的时代，凡有利于广大人民事业的，都是自由的；违反广大人民利益的，将受到人民的反对。文艺创作也是这样。不管你是否有意反对人民的革命事业，只要你存在着反对人民事业的情绪与观点，而且在创作中流露这种情绪与观点，那么，这种创作必然会受到人民的冷淡或反对，这是不奇怪的。

一九五〇年五月

问：写真人真事和创造典型是否有矛盾？（业余艺术学校文学系学生班问）

答：一般说，写真人真事与创造典型是不会矛盾的。如果所选择的真人真事，其本身具有典型意义，那么，作者只要抓住其主要特征加以突出描写，就可能写出具有典型意义的人物。

所谓"突出描写"，当然不是刻板的、一成不变的"摹写"，也不是毫无重点地描写人物或生活的琐碎细节；而应该根据真人真事的主要特征，进行高度的集中和概括，有时还要做适当的夸张。只有这样，典型的创造才有可能。

可是，也应该说明白，并不是什么样的真人真事的忠实描写都能够创造出典型性的人物。必须选择，必须严格地选择！否则，真人真事虽然具体地详尽地写出来了，但它可能是没有社会内容和历史内容的东西。……

一九五〇年五月

问：白毛女是否实有其人？（一群读者问）

答：电影《白毛女》放映以来有许多农民、农村干部、战士、工人给《人民日报》写来大批来信。在信里，他们对于喜儿和大春的不幸遭遇，流露出阶级的同情和亲切的关怀。他们提出了如下的询问："白毛女是不是实有其人？""白毛女现在是否还活着？""白毛女现在住在哪里？""她现在在什么机关？担任什么工作？""大春和喜儿是不是已经结婚了？他们现在的生活情况怎样？""请将喜儿的通信地址和她的真实姓名告诉我，以便直接跟她通信！"等等。这些恳切的询问，说明了：（一）电影《白毛女》创造了艺术的真实，塑造了有巨大说服力的形象，因而能广泛地、强烈地激发起观众的阶级感情；（二）从这些询问中，也说明了许多观众对于"艺术的真实"与"历史的真实"的关系还不很了解。

《白毛女》剧本是剧作者根据抗日时期流传在晋察冀边区的一个民间传说，给以艺术加工之后所创作的。

剧中的喜儿和大春等是否实有其人呢？我们的回答是：这些人物并不是实际上存在的。

也许有人会说："既然这样，那么《白毛女》就是不真实的了。"但我以为是真实的。《白毛女》里面所描绘的事件与人物，是真实地反映了旧中国农民的生活状况与斗争风貌的。可以说，它是当时农村的社会矛盾（阶级矛盾）的缩影。许多观众看了《白毛女》之后，不是都记起了一些跟喜儿类似的遭遇和命运的人吗？不是又有一些人忆起了类似黄世仁、穆仁智的封建势力和他们横行霸道的行径吗？不是有些观众觉得喜儿很面熟吗？不是又有些观众觉得喜儿与旧社会许多被压迫被凌辱的妇女的遭遇相仿佛吗？尽管是"面熟"和"相仿佛"，但总觉得还不是她，仿佛许多受压迫受凌辱的妇女身上都有喜儿的影子，都有点像她，然而又不全像她。在旧社会里，好像到处都可以碰到她，但却不能确定地指认她就是谁。……根据观众这些反应，就可以说明《白毛女》中的人物与事件，并不是传说者或剧作家自己捏造的。这些事实，本来就普遍地存在于旧社会的现实生活当中。传说者或剧作家只是把他们所观察到和体验到的好多类似喜儿的遭遇和特征，都集中地概括到喜儿身上；把生活中存在着的零散事实，集中起来，经过艺术的加工，创造了喜儿——这个真实的艺术形象罢了。

经过艺术加工的人物和事件，不仅不会违反真实，而是更加真实了。因为这种真实，再不是某某人的照相或某事件刻板的记录，它包含了更多的社会内容，更能体现出某一社会侧面的主要状况与主要斗争的趋向。因而，它是更集中的、更有组织的、更有代表性的真实面貌。正因为这样，所以它的说服力量就更加强烈。

所谓艺术集中和创造（或叫作艺术概括），并不是脱离现实生活基础去空想、去虚构。艺术概括是通过现实生活中既有事实的集中与融合（与作家的思想感情相融合）来完成的。这样做为什么是必要的呢？因为在现实生活中，并不是每一个人物每一件事实都能集中地、完全地反映阶级矛盾及其发展的真实状态的。某些个别的、实有的人和事，往往只是现实生活的一鳞半爪，它本身所包含的社会内容，不可能很完全和有代表性。因而，刻板地去描绘个别的、实有的人和事，常常不能深刻地反映生活的本来面貌（或真实面貌）。

文学艺术作品不同于历史教科书。历史性质的著作，必须完全符合历史事实才谈得上真实；但文学艺术却与此不完全相同，只要文学艺术家能够真实地反映现实生活的本质和发展规律（发展的逻辑），在人物和故事上并不需要一一都是实有的。

明白了这些道理之后，观众对于喜儿和大春等人"是否存在"的问题，或对其他文学艺术作品中的人物"是否实有其人"的问题，都可以解决了。可以说，这些人物是实有的，同时也不是实有的。这些人物以及他们的性格与命运，都是作者创作的产物，这创作是力求把他所观察的好多人的特点，结合到一个人物身上。同时，这些人物，也都是现实生活中所有的，因为他们的性格、经历及活动的特点，不是作者杜撰出来的，而是从生活中取来的。

不错，也有一些作家和艺术家，拿真人真事作为描写对象的，但这种方法并不是文学艺术的一般方法；因而，出现在文学艺术作品中的人物，不一定都实有其人。虽然写的并非真人，但却可以写得很真实，很有说服力，理由前面已经说过了。

一九五一年十月

问：什么是传奇，什么是小说？（一读者）

答：来信问到《青年近卫军》的写作问题，这的确是一个不易解答的问题。你说："法捷耶夫自己曾说过：'写这书时最初感到最大的困难是人物太多，本想写成传奇，但其中主要人物的名字又不能改换，同时要加以想象的描写是不容易的，于是就写成了小说。'"（见《文艺报》一卷三期《法捷耶夫与中国作家交换文学上的意见》一文）于是你提出了两个疑问：（一）为什么加以想象来写传奇，会感到不容易，是不是怕想象会影响真人真事的真实性呢？（二）小说也是包含着想象成分的，既然如此，但为什么可以加以想象地写成小说，而不能加以想象地写成"传奇"呢？

要回答这两个问题，首先必须弄清"传奇"是什么。关于"传奇"，有各种各样的说法，我们不想在这个概念上去引经据典，多费笔墨。根据法捷耶夫那篇谈话的上下文语气，可以猜想到：他所说的"传奇"是指英雄故事。就是指那些描写伟大的历史事件，以及那类事件的英雄们的事迹等。在描写这类事迹时，作者所着重渲染的不是人物，而是着重使事迹理想化，这就是"传奇"。

那么很显然，在"人物太多"，而"其中主要人物的名字又不能改换"的情形下，写"传奇"是困难的。因为既然用实有人物的名字，作者就很难凭想象去使英雄事迹理想化。如果作者的想象超出了实有人物的行动,使事迹过于夸大,反而可能给人一种不真实的感觉。

但在同样的情形下,用小说形式来完成这个史诗般的题材,却方便得多。一方面可以保留那些英雄真实的名字,一方面可以根据英雄的性格加以想象的补充,使英雄性格表现得更突出、更完全、更理想和更典型。

由此,我们可以知道:"传奇"中对英雄事迹的想象的描写与小说中对实在人物的想象的描写,是不同的:前者是追求事迹的理想化,后者是追求人物性格的典型化。

小说是容许想象,容许概括更多生活的。所谓写真人真事;真人,只能当作"模特儿",作家有权利也有义务使这个当作"模特儿"的真人性格变成更高级的、更理想的、更真实的典型性格。为此,就必须用作家的想象(这想象是以丰富的生活为基础的,不是凭空想象的)去丰富这个性格,培养这个性格。只有这样培养出来的人物,才能有典型意义,才可能有巨大的社会意义。

而"传奇"呢,则是以描写英雄事迹为主的,对事迹的描写,通常都是带着夸张的性质,如果加以比较,"传奇"中的人物性格远不如事迹夸张得突出。

最后,你问"用概括写的小说与把真人、真事用小说体裁写出的小说,是不是一回事?"这问题我只能这样简单回答:如真人真事的题材处理得很好,它的效果与概括方法写出来的小说是一样的,但在创作方法上,却不是完全一样。

这是我粗浅的意见,不一定全对,只供你参考。……

一九五〇年四月,北京

活得伟大才写得伟大*

××同志：

……你问："现在为什么写不出歌颂新事物的诗来，即使硬写出来，也是干巴巴的，是什么缘故呢？"我们认为主要的问题，在于作者的思想感情。譬如说，一个作者的思想感情还没有得到锻炼，还有意无意地保留着一些与工农兵格格不入的思想感情，那么，他就不可能对新社会、新事物、新风气感兴趣；他的思想感情就不可能与新事物、新风气融合一致。原因就是他的思想感情与他理性上的认识还存在着距离，实际上，他对新社会新事物还没有真正的认识，虽然在主观动机上愿为人民服务，愿歌唱劳动人民的解放与创造；但是，原有的思想感情还没有消除，它们还在日常的工作中生活中起着作用。处在这种"情绪倾向过去，理性倾向未来"（高尔基的话）的心理状态下，他们是很难写出使工农兵群众共鸣的诗来的。

为什么呢？许多文艺青年不是在口头上很愿为人民服务吗？不是常常在言论上表示愿为人民服务吗？是的，但这些人里面还可能有两种不同的情况：其中一种人，是真正认识了革命，真正认识了新世界与新事物。另一种人，还只停留在概念的认识上，他们的思想感情还没有改变。前一种人如果有诗的表现能力，他们很可能会写出很好的诗篇；后一种人，即使有诗的表现能力，却无法写出动人心弦的诗来的。

思想感情与概念认识为什么会不一致呢？那是因为：对于革命的某些号召是比较容易接受（只要他有正义感），而思想感情的变化，却要在对革命运动有较充分的认识之后。因此我们认为：只概念地认为某种事物应该歌唱，但在感情情绪上还没有这种要求的时候，革命的动人的诗篇就不可能产生。

---

* 载1951年5月7日《中国青年》64期。

只有当描写的对象感动了诗人,强烈地打动了诗人的心灵的时候,才可能产生动人的诗篇。过去封建阶级、资产阶级以及其他阶级的"诗人",不也正是在这种情况下产生出在其本阶级看来是"伟大"的诗吗?一些社会主义国家以及现在中国好些优秀的诗篇,不也是在这种感动的心情之下产生出来的吗?如果诗人对于描写对象没有强烈的爱,只从概念上认为某种事物应该歌唱,而硬去歌唱;这样"作"出来的诗,当然不可能有生活的实感与饱满的情绪,自然就更说不上有什么动人的意境了。

如果诗人的思想感情确有歌唱某种新事物的要求,那么,这新事物在诗人的头脑里,就不会再是抽象的、没有生命的、缺乏实感的东西了。这时候,诗人从心里热爱着一切新生的、萌芽的新事物,不仅对于新人物新品质善于感受、体会,而且也充满了强烈的爱。这时候,诗人所歌唱的新事物,就不会再是干巴巴的了。这时候,诗人唱出来的歌,一定是有实感有热情和情景交融的意境了。

现在可以谈谈你所提出的问题了。

你说:"以前在旧社会时,随地感触皆成文章,譬如看见一个坟,也能写成诗篇;而现在呢?看见什么就是什么,再写不出什么诗了。"这是什么缘故呢?正如前面所说,这恐怕是由于你对于你所要歌唱的新事物的认识,仍然停留在概念的阶段上,而且这类认识还没有与你的思想感情融合的缘故。因为在旧社会里,用你与原来世界观相一致的思想感情去感受事物,是有实感的;这样把感受过或感动过的事写成诗,不仅能够丰满地表现出原有阶级的情绪,而且同时也能充分表达作为阶级一分子的作者的世界观。这种世界观表现在诗里,就是作品的思想内容。那么,现在为什么感觉迟钝,"看见什么就是什么,再写不出什么诗了"呢?理由上面已经说过,不再重复了。

虽然你在概念上认识新事物、新人物应该热情地去歌唱,但实际上你对于新事物、新人物还没有达到要求"唱出来"的热情。在这种情形下,你的主观动机虽是很好的,但是由于你原有的思想感情还在"拖尾巴",因此,写起诗来,常常没有什么热情,譬如你的《友好颂》吧:

…………
它是咱们的行动目标,
咱们永远向着它,

三十年三百年三千年……
永远不岔道。
它是一条走向胜利的道路，
我们踏着它，
走向建设的时代，
走向共产主义社会主义的明朝。

这首诗，虽然你在字句上用了一些热情的形容词或感叹词，但读者却感到你对于你所歌颂的事物缺少热情，也缺乏生活的实感。

那些对新事物抱敌对态度的分子，我们不去说他。但一个要求进步的青年，如果他希望更好地歌颂新世界、新事物、新风尚，那么，如果思想感情没有得到改造，如果小资产阶级的思想感情依然原封未动，动人的诗篇是创造不出来的。只有活得伟大，才能写出伟大的诗篇。

其次，你说"似乎只有在报纸上看见了什么重大事件（如斯大林寿辰，毛泽东同志访苏等）之后，才能引出一些感触，写个把诗篇，不然，挖空脑子也写不出什么来"。报纸上所报道的重大事件不是不能写，但问题在于你是否熟悉这些事件，是否能通过生活实感来歌唱这些重大事件。如果你通过曾经体验过又感动过的生活去歌唱这些重大事件，这样的诗也许是动人的。但如果你只从报纸上仅仅概念地知道这些事件，而当你写诗时仍然停留在事件概念的"感触"上，而且用这样的概念来写诗；那么，可以断言，这样的诗绝不会有什么生命和生活实感的。

你现在生活在群众中间，你应该更多地去写你曾经再三经验过又再三感动过的生活和人物。譬如你的《骆驼》：

漫天的冰雪
冷峭的寒风
原野上风的呼啸里
从山的那边
传来了一阵阵清响的铃声。
啊，是你

你这塞外的运输队

你从山的那边带来了食粮

你给山那边送去了日用品

风雪阻不着你

你那稳重的步伐

给大地上留下了深深的足迹。

你，城乡的联系者

在塞外的高原上

你总是不知疲倦地走来走去

让我为你歌颂吧

人民需要你

我啊，特别喜欢听你的铃声。

这首诗，比起《友好颂》来，要有一些生活气息，这种生活你可能比较知道得多一些。可是，你在这首诗中对于骆驼队的热爱，仍然是不深的；你只把许多热烈的字句倾吐在纸面上，但在你所歌唱的生活中，却看不出有多少热情。

这又是因为什么呢？我认为，这仍然是由于你的感情上的爱，还没有赶上你在概念上"所应该"的爱的缘故。

既然这样，是否凡思想感情未彻底改造之前，就不要写作呢？不是的。我只是说，只学习写诗的技巧是不够的；更重要的是在火热斗争中不断地改造自己的思想感情，并在不断的写作实践中来锻炼自己的观察能力与表现能力。

因为只有活得伟大的人，才能写得出伟大的动人的诗篇。伟大的诗篇，总是出于具有伟大品质的诗人之手。就是说，没有在思想感情上革命化的诗人，他就不可能写出革命的动人的诗篇，这是可以断言的。

一九五〇年四月二十一日，北京

写作有秘诀吗*
——代"文学写作常识"小引

××同志：

你和许多初学写作者一样，迫切地要求别人帮助，希望别人能告诉你一些写作的"秘诀"，正像铁匠徒弟希望他的师父那样，以为得到写作妙诀之后，就会——像铁匠徒弟用他师父教给他的打铁妙诀制造出剪子刀子那样——写出成功的作品来。

其实，这样的想法是错误的，世界上从来就没有这样的写作"秘诀"。文学写作是一种复杂的艰巨的劳动；作家不仅在认识生活、提炼题材的时候需要经过刻苦的劳动；即使拿起笔来写作的时候，也同样需要经过刻苦的劳动。从来没有一个作者能够不经过自己的辛勤劳动，只按照某种写作秘诀"依样画葫芦"地写出伟大的作品来的。

那么是不是说，一切作家的写作经验以及一切创作方法都毫无价值呢？不是的。有些作家根据自己的经验所总结出来的写作方法，以及一些文学理论家根据大量作品所分析出来的写作规律和所指出的方向，却是很有价值的，值得很好地向这些经验学习。但问题要看你怎样去对待这些经验。如果把别人的写作经验和写作方法当作一成不变的、数学公式那样来理解和运用，那么，你就一定会毫无所得。

实际上，你是写作过的，但你似乎没有认真地思索过。如果你能从你的写作实践中，找出一些成功的或失败的经验，这经验只要能分析出作品产生优点或缺点的基本原因；哪怕还很片面，但这些经验，却可以引导你向更深的地方去探索。这时候，别人的写作经验或写作方法，才可能给你一些启发，起一些"借鉴"的作用。只有当你

---

* 载1984年4月版《萧殷自选集》。

把别人所总结出来的写作法则与你自己的写作实践联系起来思索的时候，你才可能消化它；同时也才能帮助自己更全面更深刻地总结自己的经验。只有当你有过分析自己创作实践的经验之后，才能吸收别人经过分析所总结出来的创作经验——文艺理论。至于这些理论能否切实地帮助你写作，并切实地提高你的认识，那就要看你自己的劳动了。

我现在给你写信，也只能根据我自己的一点写作的体验和从一般文学作品中分析出来的一般规律，和你谈谈，希望对你有所启发；但如果你抱着读"文章写作法"的心情，或者抱着学数学公式那样的心情来读它，那你一定会失望的。

如果你觉得我这样写对你还有一点点帮助的话，我准备继续给你写下去。当然，要求系统地谈写作的全部问题，我现在还没有这样的能力。我准备向你谈的，只是一些较重要的较根本的问题。

最后，我有一个要求，就是：希望你能够随时提出一些具体的问题来，凡是你在写作中所遇到的问题——从接触生活起到写出作品止的全过程中所遇到的各种问题，不论是你自己所遇到的，或者是你的朋友们所遇到的，都可以提出来；并且希望你把问题提得具体些（即把具体困难中的具体矛盾提出来），因为要求问题回答得具体，首先就必须提得具体，不知你同意否？

一九五一年十月二十日，北京

从革命的高处看现实*
——"文学写作常识"之一

××同志:

此次你所提出的问题,还是不很具体;因此,要回答得具体,就有些困难。……

写什么呢?你说是写生活,写关系到广大人民(特别是广大劳动人民)命运的生活,写他们在现实斗争中的思想感情。这都是对的。但如何从多样复杂的现实生活中去捉住这些主要的思想感情呢?如何才能正确地捉住这些主要的思想感情呢?你却觉得无从下手了。

这个问题之所以会存在,我以为,一方面固然和你看问题的方法有关,但更重要的一方面,还要看你站在什么角度来看生活:站在资产阶级的角度来看生活呢,站在小资产阶级的角度来看生活呢,还是站在工人阶级的角度来看生活?一个新的文学写作者,如果对这个问题抱着模棱两可的态度,他就不可能认识生活的真实面貌,自然,在他的作品里也就不能用革命的精神来教育人民和激励人民,进而推动社会前进了。

电影《武训传》的编者,站在不正确的角度,用一种历史唯心主义观点去处理历史人物与人民斗争,结果把历史的真实面貌歪曲了,起了很不好的作用。还有的作者站在保守的农民立场,抱着一种歌颂小农经济的心情来描写农民,结果,把农民某些萌芽状态的先进的思想感情也歪曲了。

这些事实明明白白地告诉我们,如果作者不是站在工人阶级的立场,而是带着某种偏见去观察现实生活,那么这种偏见就正像眼睛里的障膜,限制了他们的视野,阻

---

* 载1951年11月10日《文艺报》第五卷第二期。本文为1984年4月版《萧殷自选集》收录的版本。

碍着他们正确地理解人民生活,并阻碍着他们看得更全面和看得更远。

即使在观察一个同样的社会现象时,因各人的阶级立场不同,也会得出各不相同的结论。曾经听人讲过这么一个笑话:几个俄国的伟大作家,一起来中国游历,当他们踏上了上海码头时,就看见了一个绅士拿一根手杖殴打一个衣衫破烂的黄包车夫,黄包车夫只用双手扶着脑袋,没有一点反抗。这情景,都被这几位俄国作家同时看见,托尔斯泰即刻走向那绅士,说:"你这样做是暴力的,不人道的,你应该拿出自己的良心,向这受辱的车夫忏悔!"陀思妥耶夫斯基却无助地、怜悯地望着黄包车夫,自言自语道:"唉,被侮辱与被损害的动物,太可怜了!不但衣食困难,灵魂也很痛苦。"屠格涅夫却向车夫说:"你要安于自己的命运,相信上帝,生活虽痛苦,但痛苦可以变为崇高的美丽。"高尔基可火了,他狠狠地痛打了那绅士一顿,即转向黄包车夫:"你这懦虫,你这卑屈的奴性!起来!勇敢地跟这些恶棍斗争下去!"

虽然这是一个编出来的笑话,这几句话也不能准确地概括这几位俄国大作家的主要思想特点,但从这里却可以看出:代表各种阶级利益或具有各种阶级意识的作家,他们对于现实的看法以及他们所得到的结论,存在着多么大的距离!

他们之间的结论之所以不同,原因就是由于各人所站的立场不同,所代表的阶级利益和所具有的阶级意识不同。一个站在剥削阶级立场上的作家,他的阶级意识决定了他不能(不敢)正视阶级斗争的实质,因此他的结论(即作品的主题思想),不但不能引导人们走向革命,不能鼓舞人们为推进社会进步去奋斗;而且可能相反,他们还有意无意地向读者散播一些有毒的观念。

经过革命锻炼的作家,就完全两样了。他们不像有产阶级那样,把个人的、小集团的狭隘利益作为考虑一切问题的出发点;他们所代表的阶级,并没有什么私有财富,没有什么顾虑;因此,他们考虑问题最彻底,能看到最远处,最富有理想,并勇于用他们的劳动与斗争来加速这理想的实现。因此,他们看得最全面,也看得最远,所代表的利益也最广泛。具有这种世界观与人生观的作家,能够更准确地认识现实的面貌和阶级人物的精神面貌,能够更好地掌握运动的规律,展望将来,并且知道如何启发人民按照发展的规律,去为美好的将来而奋斗。

在现在,谁没有这样的世界观,谁就不可能成为最优秀的作家。尽管他们自以为是优秀的作家,但绝不能是为人民所热爱,又为人民所利用的作家。

作为"人类灵魂工程师"的作家,已不是应不应该站在工人阶级立场来看生活的

问题，也不是应不应该掌握工人阶级的世界观的问题，除非你不想在思想领域里起任何作用。倘若你还想使用文学这门武器，并且愿意对人民有所贡献的话，首先就得改变立场，从非工人阶级的立场上转移到工人阶级的立场上来。倘不如此，你不但不能改造人们的心灵，而且可能相反，可能用你腐朽的阶级偏见腐蚀了人们的心灵。

正因为这样，所以我们应以高度的警惕心，防止一切资产阶级的或已经被消灭的阶级——封建阶级、买办资产阶级的思想毒素侵入我们新文学的领域。作为思想战线上的有力武器之一的文学，一定要保持它的思想的纯洁性、战斗性与党性。

倘不如此，我们的思想就可能因各种思想的侵入而造成混乱，我们的青年就会被各式各样的反动思想所毒害。

请你不要怀疑，我在这里所说的纯洁性和党性，是指作品的思想内容而言，并不是说要限制作品的题材范围。因此，与你信中所提出来的问题——即"其他各阶级的人物，可不可以作为描写的对象呢？"的问题——并无什么原则上的冲突。其实，这个问题，前两年就有许多人向《文艺报》提出来过，那些提问题的人中间，有一大部分是由于对毛主席的文艺方针不了解，另一小部分人却是蓄意来钻空子的。后一部分人还提出理由说："入城后，群众改变了，小资产阶级在城市里占压倒的优势，应重新考虑工农兵的文艺方向问题。"有的说："写工人的劳动太单调，太沉重，没有味道，应写些有趣味的有情调的生活。"这样的意见总是不间断地汇集到文艺刊物的编辑部来，一直到个别的、来自根据地的作家发表了充满庸俗的小资产阶级趣味的作品之后，这种意见才逐渐地少起来；因为他们已在创作中找到了"范例"，认为照着做就是，何必费笔墨去讨论呢？然而，到了某些作品受到批评之后，那些钻空子的人好像碰到了硬钉子，于是，老调子又想重弹了；可是，这一次他们知道老调子已经弹不响，人们也不爱听了，于是想出了另外的理由，他们说："共同纲领明明规定是工人阶级、农民阶级、小资产阶级、民族资产阶级联合专政，为什么你们竭力反对资产阶级、小资产阶级甚至农民的思想感情在文艺作品中再现呢？这很使人奇怪！"

其实有什么可奇怪的呢？共同纲领不是明明白白地规定"以工人阶级为领导"吗？使人奇怪的倒是他们自己，在口头上他们不是口口声声承认工人阶级的领导吗？但在创作实践中，为什么又不愿意通过艺术形象去贯彻工人阶级领导呢？这种理论，如果不是出于对共同纲领的无知，那恐怕就是蓄意歪曲工农兵的文艺方向了。

我们认为：文学是心灵教育的重要手段之一，保持它的真实性、战斗性与党性，应该是每一个革命文学工作者所必须通晓的常识。只有这种认识在作者的头脑里明确之后，写什么题材的问题，就容易解决了。

当然，我们还是主张应该着重反映工农兵的生活，因为他们是推进社会、创造历史的主要力量，他们的贡献也最大。但如果你觉得非写资产阶级或小资产阶级不可，我们也不能勉强你一定不写。可是有一条必须记住，你必须站在工人阶级的角度去看现实，去看各阶级的人；否则，你不仅把他们当作描写对象，而且很可能不知不觉地做了资产阶级思想或小资产阶级思想的传声筒。同时，你还必须牢记着另一条，那就是：不要脱离了现实矛盾的主导方面，孤立地去观察他们，否则，也会歪曲现实生活的真实面貌。

有这么一篇作品，作者离开了现实斗争的主要矛盾，孤立地去描写某一个资本家的进步作用。结果，把那个资本家写成了"革命的灵魂"，把工人群众与干部都写成了"阿斗"；在那里，好像一切新的创造，新的设施，新的作风，新的气象，都是由于哪个资本家的"领导有方"才会有的，好像离开了那个资本家，一切都将毫无办法。这样荒唐的描写，难道与我们的社会现实有一点共同之点吗？

这样孤立地去估计和判断资产阶级或小资产阶级的作用，其结果只有一个，那就是歪曲现实和歪曲阶级人物的精神面貌。

上面说了那么许多，你大概已经理解我的意思，现在概括成一句话来说，就是一个文学作者，如果他不站在马克思主义的高处来看现实，不从发展的观点去观察现实，那他就很难认清哪是主流，哪是本质，也就无法辨别哪是典型特征……因而也就不可能真实地反映生活。

关于立场的问题，就谈到这里吧。这是一个带根本性质的问题，很难在一封信里谈得透彻。我写这封信的目的，只希望你对作家的立场与认识现实的关系有个较明确的概念而已；今后给你写信时，我还准备通过各种具体问题继续对这个问题进行探索……

一九五一年十月二十八日，北京

在斗争中认识生活*
——"文学写作常识"之二

××同志：

……我在前一封信中所谈的关于作家的立场与认识生活的关系问题，你来信表示已经得到一个大略的认识，这自然是好的。但是，我还要告诉你，仅仅在理论上懂得立场的重要，并不等于就能够认识生活。要真正认识生活，还需要进一步地参加到群众生活中去，参加到人民战斗的行列里去，否则，所谓站在人民的立场，只会变成挂在嘴边的空话；如果不在斗争中或实践中去体现立场，就无法说明你是真的还是假的站在人民一边。

有些人，在口头上自称是"为工农兵服务""为工人阶级服务"；但在对待实际问题时，在创作实践时，他们仿佛又忘记了口头上曾经反复说过的话，而赤裸裸地、全部地用他的非人民大众或反人民大众的观点来对待问题了。——这些只把立场停留在嘴边的人，实际上他们不是站在劳动人民利益的立场去反映现实生活，而只是捧着"劳动人民的利益"，作为装饰品，企图给自己打扮而已。

在你来信中，所列举的那些作品，正说明有些写作者还没有把立场贯彻在创作实践中，在他们的作品里，虽然也是描写新社会的事物；但是，在字里行间或在细节、场景之中，却感觉不到作者有什么热情，只是像照相似的重现一次，读者竟连作者的爱或恨也感觉不到。在理性上，他们是知道应该爱新事物的，但是实际上他们对于新事物，却没有真实的感情；因此，虽然他们辛辛苦苦地搜集了许多材料，但是材料还是材料，作者的感情还是作者的感情，两者之间并没有融合；写出来的所谓英雄人

---

* 载1951年11月25日《文艺报》第五卷第三期。

物或英雄事迹，仅仅是一大堆原始材料的堆积，成为一堆没有生命的"死材料"。这些现象之所以发生，主要原因是作者对于描写对象并没有真正的爱，也没有真正的理解。

那么，针对上述的缺点，用抽象的所谓作家的主观，去体验描写对象的精神世界，对不对呢？我以为也是不对的。描写对象应与作家的思想感情相结合，是正确的；但不是用随便一种什么样的思想感情都能够体验新人物的精神世界。比如用资产阶级的或小资产阶级的思想感情去体验革命者的内心世界，其结果显然只会歪曲人物的精神面貌。

曾经有些人把"作家的主观"抽象化了，以为用自己的未经改造的小资产阶级的主观，也能够体验出共产党员的精神面貌。结果呢？把共产党员写成了心胸狭窄，情感阴暗的人物；他们在困难前面愁眉苦脸，看不见前途，遇到矛盾，则毫不冷静，没有原则；"他们的精神状态常常是紧张的、激动的、半疯狂的，甚至是歇斯底里的"。请问，这样灌满了小资产阶级知识分子血液的人物，哪里还有一点共产党员的气味呢？

那些毫无革命斗争经验的作者，固然无法以自己的"主观"去体验新人物；就是有过一些战斗生活经验的作者，也不能把过去一点点的生活经验当作"永远不变的法宝"来使用。当然，经历过一段战斗生活的作者，在一定的程度上，能够体验出一定人物一定程度的精神面貌；但作者却没有理由满足这段生活经验。因为社会正在向前发展，人们的精神面貌——思想感情，也不断地发展和变化。如果我们满足过去这一点点的生活经验，结果就会使作者的思想感情赶不上现实中先进人们的思想感情；如果还企图用这点过了时的经验，去理解现在的新人物的思想感情，结果只会歪曲人物的精神面貌。Ｍ.巴巴瓦说得很好："作家自满于其创作之成长，自满于观察那发生于我们社会中的现实过程的才能，于是英雄的意识超越了作家；我们现实向前发展的激流，正喧噪地经过作家身旁，而作家则被摈弃于现实的彼岸，那么，即使任何情节的机谋与任何谙练的专门技巧，都是无能为力的。"（见《人民文学》一九五一年五卷一期《追随英雄之后》一文）现在，我们不是有人还满足于游击战争的经验并企图用这种经验去表现朝鲜战场的情景和志愿军战士的思想感情吗？结果，不但不能正确地反映他们的生活和思想感情，反而严重地歪曲了他们的思想感情。

这些事实告诉我们：不管是没有战斗生活经验的或有过一段战斗生活经验的作

者，都需要经常地深入生活，理解在运动发展中的人民的思想感情。要使文学艺术能深刻地反映伟大的社会事件、人民运动、人民生活的真实面貌，作家就一定要追随着时代前进。这是踏踏实实的工作；不如此，一切"偷巧"的做法，都只会失败。

要深入地、真实地理解人民在斗争中的思想感情，旁观的态度或抱着单纯"搜集材料"的采访方法，都将会毫无所得。只有以生活创造者的身份参加到生活中去，战斗中去，钻到社会发展的过程里去，在战斗生活的体验中去观察、研究人民在斗争中的思想感情，才是可靠的。只有在战斗生活的锻炼中，才能逐渐地考验立场与站稳立场，才能具体地感受人民的爱憎，只有这样，作者的爱憎才能与人民的爱憎相一致。

文学艺术工作者的爱憎，如果与人民的爱憎存在着距离，那么，作者所注意或所感动的东西，常常不是人民所需要的东西。这样的作品，首先在情绪上就会使人民感到"不舒服"，哪里还谈得到在精神上教育人民呢？

其次，作家的创作，并不是生硬地去写什么，而是先对事件或人物发生了爱憎，然后才产生对事件或人物给以艺术表现的欲望。如果作者对于描写对象毫无爱憎，即使他努力描写并写得很生动，顶多也只能成为一张表面的、没有贯注思想感情的照相。正如你所说的那样："对新鲜事物，实际上没有什么兴趣，没有感情（爱或憎），每拿起笔来写作时，因为常感到自己的感情'不对头'，而压抑着自己曾经感动过的主题，写一些觉得应该歌颂的新事物和新人物，但由于自己对那些新人新事并没有真实的感受，所以写出来的作品，别人都说我写得很虚伪，不能感动人。……"

你这种情况是可以理解的。试问连作者自己都没有感动过的主题和情节，如何能感动读者呢？

现在，有不少的文学写作者都和你的情况相仿佛，他们下决心去描写新事物与新品质，论其动机都是很好的，应该受到鼓励，但是他们所努力追求的，仅仅是片面地寻找重大的主题，反而把掌握重大主题的先决条件——即深入生活与提高思想——抛到脑后去了。在他们看来，好像只要能找到重大主题，就一定能够写出伟大的作品似的；但是他们却忘记了一个更根本的问题，那就是：如果一个作者没有革命的战斗的思想感情，他怎么能够感受与理解革命的战斗生活和战斗生活中的人呢？

对于一个重大事件，如果你的感情不能接受它，又如何能成为你的作品的题材呢？既然你在感情上与描写对象有距离，那你怎么能够通过形象去打动读者的感情，进而激发读者去行动呢？

如果再进一步追问：那么某些作者为什么对新的描写对象没有感情呢？那就不能不归咎于他们的立场了。一个文学作者，他如果不以生活创造者的身份参加到斗争实践中去，不能从广大人民利益出发，不能在思想感情上彼此息息相关，他怎么能够与人民同喜怒、共哀乐？又怎么能够爱人民之所爱，恨人民之所恨呢？既然这样，对广大劳动人民所喜爱的东西，他又怎么会有感情（爱）呢？

所以说，仅仅抽象地知道立场，还不能在认识生活上起作用。更重要的，是作者认识了立场的重要性之后，进一步地深入变革的实践过程中去，到火热的斗争中去，把立场贯彻到斗争生活和劳动生活里去。只有当作者与广大人民站在一个利益的基础上，作者才可能进一步在艺术形象中充分体现出作者的立场。

形象，是体现作家对生活认识的一种手段，任何"巧妙的虚假"也无法掩饰作家在形象中所体现出来的立场、观点、思想和感情的。是真是伪，是深是浅，是表面做作还是来自心底深处，读者在接触形象时都能够辨认出来的。

现在我们进一步谈到新人物的描写与作者斗争实践的关系吧。

你来信问："好些写新事物、新人物的作品，为什么都写得那样概念化呢？出现在那些作品中的新人物，几乎都是没有什么个性，他们只按照工作日程表办事，只按照上级分配给他的任务办事，他们没有什么思想与感情，倒像一架机器。我知道现实中的新人物并不是这样的，但我却不知道写作者为什么把他们写得这样……"你所指出的作品，我也看过一些，在这些作品中，常常有这样的现象：落后人物常常被写得很生动，也有血有肉；但一写到新人物，不但写得枯燥而且完全被模式化了。出现在这些作品中的所谓新人物，已没有为血肉生活所贯串的个性——思想感情；不能在他们克服困难时，看见在他们身上较集中地表现人民的智慧；也看不出他们高尚的品格，更看不见他们与群众关系中的血肉相连的感情。

为什么呢？那是由于这些作者并没有真正地理解新人物，更没有在生活斗争中认识他们的品格。这些作者之所以写新人物，是因为他们从理性上知道新人物应该歌颂；但是新人物的高尚的政治品质与智慧表现在什么地方？又起了些什么作用呢？他们却不很清楚。

你说："常常访问新人物，是一种很好的方法。"我以为访问固然可以帮助我们了解他们的事迹，但却不能使我们深刻地理解他们的精神世界。要真正地从他们的行动过程中认识他们的精神世界，写作者还需要参加到斗争中去，与他们并肩战斗，又经过反复的观察和体验，你才可能真正地认识他们。因为如果写作者没有与人民一道斗争的经验，他如何能够理解那些与人民一道斗争的英雄人物呢？如果写作者不参加斗争实践，他又如何能够理解那些在斗争中的英雄人物的性格呢？

据说某炼钢厂里，有一个热修马丁炉的英雄，曾披着浸透了水的棉被，爬进一千四百度高热的马丁炉里，十分钟湿棉被就被烤焦了。若身体稍弱或超过了十分钟，人就会窒息在炉里，但这位英雄却胜利地完成了任务，安全地从炉里爬出来。事后一个文艺写作者听了这消息，就去访问他，问道："炉里热度太高，太危险了，你为什么一点也不怕呢？"英雄听了这句话冷冷答道："为人民服务嘛，有什么可怕的？"据说那位文艺作者带着满意的神情，把这句话记在笔记本上了。其实，从这句话里可以看出什么呢？不从斗争生活中去认识他们的精神世界，只这一句话，又有什么用处呢？

在现实斗争中间，有许多英雄人物，有更多具有英雄品格雏形的人物。当你站在斗争生活之外，用欣赏的态度去旁观时，你将无法理解这些正在萌芽、成长的新因素；只有与他们一起斗争，站在一个利益的基础上时，你才可能深刻地理解他们的性格，只有在这样的生活基础上，你才可能正确地体验并概括那些为血肉生活所贯串的性格，进而真实地表现这些英雄性格。

没有斗争生活的体验和深入的观察、研究，就不可能真实地认识生活。这一条浅近的真理，应该是我们每一个文艺写作者所通晓的常识。

但，是不是说：写什么生活（譬如写国民党特务、写刽子手、写妓女等）都要自己去体验一番呢？我以为不完全是这样。有些生活是需要作者自己直接去体验的；有些生活（如妓女、特务等）虽然作者不可能去直接体验，但只要作者有丰富的生活经验与知识，有着对于描写对象的深刻理解并善于利用间接的经验，再借助别人的经验，也可能真实确切地表现出来。至于表现得是否真实确切，那就要看你对描写对象的感情（爱或憎）以及对他是否有深刻的理解，和对间接经验感受的程度来决定了。关于用间接经验去体验人物性格的问题，就谈到这里吧，以后我将在另一封信里较详细地谈到它。

一九五一年十一月八日，北京

生活现象的提高和概括*
——"文学写作常识"之三

××同志：

……在前一封信里，我强调了革命实践对于认识生活的重要意义，强调了文学写作者必须在生活实践中去把握人物的精神面貌与矛盾的实质；但是，并不是所有在生活中的人，都能理解生活本质的。譬如你自己吧，也是在农村里做过半年工作的，"说自己不在生活中吗？不对。说自己对人民事业没有热情吧？也不对。可是回过头想一想，脑子里只浮现出一大堆零零碎碎的现象，到底在这些现象后面所蕴藏的是什么实质，我却至今还不太清楚。"是的，像你这样的情形，许多人都曾有过，而且有些同志比你工作的时间更长；他们凭着一股热情，整天忙忙碌碌地工作，忙于设法去对付各种浮面现象，他们一般地不太分析现象，不理解产生这些现象的根源是什么；他们天天在生活的海洋中，但他们只盲目地在这海洋里漂浮；他们不是按照水性（规律）去行动，而是被动地为浪花（现象）所左右。他们的工作方法，是"头痛医头、脚痛医脚"，他们不善于发现病根，对症下药。有时他们拿着一服自以为是的"良药"（办法），去对付各种病痛。

这样的工作作风与思想作风，正是我们所常常说的，是"经验主义"的作风。具有这种作风的同志，常常满足于表面现象或表面经验的积累。但这些现象从何产生，在什么条件下产生，他的某一次成功的基本经验是什么，却没有兴趣去研究。他们只喜欢把表面的所谓"经验"，到处搬用。具有这种作风的同志，如果他是文学写作者，我们能希望他在作品中真实地把生活中所固有的内在意义表现出来吗？

---

* 载1951年12月25日《文艺报》第五卷第五期。

艺术形象，不是感觉材料的堆积，也不是社会现象和事件机械的再现；艺术形象应该是作者把他所感受的生活印象和事实，经过他自己的世界观和美学观点的改造，经过融化和概括，塑造出既具有一般意义的、又独具个性的形象。因而，经过创造的艺术形象，就不再是低级形态的生活现象和事件，而是现实生活更深刻、更典型、更理想和更完整的反映。

要做到这样，作者就需要有一定的观察能力与概括能力。就是说，要善于从现象看到事物内在的意义，单靠热情是不够的，单靠盲目的实践也是不行的；还要求作者具有正确的立场、观点和正确地看问题的方法，要求作者具备一定程度的政治水平、思想水平和一定程度的美学修养。

你来信说："头脑里拥挤了许多材料，但都不能成为写作题材，因为我觉得这些材料都是零碎的，虽经过苦苦思索，也组织不起来。"这说明什么呢？正说明你只用感官感觉了现象，但你并没有深一层地去认识这些现象；你不仅没有认识这些现象后面的实质，也没有理解这些现象之间的内部联系。正因为这样，你当然就无法组织它们。请设想一下吧，如果我们对于一种思想根源所产生的各种各样的现象没有理解；反而把各种各样的现象孤立起来看待，那么，我们如何能够理解这些现象之间的内部联系，又如何能够概括这些现象进而创造出饱含着深刻意义的艺术形象呢？

但，文学写作者的政治水平与思想水平和写作的关系，绝不能理解为拿艺术语言去解说理论条文，或在人物形象之外附加上一些"议论"，也不是写作者在写作时才临时地去参考政治书籍或政策条文。这样的做法，不仅不能正确地帮助作者去理解生活，进而加强作品的思想内容，而且可能相反。有些作者常常用原则去硬套生活，而不是从生活中去提炼主题；结果，阉割了生活的逻辑，也破坏了作品的思想内容。正确的态度，应该是作者平日就学习理论，提高自己的政治水平与思想觉悟，善于在日常生活中运用正确的立场、观点和方法去看问题，去对待实际问题。只有当作者把马克思列宁主义的观点与方法贯串在日常的生活中与斗争中，贯串在人与人的关系中，理论才能被作者消化，理论才不再是抽象的概念，而变为作者自己的有血有肉的思想感情，变成作者自己的心灵。只有在这样的情况下，作者才能有灵敏的感受，和丰富的生活印象的积累。只有如此，作者才可能把生活感受引向深化和概括，才可能"去粗取精、去伪存真、由此及彼、由表及里"地进入典型化的创造……

你来信说："有些写作者认为，写作不需要学习理论，有了理论反而会妨碍艺术创作,他们说,脑子里塞满了政治理论,首先就会妨碍艺术感觉,理论一多,就会使作品公式化,这种说法对吗?"不对,完全不对!文学是教育人民、陶冶心灵的工具,写作者的头脑,如果没有为革命为人民的理想,如果没有正确的立场观点与方法,想通过他的"艺术创作"去教育人民和鼓舞人民,就会碰到许多困难。可以断言,一个完全不懂马克思列宁主义的立场、观点和方法的人,他就很难正确地、深刻地理解现实生活的实质。我不相信那种没有正确观点、方法为基础的"艺术感觉",能够有把握地发掘生活的真理。

公式主义作品的产生,主要是作者不熟悉生活。按照公式去图解生活,不仅不懂得生活,也不懂得理论;他们用教条主义的态度硬搬理论,拿条文去硬套生活,把多样、复杂、矛盾多变的生活,套入一个框子里,把生活变成"一个样子"的模式。但是,一个真正为马克思主义理论所武装的作者,就不会这样荒唐,他们不是拿条文去套生活,而是运用马克思主义的立场、观点、方法去观察和研究生活,去找出生活本身所固有的实质及其规律性。

写作者如何去观察和研究生活呢?这问题,常常会使人觉得微妙,实际上也的确不太容易说得清楚。现在我试着谈谈它的大略的过程吧。文学工作者在生活实践中,他的感官不断地接触各种人物、各种事物的现象——如动人的面貌、表情、声音、人物性格、事件、大自然的景色等等——然后把这些印象与感觉具体地反映给头脑,这样的反映次数多了,同类的感觉的材料或积累多了,经过作家在头脑里的"去粗取精、去伪存真、由此及彼、由表及里"的改造制作过程,起一种质的变化,达到作家对现象本质的理解。

这样说,还是没有清楚地说出文学写作者的认识过程的独特性质,比如说,写作者怎样对感觉材料进行改造制作呢?写作者如何把认识的过程与形象的形成过程统一起来呢?是不是写作者在取得本质的理解之后,再回过头来去集中、去组织印象感觉呢?……只有把这一连串的问题解释清楚之后,文学写作者认识生活的独特性质,才可能说得清楚。

写作者在生活实践中,把感官所感觉的现象具体地反映给头脑之后,作者的立场、观点、方法——政治品格、世界观、思想修养和美学观点等,就起着决定的作用。如果写作者的观点是反人民的,他的思想方法是主观、形而上学的,那么,他改造制作出来的形象,就很难正确地反映客观事物的真实面貌;如果写作者的观点是正确的、革命的，他的思想方法是辩证唯物主义的，那么，他就可能经过改造制作，达到能够正确地反映客观事物的结论。同样是一片新社会的新气象，但通过两个具有不同观点的作者的观察，却会得出不同的结论。譬如在工人阶级爱国增产运动中，工人们为超过生产计划，互相挑战、竞赛，搞得热火朝天，但一个写作者却以为工人们是在互相嫉妒，把爱国主义竞赛看作是私人之间的意气之争。另一个写作者同样看到了工厂中的这种生活景象，但他却有不同的看法，他从工人阶级的生产热情和忘我的劳动中看到了他们的爱国主义精神；挑战和竞赛，正是这种精神的具体表现；从这里，他看到了作为国家领导阶级的工人的优秀的品质。

所谓改造制作过程，就是写作者运用立场、观点、方法进行深化与概括的过程，即抛弃琐碎的现象，选择更完整、更特征、更生动的东西，加以想象、比较、深化和概括的过程。但是，这样的认识的过程，到底与社会学家的研究过程有什么分别呢？有的，而且有显著的不同。社会学家把感性认识推移到理性认识之后，即将感觉所接触的材料抛弃；然而文学作者对于感觉材料的改造制作过程，是伴随着血肉的生活一起深化的；即把具体材料中表面的、偶然的部分抛弃，选择、概括并加深其本质的、生动的部分。就是顺着这样的途径，达到理性的高度。然而，这样达到理性的东西，仍然饱含着生活血肉内容的，那就是作品的主题思想。这样形成的主题思想，其本身就饱含着血肉的内容。这样认识的过程就与形象的构思过程统一起来。文学作者这种特异的思考问题的方法，用文艺理论的术语来说，就是所谓"形象思维"，或叫作"形象地认识问题"。

从这里，我们就知道，写作者认识生活的过程，并不是"由感性深化到理性，然后再由理性还原到感性"。有同志认为："从感性到理性、再从理性还原到感性的过程，是文艺创作的思维过程；而这再从理性还原到感性的思维过程，则是有别于科学的抽象的思维过程的"（见一卷三期《文艺新地》中《实践——生活的实践与写作的实践》一文）。这种说法是使人糊涂的。"还原"是什么意思呢？难道写作者的认识过程可以是由低级的感性阶段深化到高级的理性阶段，然后又回过头来，"还原"到低级的感性阶段吗？如果是这样，那么写作者何必要对感觉材料加以改造制作呢？感觉到什么就写什么，不是也一样吗？

我所以向你说这些，主要是想说明写作者在平日的政治觉悟与思想水平的重要。如果一个写作者在日常生活或工作中，不能贯彻他的立场、观点与方法；不善于正确地去观察、研究、处理平日所遇到的问题;他头脑里如果本来就无正确的立场、观点与方法,没有较高的政治觉悟与思想水平;一旦感官反映给头脑许多材料,他又如何能正确地改造制作这些原始材料,进而构成作品的题材——又有形象,又饱含着深刻的思想内容的题材呢?

谈到这里,我想顺便提到你前次来信中所提出的一个问题,在那封信里,你曾谈到一些作品,说"它们好像很强调思想内容,但这思想内容却一点说服力量也没有"。什么道理呢?你在信上说:"因为人物故事说的是一套,思想内容又是另一套。故事虽然很曲折,但跟作品的思想内容没有关系,所谓'思想'只是在故事外面加上去,而不是从故事里体现出来的。"产生这种现象的原因是什么呢?我以为是写作者没有认识他所感觉到的生活现象,虽然那位作者知道作品应该有思想内容,但他却没有从生活本身去挖掘它所蕴藏的思想内容,即没有伴随着血肉生活去挖掘生活本身所蕴藏的意义。只把感官所接触到的生活现象编成故事。这样的故事,怎么能够体现出生活本身所内含的意义呢?又怎么能够与附加上去的政治概念水乳一样地相融合起来呢?

有一个同志这样问我:"你只强调作者的政治觉悟与思想水平,但你没有强调艺术感觉,要是一个文学作者没有艺术感觉,他还能成文学作者吗?"但仅仅片面地强调"艺术感觉",也是不妥当的,因为只有艺术感觉,写作者对于感觉材料就无法深化与提高;如果只有政治觉悟和思想水平,就不能敏感地吸收和概括一切生动的具有典型特征的东西。如果不能经常通过感官吸收许多生动的具体的材料,作者又如何能运用头脑构思出完整的有生命的艺术形象呢?这两者对文学写作者来说都是重要的,缺一不可。

只要写作者勤于观察、体验,不断写作,他的"艺术感觉"是会慢慢地敏锐起来的。现在,我以为提高作者的政治觉悟与思想水平,比培养"艺术感觉",更加迫切而重要。没有马克思列宁主义的思想为基础的"艺术感觉"——这种"艺术感觉"是为革命热情与政治敏感所决定的——只会引导作者去关心无意义的身边琐事和浮面的生活现象。

一个写作者如果在平日没有什么政治头脑,不懂得马克思列宁主义的指导原则,而且在他的日常工作中、生活中没有体现这些原则的基本精神;虽然他的"艺术感觉"很敏锐,能大量地迅速地吸收了许多生动的材料,但他如何能概括这些材料,使之成为能体现生活真理的更高级的形象呢？一个具有高度政治品格与一定思想水平的作者，当他的头脑一接触到感觉材料，就能潜移默化地进入改造制作过程：应抛弃什么，应强调什么，哪些是本质的、主要的，哪些是琐碎的或表面的……他能一目了然。他绝不会像某些写作者当拿起笔来写作时，才想到去找理论参考书那样（当然，我不是一般地反对临时找参考书，只是反对那些平日不重视理论学习的人），硬把生活套入概念的框框里，以致抹杀了生活本身的辩证法；或者在故事里硬塞进一些与故事毫无血肉关系的政治概念。政治品格高尚与思想水平较高、又富有艺术感觉的写作者，就善于伴随着血肉的生活去概括并提高他的感觉材料；只要他对于描写对象具有热情，他就可能逐渐地使累积在头脑中的凌乱的生活现象变成完整的有生命的形象。

在这封信里，恕我只谈到这里，以后有机会，我准备再跟你谈题材构思和情节安排的问题。

一九五一年十二月一日，北京

关于认识生活*
——给一个初学写作者的复信

××同志:

……来信说:"一个多月来,我计划着写一篇有关我们文教工作中的创造和其中的典型人物,我曾想到,这样的作品,对于我们这个部门的工作(特别是对战士的文化教育工作)是有帮助的。但是,我脑子里只拥挤着一些凌乱的生活现象,不知道如何去深化和概括。我好几次鼓起勇气来写,但写了一段却写不下去,总觉得不大对头。好的范例太多了,结果找不出哪是典型,哪个人物应该是作品中的主要人物。如何把材料系统地组织起来,当然这是一个提高马克思列宁主义水平和一个实际锻炼的问题,但是我们如何更具体地把思想生活经常地结合到作品上去呢?如何更有系统地去学和去做呢?"

综合你这段话的内容,约包括如下三个问题:(一)应该怎样深一步去认识和概括凌乱的生活现象?(二)好的范例太多,但不知哪是典型,哪个人物应该是作品中的主要人物?如何组织材料?(三)怎样才能更具体地把思想和生活糅合到作品里?

其实,这三个问题都不是文学技术的问题,而是如何深一步地去认识生活的问题。

你有机会接触许多生活现象,并且知道很多模范事迹,这是很可宝贵的。现在,对你来说,接触群众生活和体验群众生活都不会有什么问题,问题要看你如何去对待这些生活,如何去对待这些曾接触到或将要接触到的生活现象与模范事迹。如果你满足于这些浮面现象和事迹的大致轮廓,而且还企图把这些浮面现象和事迹的大致轮

---

* 载1984年4月版《萧殷自选集》。

廓原封不动地机械地拼凑到一篇作品里，那么你将得不到任何结果。如果你一定要这样做，就会像你曾经遇到过的情形那样：虽"鼓起勇气来写，但写了一段却写不下去"。

什么原因呢？别的原因可能还有，但最主要的原因，却是由于你没有深一步地去认识各个生活现象与模范事迹，没有理解产生各个生活现象与模范事迹的历史的社会的原因。生活现象与事迹，其表现形态是多种多样的，而且各有各的独特形式，偶尔看起来，好像它们之间没有任何类似的地方。但是，如果认真地发掘一下，你就可能发现这些同一范畴里的生活现象之间存在着共同的思想基础。

当然，并不是说任何生活现象都有共同的思想基础，我只是说，在一定的社会环境与一定的历史条件影响下，某些生活现象的产生，是有它们共同的思想基础的。

譬如，一个战士很积极地学习掌握新武器，另一个战士认真地学习文化，再一个战士作战很坚决，负了伤还不愿下火线。这三种现象，从表面看起来，好像其间没有什么共同的东西，但如果进一步地发掘下去，你就可能发现他们之间存在着一个共同的思想基础。

譬如说，经过你的发掘之后，发现了那个战士所以这样积极地学习新武器，是由于他对祖国有强烈的爱，对敌人怀着刻骨的仇恨；又譬如说，经过你的发掘之后，发现了那个战士所以这样认真地学习文化，是由于他认识到：不提高文化水平，就不能更好地掌握新武器与新战术，如不能精通地使用新武器，就不能给敌人致命的打击；又譬如说，经过你发掘之后，发现了那个战士所以这样坚决，是由于他曾深刻地体会到：不坚决地消灭了敌人，祖国人民就不会有和平的劳动生活和建设。

这些例子也许是不恰当的，这样简单地来说明这些例子，也许会使你发生错觉，以为发掘生活现象的思想实质是简单的，轻而易举的，只要在各种生活现象的背后贴上一个"思想根源"就行。（实际上，从感觉现象到认识其思想实质的过程并不是那么简单的，必须经过深入地反复观察与思考，然后才能找出产生这种生活现象的真正的思想基础。）但通过这些例子，总可以比较明白地说明这样的道理，即：仅仅捉住表面的生活现象，是无法理解现象的，只有当你分析了各种现象，你才可能认识隐藏在现象背后的思想实质是什么，只有当你认识了产生各个现象的思想基础，才可能从这各个现象的思想基础中发现它们之间共同的思想基础。

毛泽东同志说："人们总是首先认识了许多不同事物的特殊的本质，然后才有可

能更进一步地进行概括工作,认识诸种事物的共同的本质。"(《矛盾论》)

前面所说积极学习新武器、认真地学习文化以及勇敢作战等,都是生活现象,如果你不通过这各个生活现象找出这三个战士的具体的思想基础,那你就不能发现他们的共同的特征——爱国主义精神。就是说,如果你能够从他们各人的行动中去发掘出各人的爱国主义精神,你就能够进一步地概括出他们共同的爱国主义的精神。

倘能这样,那么那些曾被你认为凌乱的生活现象,就可能经过深一步的认识与形象思维的过程被概括成为和谐的完整的性格和事件。

只要你所发掘的思想确是斗争实际中存在的,而这种思想又确是当前斗争映入人们脑子里的,那么批判这种思想或歌颂这种思想,都可以作为作品的主题,具有这种思想的人物,都可以作为作品的主要人物。

那么,"如何把思想、生活具体地结合到作品上去呢"?

文学作品的任务就是正确地反映生活,进而教育人民去创造美好的未来——共产主义社会。凡是深刻地正确地反映了生活的作品,都有一定的思想内容。因此思想、生活不是"结合"到作品上去,也不是如某些人所说的"把思想、生活放到作品上去",而是从作品中体现出来。如果承认可以把生活、思想"放到"作品里去,那就等于承认文学作品可以没有生活和思想,等于承认文学作品可以离开生活、思想而独立存在。其实,世界上从来就没有这样的文学。离开了生活,作品就不可能有任何内容,只要你深刻地反映了生活的典型状态,这被表现出来的生活本身就含着有一定的意义。因此,要求提高作品的思想性和艺术性,并不是"如何"把生活、思想"结合"到"作品"中去的问题,而是如何正确地认识生活和如何把生活典型化以及如何才能武装读者头脑的问题。

我这封信没有谈到写作的技术问题,你可能有些失望。但是,我一开始就已经告诉过你:现在你所遇到的最首要的困难,还不是技术的问题,而是如何深一步地去认识生活的问题。因此,我只能就你的问题提出一些一般性的意见,至于如何去正确地认识你所接触到的各种具体生活,那只有依靠你自己的劳动了……

一九五二年四月二日,北京

为什么把动人的故事写得无血无肉*
——给一个初学写作者的复信

……你几次来信都收到了,我根据你信中谈到的情况曾向你提出一些问题,都得到你详细的答复。从这点就看出你是怀着一种多么热切的心情在希望得到别人的意见。但是我必须预先向你声明,这封回信未必能对你有什么切实的帮助,因为第一,我对你的具体情况不十分了解;第二,我自己对这些具体问题也未曾作过深刻的研究。现在,只能根据你来信所谈的情况,作一些必要的说明和解释,以供你参考。

你在第一次来信中,所提出的主要问题是这样的:

……部队的生活是文艺丰富的矿藏,我在部队里,也很注意观察周围的一切事物、人物和新的东西。日子长久了,我也搜集了一些材料,蕴藏在脑子里,这时,思想上的创作愿望很迫切,我就开始写,在没有下笔以前,觉得自己的材料顶丰富,既动人又新鲜,这个材料也好,那个材料也不坏。一下笔直到写成,自己一看,什么东西都变成死的,既不动人,又无血肉,又抽象,又陈旧,仿佛什么材料都不好,觉得写与不写是一样。这是什么原因?应如何解决呢?……

是的,"是什么原因呢"?许许多多的初学写作者都发出同样的声音,他们也和你一样,存在着这类似的问题,产生了类似的苦闷。

那么问题的关键在哪里呢?根据你后来两封长信所谈的情况,我以为应该从如下两方面来分析你所存在的所谓"苦恼"问题:

---

* 载1984年4月版《萧殷自选集》。

（一）你的生活态度是全心全意地与战士一同参加斗争呢，还是抱着旁观的态度用欣赏的心情去搜集写作材料？

（二）既然你所看到或听到的事件或故事是动人的，但为什么一经你写出之后，反而会变成死板的、枯燥无味的东西了呢？是由于写作"技巧"不够呢？还是由于你自己实际上并没有真正理解你的描写对象呢？

＊　　　＊　　　＊

你虽然在武装部队中工作，但是你与战士群众却有着距离，在形式上你是与他们生活在一起，但你的思想情绪却与他们不同。虽然你帮助战士们学文化，有时也帮助他们写信，或帮助他们编墙报；但战士们修建国防工事时，你只"站在一旁去看他们立功"或抱着一种"混混日子"的心情去看他们的劳动。当部队开展忆苦忆光荣的运动时，你也只是冷静地观察他们的表情和好奇地听听他们对旧社会的控诉而已。总之，在许多场合上你都怀着旁观者的态度在那里生活。

既然这样，所以你只能抽象地理解战士或表面地理解战士。在忆苦运动中，你所得到的所谓"深刻体会"正是一个有力的证明。你所得的"深刻"体会是什么呢？据你的来信说是："通过这个运动，我观察到战士们有共同的阶级仇恨——旧社会的罪恶；有共同的敌人——帝国主义、封建势力和官僚资本主义"；"战士们明白了帝国主义是一个大苦根，他们握紧拳头，要求报仇挖苦根，并表示苦根未死，枪杆绝对要握紧，坚决地在党和毛主席的领导下，把革命进行到底。"这样的认识，从总的方面来看，应该说是正确的；但这种认识是否经过你感性的感觉之后，加以分析概括出来的呢？还是听了总结报告之后才有这样的认识呢？如果是后者，而且又无丰富的感性的知识作为基础，那么这种认识就不可能有丰富的血肉的内容，如果你只凭总结报告所得到的认识来写作品，那就无怪你一下笔就觉得"都变成死的，既抽象，又无血肉"了。但如果是前者，那么这种认识本身就饱含着丰富的真实的生活内容。

根据来信透露出你对轰轰烈烈的运动所持的旁观态度，我怀疑你的认识是听了总结报告才有的。就是说，这些生活真理，不是你在斗争生活中体认出来的，而是从耳朵里听进来的。因而，它不可能饱含着生动丰富的血肉内容。

你所以对各种运动还有一些兴趣，主要是由于你想搜集一些写作材料，至于对于运动的真正态度，就正如你自己所说，"是混混日子"，"他们立上功，我就想去了解他们，访问他们的立功事迹"，或者是"我在思想上不要求自己同他们一样地争取立功，只求无过而已"。既然这样，你怎么能够与战士经验同样的生活，怎么能够与他们有同样的感受、同样的观点与同样的态度呢？他们的思想情绪以及他们整个的心灵世界，你又怎样能够深刻地真正地理解呢？既然如此，你的思想情绪又怎么能够与战士群众的思想情绪打成一片呢？

你自己也承认在思想感情上与战士之间有很大的距离，你说："我自己的感情呢？和他是不一致的，至少有着区别，假如那个连长（一个被打断了臂膀，仍继续坚决地沉着地指挥冲锋的连长——引用者注）是我，我就很可能在敌人的炮火下倒下了，哪里还能够指挥冲锋？"

现在问题已经很明白了：虽然你在形式上常常与战士们住在一起，但不等于说，你已深入了生活。事实证明，你还没有深入生活，也没有理解生活，对于战斗生活中的人，就更加谈不上有多少了解了。

*　　*　　*

应该说，你为歌颂英雄人物、宣扬英雄事迹的写作动机，是很好的。但是由于你的生活态度不正确，不能深入地理解生活，不能深入地理解英雄人物，因而要真正有力地去歌颂英雄人物及其事迹，也就很难达到预期的效果。

所谓歌颂英雄，在文学作品里，并不是一般地抽象地介绍英雄的某些优点或功绩，而应该通过血肉生活的描写，体现出他们在斗争中的崇高品质。只有做到了这一步，文学作品里的新的社会道德力量，才能发挥出来。

既然你所接触的英雄人物，都有崇高的品质，他们的事迹也曾感动过你，但为什么一到你笔下，就变成枯燥无味的东西呢？我以为最主要的原因，是你没有理解他们，没有理解他们崇高的品质与集体主义的思想感情，也没有真正理解围绕着他们的典型环境。

在你的信中，常常喜欢用"感动"一词来说明你内心对于某些新事物的反应。但是根据你的写作情况来看，我以为你的这种"感动"是值得怀疑的，至少是表面的或是暂时的。如果你抱着一种搜集材料的态度去接触事物，那么你就很容易满足于曲折故事的轮廓，满足于一些所谓"不平凡"的事迹的梗概，在这种情况下，我相信你也会有写作的欲望，但是这种欲望很快就会过去。

因为你所感兴趣的并不是人物的英雄品质和他们的精神世界，而仅仅是事迹或故事的梗概。如果你不理解故事中的人物品质，或者你没有为人物的品质深刻地感动过,这种故事梗概,很快就会被忘却。这种故事如果不通过人物性格与品质的深刻描写,故事是不可能写得动人,也不可能写得入情入理。至于它的鼓动人心的力量,就更加谈不到了。

就用你材料本上所记录的一个战士所说的故事为例吧:

我那时候当战士,在一次战斗中,连长指挥我们冲锋,敌人一片炮弹飞来,把连长举着手枪的右臂整个打断了,鲜血往外流,只剩下一小块皮吊着断了的手臂,连长感到这样不方便,把断臂一扯,摔在地下,片刻,连长包好伤口又迅速地拾起那摔在地下的残臂,插在裤腰里,对同志们说:"革命的肉体,不能随便丢了!"说着,继续指挥冲锋。我们当时把敌人恨得连眼都红了,端着刺刀,一股劲地冲,见了敌人便刺,替连长报仇。那一仗,我们一个连消灭了敌人一个团。

你对这故事很感兴趣,而且被你认为是最动人的故事之一。听了这故事之后,你认为"这是可歌可泣的伟大的英雄的诗",并且在心里曾经"肃然起敬"的。我完全相信,那个战士所讲述的这个故事,一定是很动人的。因为他与那位连长在思想感上有着相通的东西,他们之间不仅有同样的生活感受,同时他也理解那位连长的英雄品质;因此,从那位战士嘴里说出来的故事,绝不会像你材料本上所记录下来的那样无血无肉;它一定是饱含着形象、思想与感情的,它一定是有丰满的血肉内容的,并且在叙说连长的有血有肉的英雄行为的同时,一定也深刻地生动地表现出那位连长的英雄品质。我想,这个故事之所以动人,并不是因为它有什么不平凡的情节,更主要的是故事中的英雄在战斗中表现了最高尚的革命品格。可是在你的材料本里,这主要方面的血肉内容,却完全被你抛弃了。

请你设想一下,假如鲁迅先生写《阿Q正传》时,只写阿Q因骂了一句,被假洋鬼子打了一棍子;只写他因捉虱子与王胡打架;只写他摸小尼姑的头皮;只写他在被杀前以未画圆的圆圈为憾;等等的梗概,而不写出这些事情之所以发生的性格根据,不揭露出与发生这些事情不可分割的阿Q的心灵世界,读者怎么会对阿Q爱生爱憎呢?

我必须向你指出,这不是写作技巧的问题,如果鲁迅先生不理解阿Q这类人的生活以及他们的心灵秘密,即使他运用怎样高超的技巧,也仍然不能写出如此出色的艺术形象来。

由此，我们就知道，仅仅写故事梗概，并不能入情入理地吸引读者和强烈地感动读者，要使作品有诗的感染力量，必须理解生活，必须深入去描写人，必须展开对人物精神面貌与性格的主要特征的描写；否则，故事的发生、发展与结果就会失去内在的根据。

然而你呢，你所热心追求的，仅仅是故事的梗概，在你的材料本里仅仅是一些故事的轮廓，这本来也是不错的；但如果你满足于你材料本上所记下的这些故事轮廓，而且企图仅仅根据这些材料就想写成作品，结果当然只会把原来是生动的故事，写成"死"的、无血无肉的东西了。现在，对你来说，最重要的应该深入战斗的生活里与战士共命运同呼吸；并在这种生活中去观察、体验、研究生活，去理解生活以及生活中的人们的思想感情。只有当你具体地理解了这些人的思想感情的时候，你才可能真正理解这些英雄事迹或英雄故事。只有在这样的基础上，对人物或事迹的感动，才可能是有力的和持久的。

可是，你怎样去处理英雄故事中的人物呢？你在最后一封信里是这样回答的：

当那连长受了重伤时，还是那么坚决地沉着地继续指挥冲锋，直到把敌人消灭。那么，究竟是些什么力量支持了他？是什么东西使他能那样坚决而勇敢？他有些什么思想感情呢？这一切，我就不明白了，不知道了。如果叫我把这个故事写成作品，那么关于他的思想感情，我只能主观地推测——是党与人民的力量支持着他，胜利鼓舞了他，但我这个推测，又有什么确实的根据呢？没有，完全凭主观的想象，对不对呢？我就不知道了。那么党与人民的力量是怎样支持了他？胜利又怎样支持与鼓舞了他？竟使他能那样勇敢、刚毅、坚决呢？这一切也正是人物的思想感情活动的具体情形，但我是不知道的，捉摸不到的。

从你这一段话里，充分地透露了你"为什么会把动人的故事写得无血无肉"的重要原因。如果不突破这道障碍，你要提高你的写作水平，的确是很困难的。

一个写作者如果没有丰富的生活经验和感受做基础，只凭"想当然"的一套主观概念来编造人物的思想感情，就不可能反映生活的真实面貌。在文学作品里的所谓人物的性格与品质，并不是抽象的或缺乏历史内容的东西，它是现实生活与斗争映入人们的头脑所逐渐形成的。不管作家是批判反面人物也好，正面歌颂英雄人物也好，人物的思想感情都不是脱离历史社会的具体生活而存在的，因为一离开历史社会的生活内容，人物性格就会失去存在的依据。你的所谓"推测"，实际上是脱离了生活、套用"众所周知"的概念。你所套用的这两条一般性的概念——党与人民的力量、胜利的局面——可以贴在每一个英雄人物身上，也可以作为每一件英雄事迹的思想根据。事实上，这的确是一个重要的根据，但是，"党与人民的力量怎样支持了他呢？胜利又怎样支持了他呢？"这却不是每一个英雄都是相同的，他们因各人的历史环境与气质不同，所感受的程度也不一样，如果你不具体地写出各个英雄特有的个性，不具体地把阶级的共性融入这特有的个性之中，那么，你笔下的英雄人物，一定只会变成既抽象又陈旧的模型。

许多新鲜而动人的故事，为什么一经你写在纸上之后，就变得既抽象又陈旧呢？主要的原因，是由于你不理解生活；因而你把有血有肉的人物性格统统用一般性的概念套死了，把多种多样的英雄性格以及英雄的思想感情，统统用简单的"老一套"的概念代替了。这些概念是革命者都具有的政治常识，也是你所反复背诵过的政治常识。现在你又拿它去代替所有英雄人物的生动活泼的思想感情，难怪连你自己也嫌它太陈旧、太概念、太死板了。

应该说，你所接触的周围的事物与人物，是日新月异地发展着、变化着的；你所听来的故事，其中的英雄也是各具个性的；但为什么一出现在你的笔下，就变成没有心灵，没有血肉的人物了呢？本来是有血肉，有心灵的人物，为什么一出现在你的笔下，就用简单的"老一套"的政治概念代替了呢？我在前面已经说过：那是由于你没有深入生活，由于你的思想感情实际上与这些新的人物的思想感情还不一致；因此，虽然你常常有机会接触到这些新的人物；但却不能敏锐地感觉到他们。正因为这样，所以在你的所谓写作材料中间，除了战斗故事的梗概之外，很少注意记录能体现高尚品质的有血有肉生活的细节，或有关这方面的人物素描，或对话。总之，你很少注意人物精神面貌。既然如此，那么当你一旦拿起笔来写作的时候，你如何能够把有血有肉的事迹真实地表现出来？又如何能够把体现在英雄事迹里面的英雄性格表现出来呢？

* * *

现在，你大概已经很清楚地知道，你的写作之所以不会进步，你之所以把动人的英雄故事写得无血无肉……最根本的原因，是由于你还没有深入生活，还没有在火热的斗争中很好地改造自己，因而你的思想情绪与战士群众的思想情绪，还存在着很大的距离。现在你必须下决心改变自己旁观的生活态度，变成生活的主人；缩短你与他们之间在思想感情上的距离,并最后消灭这种距离。只有这样,你才可能理解你周围的英雄人物——不仅他们突出的英雄业绩你能深刻地理解它,即使在"平凡"的生活中,你也会深刻地感觉到他们不平凡的无产阶级战士的高贵气质——只有到这时候,你才能善于真实地、深刻地、生动地刻画英雄形象,有力地歌颂英雄事迹。

最后,我还必须告诉你,所谓人物的性格或品质,并不是抽象的、不可捉摸的东西。人物的性格或品质虽然是内在的,但它可以通过行动和言谈表现出来。因此,在文学作品里的人物性格并不能片面地理解为心理的活动,不能用人物心理的描写来代替人物性格的描写。性格,应该通过人物的行动、通过人物与他周围人物的关系来表现,即通过作品的情节来表现。情节的发生、发展和结果,如果离开了人物的性格——离开了人物的思想感情,离开了历史的、阶级的、社会的条件所形成的思想感情——情节就会失去思想的根据,它就不可能有说服力量与感染力量。

要做到这些,单靠写作技巧是办不到的,重要的是深入生活,认识生活,在生活中锻炼自己。有人说得好:"作家不是只在写字台旁边形成的,他是在热火朝天的现实生活中形成的,因为必须先有伟大的情感才能描写伟大的情感。"

假如一个写作者整日抱着一种搜集材料的态度去接触生活,而不是踏踏实实地全身心地去参加火热的斗争,那他一定会毫无所得。

有个外国作家说:"有一个作家带着抄写本到团部指挥所去,他想了解克服恐怖是怎么回事,他访问昨晚捉到一个俘虏的士兵柴切夫。于是柴切夫叙述了一切经过(就像在师部报纸所描写的那样)。假使柴切夫能够把他从爬出战壕直到少校祝贺他的成功这段时间在他脑子里和心中所发生的一切都说出来,那么他已经是半个作家了。根据柴切夫的模糊而零碎的自白而再现他内心的世界,是容易同时又是不容易——想做到这一点就得有把钥匙。"

这把钥匙是什么呢?是丰富的斗争生活和同鸣同感的才能。但是没有切身的斗争生活的体验与知识,同鸣同感也是不会有的。

我的信就写到这里为止吧,在你信中还涉及许多复杂而又带着根本性质的问题,恕我不能一一谈及。就在这封信里所谈的问题,我也只能比较原则地向你做一些必要的解说,对你是否有参考的价值,我就不敢回答了。

一九五二年六月七日于京

关于人物性格的描写*
——给一个习作者的复信

……你提出"如何从始至终掌握人物性格,不致成为概念化"的问题,我认为提得太笼统,不能做较具体的答复。现在我只能根据你第二次来信所提到的问题,作简要的回答,意见很简单,只供你参考。

我认为要掌握一个人物的性格,不要仅仅从表面上去抓他的沉默或啰唆,结巴或口齿流利。就是说,不要只抓住他的自然状态的表面的特征或生理特征,更重要的,是要抓住他的性格特征(即基本性格)。所谓性格特征,就是人物基本的思想、感情、生活方式和作风等,这些都是由他特殊的阶级生活及其特殊社会环境所形成。因此,要写出这样的性格,必须不仅仅刻画出这个性格的细节,而且还要写出造成这性格的社会的(阶级的)原因,比如你所说的"流浪儿"吧,他为什么"在日寇统治下不屈而富有反抗精神"呢?形成这性格的社会原因(或历史原因)是什么?这性格如何发展?如果你不写出这些,只刻画人物性格的细节,性格就可能写得不真实。

要掌握人物的性格特征,不是浮面接触人物就能做到的。许多同志常常只根据一些偶然的或表面的现象,企图去发现性格,这样当然发现不了人物最特征的性格的。也有人根据人物的一次或两次的表现,就认识了人物的性格特征。比如某人鲁莽,某人很阴险,某人很爱惜公物……但是,如果仅仅满足这点,而不经过较深入的观察、体验、分析,不反复再三地通过人物的许多行动去体认这性格的特征,那么,即使你了解他的性格特征是什么,但一旦当你要写这个人物时,这人物性格就难免流于概念。因为,如果不是形象地去认识性格,性格就不可能形象地表现出来。

---

* 载1953年3月版《与习作者谈写作》。

你对"流浪儿"的性格把握不住,主要原因怕是因为你过多地注意了他的故事,而没有通过故事(行动)去表现他的性格特征。这样,当然难免"在写作中,就感到性格难以掌握"了。既然你跟他很熟悉,如果你能从他一连串的行动中去分析、体认出他的性格表现在行动中的一贯性,而且又是本质的,那么,当你再写他的故事时,你就可能在叙说故事同时表现出他的性格,而不致"被故事所包围了"。这样写出来的性格,不仅不会概念化,而且能使性格突出地有血有肉地贯串在故事的发展中。

为什么有些同志写一个旧人物(旧性格)的时候,表现得很生动很深刻,当写到那人物转变得积极,甚至参加革命时,就流于概念,以至于丧失了人物的性格呢?这是由于作者没有真正地把握住这性格的发展规律,不理解这个内心起了变化的性格如何表现,和表现些什么……因此,写起来,就很难通过人物的行动去表现性格,结果,产生了不完全符合性格的行动,或完全脱离了性格的行动。

造成这些现象的基本原因,还是因为作者对生活不深入,对人物还没有深刻的理解。就这样,使新人物与新性格,不能很好地表现出来,以至于流于概念。

我不知道你的情形是否如此?还有什么具体问题希来信研究。……

关于提问题*
——给一个文艺爱好者的复信

××同志：

　　……我是一个很爱好文艺的青年，我很喜欢阅读文艺作品，以及文艺理论和文学史方面的书籍，有时也试着写一些东西……现在，我已下定决心，我一定要以文学这武器来为祖国服务，而且一定要达到成功的目的。

　　不过，这几年来，我总觉得学习收获不大，进步也不快，因此我希望你能给我解答这样的一些问题：我怎样才能获得系统的文艺知识呢？我应该怎样学习文艺作品？应该怎样学习文艺理论？文学史又该怎样学？以上几方面应如何结合起来学？除了以上所提到的之外，还应学习些什么？更重要的是：我应如何订我的学习计划呢？……

　　以上问题，请你具体地详尽地给以回答，并希望举一些例子加以充分说明。总之，越具体越详尽越好……

　　此致

敬礼

××三月十四日

××同志：

　　……你志愿以文学来为祖国服务是很好的。青年人应该有自己的志愿，并且应该根据祖国的需要与主观的条件，逐步地、脚踏实地地去实现这种志愿。只有如此，你才会感到生活得充实和有意义。

---

*　载1984年4月版《萧殷自选集》。

不过，从你的来信看，从你所提出来的一连串的"问题"看，你似乎还没有经过较刻苦的劳动（实践），至少，你还没有将你在劳动中（在实践中）所碰到的问题加以较认真的思索和分析，因而，你不能把你在文艺学习中所存在的问题很具体地提出来。

你向我提出了一连串的"问题"。在这之前，我也曾接到过许多青年朋友提出类似的"问题"，这说明青年同志有着强烈的求知欲，也说明无数青年迫切地需要具体的指导与帮助。

但是应该恳切地告诉你，这样笼统地、抽象地提出"问题"的方法，会妨害你取得别人具体的帮助。因为只有具体地提出具体事物中的具体矛盾，别人才可能根据这具体矛盾，提出较具体的较切实的方案来。只有将你自己在文学实践中所存在的具体矛盾（具体问题）提出来，别人才可能提出适合于你的具体情况与具体条件的方案。可是，你现在所提出来的，只有一般性的问题，就是说，你没有把你在实践中所存在的思想上或认识上的矛盾具体地提出来，而仅仅用疑问的口吻开列出许多你想知道的东西的项目，希望别人按照你的项目逐条给以"具体详尽"的回答。这怎么可能呢？老实说，即使按照你的要求勉强地回答了，对你也未必会有实际的用处。

像你这样提出问题的人，并不是个别的。这些青年朋友之所以这样提出问题，当然各人有各人不同的原因，有些同志因对文学知识懂得很少，又想朝这方面去努力，亟希望别人能给自己指出一个方向，这自然是需要的。但另外有些同志，他们虽然不时练习写作，可是当他们在写作中碰到困难时，却不首先将自己所遇到的具体困难提出来，更不说明困难在什么具体情况下产生，只抽象地提出一些难以捉摸的问题，希望别人告诉他一套具体的写作"秘诀"，而且期望依靠这些"秘诀"顺利地走上"文学大道"。其实，这种想法和这种心情，是错误的。这里面包含着对文学劳动不正确的看法。

没有一门学问是可以凭别人传授的"秘诀"获得的，也从来没有一个优秀的专门家是靠别人所传授的"秘诀"成功的。不管任何一种科学，都需要经过自己刻苦的劳动；而且还要不断地总结、不断地汲取经验和不断地改进方法，才可能逐渐地取得较好的成果。文学，当然也不能例外。

那么是不是说，学习任何一门科学都没有一定的方法呢？当然是有的。但也只能有基本方法与基本规律，绝不可能有一种"谁都适用"的具体"秘诀"。因为每个诗人、作家或文艺评论家,都有各人不同的历史与不同的道路。他们各人的生活经验、社会知识、政治修养等不完全相同,彼此对各种文艺形式的兴趣与修养基础,也不完全一样,因而,某甲的具体方法不可能"一成不变"的是某乙的具体方法。

我们汲取作家的基本方法(如认真地深入生活、熟悉生活并研究生活;努力提高马克思主义水平;不间断地提高艺术概括能力与表现生活能力等)是有益的,但要真正从作家的基本方法中汲取到营养,还必须经过自己刻苦的劳动。因为只有经过自己刻苦的劳动,经过自己用心思索,经常研究自己工作中或学习中所存在的具体问题,你才可能正确地具体地理解和运用别人的经验;因为一切优秀作家的成功经验都不是什么"秘诀",它仅仅是一个指向光明大道的"指路标";至于如何走路,如何在路中克服各种困难与障碍,主要是依靠自己的摸索与努力。

因此,问题已经很明白,要想得到别人切实的帮助或有益的启发,首先必须认真地去实践(如写作、研究等);其次,必须认真地思考自己在实践过程中所遇到的问题,分析构成问题的各方面的原因或根据。

为什么需要这样呢?因为每个人认识真理的过程都不相同,各有其不同的具体矛盾;这具体矛盾,就是为他自己所特有的条件与特有的情况所规定的。因此,如果我们不能把自己在研究或处理具体事物(实践)中的具体矛盾提出来,别人如何能够提出切合你的具体实际的方案呢?因为"不同质的矛盾,只有用不同质的方法才能解决"。①

为了把我的意思说得比较明白,请允许我顺便举一个例子。这是一位在志愿军后方机关工作的同志从朝鲜寄来的信,信中有这样的一段话:

……我总觉得我周围的生活太平凡,许多同志不同于我的,只不过有时能有机会下部队去检查三五天工作,除此之外,大抵也是埋在文件堆里,根本没有值得构成创作的材料。何况机关的同志又大多数是小资产阶级的知识分子,不合于"先工农兵"的创作方向,为人们所大忌哩。……

应该承认,这位志愿军同志所提出的问题,比起你所提出的"问题"来,要具体得多。之所以具体,就因为他用脑筋分析了自己的情况,提出了他自己的具体矛盾,

---

① 《矛盾论》,《毛泽东选集》第二卷,第777页。

揭示了他在实践中存在着的障碍,暴露了构成这障碍的思想原因和思想根据。

因此,人们读完了这段话,就会明白地看出:这位志愿军同志之所以产生了矛盾("想创作"与"不能创作"的矛盾),主要是由于他在思想上还存在着不正确的认识。那就是:

(一)把"构成创作的材料"与他周围真实的生活状态对立起来。换言之,就是只承认武装部队在前方的轰轰烈烈的对敌斗争是创作的材料,不承认武装部队在后方的生活中的冲突(思想斗争等)也是创作材料。

(二)把"兵"和"武装部队的后方机关的人员"对立起来看待。

(三)把革命武装部队中"小资产阶级知识分子"出身的干部,笼统地称为"小资产阶级知识分子",而不从思想实质上去区别他们,也会产生观点上的错误。如果这样说:"我们机关里有一部分干部还保留着相当严重的小资产阶级知识分子的思想感情。"恐怕能更恰切地反映出实际的情况。

从这个例子就可以看出,凡是能具体地把自己在实践中所遇到的矛盾提出来,暴露了构成矛盾的思想根据的,他们总能得到比较切合实际的答案。同时,提问题的人也比较容易领会这样的答案。

另外,还有一些同志是这样提出"问题"的:

……请你确切明白地回答我,下面两种说法是否有矛盾?(一)"典型绝不是某种统计的平均数。"[1](二)"文学家如果能从二十个——五十个,不,几百个商人、官吏、工人的每个之中,抽取出最特质的阶级的特征、习惯、趣味、动作、信仰、谈风等——拿来统一在一个商人、官吏、工人身上,那么,文学家就可以借着这样的手法,创造出典型来。"[2]

对于这样提出"问题"的同志,应该立刻反问他:"你自己怎样看呢?可否先把你对于这种说法的理解谈谈?"

如果他能说出自己的见解,问题的解答就更容易切中要害。因为,这种提问题的方法,从形式上看,把两种说法对立地排列起来,好像提出了"矛盾",而这两种说

---

[1] 马林科夫在苏联共产党(布)第十九次代表大会上所作关于苏联共产党(布)中央委员会的报告。
[2] 高尔基:《我的文学修养》。

法实际上并无矛盾。提问题的人可能在观点上是模糊的,如果能明确地说出他自己的理解,不正确的观点就会暴露出来,问题的实质就容易看得清楚。只有这样,别人的回答才能帮助他进一步地认识问题。

一句话:提问题必须经过自己头脑的思索,只有通过脑筋提出问题的人,别人的答案才可能回到他的脑筋里去起作用。

不经常分析研究具体事物,不仅不能提出具体事物的具体矛盾,同时也不能理解别人根据无数经验所总结出来的理论。

这种现象已不是个别的。比如有几位青年同志去听学习方法问题的报告,作报告的人不仅分析了问题,并且分析得非常深刻。这些青年同志都详细地记了笔记,可是,他们除了记得几个概念之外,在思想上却没有得到多少启发。这是什么缘故呢?这里当然还有别的原因,但最主要、最带关键性的原因,却是由于他们平日很少或根本不去思考"学习方法"的问题。在平日学习时,这些同志总是"囫囵吞枣"地或"不求甚解"地满足于表面字句的了解,至于如何与实际结合,如何运用理论的原则去分析实际事物等,却很少认真地思考过。听了报告以后也没有联系自己学习中的问题进行思考。既然如此,当作报告的同志深刻地分析"理论与实际结合"的各方面的问题时,他们怎么会感到亲切呢?怎么能充分理解和吸收别人根据许多经验所概括起来的理论呢?既然如此,这些有价值的理论怎么能完全进入他们的大脑?它们又怎么会不从右耳朵钻进去马上又从左耳朵跑掉呢?

这种情况也同样发生在读书的时候。

举例说,有个同志读到"理论一经掌握群众,也会变成物质力量"①一句话时,就觉得无法理解。字面上的意义,却是很清楚的,但对这句话的实质,却完全茫然。

为什么会发生这样的现象呢?主要原因是由于他只知道片面地向书本里寻求知识,而对于贯串在社会生活中或工作中的许多实际知识——因果关系,却不太有兴趣。他对于日常工作中或社会生活中的各种现象,很少分析,甚至于对自己在工作中所遇到的问题,也很少分析。他不太注意去研究某种具体事物的特有本质;既然如此,他怎么能够理解别人根据许许多多特有本质所概括起来的共同本质呢?

但,据我所知,另外有些同志学习的情形,却不是这样。他们一方面固然认真地从书本上汲取知识,同时也不断地从社会生活中和革命工作中去汲取大量的知识。汲

----
① 马克思:《黑格尔法哲学批判导言》。

取知识的方法，不是满足于感觉印象的记忆；而是深入地去分析各种现象，挖掘产生各种现象的社会根源或思想根源，探寻现象的根底；然后找出各种现象之间共同的本质和共同的规律。因而，这些同志能获得丰富的知识。以这种知识作为基础，所以他们有较高的理解能力，不仅能够更好地吸收和消化书本的知识，并能创造性地运用这种知识和发挥这种知识。

比方说，有一位同志，听说一个志愿军战士，在深入敌人后方时，表现得非常勇敢和坚韧；当时这个战士已负了伤，也得不到口粮，但他毫不气馁；想出各种办法去克服困难，最后他不仅完成了任务，而且还回到部队。——对于这种现象，起初这位同志觉得惊奇：这股坚强的力量从哪里来的？经过稍稍思索之后，肯定这种种行为都是战士自动自觉去进行的。但这样的认识，显然还没有找到事物的根底；于是又了解了一些情况并经过仔细的分析之后，才发现了这种坚强力量的根源，那就是：他从自己的实际生活中体会了"集体利益与个人利益的不可分"和"集体巩固之后，个人利益才有保障"的真理。这真理已深深植根在他的心灵深处。这是阶级觉悟，也是力量的泉源。

又比方说，不久之后，这位同志又看见一个炼钢工人，这工人不仅在上班时间积极、认真地工作，晚上回到家里，还为着改进一种机器而苦苦思索；为了工作，他常常废寝忘食，他对工厂的关怀远胜过他对他的儿女。——这股力量又是从哪里来的？他运用分析战士的经验，发现这个工人在旧社会曾受尽了各种非人的待遇与折磨，新中国成立之后，他从自己的经验中体会了"工人是国家主人翁"的真理。这就是现象的本质，也是力量的泉源。

当然，这位同志不只分析了这两种现象，但仅就这两种现象的分析，就能找出它们之间的内在联系和共同规律。这规律是："只有当人们真正地接受了真理的时候，他们才会用行动去为实现这真理而出力，也只有在这时候，人们的积极性与创造性，才会充分地发挥出来。"

这位同志已从生活分析中认识了这条规律，那么，一旦当他读到"理论一经掌握群众，也会变成物质力量"这句话时，他会多么狂喜啊。这时，他不但能根据自己认识的基础深刻地理解马克思这句话的精神实质，而且这句话还会引导他去理解许多他没有分析过的事物：譬如革命队伍为什么这样强调自觉性；我们为什么经常强调"打通思想"；一切反动阶级的兵士为什么不可能像我们的战士那样积极和富有创造性；

等等，都可以迎刃而解了。

也只有这样来理解理论，才不会是皮毛的理解或词句的背诵；这样理解的过程，其实就是把理论消化为自己的思想的过程。

说到这里，问题已经明白了：所谓理论并不是随便从头脑里想出来的，它是从许许多多特有事物中的特有本质、规律、方法所归纳出来的。因此，如果我们不喜欢分析事物，或对事物抱着"不求甚解"的态度，就无法认识事物的本质。如果不能认识各个事物各别的本质，当然就无法理解由许许多多各别的本质所归纳出来的共同本质。

在这封信里，我没有正面地回答你提出来的"问题"，却在"提问题"的问题上谈了很多。因为我感到这是关系你如何正确进行学习的问题，也是关系你今后研究文学的根本问题。如果你的这个问题不解决，在学习中不常分析事物，不常研究问题，因而也就不能很好地吸收别人所总结的经验——理论；既然如此，那么，想获得文学的系统的知识和研究文学问题，当然会感到茫无头绪了。

当然，在这封信里，我不能把"提问题"的各个方面都谈到，只是根据你的来信，谈谈我对这问题的一些零碎的感想而已。

最后，希望你继续努力！只要在思想方法上有所改进，再加上你的决心，我相信，你会得到应有的收获的。

此致

敬礼

一九五四年四月于北京

如何反映人物的精神面貌*
——复初学写作者的一封信

……我有个问题不能解决,即关于描写人的精神面貌问题。指导写作的文章,都强调要写出人的精神面貌,但如何写呢?

去年,我写过几篇小稿子(小说)投给文艺刊物,可是他们给我退稿时,都说我没有写出人物的精神面貌。当时我被这个意见弄得很糊涂,我的人物怎么会没有精神面貌呢?我不是写了他们的面貌、说话时的表情以及他们在行动前的心理活动吗?……后来,经一个同志当面告诉我,我才明白了些,原来我的人物的表情,只写"他笑着说""他坐下来说""他沉默了一会儿说";至于心理活动,我总是写:"他想:'我是青年团员,不帮助人还行?……'",于是人物就热心地去帮助别人了;或者是这样想:"人家志愿军在冰天雪地里作战,我在屋子里还怕冷……",于是人物就忍着寒冷工作下去了。

我现在也知道这样写不好,但到底应当怎样写才好?这样写不能写出人的精神面貌,怎样才能写出人物的精神面貌呢?……请你具体地谈谈……

……你所提出的问题,确是目前许多初学写作者普遍存在着的问题,也是许多青年朋友都希望回答的问题。虽然这问题是属于常识性的,但许多初学写作者却不太明白;因此,我想比较具体地来谈谈它。

首先,我觉得你应该弄清楚"精神面貌"这个概念,其次你也必须理解揭示人的精神面貌对于文学创作的巨大意义。所谓"精神面貌"或"内心世界",其实是指人

---

* 载1983年8月版《萧殷文学评论选》。

物的品质、思想、感情、情绪、欲望、意志、作风、态度、爱好、习惯、脾气等的真实状态。这些只有通过人物的言谈举止才能体现出来；也只有通过言谈举止，读者才能认识人物的精神面貌。如果说表情、姿势、语调、脸色等是外部的东西，那么，品质、思想、感情、情绪、欲望、意志等，就是内在的，也即是属于精神方面的东西。

"作家是人类灵魂工程师"，这是什么意思呢？就是说，作家应当负起改造或提高人类心灵的责任。既然如此，那么不描写人物的心灵世界或精神面貌，能不能达到改造或提高人类心灵的目的呢？当然不可能。文学应当像一面镜子，把各种类型的人物性格表现出来，凡是出色的典型形象。都是经过作者深入的个别观察，同时并集中地概括了许多同一类型的特征现象的，也即是把同一类型的人的特征现象概括在一个有个性的，有血肉、有心灵的人物身上。这样创造出来的形象，它就有一种力量：使那些与人物形象有某些方面类同的读者，能够从形象中看见自己的影子以及某些精神状态与自己的有些相像，从而由正面形象得到鼓励，或从反面形象引起警惕；这样的形象，也可以帮助我们深一步地理解我们平日所不十分理解的人物和生活，并引起共鸣。

只片面地写战斗经过，或只片面地写技术的操作过程，而不能写出人的精神面貌的作品，就不会起这种作用。换句话说，如果作者不揭示人的心灵，他的作品就不可能在读者的心灵里起什么作用。

那么怎样写呢？根据你现在的水平，如果向你谈一般的道理，恐怕不会对你有什么较切实的帮助；为了使你能够理解，我打算通过一篇作品的分析来谈我的看法，这样，你也许可以比较具体地了解我的意思。

我不知道你有没有读过契诃夫的短篇小说《普里希别叶夫中士》？这是契诃夫早期的作品，在这篇作品中，作者曾创造了一个出色的典型人物——普里希别叶夫。这典型像一块里程碑，它"足以和世界文学中最卓越的讽刺形象媲美。"① "普里希别叶夫，像乞乞科夫、梭巴凯维支、罗士特莱夫、赫列斯塔科夫、犹大·高洛夫辽夫、谢德林的庞巴杜尔一样，也是大家所熟悉的人物。"②

当我们读完了这篇小说之后，普里希别叶夫仿佛站在我们的面前，我们不仅看见了他的外部的特征，同时也理解了他的内在的特征。他对我们来说，好像并不陌生：

---

① 见B.叶尔米洛夫的《契诃夫论》。
② 见B.叶尔米洛夫的《契诃夫论》。

他有一种自命不凡的优越感。自以为比老百姓懂得多；他反复地炫耀自己走过不少地方和见闻广博，吹嘘自己懂得所有的法律和规章，念念不忘地夸耀自己"光荣"的履历；因而他毫无根据地把自己看作"高人一等"，认为除了他之外，谁都不懂事理，也不会办事。一说话就用发命令的口气，习惯地用粗暴的态度去对待老百姓，遇到"不遂心的事"，就给人一巴掌。他对于一切生动活泼的东西有一种横加压制和扼杀的欲望，因此他对什么都看不顺眼，都想去"干涉"一番。同时他还有一种奇怪的看法，认为人们的一举一动都应该根据法律条文上的规定，譬如说，他不许村里人唱歌，理由是没有一条法律规定人可以唱歌的。简言之，普里希别叶夫是一个愚蠢无知而又自命不凡和蛮不讲理的家伙。关于这，B.叶尔米洛夫说得最透彻："普里希别叶夫的性格成为强横愚蠢的骄傲自满、自命不凡的愚昧无知、蛮不讲理的自高自大、想把一切有生命的东西横加压制和扼杀的兽欲的象征。在当时，普里希别叶夫中士的形象是那时代的一切反动势力及其想窒息全国生命的兽欲的象征。"①

后来，斯大林同志也曾引用这个形象来嘲笑那些用粗暴手段强迫农民参加集体农庄的农村工作人员，说这种"以武力威胁"的政策是"普里希别叶夫中士式的'政策'。"②

这就是普里希别叶夫的性格。

这样的性格，不但在契诃夫时代的俄国有，就是在现在的中国也并没有完全绝迹。我们似乎有时候还看见他，有时在办公室里，有时在火车上，有时又在区政府里……

这篇小说之所以具有这么大的感染力与说服力，不能不归功于作者尖锐的观察能力与高度的艺术概括能力，以及作者所拥有的伟大的民主主义的精神。作者善于把现实生活中的典型现象通过活生生的个性表现出来。普里希别叶夫的性格包含了当时反动阶层人物的许多共同的特征，可是这些共同的特征又以普里希别叶夫自己特有的方式表现出来。因此，这篇小说不仅人物的外部的面貌是鲜明突出的，同时人物的内在的精神面貌也是鲜明突出的。

只这样笼统地说，你大概还不能完全理解我的意思，现在进一步地做些具体分析，还是有必要的。

---

① 见B.叶尔米洛夫的《契诃夫论》。
② 斯大林：《胜利冲昏头脑》。

这篇小说告诉我们：普里希别叶夫是有一副奇特的外貌的：他满脸皱纹，生着一张好像有刺的脸，常爱做出立正的姿势，用嘎哑的，闷声闷气的嗓音讲话，而且在说话时惯于扬起他的手，咬清每个字的字音，仿佛在下命令似的；有时遇到要细看什么，还戴上眼镜。

但，如果只描写外部的表情、姿势、语调，不管写得多么生动，它仍然是表面的，不可能表达出深刻的社会内容。一个作家为了把他的人物写得活起来，外貌的描写固然很重要，但更重要的是揭示人的内在的精神面貌。你看：

……本月三日，我的老婆安菲沙和我正在心平气和、规规矩矩地走路。忽然我一看，却看见一群三教九流的人站在河岸上。我要请问：人有什么权利聚在那儿？为什么？难道有一条法律说：人应该成群结伙？我喊了一声：散开。我就开始赶散那些人，叫他们回家去；我嘱咐巡警赶他们，打他们的脖子。……

这样，我们不仅认识了普里希别叶夫的外貌与姿态，同时我们对于他的性格的特征，也有一般的认识了。可是，仅仅这样，他的形象还是不鲜明的；就是说，这个人物的精神状态还没有充分地显露出来，读者对于他的为人，还是有些摸不透；因而他不可能给人留下深刻的印象。

契诃夫当然不会停留在这样单薄的描写上，契诃夫像在他的其他小说中那样，善于通过人物自己的行动，通过人物与社会的关系的描写，继续深入地揭示人物的性格；在事件的发展中，充分地去暴露人物的品质、思想和感情：

"就是这样，老爷，"到庭作证的村长说，"全村的人都在诉苦。谁也受不了他（指普里希别叶夫——引用者注）！不管我们举着神像，排队游行也好，也不管我们在办喜事也好，或者比方说，出了什么岔子，他总要赶来，嚷啊叫的，闹得乱哄哄，硬要管人家的事。他揪小孩子的耳朵，暗地里盯着女人的举动，生怕出毛病，倒好像他是她们的公公一样。……有一天，他跑遍各家村户，吩咐大家不许唱歌，不许烧火。他说什么没有一条法律准许人可以唱歌……"

前面，我已提到，普里希别叶夫对于社会上一些生动活泼的东西或者对于人民的

生活，甚至连笑、闲谈、唱歌、烧火等一类的生活小事，他都有一种横加压制和扼杀的欲望。不管人们在什么地方或做着什么事情，"他总要赶来，嚷啊叫的"，弄得谁都受不了。不仅这样，他还像一个奴隶总管，无论什么事，他都想参加干涉，加以压制。你看：

普里希别叶夫从衣袋里拿出一张油腻的纸片，戴上眼镜，念道：
"坐着烧火的农民有伊凡·普罗柯洛夫、沙瓦·密基佛罗夫、彼奥得尔·彼得罗夫。淑斯特洛姓，一个去世的兵士留下的寡妇，跟谢米扬·基司洛夫私妍。伊葛纳特·司维尔乔克干巫术，他老婆玛尔娃是巫婆：半夜三更，她去挤人家的母牛的奶。"

普里希别叶夫之所以这样骄横、自命不凡、自高自大，主要由于他习惯了做反动统治的工具，有着一种维护反动统治、维护反动社会秩序的自觉意识，以及由此产生的一种"想窒息全国生命的兽欲"。现在，且听听他自己怎么说的：

"……我什么都懂，阁下。我不是乡巴佬，我是士官，退伍的军需中士。我在华沙当过差，我属司令部所管，先生，后来呢，要是您愿意知道的话，我堂堂正正地退了伍，做了救火队员，后来因为身体不好，我脱离消防队，在一个古文高等男校预修班里当看门人。……所有法律和规章我都懂，先生，可是庄稼汉却是些无知无识的家伙，什么也不懂，应当听我的话才对，因为那是为他们好。"

后来，他又说：

"……以前我在华沙当差，后来在古文高等男校预修班里当看门人的时候，听见不成体统的话，就往大街上瞧，找宪兵。'上这儿来，官长。'我就说，然后我把那件事原原本本地报告他。可是，在这种村子里，你能去报告谁呢？……我气坏了。我一看见有人放肆，有人犯上，就要冒火；我就给村长一个巴掌。……当然，并不是很重的一下，其实是随随便便地给了一下，好叫他不敢说那种话糟蹋你老人家……"

到这里，你大概对于普里希别叶夫的为人与作风，已经很了然了。通过这篇短短的三千字左右的小说，我们不仅看见了他的粗暴的态度、凶恶的嘴脸；同时我们也看见了他的见解、作风、自命不凡的心胸以及骄傲自满和企图压制一切的情绪。——一句话，我们熟悉了他整个的精神面貌。因此，我们对于这个形象也就有了一个完整的印象和活生生的感觉。

正因为我们熟悉了他的精神面貌——他的自命不凡，他对人民生活和对法律的见解，他的脾气——因此对于干出这样或那样的事儿，就不会觉得奇怪，反而会这样觉得：这样的人一定会干出这样的事儿来的。

从以上的分析里面，我们可以学到些什么呢？

首先，我们可以比较清楚地认识到：普里希别叶夫的性格以及他的精神面貌，不是片面地用心理活动（或"心理描写"）表现出来，而是通过人物自己的行动与谈吐，通过他与社会（人与人）的关系的描写体现出来。

我们的初学写作者，常常以"我想：'……'"或"他想：'……'"的简单的心理活动的方式，企图表现人物丰富而又多样的精神面貌，其实，这是不可能真正充分地表现出人的精神面貌的。

人的精神面貌或"心灵世界"，有时固然会从心理活动中流露出来，而描写心理活动也是揭示精神面貌的一种方式；但是更突出和更充分地表现人物的精神面貌，完全依靠心理活动的描写，是办不到的；还必须深入地去描写人物的行动，特别是在尖锐斗争中的行动与表现。人们的行为、活动是由他们自己的思想、品质、见解等所指引和支配的；除了偶尔表现出来的下意识的动作之外，可以说人的一切活动都反映着人的内在的精神活动或精神状态。精神状态借言行得到表现，言行又反映着人的精神状态。写作者要善于选择和感受富有内在特征的生活现象——即善于把一切能深刻地反映性格特征的言谈举止或其他细节、场景加以艺术概括，才能体现出人物的精神面貌或性格特征。

现在，我们不妨看看鲁迅先生在《故乡》中怎样揭露杨二嫂的精神面貌的：

"忘了？这真是贵人眼高……"

"那有这事……我……"我惶恐着，站起来说。

"那么，我对你说。迅哥儿，你阔了，搬动又笨重，你还要什么这些破烂木器，让我拿去罢。我们小户人家,用得着。"

"我并没有阔哩,我须卖了这些,再去……"

"阿呀呀,你放了道台了,还说不阔?你现在有三房姨太太;出门便是八抬的大轿,还说不阔?吓,什么都瞒不住我。"

我知道无话可说了,便闭了口,默默的站着。

"阿呀阿呀,真是愈有钱,便愈是一毫不肯放松、愈是一毫不肯放松,便愈有钱……"圆规(即杨二嫂——引用者注)一面愤愤的回转身,一面絮絮的说,慢慢向外走,顺便将我母亲的一副手套塞在裤腰里,出去了。

只寥寥数笔,就把杨二嫂的性格特征勾勒出来,让我们一看就认识了她的为人:她是一个贪小便宜的泼辣的女人,自称见过世面,对谁也满不在乎,为了"混水摸鱼",竟不惜"胡说白道"。其所以能给人这么鲜明的印象,主要原因是作者抓住了并描写了能体现她的性格特征的言谈与行动。

在《普里希别叶夫中士》这篇小说里,契诃夫以同样的方法使人物的精神状态鲜明起来。

那么,现在你一定会明白:揭露人物的精神面貌并不一定非用心理描写不可;人的一举一动,一言一笑,不论在什么时间或什么地方,也不论在日常活动中、生产活动中或斗争活动中,都可以反映人的精神面貌;问题在于你能不能抓住有特征意义的、富有典型性的现象,能否把这些现象艺术地概括在一个活生生的有个性的形象中。

契诃夫在这篇小说中还告诉我们:即使写作者的写作冲动是由某一具体事件所引起,但是,要使事件的主人翁能给人一种完整的印象和活生生的感觉,就必须展开来描写人物,即不要死板地局限于事件本身的描写,应该围绕着事件,适当地(不是过量地)去概括其他场合中某些富有特征意义的现象和事实。

在一些初学写作者的习作中,常常有这样的情形:他们只局限于中心事件本身的叙述,只把笔触限制在事件发生的时间与地点之内;譬如他们要写某车间发生的事情,就绝不写车间以外的事。我这样说,并不是要大家毫无目的地"插入"一些车间以外的生活的描写;也不是赞同那种把"插入"的描写变成主体,对主要事件反而不作深刻描写的做法;我只是说,完全把笔触限制在一个时间和一个地点所发生的事件本身之内，常常不能将人物的丰富的精神面貌或性格特征，较充分地表现出来。（当然，如果是一个成熟的作家，凭着他对生活深刻的理解和高度的概括能力，能把许多富有特征意义的现象集中地概括在一件事情上，而且能较充分地表现出人物的性格。不过，也应该承认，做起来，是不容易的。）

不错，在事件的过程中间，主人公的性格与精神状态，也能有一定程度的体现，但这仅仅是一定程度的，而不能是很丰满和很突出的。

在一件事情里面，虽然影响事件或造成事件的人的行为本身，就反映了人的性格与精神状态；但是作为艺术形象来要求，却不应该满足于这种近乎"自然形态"的状况。因为一个人的内在的特征，不可能在一次的表现中都充分体现出来。如果明明知道这样的限制只会使形象单薄，何不突破这时间地点的限制，从其他生活场合选择富有特征的现象，加以集中概括，使形象更突出更丰满呢？只要概括得适当，不仅不会妨害主要事件的描写，恰恰相反，它能够使事件表达得更合理，同时人物的性格也会更加鲜明。

只有充分地揭示了人的精神面貌与性格特征，事件的发生、发展和结局，才能得到合理的解释；为了说明事件为什么要这样发展（而不那样发展），就必须充分地描写人的性格特征与精神状态；否则，读者就无法理解事情为什么要这样发展，读者也就不能被人物的遭遇所感动。因此，中心事件以外的生活描写，不是为了其他，而是为了人物的精神面貌更鲜明突出，更真实地反映生活的真实状态。

契诃夫在这篇小说里，没有把笔触完全局限在一件事情上。要是一个初学写作者遇到类似的生活场景，他可能只注意叙述由一具死尸所引起的纠葛的场面及经过，写事情怎样开始，一直写到事情怎样结束；在这过程中，读者至多只能听到一些人讲话的声音和看到简单的表情。然而契诃夫却不是这样，他除了描写由死尸所引起的纠葛的场面及经过之外，还写到一些与这纠葛有关的事情，譬如写到普里希别叶夫平日在村子里揪小孩子的耳朵，暗地里盯着女人的举动，不许老百姓唱歌或烧火，等等。写这些，也不过是为了使人物的性格更加鲜明，同时也为了更真实地描写事件的发生与发展。

许多初学写作者喜欢选择紧张的场面作为题材，这本来是很自然的，也是合理的；可惜他们把这"场面"看作一切，以为把"场面"的过程或把视觉和听觉所接触的主人翁的"所作所为"全部写下来，就可以写成一篇好作品。这种做法当然不会达到预期的目的。

前面已经说过，在某种紧张的场面中，通过主人公的行动的描写，的确也能体现出人物的一定程度的精神状态，可是却不能把人物的精神状态充分地表现出来。在紧张的场面或在激烈的战斗中，人们除了紧张的动作和简短的话语之外，不可能有更多其他的形式来表达他们的精神状态的。

因而，以生活的某一片段（有典型意义的片段）为题材的作品（小说），要比较充分地揭示主人公的精神面貌，特别是揭示主人公在紧要关头中"所作所为"的精神基础，不能单靠当时动作的描绘，必须善于同时去集中、概括他平日在其他生活场合中所表现的精神面貌。至于如何集中和用什么形式集中才不会使结构松散，却不能规定一个公式，这要看你所写的内容来决定。

但是请不要误会，所谓行动的精神基础，并不是在行动时或行动之前，让人物来一番生硬的冗长的心理活动或回忆，如像现在某些作家在小说中所表现的那样。（自然，我并不是一般地反对心理活动或回忆的描写，我只是反对那种超环境的不符合主人公情绪的心理活动和那种不符合主人公思想感情的不真实的心理活动的描写。）事实上，所谓精神基础，并不是在行动时或在行动之前才产生，而是早就存在于主人公的心灵里。因此，在揭示行为的精神基础时，不能因为写到主人公的轰轰烈烈的行动，才临时想到去揭示主人公的精神基础。人的某种精神活动，不仅在紧要关头中表现出来，而在日常的生活中劳动中就不断地流露的；所不同的，只是在紧要关头表现得更加尖锐、更加集中和更加突出罢了。

譬如说，战士在战斗中的勇敢，绝不是因为他临时想到要保卫什么才产生的，形成这勇敢的精神力量早就潜伏在他的意识里和感情中，这种精神力量在平时也许不是以"勇敢"的形式表现出来，但他的精神力量经常流露在他的生活中或工作中，却是无疑的。

又譬如说，一个工人冒着一千多度的高温，冲进平炉里去抢修炉壁，这种精神，也不是因为临时想到要爱护国家财产才产生的。构成这种"为公忘私"行为的精神基础，早就存在于他的意识之中，就是说，在他平日的生活中，这种爱护公物的优良品质，就经常地有所表现，有时甚至在不引人注意的极小的事情上表现出来。

要了解一个英雄人物的英雄壮举，只向英雄探询当时的想法和心情，是无法真正了解英雄壮举的精神基础的。据说有一个工人先进小组每次竞赛都得到红旗，一个初学写作者,想了解他们力量的精神基础是什么,于是他去探问先进小组的工人,但工人只这样回答他:"大伙齐心干活呗!"结果使那个初学写作者非常失望。

这种结果是理所当然的。如果一个普通工人能把行动时的心情与各种复杂的内心活动都说出来,"那么他已经是半个作家了"。

有一个苏联作家曾批评过这类现象:"有一个作家带着抄写本到团部指挥所去,他想了解克服恐怖是怎么回事,他访问昨晚捉到一个俘虏的士兵柴切夫。于是柴切夫叙述了一切经过(就像在师部报纸所描写的那样)。假如柴切夫能够把他从爬出战壕直到少校祝贺他的成功这段时间在他的脑子里和心中所发生的一切都说出来,那么他已经是半个作家了。"

由此,你大概可以清楚地认识到:只向当事人探问他在事件进行时的心境与感情,是很困难的;要描写人物当时的心境,作者必须非常熟悉这类人物,依靠对主人公在平日生活与工作中深刻的观察与理解,然后才可能以这种理解作为基础,加以合乎情理的想象与概括。

以上所说,请你千万不要以为是纯技术性的问题。写作需要有高度的艺术技巧,这是不容怀疑的;但如果把技巧看作一切,那就错了。更重要的,是熟悉生活和理解生活,选择和概括生活中的典型现象,并把典型现象通过有心灵有血肉的个性表现出来(而绝不能把各种典型现象机械地罗列出来)。

离开了形成人物思想作风的具体社会环境的真实状态以及这具体社会环境对人物性格的影响的描写,而奢谈典型形象的创造,是永远也不可能创造典型形象的。同样,不深刻地理解现实斗争丰富复杂的内容,也不可能真实地揭示人的复杂的精神面貌。

因此,当我们进行观察研究生活和人物时,就必须十分理解现实斗争的基本面貌与发展趋势;必须充分理解人们的各种不同的阶级特征与社会特征;同时还必须深入地进行个别观察,摄取各种富有内在特征的印象和感受。这三者都很重要,如果只注意后一项,而忽略了前两项,"人物"固然可以写得很生动,但却很难揭示出有巨大意义的社会内容和历史内容;同样,如果只注意前两项,而忽略了后一项,即有社会内容,但也不能通过有丰富血肉的个性表现出来。

契诃夫却是经常注意生活中一切富有内在特征的印象和细节的,只要翻翻他的《札记》,就会知道他是何等重视这类印象和生活细节的积累的:

N遇到照团体相的时候，总是站在前排，在联合声明上总是第一个签字，在纪念会上总是第一个发言。老是大惊小怪："啊，多么好喝的汤！啊，多么好吃的蛋糕！"①

一个政府的文官揍了他儿子一顿，因为他在学校里各门功课只得五分。他觉得分数还不够好。等到人家告诉他说他错了，五分是所能得到的最高分数，他就又揍他儿子一顿——这回是由于他自己生了自己的气。②

头等卧车。第六号、第七号、第八号、第九号乘客。他们在谈论儿媳妇。老百姓受婆婆的气。知识分子看不上儿媳妇。

"我的大儿子的老婆受过教育，开什么星期日学校啦，图书馆啦，可是她粗鲁、残忍、任性，叫人恶心。吃饭时候，由于报纸上的一篇文章，她会忽然发了歇斯底里。装模作样的家伙。"另一个儿媳妇："在社交场合，她的举动倒还马马虎虎，可是在家里她却成了糊涂虫，抽烟，贪吝；每逢她喝茶的时候，她总是把糖含在嘴唇和牙齿中间，同时还要说话。"③

这些印象、细节和感受都是富于特征意味的：这里不仅有外部的特征，也有内在的精神特征；而所有这些特征，都是通过行动、关系、表情、语调等表现出来的。

只要我们能经常地深入生活，重视这样的印象和感受，那么，我们不但能逐渐地理解人物，就是一旦当我们要写人物时，也就不愁人物没有血肉了。

当然，在现在，我们应该更注意去感受、积累新事物与新人物的各种富有内在特征的东西；不然，新的人物形象就很难塑造出来。

……

以上意见，都是不成熟的感想，不知对否？仅供你参考。

一九五四年六月，北京

---

① 见汝龙译《邻居集》。
② 见汝龙译《邻居集》。
③ 见汝龙译《邻居集》。

关于找题材*
——几封给习作者的复信

几年来，曾陆续接到不少文学写作者的来信，提出了很多问题；其中关于写作题材方面的问题提得很多，亦最普遍。可惜我的时间太少，不能做到每信皆复。现在除向这些热情的读者表示歉意外，我选择了几封复信的底稿，稍加整理，发表出来，作为我对这些提问题的读者一次总的答复。

第一封信

（来信摘要）"……我在部队里的卫生部门做护士工作，每日照例是上班、下班、吃饭、学习和侍候伤病员。除此之外，再也看不见旁的什么了。……每天的生活没有多少变化，实在单调平凡……没有可写的题材。……很是苦恼！……"

……依我看，你不必因找不着题材而苦恼。老实说，你所处的环境是不是完全像你说的那样单调平凡呢？我还有点怀疑。

不错，对于以写作为职业的作家，我们应该要求他尽可能正面地去描写那些关系国家命运的史诗般的斗争以及能充分地尖锐地反映重大矛盾的更广阔的生活图景。这是专业作家的责任。为了完成这样的使命，作家应当尽可能地有选择地去生活，尽可能选择火热的斗争，深入下去，参加到变革历史的斗争实践中去。

---

* 载1984年4月版《萧殷自选集》。

这种生活方式，对作家来说，是必需的；但才开始习作的青年，却不必完全去模仿作家。因为习作者还处在练习写作的阶段，他们当前的首要任务，显然不是写作，而是工作。对于他们，写作仅仅是一种业余的艺术活动；如何把工作做得更好，才是他们当前所应当考虑的主要事情。因此，习作者不应该也不可能像职业作家那样去选择生活。

　　你有志于文学创作，当然是不错的；但如果好高骛远，急于求成，妄图一下子就写出一部伟大的作品来，却是不实际的。凡是优秀作品的作者，都是经过长期的锻炼——即经过长期的生活实践和长期的写作练习，才逐渐积累了作为一个作家所必需的素养。

　　因此我劝你：与其让苦恼来折磨自己，反不如在不妨碍工作的情形下，踏踏实实地练习写作；如果一时"碰"不到你认为满意的史诗般的题材，暂时从自己所熟悉的生活中选择一些较有社会意义的人物或事件来写写，或对某些生活场景描下一些素描，或对某些熟悉的人物的特点写点特写之类的文字，都是有好处的。这样练习得久了，写得多了，你的感受生活的能力就会敏锐起来，概括生活和表现生活的能力，也可以逐渐得到提高。

　　如果从练习的角度来看，不能说你的环境没有什么可写的。

　　首先使我想到的一个问题是，在你们的医院里不可能每个人的思想、作风都是一个样子，在过渡时期，各种思想都可能在工作中反映出来。我不知道你们医院里的具体情况，但却不能说那里什么矛盾与斗争都没有。比如说吧，有些人富有责任心，哪怕对待一件看起来似乎很细小的事情，他们也怀着极其负责的精神去处理；而另外一些人却抱着"应差"的态度去工作，别人推一下，他们就动一下。有些人有高度的阶级觉悟，为了人民的整体利益，忘我地劳动着，不仅充分地发挥了他们的积极性，也发挥了他们的创造性；而另一些人却斤斤计较个人的得失，为了个人一点"不遂心的小事"就"大闹情绪"，甚至因而妨碍了革命工作也不以为耻。……类似这样的对立着的现象和事实，不管其所表现出来的形式、程度、色调如何，在你们那里大概不会完全没有吧？如果有，那么这说明什么呢？说明生活中存在着矛盾与斗争；说明了一种人以社会主义的精神去对待工作，另一种人则以资产阶级个人主义的精神去对待工作。

　　除此之外，你每天都和伤病员接触，在这些伤病员中间，大概不会没有品质崇高、性格坚强的人物吧。在这些人当中，说不定还有类似密烈西叶夫①那样意志刚毅的人，也可能还有像斯杰潘·伊凡诺维奇②那样品质崇高和富有智慧的人。……只要你能深入发掘一下，这些方面都可以给你提供出很多写作素材的。只要不急于求成，抱着练习写作的老实态度，这些生活何尝不可以作为描写的对象呢？任何一个革命工作机关，那里面不可能没有矛盾与斗争。除非这个机关什么工作也不做；倘要不断前进，它就必须继续不断地克服各种障碍。如果你的环境并不例外的话，那么，批判那些落后的或腐朽的现象，歌颂那些先进人物，不正是习作者练习写作的题材吗？

我这样说，是不是可能会使你发生一种错觉，以为我的说法与所谓"哪里有生活，哪里就有斗争，有生活有斗争的地方，就应该也能够有诗"的论调相同呢？不，我所说的是一些较有社会意义的人物或事件，是那些革命机关中具有普遍社会意义的矛盾或斗争，而不是要你去写毫无社会内容的个人"生活"或身边琐事等。这是两回事，应加以区别。因此，认为"除了关系国家命运的史诗般的题材之外，其他任何题材都无意义"的说法，我以为是不全面的。固然我们应该反对"什么生活都是诗"的论调，可是我们也应当看到：在普通人的日常活动中，也常常能反映出他们高尚的精神与品质，反映出他们与周围环境的矛盾与斗争。这些矛盾与斗争关系着广大人民的福利，关系着社会主义的利益；有时候，这类矛盾与斗争还采取尖锐的形式表现出来。如果把这类生活也一笔抹杀，那么，不仅描写的范围大大被缩小了，而且许多有着丰富社会内容的生活也会被勾销了。不错，有些生活乍一看起来，似乎是很平凡的，实际上它所内含的意义却不平凡；某些生活如果孤立起来看，可能看不出什么意思来，只有从革命总体的角度来看，才能发现它巨大的革命意义。

这样说来，是不是任何一种生活都包含着革命意义呢？当然不能这样说。在建设社会主义的伟大时代里，没有社会内容的、与广大人民利益无关的生活现象，仍然是存在的。如果不分清这一点，只会使写作者放弃严格选择题材的努力；更严重的，可能引导写作者去写身边琐事或吟哦个人主义的情怀。

但是你为什么竟不能从你所处的环境里看到一点有社会内容或教育意义的生活呢？是不是因为你还缺乏远大的政治理想？是不是因为你对实现这理想的方针不太明确？因而使你缺乏饱满的行动热情呢？

如果你的情况确是这样，那么，现在你所存在的那种"视而不见"的状态，就可

---

① ② 波列伏依著《真正的人》中的人物。

以得到解释了。

一个人如果缺乏政治头脑,他的政治嗅觉一定迟钝;他不仅对个别事物的一般意义很难认识,就是经常出现在眼前的许多生气勃勃的新事物,他也会"熟视无睹";现实生活中尖锐复杂的斗争,在他看来,仿佛仅仅是一些各不相干的现象:既看不见矛盾,也看不见矛盾的阶级实质;他不仅不理解一点一滴的工作上的成就对于整个革命事业的巨大意义,反而觉得这是平庸的、烦琐的、无意义的生活。

你的情况是不是完全这样呢?我不得而知。但有一点却是很清楚的,那就是你把丰富多彩的生活简单化和表面化了。你只看见最一般的和最表面的生活形态(如上班、下班……),而完全看不见在这一般的和表面的形态下面所蕴藏着的各种人的不同的阶级品质、精神和态度,以及由此而造成的矛盾与斗争。

最后我再重复一次:(一)不要首先埋怨你的环境"单调",更主要的问题,是由于你实质上还站在斗争之外,因而你还没有理解你的环境;(二)不要好高骛远,在不妨碍工作的情况下,多练习写作;从练习中逐步学会深化生活、概括生活和表现生活……

一九五三年八月

第二封信

(来信摘要)"……我早就下定决心要在文学岗位上来为人民服务,可是我却被分配到税务机关来工作。当然,这里也有斗争,譬如资本家的偷税漏税的行为,仍常有发现;但都是平淡无奇的,根本就无法写成作品。这使我非常苦闷。……我决定设法解除这苦闷,要求领导上调我到部队里去工作,到工厂也可以;总之,我要求到轰轰烈烈的生活中去。……"

……你的"苦闷"不应当由环境来负责,而应当由你自己的不正确的看法来负责。

你有志于业余写作,本来是好事。但如果因想写作而首先妨碍了国家分配给你的工作,把两者轻重倒置,却是不对的。同时你对于写作题材也存在着不正确的看法。

根据你来信的口气,好像只有轰轰烈烈的事迹、热闹的场面或离奇怪异的事件才可以构成写作题材;别的事件,甚至像资本家的偷税漏税的行为,都觉得"平淡无奇",不能写成作品。这样来理解"题材"对不对呢?我认为是不对的。

不错,轰轰烈烈的事件,往往能正面地反映社会的主要矛盾与斗争。但是这不是表现主要矛盾的唯一形式。在一定历史阶段和一定社会情况下,譬如在对资本主义工商业进行社会主义改造的情况下,我们和资本家的偷税漏税行为或偷工减料行为作斗争,就绝不是无关紧要的矛盾。这种矛盾与斗争,像你在税务机关里所看见的那样,不是以"轰轰烈烈"的形式表现出来;但这并不会改变其本身所包含的阶级矛盾的尖锐性。只要写作者能深入地去研究它,深化它和概括它,就可能写出反映当代最重大的生活和斗争的好作品。然而你,却不重视这种现实中的矛盾现象,轻轻放过它们,反而"苦闷"起来,而且把"苦闷"归罪于你所处的环境。这是不公平的。

追求离奇、热闹和惊险的故事或场面,并不是文学的目的。文学创作更重要的使命,是通过对生活的描写,揭示生活真理来教育人民;就今天的要求来说,那就是通过艺术形象向读者进行爱国主义、国际主义和社会主义精神的教育。作品的好坏,不在于描写的场面是不是轰轰烈烈,也不在于它的情节是不是离奇曲折,而在于认识生活的深度与概括生活的广度——即生活典型化的程度——如何来决定的。

你呢,却完全被追求"轰轰烈烈"的热闹场面或稀奇古怪的情节的心情弄糊涂了。如果你不纠正这种看法和心情,即使你能有机会到部队中或工厂里去,你同样会觉得部队或工厂的生活也是"平淡无奇"的。因为如果不善于从普通人的生活中去发掘他们崇高的精神品质和典型的正面的特质,不善于去揭露阻碍社会向前发展的腐朽的东西,不善于把"日常的现象集中起来,把其中的矛盾和斗争典型化",只抱着一种搜集奇闻异录、热闹场面或惊险事件的心情去"找"题材,结果,只会使你失望。

不错,部队在进行战斗的时候,轰轰烈烈的场面或惊心动魄的事迹是很多的;但是,当战争已经结束或部队已从火线上转移到后方之后,惊险的场面自然就少了,甚至没有了。这时候,是不是部队的生活(譬如整训的生活)就会变得"平淡无味"、没有什么值得写的呢?显然不能这样理解。

前几年曾发生过这样的事情。有一位在部队里工作的文艺青年,在练兵期间,他觉得部队生活没有什么可写的,要求调到工厂去"体验生活"。这位文艺青年曾从别人的作品中看出工厂的生活"很富有戏剧性",因此以为到了工厂,马上可以接触到

情节曲折的题材，而且相信马上就可以写出情节曲折的作品来；结果呢，他得到的仍然是失望。我觉得这个事实很值得你借鉴。如果你带着一种不正确的看法到了一个正在整训的部队，你是不是也会"苦闷"起来呢？是不是又会要求到其他地方去呢？我想是可能的。

一个希望自己能成为"人类灵魂工程师"的人，在对待国家所分配给他的工作时，既然采取如此不正确的态度，暴露出这样浓厚的个人主义的思想；那么，他还能用革命精神去培养别人的灵魂吗？据我所知，一个优秀的革命作家，必须首先是一个优秀的先进工作者；如果不是这样，他无论如何不可能成为一个优秀的作家。……

一九五三年六月

第三封信

（来信摘要）"……在报上看见了一篇总结报告，说农村里在购粮运动中出现了不少先进分子。……这篇报告使我脑子里有了一个模子。……趁学校放假时我回家去了一趟，一心想找几个这样的购粮先进人物来写写，可是到农村之后，却到处也找不到。……"

……你先有了"模子"，然后再到生活中去寻找跟"模子"一样的人物，你当然很难得到预期的收获。

不过，你要歌颂先进人物的意图，却是很好的。在生气勃勃的新社会里，几乎时时刻刻都产生着先进人物；这说明现实生活在这方面给写作者提供了丰富的素材。

可是，却不应该先根据总结报告或论文造好一个"框子"，再拿这"框子"去硬套活生生的丰富多彩的先进人物。这样的做法，不仅不能真实地表现先进人物，而且很可能埋没了他们。因为总结报告是根据运动的主要方面的主要情况概括出来的总的规律和经验——其中包括了总的特征和总的倾向。毫无疑问，它们能够帮助我们深一步地认识生活，帮助我们认识某些个别事物的一般意义。既然是总的特征或总的倾向，当然就不可能把所有先进分子的所有大大小小的，甚至是个别的特性都包括进去；同时这些"总的特征"与"总的倾向"也不可能完完全全都体现在每一个先进分子的身上。因此,谁如果想在现实生活中找一个"总的特征"的完全的体现者,谁就常常会失望。

你的情形不正是这样吗?这证明用这样的方法去找典型,是不行的。

富有典型意义的现象的确存在于现实生活当中,但是要在文学作品中写出典型形象,作者不能完全依靠现成的"典型人物";更重要的,是把生活中具有典型特征的现象给以艺术的概括。这样经过艺术概括所创造出来的典型形象,比起现实生活中的人来,就会更集中、更完整和更真实了。因为它集中地概括了典型现象的诸多特征——不仅把浮泛的琐碎的现象抛掉,而且把重要的特征加深加浓了。

因此,认真地研究生活是最重要的。如果不从生活出发,不深入生活中去,想单凭总结报告去发现典型人物,当然是非常困难的。

你似乎还不理解这个道理,也没有这样去做;反而在字里行间流露出一种怀疑那篇"总结报告"的情绪,这是不应该的……

一九五三年十一月

第四封信

(来信摘要)"……我非常奇怪,为什么有些人(比如那些写出小说的作家)一到了村里,就能很快碰见生动的事儿,我老是住在农村里,也很想写东西,却总是碰不到,村里有些事儿也觉得很有意思,可是零零碎碎,不像作家碰到的那样有始有终。……"

……同志,你的想法完全错了。

在你看来,好像凡是能写出作品的人,都是由于他有好运气,"碰"到了完整的、现成的材料;或者是:某人能写出一部伟大的作品,只是因为某人碰到了伟大的材料。

按照你的想法,作家并不需要什么创造性的劳动,只是把看到的像照相似的记载下来,把听到的像录音机那样记录下来,于是"作品"就完成了。

如果真是这样,那为什么还称他们为作家呢?称为"记事员"不是更恰当吗?

其实，作家在写作时并不像你所想象的那样简单和省事。作家从接触生活到构成作品内容，是经过一个艰苦又复杂的过程的。有些写作者偶尔也写生活中现成的事件——即真人真事——可是能否写得深刻动人，要根据下列两点来决定：第一，要看作者所选择的实有事件与人物是否有典型意义；第二，还要看他们对现成事件加工的程度如何。如果只是把实有事件和人物原本原样地拉拉杂杂地搬到稿纸上，无论如何也不可能写得真实动人的；但如果把实有人物的典型特征加以强调、深化，把偶然的、非特质的东西抛弃，将分散的具有特征的典型现象集中地概括在一定的时间与一定的地点之内，使特征的东西能集中地鲜明地表现出来，这样，它就会比没有经过加工的"作品"，要真实得多和深刻得多。这说明即使是描写生活中的具有典型意义的实有事件，也不能不经过作者的艺术加工。

在现实生活中，哪能有像优秀小说中所表现的那样完整的、集中的、纯净的生活现象呢？作品是经过作家对生活研究之后加以集中、概括、典型化的结果；即经过"去粗取精、去伪存真、由此及彼、由表及里"的深化过程，并通过艺术形象表现出来的结果。这个过程，是个艰苦、复杂而又细致的劳动过程。作者不仅要认真地思索他所感受到的个别的生活现象，认识这些现象的实质，找出产生这些现象的社会原因；而且还要把同类现象的共同特征、关系加以概括。不仅要概括共同的特征和关系，同时还要贯以血肉塑造成有个性有生命的人物形象。这就要求作家不仅要善于把富有典型特征的现象和事实集中，更重要的是善于用正确的观点把这些现象和事实融化，使之成为有血肉、有心灵、有个性的行动着的人物。如果作家的观点与现实生活的规律相一致，作家的理想与广大人民的利益相一致，那么经过这种观点融化过的生活事实，就更能反映出发展中的现实生活的真实状态。

这就清楚地表明，作品中的情节，人物的行为，并不是生活现象本来形态的"照抄"。作家是按照他的政治观点和美学观点去处理他所感受的印象和感觉的。他把他认为应该强调的，就加以强调；为达到强调的目的，作家甚至用夸张的方法去突出某些特征。另一方面，作家把他认为应该抛弃的印象，就毫不可惜地抛掉。这就是为什么出现在作品中的事实和人物，会如此完整、集中、纯净的缘故。

你既然感到"村里有些事儿很有意思"，为什么不按照你的观点去深化、集中、概括这些"事儿"呢？如果你能这样，那么你也可能写出作品来。

根据你的程度，我在这封信中所谈的问题，你可能不容易一下子全都弄明白；但只要你能了解其中主要的意思那就很好了。

一九五四年四月

第五封信

（来信摘要）"……有这样一件事：一个村土地改革结束了，全力转向生产，大家情绪很高，贫雇农都缺乏犁头，都争着到墟场上去购置，可是墟场上只有一个铸犁头的铁匠，忙不过来，眼看春耕又快到了，犁头如不及时解决，就会影响春耕。后来这矛盾由村长和土改工作队的同志商量解决了，即由外乡请铁匠来帮忙。因当时其他乡的土改还未完成，等它们完成时，这个村的犁头早已解决，到那时，这村的铁匠也可以去支援别乡。……请你告诉我，这个题材是否可以构成一篇小说？……"

……对于你所提出来的"题材"，应当从两方面来考虑：如果通过技术性的矛盾深入更重大的思想矛盾或道德品质上的矛盾，并且以后者作为作品的主要内容，当然是可以构成小说题材的。但是，如果把重点放在技术性的矛盾上，只是以解决犁头问题的方式方法作为"小说"的主要内容，那就不可能构思成一篇小说了。因为仅仅用工作的方式方法或技术经验来教育人民，并不是文学的目的。

当然，技术性的矛盾并不是绝对不可以写。但是，作家并不像工程师那样担负着技术教育的责任，也不像群众运动的领导者那样担负着工作方式方法的指导责任；作家最主要的任务，是以先进的时代精神去武装人民的头脑。因此，写作者在选择写作题材时，并不是任何现象都适宜的。他必须选择最能表现人们的阶级品质与阶级感情的人物和事件，作为描写的主要对象。

人们在斗争中，特别是在尖锐的斗争场合，他们的阶级品质、阶级感情和他们的精神状态，表现得最明显和最突出。作家描写这类生活和斗争的目的，是为了充分地揭示人们的道德品质，以教育人民。

不错，在现实生活中，有些阶级矛盾是隐藏在技术性的矛盾中间，从外表看来，仿佛纯粹是技术性的矛盾；一个文学写作者如果满足于这种浮面的印象，他就不能揭露隐藏在技术性矛盾背后的阶级矛盾。

我这样说，并不是否认有纯粹技术性的矛盾的存在，我只是说，纯粹技术性的矛盾不可能构成文学作品的主题，尤其是不应当把它作为作品的主要内容来处理。

如果你能真正从生活出发，从农民的具体生活与斗争中去把握他们多种多样的复杂心理和这种种心理所内含的各种阶级意识的实质，以及由此而引起的生活矛盾；那么，用现在你所提出来的事件也不是不可以反映农村中的重要矛盾的。……

一九五二年七月

第六封信

（来信摘要）"……听说材料积累得丰富，就可以写出较好的作品。……我平日花了很多工夫去搜集材料，凡是听来的故事、问题，或报告材料里重要的东西，我都抄在笔记本上。……但根据这些材料写成的小说，别人都说不生动，有的甚至说没有内容。……"

……生活是创作的源泉。没有丰富的生活经验与生活知识，就不可能写出较好的作品。这已经是常识了。

可是生活的积累，主要不是依靠"搜集"，而应该依靠作者自己的亲身感受。

你的"小说"之所以"不生动"，甚至使人觉得没有生活内容，主要原因是你的写作素材全是（或者主要部分是）靠耳朵"搜集"来的，或从别人的书面材料里"搜集"来的。

听来的故事或问题以及别人的书面材料，当然是有用的，首先它可以帮助我们理解生活；可是，你如果把这些作为构成作品内容的主要素材，那就错了。重要的是自己的丰富的感性经验和对生活的深刻的理解；没有这些，你就不能赋予故事以血肉的内容，也无法真实地反映生活。据说果戈理的《死魂灵》是以普希金告诉他的故事作为作品的线索的；可是，要是果戈理自己对地主阶级没有深刻的了解与丰富的感性认识作为基础，仅凭别人讲的故事就想写出一部如此伟大的巨著，是绝对不可能的。

文学艺术，本来就是以像生活本身那样生动的形态来表现生活的。写作者一旦离开了生活，不从生活本身去汲取有血有肉的素材，他不仅不可能塑造出栩栩如生的艺术形象,而且也不可能把生活的真实状态——生活的深刻内容——描写出来。有些公式化概念化的作品,就是在这样的情况下产生的。

有好些青年同志也像你一样,为了想很快地写出作品来,采用了一种最简单的"搜集"写作材料的方法。实际上,没有一个优秀作家是从这条道路走出来的。他们总是长期在生活中,他们热爱生活,参加生活变革的活动;他们对于生活不是旁观者,而是生活的主人,是生活的创造者;他们不仅时刻注视着整个事变的发展趋向,同时也以满腔热情与敏锐的观察力感受着一切富有特征的典型现象、事实和细节。他们不仅感觉到它,而且还深化它,一直到认识了它背后所隐藏的实质。……就是这样,他们积累了丰富的斗争知识与丰富的生活经验。这样积累起来的经验,自然不会是抽象的,而是活生生的、饱含着血肉内容的人生事实。作家就是以这些作为他创造形象的重要基础。这不是说你积累材料、记笔记是不对的,而是说积累材料和记笔记必须深入生活,以生活为基础。

自然,作家在研究生活的过程中,也研究政治报告、报纸社论等有关文件;但他们不是从这些文件中去"找题材",而是想运用文件的精神或文件所阐明的事实来帮助自己更好地认识自己所接触过的生活。……

一九五四年三月

第七封信

(来信摘要)"……我知道写小说应当写出人物的精神品质和他们的内心面貌,但怎么才能写出呢?……平常应注意些什么?怎么才能真正了解人们的内心活动?……"

在来信中没有谈到你自己的看法和做法,你只向我提出一串问题;因此,要我的回答完全切合你的具体情况和解决你的具体问题,就有些困难。

现在,我只能根据我平时接触到这方面的问题,谈一点我自己不成熟的感想,以供你参考。

要真正地了解人们的精神世界,只有依靠作者长期地深入生活、参加斗争和认真探索，除此之外，没有别的"捷径"可走。

写人，当然是写人的精神面貌与性格。然而人的精神面貌与性格不是贴在他的额门上，一睁眼就可以看得清楚的；而是体现在他的行动之中——体现在斗争中，工作中，日常生活中；因而要了解人的精神世界，就必须从人们的各种活动中，特别是斗争的活动中去捕捉它。

譬如我们要了解一个劳动英雄的精神面貌吧，如果只向他提出问题，无论如何我们很难从他的答话中充分地理解他的精神状态与内心面貌的；更重要的是观察他在各种场合中的行为或表现：不仅应当观察他在工作中的表现，同时也应当观察他与周围的人的关系，甚至他对家庭的态度与作风也必须注意到。我们如果能从他在各种场合的表现中抓住他的性格特征——即他对社会的观点、态度以及通过他特有的个性所表现出来的他所属的集团的特征等等——而且这些能体现其性格特征的言谈和行动又能印入我们的脑海，那么，这个人物在我们头脑里就不会再是抽象的了。这时候，我们不仅了解了这个人的精神世界；而且也有了表达这种精神世界的活生生的言谈与行动的细节了。

如果，我们能时常注意观察、感受、记录一些富有典型特征的现象和细节，对于描写人物的精神状态是有帮助的。

据说契诃夫也喜欢记录生活细节。为使你更明白我的意思，不妨举两个例子：

一个出版商的二十五周年纪念日。眼泪，演说："我献出十个卢布作为文学基金，利息用来付给最穷的作家，可是有一个条件，必须马上组织一个特别委员会，定出规章，规定如何分配的办法，以便照章行事"。（见《契诃夫手记》）

×是个怕羞的姑娘，平常听她在小组会上发言，她总是眼朝着地，声音低低的。惹得别人笑她。可是今天，她竟然在电车上和一个胖子吵起来了。

"起来，你！看不见这位大嫂带着两个孩子吗？你以为我站起来是让你坐的！"声音抖得厉害，使车上的眼睛全注视到她的身上，而她竟毫无感觉。

胖子尴尬地站起来。她吁了口气，这时才看到人们在注视她！脸腾地一下红起来，低声地对我说："咱们下车好吗？"（见《文艺学习》第一期《我和生活手册》）

这两条"手记"，都显示了一定性格的特征，都是通过言谈和行动体现了人物一定程度的精神状态和个性。类似这类富于特征的、能体现一定精神面貌的生活细节和事实，在现实生活中，特别在斗争尖锐的生活环境中，几乎随处都可以碰到的。如果写作者能稍加留意，他一定会常常有所感受。当这样的印象和细节积累得丰富了，尤其是能体现某种性格特征的细节积累得多了，某种性格在写作者的头脑里就会渐渐明晰起来和活动起来。到这时，要活生生地描写某种人的精神面貌及其活动，就不愁没有血肉了。

那么，是不是把这样同类的细节或事实简单地机械地堆砌起来就可以构成艺术形象呢？当然不是这么简单。这些具体的带着感性形式的细节和事实，对艺术形象来说，仍然只是一种材料而已。要创造形象，还必须经过深化、概括的劳动；也就是说，还必须经过"去粗取精、去伪存真、由此及彼、由表及里"的深化过程，并且还必须把它们概括在一定时间与一定场合之内表现出来，使之成为浑然一体，才可能成为有生命、有灵魂和有个性的形象。

在结束这封信之前，我还得向你强调地说明一句：上面所谈的，仅仅是积累生活的一个方面或一种方式；要创造真实的形象，还必须认真地研究社会环境与阶级关系；因为：第一，性格或精神世界一旦离开了具体的历史社会的环境，它就会变成难以理解的东西；第二，如果不能清楚地掌握环境的特点，你也就无法概括你曾经感受过的生活细节和事实。……

一九五四年四月

第八封信

（来信摘要）"……我很想创作，可是苦于没有材料，常常为这事感到苦恼。……请你告诉我一些具体方法，如何搜集才能得到好的写作材料。……"

……对于你所提出来的问题，我感到有点为难。鼓励你写作吧，你似乎连一点最起码的写作知识也没有；劝你努力目前的工作，不要为写作而苦恼吧，你又会觉得我向你浇冷水。

要从事业余写作，本来是可以的。不过，首先必须有要写的东西；其次，不要因业余写作而妨碍了你目前的工作。

我觉得，要从事业余写作，首先必须踏踏实实地去做国家分配给你的工作，从工作中积累生活经验和提高政治觉悟。如果首先轻视工作，轻视革命实践，对自己的工作认为是一种"负担"，你怎么能真正认识生活和提高自己的革命品质呢？

苏联一些优秀的作家，在他们的优秀作品出世之前，都是担任着繁重工作的：《远离莫斯科的地方》的作者阿扎耶夫，曾在远东几个企业中做过化学技师；《金星英雄》的作者巴巴耶夫斯基，曾担任过集体农庄的领导工作；《钢与渣》的作者符·波波夫，原是工人；《萨根的春天》的作者古里亚，原是工程师；《前线》的作者考涅楚克，原是外交家。……正是由于他们以生活创造者的身份从事各种活动，在工作中受过严格的锻炼，所以他们能深刻地理解生活，获得了后来成为作家的深厚的生活基础与思想基础。如果没有这些，他们就一定写不出这些优秀的作品来。

现在，你首先应该努力的，是如何设法把工作做好，而不应该急于去"找题材"。写作题材是在生活斗争中逐渐积累起来的。绝不是用什么"具体方法""搜集"得来的。事实上，从来就没有一种既省事又有效的"找题材"的"具体方法"；各个作家有各个作家不同的方法；就一个作家来说，他的每篇作品素材的获得，其方法也各不相同。妄想找一种可以"如法炮制"的"万灵方法"，并想按照这方法"抄近路"走到"作家之林"，结果，除了使自己失望之外，什么也不会得到的。……

一九五四年八月于北京

谈抒情诗*
——在一个座谈会上的发言

一

有人问：我很想写诗，可是没有什么可写，怎么办？

又有人问：我常常把自己的感受写成短诗，但是写出来之后，却一点也不动人，是什么原因？

写诗，如同写其他样式的文学作品一样，不能硬挤出来。诗作者如果没有什么激情需要抒发和没有抒发的冲动，而硬要写诗，正像一个没有怀孕的女人硬要生孩子一样荒唐和滑稽。

现在，我不谈叙事诗，且谈谈抒情诗吧。

既然是抒情诗，首先诗作者必须"有情可抒"，"情动于中，而形于言；言之不足，故嗟叹之；嗟叹之不足，故咏歌之；咏歌之不足，不知手之舞之足之蹈之也。"（《诗大序》）也即是说，写诗应当首先是"情动于中"，只有当诗作者被某种激情冲击着的时候，他才有抒发的冲动；也只有在这种冲动的情况下，动人的诗篇才可能产生出来。白居易也说过："动人心者，莫先乎情。"又说，"情"是诗的"根"。可见内心的激情与强烈的爱憎，对于诗是何等重要！如果没有"情动于中"，没有强烈的感情，"诗"只会成为没有灵魂的躯壳，它不可能有真情实感，也不可能有鼓动人心的力量。

那么，真情实感从何而来呢？从生活中，从斗争中来的。不以生活创造者的身份

---

* 载1957年2月版《谈谈写作》。

去参加生活和为创造美好的生活而去斗争，而仅仅抱着搜集写作材料的态度，或者只以冷淡的旁观态度去接触生活，都不可能深刻地感受生活，更不可能对生活有什么激情。

在这里，我要强调地指出：怀着旁观的态度去接触生活，人民群众的思想感情，就不容易为你所理解；人民群众所喜爱的或所憎恨的东西，常常也不容易被你感觉到，至少是不能敏锐地感觉到；即或偶然感到，亦不会唤起你内心的激情。为什么？那是因为你还没有把自己放在与他们一样的位置上，还没有处在同样的利害关系上；因此，你和他们不可能有同样的感觉，同样的感情与情绪；即使有，也不可能与他们有同样的程度；感觉也不可能与他们同样地灵敏。他们所热爱的东西，你也许觉得很平淡；他们所痛恨的东西，你也许会觉得很平常。既然如此，你怎么能和人民群众共呼吸、共喜怒；引起人民内心激动的东西，怎么能激起你内心也同样激动呢？

一个诗作者，他如果对人民的事业缺少热情，缺少与人民共鸣共感的激情，要写出激动人心的诗篇，是很难想象的。

抒情，是抒人民之情。在社会主义建设时期中，如果我们不理解人民在建设中或在为建设社会主义所进行的斗争中的感情和情绪，那么所谓抒情诗，还能有什么丰满的情绪和动人的感情吗？

说起来，这些都是众所周知的常识；可是当一些青年朋友进行写作的时候，这些常识却没有在创作实践中加以贯彻。因此，虽然是旧话，却仍然有重复一次的必要。

二

有人问：抒情诗有没有形象？

又有人问：抒情诗的形象和小说的形象有什么不同？

应当承认，抒情诗和其他样式的文学作品一样，也是有形象的，不过抒情诗中的形象与小说戏剧中的形象，在表现形态上不是完全相同的。虽然两者都有人物，但小说戏剧中的人物，是正面地通过对他们性格的刻画以及通过矛盾斗争的描写来表现的；而抒情诗中的抒情人物，却不是这样，他们不是直接地让他们的相貌、脾气、作风等显现在读者的眼前；读者在诗里只接触到抒情人物的思想感情和情绪，从这些思想感情和情绪中，读者看出了抒情人物的性格。你们听：

我会回来的,请等着我,
但你必须苦苦地等待。
等着,当凄苦的雨点,
打击着你的心坎。
等着,在酷热的盛夏,
或当塞风卷着雪堆。
等着,我所有的亲友,
都已经等得疲累。
等着,当从遥远的地方,
不再有一点音讯传来。
等着,当别人不再等候,
已经把我忘怀。

我会归来的,请等着我,
你别对那些人愁眉,
他们都深知到了适当的时间,
应该把我忘怀。
让我的母亲与儿子悲恸吧,
以为我已经死亡,永不归来,
让我最亲切的友伴相信,
一切的希望都已成灰。
让他们举杯为我追悼,
笼罩着无限沉默的悲哀。
等着吧,当他们的酒杯与你的相碰,
你可不必干杯。

我会回家的,请等着我,
只为了我要与死亡作对。
每个亲友都会想:"这多奇怪的幸运。"

呼吸有点不自在。
我的出现不是为了他们，
那些人不会等着我归来。
只是为了你在苦苦地等我，
才把我救出了祸灾。
我知道，你也知道，
为何我通过地狱时不受一点伤害，
正因为，不跟别人一样，
你知道该怎样等待。
——西蒙诺夫《等着我》

这是一首动人的诗！从诗句里面流露出来的思想、感情和情绪，使我们看见了抒情人物的性格——一个具有坚强意志和胜利信心的红军的性格。

一首抒情诗的优劣，常常首先取决于抒情人物的性格是否典型。他的性格如果与时代格格不入，所抒发的思想感情和情绪又是极狭隘和纯个人的；那么，抒情诗就很难触动读者的心弦，当然，要在感情上激起读者的共鸣共感，就更加谈不到了。西蒙诺夫这首诗里的抒情人物，无疑是具有典型性的：他所流露出来的钢铁般歼敌的意志与最后战胜敌人的坚强信念，不仅代表了在当时前线作战的许许多多战士的思想和感情；而且也把苏维埃人坚强不屈的特征体现出来。而这特征，却是在典型的历史社会环境中形成的。

但是，抒情诗也和其他样式的文学作品一样，只有集团的特征是不够的，还必须通过个人独特的方式表现出来。也就是说，抒情人物也应当各有各的不同的个性；由于个性不同，因而在抒情的方式上、色调上就各具风格。我们只要细读一遍西蒙诺夫的"等着我"这首诗，就能看出这一点。我们知道，在当时的苏联诗歌中，有不少诗作是歌颂红军坚强的歼敌意志与胜利信心的。如别尔戈丽茨的"给母亲的信"，

我知道，远在卡马河上，
母亲在担心，在怀想。
给遥远的妈，写些什么，

怎样安慰？怎样撒谎？
她的明信片每字每句，
都是思虑，都是恐惧，
她再三叮咛，女儿，女儿，
你要自己保重，爱护。
噢，我愿意拿任何代价，
除去母亲心里惧怕，
我要写信告诉她真话
让她不必把我牵挂。
"我自会保重，亲爱的妈，
我很会保重，你别怕。
我在保卫我们的城市，
尽力和大家一同去打。
我当心自己不被抓去，
做人间最羞的俘虏，
你的血在我血管里流，
叫我宁死不要被俘。
妈妈，你别怕，我不胆小，
我不后退，我不逃跑：
我保重你培养的灵魂，
坚强无敌毫不动摇。
你别怕，我心并不慌张，
力气还够用很久长，
列宁不是徒然教我们，
要有耐心方可打胜仗。
我和朋友同在，妈，别怕，
你也爱我的朋友吧……"
……我这样写给遥远的妈
我把真话告诉了她。

我没写——这样比较好些——
　　我们的老家破坏了；
　　哥哥受伤了，我苍老了，
　　吃得不饱，睡眠也少。
　　也许因为真情实况，
　　妈妈不会完全知道：
　　我们会医好这些创伤，
　　我们都将回复原状。
　　重游恬静温暖的梦乡，
　　一早起就开始唱歌
　　美丽夕阳再嬉戏在
　　老家的明窗净几上。

　　于是我高声告诉熟人：
　　把真话写信给母亲，
　　告诉她将来情形怎样，
　　不要诉说现在的艰辛。

　　你们看，这两首在主题思想上是相仿佛的，抒情人物的基本特征也很相像的，他们都有坚强的保卫祖国的意志与最后战胜敌人的信心；然而，表现这典型特征的方式与色调，却是多种多样。"等着我"这首诗，是用凄婉的调子同时夹杂着对那些"不曾等着我归来"的人们的愤懑的情绪表现出来的；而"给母亲的信"呢，则在"真实情况"与"虚假的安慰"的矛盾心情之下，表现了苏维埃人基本的特征——典型的思想感情。在生活内容上，两者也不相同：一是劝妻子"苦苦地"等待，一是劝母亲别恐惧和担忧。

　　从这里，我们可以看得出来，这两首诗与某些赤裸裸地把某种概念直呼出来的诗不同；这两首诗由于抒情人物各有不同的个性，而获得了多样的感情内容与多样的色调与风格；因而使得某些典型特征，得到了更真实和更动人的体现。

从这里，我们也可以得到一点认识。所谓抒情人物，并不一定就是诗人自己：也可能是诗人自己，也可能不是；但不管是或者不是，却总是抒写着诗人的感受和体验。离开了这一层，抒情人物将会失去生活内容和感情内容，正像小说家抛开了他的感受与体验，他的人物将会失去生活内容一样。

谈到这里，你们大概已经明白：所谓抒情诗的形象，绝不能把诗句中某些画面或某些意境片面地理解为抒情诗的形象；其实，某些画面或意境，仅仅是表达思想感情的一种手段；从更高的意义上说，抒情诗的形象应该是抒情人物。至于抒情人物是否具有典型性，要看他所抒发的思想、感情与情绪是否典型来判断；至于典型化的程度如何，要看作者对于思想感情等所作的艺术概括的程度来决定。

小说戏剧是通过性格矛盾的描写来显现形象的，这种矛盾的描写，就像两支箭头那样对立着，而且要求充分地把矛盾双方展示出来。抒情诗却不能用同样的形态来显现形象；虽然抒情诗也要反映现实中的矛盾与斗争，但它反映矛盾斗争的方式却与小说戏剧不同。在抒情诗里，抒情人物总是站在矛盾的一方面，而他对于矛盾双方总是有着鲜明的态度与观点，有着强烈的感情和情绪的，他不是对所憎的事物加以攻击，就是对他所爱的事物加以歌颂。例如：

折了屎缸教佛堂，
烂壁上灰假排场；
初一宰猪十五卖，
臭肉煎油假清香！

浑水过河不知深，
不知阿哥那样心；
万丈深潭难打底，
锡打茶壶假镀金！

从这两首客家山歌里，我们看出抒情人物都是忠于爱情的，因此，他们对于虚假的感情，表示了极大的愤怒！

在这两首山歌里，虽然不像小说那样把矛盾双方的性格都正面地摆到读者的眼前；但它仍然表现了矛盾与斗争的。理由就正如上面说过的那样：因为抒情人物站在矛盾的一方面，他不能没有鲜明的观点与态度、感情与情绪。而这种观点、感情和情绪，也就是抒情人物对于矛盾双方的看法与判断。

三

有人问：我有不少的生活感受，但表现不出来；偶尔也写一点，可是枯燥无味，连自己也不愿再读一遍，这是什么原因？

又有人问：怎样才能把自己的思想感情，通过抒情诗的形式，动人地表现出来？

是的，这是个必须解决的问题。否则，即使最典型的抒情人物和最丰满的生活激情，也不能表现出来。

我们已经知道，抒情诗是抒写人民感情的；但是如何去表现人民的感情呢？却不是每个青年诗作者都已经解决了的问题。

所谓感情和情绪，并不是外在的，可以直观地接触得到的东西；它是内在的、难以触及的、属于精神范畴里的东西。要准确地表现它们，要使形象更加鲜明突出，就不能不对抒情诗的表现手法加以必要的考察。

在这方面，我们的古典诗歌与民歌，给我们提供了良好的范例，值得认真去学习。

别的且不论它，只考察一下古典诗歌与民歌中的比拟与夸张这两种手法，我们就会知道表达感情情绪的一般要旨了。

入山看见藤缠树，
出山看见树缠藤；
树死藤生缠到死，
树生藤死死也缠！

这是一首客家情歌，表白了爱情的忠贞坚如磐石，比起"海枯石烂"来，则有过之而无不及；如果拿它的感染力与那些空喊"忠贞呀忠贞"的诗相比，就更胜过千百倍了。

这首情歌之所以能够把一种难以捉摸的感情表现得这样充分,主要是由于作者善于把感情附丽在具体的事物上,"以彼物比此情",用"写物以附意",使感情因获得恰当的比拟而突现出来。又如:

阿哥有心妹有心,
铁尺磨成绣花针;
莫学灯笼千百眼,
要学花烛一条心!

石上种竹石下阴,
海底种松万丈深;
八仙桌上放灯盏,
只有添油不换心。

从这里可以看得出来,所谓"写物以附意",并不是任何一种"物"都可以附意的,而必须选择能表达感情特征的"物",才能把情意显现出来,才能引起读者的联想与共鸣。这两首客家山歌都是抒写爱情的,作者之所以拿"灯笼""花烛""海底种松""灯盏"等来比拟,无非要表达"专心一意"的忠实的爱情而已。在民歌里面,这种手法是常常被运用的,如"一壶难装两样酒,一树难开两样花!""要学凤凰成双对,莫学黄蜂乱采花!"所有这些比拟都只是为了一个目的,那就是要把"忠于对方、忠于爱情"的思想和感情表达出来。

自然,这些诗里所借喻的事物或意象,不可能都与所喻的思想感情在任何性质上完全一致;既然是比拟,只能借用比拟物中的一种特性或特征;要求各方面都一样是不可能的,也是不合理的。

比拟的运用,也是多种多样的:"或喻于声,或方于貌,或拟于心,或譬于事。"(见《文心雕龙·比兴》篇)有托一物以寄情;有托数物以寄情;有的比拟本身就构成一个画面(如"入山看见藤缠树"一诗),有的则不是(如"阿哥有心妹有心"等两诗),而是借用几样事物或意象,加以比拟;勾起读者的联想,使作者所表达的思想感情有了感染力量。

在抒情诗里运用比拟，不仅能把内在的感情情绪生动深刻地体现出来，而且也能把某种观念生动深刻地表达出来。

譬如：

麻竹架桥肚里空，
两人相好莫露风；
燕子含泥嘴要稳，
蜘蛛牵丝在肚中。

又如：

不扯横云天不光，
不过重阳不落霜；
不到黄河心不死，
不同哥爱心不凉！

这里所表达的是一种看法，一种观念；然而它比"莫泄露咱们的爱情！"或者"他呀，我坚决要爱他！"却要生动得多和深刻得多。一方面，这些恰当的比拟使抽象的观念获得了感性的表现形式；另一方面，这些恰当的比拟易于勾起读者的联想，使读者更容易被这种思想感情所感染。

*　　*　　*

当然，要完美地充分地表达生活激情，只靠比拟是不够的；"叙物以言情"（"赋"），"触物以起情"（"兴"）等，都很重要，现姑不论它；在这里，我只想谈谈"夸张"（即"文心雕龙"中的所谓"夸饰"）对于表达思想感情的意义与作用。

前面已经讲过，所谓思想感情和情绪是内在的，难以触及的东西；为了表现它，必须附丽在其他事物或意象上面，别人才能感受得到；可是有些感情情绪，至细至深，虽用最精粹的语言也很难表达得完善，而比拟也不能附托它的情意；此时此际，夸张就成为十分必需。刘勰说过：

夫形而上者谓之道，形而下者谓之器。神道难摹，精言不能追其极……故自天地

以降豫入声貌,文辞所被,夸饰恒存。(见《文心雕龙》《夸饰》篇)

还是举客家情歌为例吧:

坐下来,聊下来,
聊到两人心花开;
聊到鸡毛沉落水,
聊到石头浮上来!

又如:

风吹门板两边开,
讲过要来就要来;
灯草架桥你要过,
竹叶撑船你要来!

这种"极致"的情绪,如果只是平铺直叙地抒写出来,绝不可能像这两首民歌所表现的那样热情洋溢。只有当作者运用了夸张,而且运用得恰当的时候,"极致"的情绪才能充分而又动人地显露在诗句上。

在抒情诗里的所谓夸张或夸饰,和小说戏剧中的夸张在含义上是不同的。小说戏剧的夸张手法,一般地是指概括集中现实生活中某些典型特征,使之加深加浓;把好的写得更好,把坏的写得更坏;然而在抒情诗中,夸张的含义却不完全是这样。小说戏剧中的夸张,不管它夸张到如何程度,但它必须符合生活事实的逻辑;否则夸张就会变成毫无根据的臆造。生活的真实就会受到严重的歪曲。然而在抒情诗里,情形却不全是这样:只要它所抒写的思想、感情和情绪是典型的,只要夸张能恰当地显现这个典型思想和感情;那么,即使这种夸张本身近乎荒唐,也无损于抒情诗的价值。这类例子很多,如:

惟郢路之辽远兮,魂一夕而九逝!

——《九章·抽思》

亦余心之所善兮，虽九死其犹未悔！

——《离骚》

依娌绣的蝴蝶，

差点儿就飞起来；

依娌绣的花朵，

连蜜蜂也停在上面。

露珠最晶莹了，

和依娌一起就干了；

星星最玲珑了，

和依娌一起就暗了。

木棉花最映眼了，

和依娌一比就失色了；

孔雀的尾巴最好看了，

和依娌一比就收敛了。

——《百鸟衣》

在古典诗歌中，还有"燕山雪花大如席""白发三千丈"等，这些超乎常情、超出事物逻辑的夸饰，在读者眼前，并不会觉得怪诞无稽；反而因为它们动人地传达了生活的激情或事物的特征，使人在感情上得到无上的满足。

无论是夸饰或比拟，都必须切合抒情人物的身份与生活环境。抒情人物假如是农民，如果尽拿许多农民所不熟悉的事物来比拟，是不恰当的，也是不亲切的。有些诗，虽然作者在运用比拟与夸饰时耗费了许多心血，但是由于不切合抒情人物的身份与环境，不但不能引起读者丰富的联想，反而使人觉得抒情人物所抒发的思想感情与他所借以附托思想感情的事物有一段距离；因而，会使人有牵强或虚假之感。

这种现象之所以存在，穷根究底，仍然是由于生活不足。一个诗人如果只熟悉他自己那个集团的生活，那么，在他的诗里，他要驾驭其他集团的抒情人物，就会遇到许许多多的困难；首先，他就会感到生活不熟悉，设喻和想象就会受到很多限制。说到这里，我认为"诗人只要到处感受感受，用不着深入生活"的论调，是不完全正确的。不说思想感情的深入理解吧，即就生活知识或生活意象来说吧，如果不深入生活，怎样去取得呢？

四

最后，我想顺便提到叙事诗的问题。

在一些青年诗作者所写的一些叙事诗里，无论人物对话或情景描写，都太缺乏能引起读者联想的东西；只是就事论事，平铺直叙地述说事件；太缺乏生活激情，太缺乏抒情意味了！本来，叙事诗是不能离开抒情的，最好的叙事诗常常是被抒情所沁透了的。我们优秀的叙事诗如《孔雀东南飞》《长恨歌》《琵琶行》等，没有不在叙事中抒情的。你们听：

归来池苑皆依旧，太液芙蓉未央柳；芙蓉如面柳如眉，对此如何不泪垂？春风桃李花开日，秋雨梧桐叶落时；西宫南内多秋草，落叶满阶红不扫。

这里不仅是景色描绘，同时借荒凉的景色烘托出人物凄楚的心境；它不仅仅是景物生动的描写，同时也寓寄了作者的感情！

正是为了更动情地叙写事件与人物，才需要激动地抒情。从这角度来看，"百鸟衣"是出色的。作者常常为了鲜明地突出某种感情或某种环境，而动情地抒发感情；同时大胆地采用了抒情民歌中的比拟与夸张，如：

绿绿山坡下，没有古卡家，
青青的树叶呀，未到秋天就黄了。

清清小溪旁，没有依妲淘米了，
淙淙的流水呀，也流得不响了。

其实这就是很好的抒情诗。而"百鸟衣"正是由这样动情的段落所组成的叙事诗。正因为如此，所以那首长诗的情绪是极其丰满的，形象也极其鲜明的；因而它具有激动人心的艺术力量。

由此可见，抒情，不仅在抒情诗中是重要的；在叙事诗中也仍然是重要的。

放情地歌唱吧，青年朋友们！把人民雄浑的优美的感情唱出来！把社会主义建设时期一切崇高的心灵唱出来！

人民在期待着！期待着美丽的诗篇！

一九五六年五月于佗城

图解不是艺术方法[*]
——给一位青年作者的复信

……您的短篇集《水上行船》,我已经仔细地阅读过。现将读后的感想写给您,供您参考。我打算先谈谈对各篇的看法,然后总起来提点对这个短篇集的一些综合性的意见。

一

现在,先把我对各篇的读后印象,写在下面:

《伟大的母性》——在这短短的作品里,似乎什么都谈到了,但却很空泛,而是都是用淡漠的笔触叙述出来的。读者无法从这些字句中感受到作者的感情,也就是说,作品没有一点动人的描写。作品不仅没有把儿女对母亲的感情动人地表现出来,也没有把"典型的母性"(用你自己的话)表现出来。因而,这篇作品无论在思想内容方面或感染力方面,都是软弱无力的。

《吕大娘》——内容太单薄,作者所要表达的意义,也缺少说服力。什么原因呢?原因可能是:作者只从下面的概念出发,即"办社不能各顾各,大伙一定要一心为社"。为了表达这个概念,才派遣了吕大娘和她的闺女,以及聋子丈夫去扮演。值得提出来的是,他们所表演的"情节",又没有一点真实感。仿佛作者叫"人物"干什么,"人物"就干什么似的。也就是说,人物的性格是模糊不清的,他们之间所发生的事件,也缺少必然性。我们在这篇作品中找不到可以说明"吕大娘为什么这样一

---

[*] 载1984年4月版《萧殷自选集》。

心为社"以及她的"闺女为什么只管各顾各"的性格基础和思想基础。这样,作品拿什么去说服读者呢?就成问题了。

《妯娌俩》——这一篇还有些生活气息,弟媳的个性也较鲜明。在这篇作品里,作者似乎是想把人物性格描写出来,这意图是好的;但是结果却不好。譬如"耐冬嫂"吧,除了她哄孩子这一点较有生活气息外,其他却都是抽象的叙述,作者叙述着"耐冬嫂"对弟媳如何如何好,对奶奶如何如何好,对丈夫又如何如何好……这种抽象的叙述方式只是罗列现象。人物怎么能写得活呢?必须学会反映真实合理的事件——即性格与环境互相联系所构成的必然事件,并通过事件来表现人物的性格。只有这样,才能合情合理地反映生活;也只有这样,人物才可能活起来。

《俭朴老人》——这篇作品的内容稍显单薄。作者要表现的,是松贵老头的俭朴作风以及他儿子对父母的不近人情的冷淡。批判这种现象,是有意义的;可惜,作者歌颂松贵老头的俭朴,抽象的叙述竟多于表现;对他儿子的批判也不够深入。譬如儿子的冷漠无情吧,作者只说他"在城市里生活了几年,竟变成这个样子",这显然是一种简单化的看法。所以会这样,主要原因是作者更多地注意了概念的表达,而没有以同样多的精力去研究生活的真实状况。

《分牲口》——这篇作品较有生活气息,由人们所形成的纠纷,也比较有些真实感。但虎林态度的变化("低下头,脸红了,耳根也红了"),却与他平日行动中所表现的性格有矛盾,使人有一种不自然的感觉。

《水上行船》——比较朴素、自然;可惜,其主要内容大部分是对话,稍嫌呆板。

《春的早潮》——比较自然,朴实;生活气味较浓,这是好的。可惜,人物的积极或保守,读者都摸不着头脑。读者只看见黑妮子及其父亲很积极,只见社长有些畏缩不前。总之,读者只看见他们在做什么,却不明白他们为什么要这样做。既然这样,所以他们的行为很难使读者信服,自然更不必谈感动了。

《小辫》——读者对于小辫的性格,还有些印象,这是可贵的;可惜作者对她的性格发掘得太浅,她热心文化教育工作,读者是看出来了;但是读者却摸不清她还有什么优异的品质,正因为这样,所以后面区委突然叫她入党,就会使人觉得不自然。

《可爱的村庄》——比较自然、真实;也还有点风趣。

《锄麦》——气爽老头的个性是鲜明的,但是形成他的积极性格的环境是什么?

只交代他过去在地主家受过苦是不够的；同样的历史经历不一定就形成同样的性格，现实环境的具体影响，是不能忽视的，否则，性格的真实性就很难理解。

《新春》——还有些生活气息，但是作者像在其他各篇处理人物一样，总是采取简单化的看法；好人什么都好，坏人什么都坏，矛盾斗争一目了然。而兰燕母女的思想感情，几乎完全超脱了农民环境的任何影响，这是很难使人信服的。

《送闺女》——是篇较好的作品，朴素，真实，自然，亲切。人物虽写得简单，但都有个性。其中的纠葛也较自然。由这事件所体现出来的意义，也较有感染力。

《解》——这篇也较真实，生动；但最末段，何先生对丁福老头的生气，似乎没有什么心理基础。

《姊妹们的信》——还可以，只是小兰姐姐给素云的信中所流露的情绪，却是有些简单化了。当然，可以猜到，这是为了服从作者所要表达的思想的需要。

《兰燕娘》——有些生活气氛，写的也还自然；只是最后大伙忽然勾去她的名字，却是与她的性格不相称的，这一点并不真实。

《妈妈病了》——这篇作品的问题较多，几乎作者在其他作品中隐隐约约露出的缺点，在这篇中都集中地表现出来了。很明显，作者是在拿生活来"图解""儿女应孝敬父母"这一概念的。这样的问题本来是很有意义的，但可惜，作者并不是从生活出发。因此，当作者在进行构思时，不是从生活感受中去展开构思，而是从"结论"出发去虚构情节的，如果是这样，那就难怪作者把生活描写得那样简单，困难那样容易克服了。

为了表达这个概念，作者采用了最便当的方法——对比法。对比，本不应非议，问题是作者没有描写麻三和麻五两兄弟的为人，只是由于临时的需要，随手将他们拿出来表达这个概念而已。为了明确地表现这个概念，作者竟不惜插入一段无论对于人物性格或对于环境的表现都没有什么帮助的"说教"。

《农村会计员》——内容较一般化，作者把人物活动的背景写得过分简单。作品除了企图劝人安于农村工作，没有更深一点的思想内容，也缺乏动人的描写。像这样的作品，最容易因"时过境迁"而丧失意义，因为除了政治口号之外，再没有"耐人寻味"的生活内容和更深刻的生活意义。这是应当引起注意的。

《高兴的夜晚》——这篇作品，仍然是从"合作化比单干优越"这一概念出发的。整个作品，除了用生活去图解这个概念之外，读者接触不到生活真实的内容。既然写作的冲动是由概念引起的，结果当然会阉割生活的辩证法，损害生活的真实。由于更多地服从了作者的空泛的热情，结果当然就会把农民在合作化初期的复杂心理状态以及由各种复杂心理状态所构成的人与人的复杂关系简单化了。值得注意的是，这种情况，不仅只表现在《高兴的夜晚》这一篇上，而且也贯穿在其他的作品中，如《妈妈病了》《新春》《春的早潮》《吕大娘》等等。

二

　　作者能经常地注意政治运动或社会运动，是可贵的，证明了作者充溢着对新社会的革命的热情。但是，要将这股热情通过作品去感染读者，必须首先用这炽烈的社会主义的热情去深入生活和研究生活，只有当作者熟悉了生活，真实地描写了生活的真实和体现了作者的革命理想，这股热情才会与生活真实融为一体，一起被读者所接受。

　　但是，作者不是这样。对农村不能说没有知识，但是对于农村中社会斗争的知识，却缺乏更多的理解；对于农民在社会主义改造时期的心理面貌，也似乎了解得太少。这就是造成上述作品缺点的主要原因。

　　由于作者本身的生活不足，但在理性认识上又认为应当歌颂新的事物与新的人物，因此，只好借助于政治报告或报刊的社论。就是说，作者在思想感情上，或对于生活的认识上，都还对新人物新事物缺乏真情实感，也缺乏表现的欲望，只是为了写作，不得不从概念出发。这就难怪作者常常以某一"口号"或政治术语来作为作品的唯一的内容。

　　为了表达这类思想内容，作者几乎常常是：围绕着概念的需要去构思他的题材，而完全放弃了对生活真实的观察和探索。但是图解概念，却不是艺术的方法。

　　正因为如此，所以在作品里，现实生活被简单化了。好像无论什么样的困难，要克服它都极容易似的。在作者的眼里，工作中的困难固然容易克服，就是人们的思想感情的改造——由小农的思想感情改造成为社会主义的思想感情——也是极其容易的。也正因为作者对农民缺乏深入的认识，所以在作品里的积极的正面的人物，很少农民的气息，倒很像一些热情洋溢、心地单纯的中学生。在作者笔下的农民积极分子，读者只看见他们说些积极进步的话，做些积极进步的事；但是，他们为什么会这样,是什么精神力量在支配着他们,而这些精神力量又是怎么形成的——总之,他们的精神面貌怎样,却使读者很难摸得着头绪。

既然人物是这样模糊不清,那么由这些"模糊不清"的人物所构成的事件,又怎么能使读者信服,进而感动读者呢?你所抱的良好的愿望,又如何能在读者的心灵里产生同样的效果呢?

这仅仅是读后的一点感想,不知对否?供参考。

一九五六年十一月于北京

马克思主义会妨碍创作吗[*]
——给一个青年读者的回信

来信问:"……和我同系的一个同学跟我说:只要能忠实地描写生活,就可以写出好作品来;他说,马克思主义的世界观,是不重要的,他还说,受了马克思主义的束缚,反而不能写出好的作品来。对他这些意见,我感到有点'不对头',但我无法反驳他;相反,我倒给他说的什么'文艺的特殊性'等等弄糊涂了……"

……我以为,你要反驳你这位同学的"理论",你最好先弄清他到底是想给什么人服务的问题。如果他不愿为人民(主要是为广大的劳动人民)服务,而愿意为已经死亡的阶级服务,他当然就用不着马克思主义;不仅"用不着",而且他们还要千方百计地来反对马克思主义和破坏马克思主义。他们之所以要这样做,是因为他们认准了这是问题的关键。文学到底为谁服务,关键就取决于作者的世界观和他所站的阶级立场。如果我们中了他们的诡计,放弃了马克思主义,离开了工人阶级的立场,脱离了工人阶级先锋队——共产党的领导,那么,这将意味着什么呢?那就是从根基上——从思想上和精神上给解除了武装。

但如果你的这位同学只是由于思想糊涂,才对你说了这篇糊涂话,那我们就有责任向他解释清楚,希望他能从谬误中清醒过来,以免继续为资产阶级的文艺观点所毒害。

你的这位同学心目中的所谓"好作品",可能正是我们广大劳动人民所不需要的作品。你应当明确地告诉他:只刻板地描写生活,并不能保证作品获得真实性和积极

---

[*] 载1982年2月5日《延河》二月号。

的思想意义。在世界上,据我所知,还没有一部优秀的作品,是用"纯客观"的态度去"抄录"生活、而完全排斥作者自己的观点的。就拿文学史上的自然主义作家来说吧,他们何尝抛开过他们的观点和理想呢?所不同的,只是他们拿一种奇怪的观点(譬如生理学的观点)来解释生活罢了。

尤其是在今天,抱着所谓"纯客观"的态度去对待生活,就更加有害;因为社会主义时代的文学,它不仅要反映现实生活的面貌,更重要的,它同时还负有改造现实的任务。那些认为"只要忠于生活就可以写出进步作品"的观点和那些认为"不要马克思主义的指导也可以为人民服务"的观点,显然与社会主义现实主义的基本精神是背道而驰的。

为什么?

在社会主义时代,所谓"进步",并不是抽象的概念;如果离开了社会主义的革命精神,离开了共产党所领导的伟大事业,所谓"进步",就将成为难以捉摸的东西。在社会主义思想同资本主义思想展开激烈斗争的现在,一切拒绝共产党的观点和路线的人,不管他们的主观动机如何,在实质上,他们都走着同广大人民相反的道路。如果这些人是文学写作者,谁敢奢望他们能写出切合人民需要的作品来。

很显然,既然不为人民的未来着想,又不为广大劳动人民美好的理想——共产主义事业着想,试问,所谓"为人民服务",除了自欺欺人之外,它还能有什么旁的意义呢?

在今天,不谈为人民服务则已;要想真正使自己的作品服务于人民,真正对广大劳动人民起教育作用,真正能激励人民为他们幸福的未来——共产主义社会的实现去奋斗,就不能离开马克思主义的指导,也不能离开党根据现状所规定的路线和方针的指导。

列宁说:"只有受先进理论指导的党,才能实现先进战士的作用。"同样的道理,一个抱着善良愿望的作家,只有当他接受了马克思主义的指导,他才可能通过他的创作发挥他的革命战士的作用。

我们不妨反转来设想一下,假如我们的作品,没有高瞻远瞩的共产主义的精神,没有为劳动人民的幸福未来而献身的热情,也没有能激发广大人民为实现共产主义事业去奋斗的信心和意志……那么,这样的作品,对于正在建设社会主义的劳动人民,还有什么意义呢?文学作品如果不能激发人们对建设社会主义的热情,不能鼓舞人们对社会主义事业的信心和扫除社会主义障碍的斗争意志,那么,它对社会还有什么作用？更哪里还谈得上对人民有什么教育意义呢？

当我们估量一篇作品的价值时，首先，应考虑它在社会主义建设中对人民是否有帮助，是否对人民有武装头脑的作用。如果放弃了这样的要求，那就等于说：文学在社会主义的斗争和建设中是可有可无的东西；也等于说：作家从事写作可以毫无目的，可以对社会主义的事业毫无责任，作家自己也可以毫无理想。……是不是可以这样看呢？我想，绝大多数的文学写作者都会否定这样的看法；有些作者甚至还会说："这未免把我们看得太无出息了。"

既然承认我们对于社会主义事业负有光荣的责任，那么，请设想一下，假如作家拒绝接受马克思主义的观点和路线，离开了工人阶级的政治立场，他将如何来承担这光荣的责任呢？

我们已经知道，作家在进行写作活动的时候，总是在选择些什么和抛弃些什么，总是在按照他自己的见解拥护一些东西和反对一些东西。这说明，作家在进行构思以至于写作的时候，都不可能抛开自己的阶级观点和阶级感情，也就是不可能抛开自己的世界观。

说什么"马克思主义的世界观，是不重要的"；"受了马克思主义的约束，反而不能写出好的作品来"等等，都是极端荒谬的论点，如果我们承认作家在构思形象时，不仅无法摆脱他自己的世界观的影响，而是相反，他的世界观在形象思维过程中还起着决定性的作用。那么，为什么有些人偏偏要说马克思主义会妨碍创作呢？难道只有马克思主义以外的世界观，才有利于创作吗？应当指出来，以小资产阶级或资产阶级的观点和感情去构思和创造艺术形象，都不可能创造出具有社会主义精神的作品。

也许有人会说："由于马克思主义的条文束缚着我们，妨碍了我们按照自己的见解去展开形象的构思，因而，我们无法写出好作品来。"实际上，并不是马克思主义束缚着他们，倒是他们的教条主义或资产阶级的意识束缚了他们自己。我敢说，一个真正为马克思主义所武装的作家，一个全心灵都为马克思主义的精神所灌注的作家，绝不会把马克思主义看作是一种"约束"；只有那些敌视社会主义事业的人或者是那些以教条主义态度来对待马克思主义的人，只有那些把马克思主义的词句停留在嘴唇边，而实际上满脑子填塞着资产阶级或小资产阶级思想感情的人，才会把马克思主义看作是艺术创作的障碍。

我们的看法恰恰相反，马克思主义不仅不会妨碍艺术创作，它对艺术形象的创造，倒有着无可估量的意义。问题是，我们是否真正接受了马克思主义；它是否真正变成为我们的思想感情，变成为我们的世界观；它是否已经与我们的心灵融为一体，成为我们的自觉意识，并支配着我们的感觉和我们的思维活动。如果马克思主义已经经过我们的消化，已经变成为支配我们行动和思维的指南——见解、态度和理想，那么，到这时候，它不仅不会妨碍艺术创作；恰恰相反，它不但能帮助我们更好地理解现实发展的实质和特征，认清运动的方向，洞察未来的远景；同时，也能使我们对于新社会中的一切富有特征的典型现象和典型人物，更加敏感和更有热情。因而，它不是妨碍艺术创作，而是有助于艺术创作达到更高的水平。

因此，我们不同意某些人把公式化和概念化的产生，归罪于马克思主义世界观的指责。

公式化概念化的现象之所以会产生，一方面固然由于某些作者不熟悉和不理解生活；另一方面，则是由于某些作者满脑子填塞着资产阶级或小资产阶级的思想感情。由于他们不能不掩盖住这种发霉的思想感情，不能不隐藏住自己肮脏的心灵，因而，他们只能以一种虚伪的、冷漠的态度，去对待生动活泼的、丰富多彩的现实生活；由于他们不能用自己的见解、自己的心灵去"感受"和"融化"生活，因而，他们只能拿一些马克思主义的条文去硬套生活，或者生吞活剥地把马克思主义的词句硬塞进"作品"里。

可以看得出来，并不是马克思主义促成了公式化和概念化，倒是这些人以虚伪的或教条主义的态度来对待马克思主义。

很难设想，一个作家的心灵如果没有为马克思主义所武装，他能够创造出能鼓舞人心又洋溢着社会主义激情的作品。

社会主义的激情，只能从社会主义坚强的战士的心灵里迸发出来；具有高度社会主义精神的作品，只能从富有社会主义理想、又坚决为实现这理想而奋斗的作家手中创造出来。

只有经过马克思主义武装了的作家，才善于站在共产主义的高处来观察生活。也只有他们，才能从国家整体利益来思考问题，从社会主义发展的观点去辨别什么是主要的、决定性的因素；什么是偶然的、个别的东西。因而，他们不仅能高瞻远瞩地看清现实发展的方向和前景，同时，也能时时刻刻清醒地看到全部社会关系的脉络。他们不会被某些消极现象所吓倒，更不会因这些消极现象而模糊了现实生活的主流和本质。正是因为他们对现实看得最准确、最深刻和最长远,所以他们最能掌握生活的真实——典型的环境和典型的人物。

又有人说:"如果头脑里塞满了马克思主义的原则,艺术感受和形象思维就会衰退;满脑子尽是什么'特征'和'规律',而创造艺术形象所必需的动人的细节、情景和对话等,势必会被这些'特征'和'规律'驱逐得干干净净。"如果这些话是用来嘲讽那些以教条主义态度来对待现实生活的人,问题又可作别论;但是他们把矛头指向马克思主义,企图否定马克思主义对于艺术创造的指导作用,却是极端错误的。

马克思主义的文艺理论,向来就坚决反对以抽象条文来硬套生活;也坚决反对以规律和特征来代替活生生的生活事实和多样复杂的社会关系;同时也承认艺术创造有它一套特殊的规律和形式;但是,在任何一个作家身上,只要他感受外界事物,或者进行形象思维,就不能不受他自己的见解、态度和理想的影响,也就是不能不受他自己的世界观的影响。

一个作家,只要马克思主义的原则真正被消化了,已经成为他的见解、态度和理想,并与他的心灵融为一体的时候,谁敢说,这个作家的艺术感受能力和形象思维能力会衰退?事实恰恰会相反,由于他有远大的理想,积极的态度,坚毅的意志以及对社会主义事业有不移的信心,因而,他对现实生活,不可能不是满腔热情;只要他能经常地深入人民群众中,深入矛盾的深处,那么我敢相信:这样的作家,不仅有丰富的社会主义的激情(包括与反社会主义事物斗争的激情),而且也善于感受和善于幻想;不仅善于洞察现实发展规律和前景,而且也富有诗的想象。

我们希望有大量这样的作家出现!

只有这样的作家,才善于发现普通人在日常劳动和斗争中的意义,才善于把日常感受到的、经验过的生活进行高度的艺术概括。

也只有这样的作家,才有可能创造出切合人民需要的、既有艺术感染力又洋溢着社会主义精神的作品。

我的信就写到这里为止吧。你所提出的,是一个大而复杂的问题,由于我自己的修养太浅,不可能谈得深刻和准确。你既然要求我回答,我就只能把粗浅的看法告诉你。不知对不对,愿给你考虑这方面的问题时作参考……

一九五七年十二月于佗城

论素材、消极现象及其他*
——给一个习作者的复信

……五月四日的来信以及随信附来的《生活印象琐记》，都收到了，并且都仔细地读了一遍。如果七月间能抽得出时间来，就按照你的计划来一趟吧。我欢迎你！我将怀着高兴的心情来倾听你这半年来在农业劳动中的收获和体会。我相信，这样的谈话，对于我一定会有极其有益的启发。

我应当坦率地承认，你这次来信，比你过去两年来的任何一次来信，都更使人感到愉快些。我不想重提你考不上大学之后的那一段空虚的、飘飘忽忽的生活；更不愿引起你去回忆你当时对文学事业所抱的那种不正当的想法。那种种情况，对一个文学青年来说，是很不好的，甚至是很危险的。好在这些都将要成为过去，有的已经成为过去了；现在你已经是农业生产战线上的劳动者，这是可喜可贺的！你的辛勤的劳动和你对社员们的亲密关系，毫无疑问，会使你逐渐地充实起来和乐观起来；你那种忧伤的小资产阶级的坏脾性，定会在劳动中，在汹涌澎湃的群众运动的惊涛骇浪里，被冲洗得干干净净。如果能这样，倒是值得高兴的。到那时候，你就再不会把"写作"当作名利的敲门砖，而一定会把它当作一门"协助社会主义前进"的武器来使用了。到那时候，那种曾经出现在你过去习作中的虚假的感情和空洞的叫喊，不会再出现了，将代之以来自心底的社会主义的激情和代表着广大先进群众的豪迈的声音。

如果七月间你能来，我们再认真地来讨论这方面的问题吧，在这封信里暂且就不谈它了。现在，我倒想对你的《生活印象琐记》，谈一点我的看法，因为现在距七月还有一个多月的时间，先提出来，也许对于你这一个月的素材记录会有些用处。

---

* 载1983年8月版《萧殷文学评论选》。

你的这些《琐记》，我认为是很有意义的；虽然只是生活中的一鳞半爪，或是零碎的断片，但都或多或少地抓住了揭示特征的东西，这是可贵的。尤其是你能在劳动过程中，把你所接触的较有特征的生活印象记录下来，就更加可贵。这样记录的时间长了，这样的素材积累得丰富了，不但容易把握住某类人物性格的典型特征，而且也获得了体现这种种典型特征的血肉生活——也就是能体现典型特征的具体的、感性形式的生活内容。

假如你接触过几百个先进生产者，并且把你在接触时所认为有特征意义的印象和你的感受，都记录下来；我想，到这时候，你要塑造一个先进生产者的形象，准会因为有丰富的素材而得到了许多方便。这时候，你不但可能把握住先进生产者的重要特征，而且也可能通过独特的个性化的方式来表现这重要特征了。

这是一方面。另一方面，这种"记录"还可以帮助我们逐渐深入地认识生活。

譬如说，你通过一系列的生活现象，发现了某些人身上正"生长"着一种崭新的品质。这种"发现"哪怕还很浅，很朦胧；但毫无疑问，这种"发现"会引导你继续去注意，去探索，去发掘。由于有初步的"发现"做基础，因而你在这方面的感觉就会灵敏起来。如果你善于逐步地继续深入观察，又继续记录你的观察：那我相信，这种记录很可能帮助你由浅入深地认识了一些最新型的人物。

我就是这样看待"记录"的，所以我非常赞成你继续把生活中富有特征的现象记录下来。这些素材虽然现在还不能写成作品，但如果继续积累下去，对于你将来的写作，却是很有好处的。

的确还有不少的文学青年，他们也像你一样，是勤于记录的，可是他们只记录事件的轮廓（故事的梗概），而不重视观察、记录生活中富有特征的现象和细节，也就是不注意一切能够体现生活真实的具体的生活内容。因此，难怪他们有时会把动人的故事写得干燥乏味，写得无血无肉了。

你不是这样。在你的《生活印象琐记》里，不仅有事件的梗概，有人物性格的素描，也有人物外貌特征的勾勒；不但有场景的剪影，也还有很幽默的和很能表现人物个性的对话；不但如此，在有些素描里，你还注意记录了场景的气氛以及人物对话时的语调和表情……这一切，都是好的，你应当继续发挥这些优点。

但是，在你的记录里，也存在着一个很大的缺点，如果从发展的观点来看，应当说这是一种不好的倾向。请你自己看看吧，在你的"琐记"里，几乎绝大部分都是消极现象的记录，一些勾勒人物性格的素描，也大都局限于落后人物的种种特征上。

例如：

有一天，一位县委委员来了。乡公安员——那个黑脸蛋，圆眼睛的小伙子，却忽然像变成了另外一个人了，他脸部的表情跟平日完全两样，眼睛闪出那样柔顺的光，说话那样细声细气，你问他一句，他就答一句……可是下午那位县委委员一走，他自己刚走到村边，就听见他又大声斥人了。

又例如：

我们的社主任喜欢罚人，他开口闭口就"……你要不……，就罚你！"

社员都有点怕他，有事情要跟社主任商量时，谁也不愿去，你推我，我推你的，他们说："我不去，他一见你，就像人家欠了他二百五似的，老绷着个脸！"他的确是这样：社员有事去找他，他不是堵住你，就是斥你一顿。有一次，有社员问他："社主任，现在种黄豆太迟了，种下去也长不好的，是不是换点别的什么种上？"他连看也不看一眼，吼起来："你只管照着我们规定的去干，别这么啰唆！"

他很不满副主任，特别是觉得副主任那个啰唆劲儿，那种喜欢向社员作细致说服的劲儿，他看不惯，他说："哼！你真舍得浪费时间！"

当作一般的素描来看，应当承认这是不坏的，因为你不是盲目地去记录你的见闻，而是选择了你认为能显示性格特征的现象或细节；并且，在另一些记录里，你还把人物的独特个性也记录下来，使性格的重要特征带上鲜明的个性色彩。

但是，我为什么又作为一种不良的倾向向你提出来呢？是不是凡是记录了消极现象的，都是错误的呢？

一般说，描写生活中的消极现象，是不应当遭到反对的；问题要看你站在什么立场上，用什么观点去描写消极现象。如果用社会主义的精神去处理消极现象，人们当然不会有什么异议；但如果怀着一种幸灾乐祸的心理，专拿消极现象来吓唬别人和吓唬自己，那就怪不得读者要出来抗议了。

你现在虽然还处在积累素材的阶段。可是，你一开始就以最大的注意力和兴趣去

追寻生活中的消极现象或落后人物,我以为,这就应当引起你的警惕。

我所以要向你提出这样的问题,是因为在你那十多页的《生活印象琐记》中,看到了有百分之九十几的篇页都记录着消极现象和落后人物的各种特征;另一方面,你对于新生的社会主义的事物,却表现出过分冷淡的态度和过分迟钝的感觉。而且,你常常把富于抒情意味的笔触涂抹到落后人物的身上;而对于新人物的特征,反而"记录"得十分潦草和十分枯燥。这说明什么呢?至少也说明了:在现实生活中起主导作用的,日益成长的新品质和新气象,还没有引起你的注意和兴趣;你对这些新生的东西还没有产生什么热情。这当然不是偶然的,恰恰反映了你现在的思想和情绪;反映了你的原有的阶级意识和阶级感情还强有力地支配着你的思维活动。

高尔基曾说过:"理智倾向未来,情绪倾向过去"。这是有革命倾向的知识分子的内心特征。现在,你虽然在理智上力求上进,决心跟劳动人民在一起;可是在你的灵魂深处,你还没有摆脱原有的小资产阶级的意识、情绪和兴趣;因此,当你进行思维活动的时候,特别是当你进行感受和艺术构思的时候,它们就会在你的头脑起着主宰的作用。

我以为,这正是你为什么会以最大的注意和兴趣去追寻消极现象的基本原因,也就是你为什么还不能对新品质新气象产生热情和兴趣的基本原因。

你愿意长久地让旧意识统治着你的头脑吗?你当然不愿意。你愿意自己(哪怕是无意识地)写出"吓唬别人,也吓唬自己"的作品来吗?你当然也不愿意。那怎么办?只有从现在起,就下最大决心积极地去"增长"自己头脑里的社会主义的意识。

在劳动中,在群众运动中固然可以锻炼自己,可以取得社会主义的意识和精神;但当你进行文学业务的活动时,你千万别放松了警惕。

有些文学青年,也像你一样,把注意力和兴趣都投到消极现象上面,并且记录了大量的体现消极现象的素材;他们认为,党不是也号召反对官僚主义、宗派主义和主观主义吗?我们为什么不应当描写这些坏现象?我想,现在大概没有人反对描写消极现象或落后人物。现实生活中存在着消极现象,文学作品当然就有责任去反映这种现象;问题是描写这些现象的目的是什么:是叫人看了心灰意懒呢,还是激励人更好地去建设社会主义?如果是后者,我想谁也不会提出异议。

可是,有些人刚刚在文学道路上迈开第一步,一开始就想在消极现象上下功夫,却未免有点危险。

因为,所谓消极现象或不良现象,在各种各样人的眼里,是存在着不同的看法的。譬如有一些明明是社会主义的先进事物,可是在资产阶级或小资产阶级的眼里,却被视为"不顺眼"的现象;另外,有一些是小资产阶级知识分子所特别欣赏的东西,但是社会主义事业的建设者,却把这看作是消极现象。……这是因为各人的立场观点不同,所以就产生了各不相同的看法。

但是,也有这样的情形,虽然两种人的观点不同,但两种人都把某些现象视为消极现象。譬如小资产阶级知识分子的人性观点;譬如工人阶级先进分子的马克思主义观点;两种观点虽极不相同,但他们都把官僚主义现象、强迫命令现象以及一切庸俗的作风……都视为消极现象或不良现象。

就因为这,小资产阶级知识分子,常常自我陶醉地躺在"人性观点"的沙堆上,自以为自己最真诚、最正直、最热情和最有良心……他们就是拿这些来作为衡量"是""非"的准尺。他们所以不喜欢官僚主义或强迫命令现象,绝不是因为他们觉得这些现象有碍于社会主义事业的发展,而是由于这些现象不符合他们的"人性"标准。

有些小资产阶级知识分子,为什么刚一开始写作活动的时候,就津津有味地去咀嚼消极现象呢?大概以为依靠"人性论"也可以发掘写作题材吧?

可是他们忘记了,人性观点虽然会与官僚主义等对立起来,但它的动机却不是为了建设社会主义。如果让人性论自由驰骋起来,它固然不能同官僚主义相容,而且也不能同革命纪律和集体主义相容。

你看,这种抛开了马克思主义的指导、让旧意识自由支配着的思维活动,是多么危险。

正因为这样,所以我不希望你只在消极现象上下功夫。这种做法很容易同我们头脑中某些肮脏的意识互相容纳,互相助长,并互相发挥腐蚀的作用。这种做法很容易引导我们去欣赏生活中的消极现象,并引导我们离开生活的主流,孤立地去欣赏生活中的消极现象。

正因为这样,所以我主张青年写作者在迈开第一步的时候,在注意消极现象同时,就应当以最大的决心和精力,有意识地去注意新人新事,以培养自己对新事物有灵敏的感觉和热情。

如果你从现在起,就努力去注意社会主义的新人新事,并积极地记录这些新人新事的特征，我相信，一年以后，你对于新事物的感觉，一定会敏感起来；对新事物的感情，一定会炽热起来；对于塑造新人物形象所需要的想象力，也会丰富起来。到那时，你不仅积累了丰富的描绘新型人物的素材；更重要的，是因为你曾长期地不间断地对新事物进行过细致的观察和研究，因而你洞悉了新社会的本质和它的发展规律。

你越是注视新事物，你对新事物的感觉就会越来越灵敏。开始的感觉可能很模糊，很皮毛；可是当新事物引起了你的注意和兴趣，当你继续去探索，去发掘的时候，新事物的特征，就会愈来愈鲜明，愈突出。

愈能充分地理解新事物的光辉实质以及它成长的必然性，你就愈能理解新社会的典型特征。到那时候，你不仅敏感地感到那些有利于社会主义的现象，同时你也能敏感发现那些阻碍社会主义发展的现象。

越是热爱社会主义，就越能爱憎分明。对有利于社会主义的事物爱得越深，才可能对一切阻碍社会主义发展的事物恨得刻骨。不过，到这时候，你要是愿意，你就去描写生活中的落后现象吧，但是你再也不会被落后现象所吓倒；由于你充分地理解了新事物的力量，因而，你自然懂得该用什么态度去对付这些落后现象了。

……信就写到这里吧，但不知我把意思说明白了没有？由于时间太少，恕我不能写得更精短些。这是很不成熟的感想，仅供你参考。你如果觉得有什么不对的地方，希望写信告诉我……

一九五八年五月二十七日于竹园里

技巧还不能做你的救兵[*]
——给一个文艺习作者的复信

……你在来信中,反复表示要以保尔·柯察金的斗争精神和顽强态度来"突破写作的难关",并且下定决心"不获成功,绝不罢休",这种决心和意志初初从你的信纸上映进我的眼帘时,我确实心里曾有过感动;可是当我读完了你的来信和你附来的作品之后,却不能不恳切地告诉你:仅仅依靠这种顽强的写作态度,并不能保证你将来会获得什么成就;更重要的,你首先应当检查一下你的写作动机,就是说,你的这种决心是建筑在什么思想基础上:是拿文学当作一门武器来参加社会主义的建设事业呢?还是想利用文学来达到个人的什么目的?这问题如果没有得到正确的解决,不管你的决心有多大,也不管你的坚持精神多么顽强,但结果,你却很难达到你所预期的目的。

现在,使你苦恼的,似乎仅仅是写作技巧的不足,你所要"突破"的,也似乎仅仅是写作技巧的"难关"。你在信里说:"我现在最感到困难的,是没有写作技巧",又说,"希望你告诉我一些创作方法(要具体的),使我以后每写出一篇,都能达到发表的水平"。

对于你提出来的最后的一个要求,不但我无法满足你,我想,即使是最有本领的大作家像鲁迅或高尔基也无法满足你的要求。你把创作方法简单地看作是一种"技艺",以为谁掌握了这种"技艺",谁就可以在文学上获得成就;以为谁能运用这套"技艺"去写作,谁的作品就够得上"发表的水平"。这显然是一种不正确的理解。

文学是一种意识形态,它的好坏,首先并不是取决于写作技巧的高低;就是说,

---

* 载1958年9月5日《草地》9月号。

技巧的高低，不是决定一篇文学作品好坏的主要因素；更主要的，要看你在作品中是否真实地反映了生活，也就是要看作品中所反映的生活是否深刻，是否真实，是否具有典型意义，以及作品所体现出来的革命精神如何。很显然，所有这些，都不是单凭写作技巧或创作方法所能解决得了的。最重要的是理解生活。只有对生活有了一定深度和一定广度的理解，然后才可能进行构思和概括，才需要创作方法的帮助和指导。

但是，请你不要以为认识生活是件简单的事情，你以为"天天看见农民，还能不了解他们"？又说："对于生活我是没问题的，困难的是技巧。"事实上是不是像你说的那样呢？我看还不是，你的两篇小说习作就暴露你并不理解生活。我并不是说你不接触生活，而是说你还没有站在先进的立场来观察和理解生活，因而在你的两篇作品里，都没有激励人前进的革命的精神。

为了使你更容易明白起见，我想对你的两篇作品加以简要分析。

在小说《保健员吴秀芬》里，你大约是想通过两次接生活动来表现吴秀芬的高贵品质，这意图无疑是好的；但是，一篇作品是否有积极的思想意义，断断不能单看人物的品质是否高尚；作品的意义，取决于人物与环境互相关系的总和之中，即由事件的发生、发展以至于结局所留给人的总的印象、总的认识以及它所体现的趋向如何来决定的。那么你这篇小说给读者总的印象和总的倾向是什么呢？是使人读完之后，更加激励人们信心百倍地去建设社会主义呢？还是使人读过之后，觉得除了少数人之外，周围社会都漆黑一团，因而令人丧失了前进的信心和勇气呢？

你大概是想烘托出吴秀芬的高贵品质，竟不惜把她周围的人，把她所在机关的工作人员以及她的领导者，全都涂成一副丑恶的花脸，他们不仅官气十足，不负责任；而且你把他们一个个都写成品质恶劣，仿佛是一群无人管束的无赖。试问，这是生活的真实吗？是社会生活特征的集中概括吗？

我并不是反对你描写消极现象和落后事物，也不是反对你写领导者的缺点和错误，问题在于你把我们新的社会环境给写"走样"了，写歪了。请你想想吧，像你这样的描写，吴秀芬所活动的社会环境，哪里还有一点新社会的气味？如果环境的特征像你笔下所描写的那样阴暗和那样肮脏，那么你的小说将引导读者走向一条什么道路去？

不错，在我们现实中间有些单位确曾有过像你小说中所描写的那种消极现象，但是请你不要忘记：小说不是生活现象机械的堆积，写作者有责任也有权利把生活的典型状态反映出来，不但正面人物行动的社会环境不容歪曲，就是以反面人物当主人公的作品，也同样不容歪曲。否则，就不能真实地反映出我们时代社会的典型特征。

其次，请你也不要忘记：小说不是散乱的社会现象的记录，必须把小说所展示的生活图景构成有机的整体。长篇小说固然应当如此，短篇小说也应当这样。作者要善于选择和概括富有特征的典型事象，使之能通过对局部的或侧面的生活的描写透视出现实社会全貌的特征。

因此，虽然你付出很多心血去描写吴秀芬的"高贵品质"，可是你却有意无意地把环境歪曲了，这一来，不仅使作品丧失了积极意义，同时还暴露出另一种倾向，那就是把"抽象人性"视作支配一切的灵魂。你想想吧，吴秀芬是一个怎样的人物呢？她善良，热情，诚恳，同情心重，肯于自己忍受痛苦……可是在你的笔下，吴秀芬却无社会理想，她的一切活动仿佛与社会主义事业无关；在你的笔下，她只不过是一个"天生"的热情而又善良的姑娘而已。在对比之下，她的机关的领导者以及她的全部同事又是多么没有"人性"啊。……你看，你在这篇小说里所显示出来的思想，是一种什么思想啊！这种思想对于正在从事建设的我国人民能有什么积极意义呢？

为什么作品会表露出如此有害的思想内容呢？很显然，这不是由于缺少写作技巧，而是由于你的思想感情还没有很好改造。吴秀芬是你理想中的人物，也是你在作品中所要宣扬的英雄人物；为了宣扬她的"人性好"，你就有意无意地丑化了她周围的人物，也丑化了她的领导者。这不能说明别的，它恰恰反映了你灵魂深处还隐藏着一种极其陈旧的世界观和社会意识。

至于你的第二篇小说《幸福》，所表现出来的倾向，不仅没有什么积极意义，甚至近似庸俗和无聊了。

小说的主人公陈金平是个性情忧郁、沉默寡言、喜欢悄悄哭泣的青年人，据说他所以会有这样的一副性格，是因为他的母亲去世了。以后，陈金平虽然参加了农业合作社，但"他却孤孤单单地不声不响"，"平时遇见他，他也不向人招呼；别人招呼他，他只应一声；有事问他，他答的也不多。"他平日"只穿着以前缝补的很旧的衣裳，洗得不干净，很肮脏。瘦瘦的小脸上很黄很削，虽然已十七八岁，看去还像个十三四岁的孩子。每日劳动归来，一个人在低矮的、狭窄的、非常阴暗的厨房里，沉静地煮饭；地下很潮湿，四周的墙都粘着一层厚厚的尘灰，不断地落下来。桌子、凳子、锅盖……都密密地粘上一层尘灰，连用的碗筷也都染上尘土……晚上，他洗了澡，哪里也不去，走进房里就睡下"。

我现在不想去讨论这性格是不是真实的问题；奇怪的是你——这篇小说的作者，居然安排了陈金平参加了练剧小组，而且还让他演得很出色；暂且不去论他的性格与这行动是否和谐一致，但在作者的心目中，这似乎是他性格改变的关键。由于观众夸奖了陈金平和他一起配演的一个姑娘，于是他的胆子大了，话也多了。接着，农业社为了找肥源，要求把旧墙挖下来做肥料，陈金平"把四间破烂的狭小房间，不花一文钱换了两个又大又高又宽敞又光亮的房屋"，又经过一番修饰，使一切都摆设得非常满意，从此陈金平"非常快乐了，脸上经常挂着笑容"，并且开始准备找对象结婚了。不久之后，刚巧他和一个叫翠娥的姑娘配演一对恋人，"有情人终成眷属"果然，他们两人相好起来，而且很快就结婚了……

这就是小说《幸福》的故事梗概。人们不禁要问，这是一种什么样的幸福呢？这大概是一种追求个人享乐的思想的流露吧？

从这篇作品里，我看到两方面的问题，一方面说明你对于现实生活知道得很少，另一方面也说明你的灵魂深处还蕴藏着一些不很干净的思想和一些庸俗的趣味。

你看，这篇作品之所以会写得这样糟，显然也不是由于写作技巧的不足；最主要的原因，是因为在你的灵魂深处还保留着一个（或半个）资产阶级的王国。

我想问问你，你写出这样的作品到底是为了什么？是想通过这些作品来教育读者呢，还是只为了投稿以达到个人的什么目的？如果是为前者，像你在作品中所体现出来的思想和倾向，能鼓舞人们前进吗？能激励人们更好地去推动社会前进吗？显然不能，相反，它们只会降低人们对社会主义的热情。

你的作品既然带着这样不健康的东西，谁还需要它们呢？因此，我劝你不要如此刻毒地去咒骂曾经把稿子退给你的文艺刊物编辑部。他们有责任选择有滋养的精神食粮送给读者，而没有把你的带有不良倾向的作品传播出去的义务。

其次，我劝你也不要过分迷信"写作技巧"，技巧填补不了你对生活的空虚，帮助不了你对生活不正确的理解，也挽救不了你在写作上的失败。你如果真有决心用文学来为社会主义事业服务，现在摆在你面前的首要"难关"，不是技巧，而是认真地改造自己的思想感情。你如果能逐渐地驱逐了深藏在你心灵里面的那些小资产阶级意识，代之以无产阶级的、社会主义的意识，那么，你的决心才有用武之地；你的不懈的努力，才可能取得良好的成果。

这一道"难关"如果"突破"了,展示在你眼前的现实生活,就不会像你现在所看见的那个样子了。我希望你牢牢记住:不站在先进的立场,你就无法理解先进的事物;没有革命的意识,你对于革命发展的新事物,不仅不能灵敏地感觉到和感受它;反而可能把好的看作坏的,把先进的新生的看成是"不顺眼"的东西。至于人们在社会主义蓬蓬勃勃建设中的思想感情——他们的豪迈的英雄气概以及朝气蓬勃的干劲和热情,你就更无法理解了。正是这样,正是由于你的意识和精神还沉溺在个人主义污浊的池沼里,因而你的视野就受着重重的障碍;这样,你不仅不可能真正理解人们的思想、感情、理想和愿望,同时你也不可能清醒地觉察到生活在向前发展,自然,也就更谈不到对时代前进的每一步伐会有什么灵敏的觉察和激动了。

希望你以保尔·柯察金的斗争精神和顽强态度来克服那些与时代不相适应的思想感情和趣味,要像保尔·柯察金那样热爱社会主义事业,那样为社会主义而贡献出自己的一切……

你还年轻,还有充足的时间来磨炼自己。当你真正从污浊的泥塘跳出来,真正有了社会主义的觉悟和责任感,真正意识到用自己的劳动去建设社会主义的意义,并因此而感到充实和自豪的时候,写作技巧才能出来帮助你;也只有到那时,你才能懂得写作的技巧的意义和善于运用它。

可是现在,写作技巧却不能做你的"救兵"。

一九五八年七月二十八日于老学背

二者必舍其一*
——给一位初学写作者的信

……读过你的《春耕前夕》,很觉失望。它不能给人留下任何印象:既没有人物的印象,也没有情节的印象;既没有生动的细节描写,也不能给人以任何思想的启发。它只是一大堆支离破碎的、浮浅的、粗糙的生活现象的堆积。而且这些所谓"生活现象",是完全没有特征的,无论对你的"人物"或者对你要表达的某种意义,都不能起什么作用。这些"生活现象"仿佛只是为了你一时的需要(譬如图解一个概念),而随意地、漫不经心地编造出来的……

水娥娘,是你要歌颂的人物,但她同样不能给人留下什么印象。虽然你煞费苦心在她身上堆上不少的"奇迹"和"豪言壮语",但是如果水娥娘自己没有性格,没有个性,没有跳动的脉搏;也就是说,如果作者不能使水娥娘自己有行动的生命,不能使她有独立的思考和情绪,又不能使她在接触矛盾时有按照她个性和心理状况来表达她特有情绪的独立能力;你就是在她身上堆上数倍于现在的"壮举"和"豪语",人们仍然可以看出,这些言谈举止并不是她的,不是产生自人物的思想和个性;而明显是作者为了表达一个概念,硬把这些随意编造出来的东西贴到人物身上去的。既然如此,难怪它们("壮举"与豪语、"壮举"与壮举)之间没有生命贯通,没有脉络相连了。水娥娘既然没有自己的生命和心灵,她自然不能自己站起来,也不能自己行动起来;既然如此,那么,你所堆在她身上的"壮举"和"豪语",又怎么能感动人并使人信服呢?

为什么会这样?那是因为你对现实生活还没有进行认真的观察和思索,又没有对

---

* 载1963年6月20日《羊城晚报》第二版《文艺评论》。

你要描写的题材进行细致的酝酿和构思；只抓到一个朦胧的面影，一种泛泛的概念和一些景色的浮浅印象，就轻率地提起笔来，急于求成；论省事的确是够省事了，可是艺术从来不会在这种轻率的态度下诞生。

老实说，令人失望的，还不是你这篇小说本身；更主要的，却是由这篇小说所流露出来的轻率的写作态度和你的浓厚的个人主义意识。一九五七年夏，我对你曾怀过希望。当时你没有考上学校，表示愿意参加农业生产；我曾向你祝愿，希望你成为一个有文化、有社会主义觉悟的劳动者，希望你在劳动中锻炼自己，首先锻炼自己"为人民""为集体"的意识和感情；只有当你有了这种意识和感情，你才有条件谈写作。我记得你点头微笑，还似乎很有信心。我当时曾想过：你还年轻，大约对旧社会的坏习气不会沾染得太多，对新事物可能接受得较快，也许很快就会成为一个社会主义的新型的农业劳动者。但一眨眼六年过去了，你怎么样呢？令人失望！你不但没有成为好的劳动者，却连一个劳动者所应有的劳动态度和劳动热情都没有。你身在农村里，心却在幻想中；名义是生产队的队员，实际上，你三心二意，朝夕向往的却是另一种生活。

你的老师告诉我，在中学时，你的作文成绩的确不算坏，能比较恰当地使用辞藻和形容词，文字比较干净流利，叙述一件事情也比较清楚。这本来应当是一般中学生所应达到的语文水平；不料你对此却做了错误的估计，以为自己有文学天才，并因此背上一个沉重的包袱（尤其是这几年，你竟把堆砌空空洞洞、五颜六色的辞藻，视为自己的艺术水平提高了）。于是认为参加农业生产妨碍了你天才的发展，整日愁眉苦脸，好像受了莫大的委屈。在你看来，写作比农业生产容易，要猎取名利，写作也似乎是一条最简便的捷径，因此，你所朝夕向往、你所热烈追求的，是如何才能写出作品，如何才能把已写好的发表出去；以为只要作品一发表，就会名震四海，以后就可以名利双收了。……正因为你怀着这种不纯正的动机，因而你对目前的生活、劳动和你周围的劳动人民，采取了不正确的态度。

据你周围的人们说，你常常借故不出勤，平时也很少和生产队员接近；却常常躲在屋子里写什么，或独自在河边散步。这说明你虽然在外表上和劳动人民在一起，有时还和他们一起去劳动；但实际上，你和他们之间没有什么正常的关系，在思想感情上和他们更是格格不入。你不太喜欢他们，更不了解他们，甚至连他们怎么生活，想些什么，有什么苦恼，都不太清楚。可是在你的作品里，你却总是叙写他们和他们的事，并且还使用各种最好的形容词去歌颂他们……

就在这篇《春耕前夕》里，也证明了这一点，你不仅没有理解劳动人民精神上的特征，甚至你连他们日常生活的细节，也知道得很少；这都由于你心不在焉，因而虽然天天接触，却视而不见。要是你从生活出发，忠于你的观察的话，你就不至于连一个有特征的、较细腻的细节或场景也写不出来。至于说到水娥娘的内心活动，那就更加"离谱"了。在你的笔下，这个人物哪里有一点劳动妇女的气质和品性？倒是个十足的被灌满了小资产阶级血液的人物：满口学生腔，满脑子小资产阶级知识分子的情致和遐想，一点也不像劳动妇女，倒很像是你的化身。

你不熟悉他们，却又硬要去描写他们；你明明不太喜欢他们，偏偏要去歌颂他们。这是怎么一回事呢？我知道你是为"决心当作家"的"宏愿"和急于猎取名利的"雄心"所迫，才勉强去描写他们和"歌颂"他们的。但是，你对劳动人民毫无感情，既不爱他们朴素的外表，也不喜欢他们纯朴的习惯和爱好；总之，你内心并没有歌颂他们的激情和愿望。那怎么办？你借助了报刊的革命概念，即以革命概念来作为作品的主题，并在概念的骨架上硬贴上你所编造的"壮举""豪语"、景色和表情；希图借此写出能发表的作品，进而借此踏上名利的阶梯。但是，伟大的革命概念又怎能同龌龊的个人主义和谐一致呢？须知革命的概念如果没有与你的思想相融合，没有经过融合变成你自己的心灵——观点、感情和情绪，而仅仅把革命概念停留在舌尖上，那无论如何你无法运用它去融合素材和提炼主题，也无法运用它去塑造人物和安排情节的。

正是这样，所以你这篇《春耕前夕》，写得空洞无物。看不见形象，闻不见生活气息；没有人物，也没有合乎情理的情节；既没有足以启发他人的思想，甚至也看不出最起码的艺术性的结构。这固然反映出你轻率的写作态度，也暴露了你对现实生活和斗争的漠不关心。这一切，全都发源于你的个人主义。

你既不愿放弃个人主义，又想充当这时代的"灵魂工程师"；既怀着浓重的名利观念，又妄图写出社会主义时代的英雄形象。面对着这无法调和的矛盾，你该怎么办？二者必舍其一，绝不能两样都"兼而爱之"。

要么，你不谈写作；你要是真有志于文学，从现在起就下决心做新人，全心全意投到农村建设中去。在生活斗争中，努力克服自己的资产阶级意识，并认真提高社会主义觉悟。只有当你有了这种觉悟并为实现社会主义的理想而把全身心投进去的时候,你才会有主人翁的责任心和敏感;只有当你以社会主义主人翁的胸怀去观察和感觉生活和斗争的时候,你才能爱人民之所爱,恨人民之所恨;一切刚刚冒尖的共产主义的嫩芽,才不会逃脱你的视线;一切障碍社会主义前进的事物,才容易为你捕捉住;而且你很可能一下子就捉住它们的特征。到那时,你心灵深处的意识和情操,才可能与伟大的革命概念的精神相一致。到那时,如果你积累已丰,内心又有一种非吐不可的激越之情,那么,你构思吧!你提起笔来吧!只有在这个时候,你才可能写出人民所需要、又能教育人民的作品。

可是现在,你所需要认真考虑的,并不是如何搜集素材、如何构思和写作,而是怎样才能做新时代的新人的问题。这个问题不解决,其他一切都无从谈起。希望你下决心抛掉那套不切实际的幻想,踏踏实实,以社会主义的新型农业劳动者的身份深入生活的激流里,深入斗争的旋涡中去。要知道,不参加斗争和建设,就不能理解生活;如果你不是先进的劳动者,你就不可能用先进的观点去理解生活和反映生活,更不可能成为先进的、具有无产阶级革命意识的"灵魂工程师"……

怀着"恨铁不成钢"的心情,我一口气写完了这封信。忠言逆耳,我的话也许会使你难过,但愿你能冷静地想一想。

一九六三年五月于佗城

谈练笔[*]
——致友人书

炎夏刚退去,你的信就来到我身边,为什么迟迟未复,原因自然很多,但最主要的,却是拿不出作品来,怕你又怪我"开了支票不兑现"。现在窗前那株"圣诞红"又开得红艳艳的,表明岁暮已到,新的一年行将开始;我如果再不赶紧写信,明年即使写万言长书,大概也很难辩解我"隔年复信"的过错。绝交肯定是不会的,但你那股"抓住一点就啰唆三年"的劲头,谁想起来不怕三分!

这一年来,你多次责怪我"不支持"你们,还讥讽我对你们的刊物"冷若冰霜"。其实,你真冤枉好人。这两年来没有给你们寄稿,是事实;可是我又何尝不想给你寄稿呢?问题是写不出作品来;为什么写不出呢?关键之一在于自己疏于练笔。

小说写不成,还可以把责任推诸工作(因工作要求我更多地进行抽象思维);但随笔杂记也不写,却不能不归咎自己的疏懒了。多年的生活积累,以及多年对文艺工作的体验、观察和思考,不能说没有一鳞半爪的感想,也不能说没有可写的素材。既有积累,为什么又写不出来,原因很复杂,但其中最主要的一点,是荒疏久了,文思蔽塞。

"非养无以发其真,非悟无以入其妙。"文章要写得有说服力和隽永有味,单靠几条骨骼很难办到;还需要情绪丰满和富有联想。如果积累丰富,文思又很通畅,则笔端如流;凡义理所借以体现、文采所赖以表露的联想、比拟、辞藻,都会源源涌来,而流于笔端。于是乎"其意、其辞、其句劈空而起,皆自无而有,随在取之于心;出而为情、为景、为事"。这样,也就自然能"气激于中,而横发于外"了。

---

[*] 载1964年1月1日《羊城晚报》第二版。

而我现在的情况，恰恰不是这样，除了几根骨骼（实事或观点的轮廓），别无其他。见柳是柳，见槐是槐，拘于实事，无所生发；既无事外之意，亦无事外之情，更无事外之趣；因此，虽然有时也硬着头皮写一阵，难怪在提笔之先，似乎头头是道，而下笔之后，却又感到空空荡荡了。文艺须有感染力。如果只有义理，而缺少血肉、气脉和情绪，就像树叶只有叶脉而无绿素和水分一样，哪里还成其为绿叶呢？干巴巴的叶脉罢了。"非喻无以得其状"，联想贫乏，义理凭什么来附托？如果不斡之以气势，不润之以血肉和情绪，又如何展其义而骋其情？象中之意和象外之味，又如何能显露出来？不幸我现在的胸怀恰恰就是这样，而这种令人沮丧的情况，并非向来如此，是长期疏于练笔的结果。

那些常常练笔的人，情况就完全两样了，他们不仅文字如流，文思也像牵丝，仿佛无处不是材料，只要倾心专注，略一牵扯，题材就顺畅而至，不仅实事和观点，连血肉气脉也一起牵来。可见越常练笔，对那些有特征的生动活泼的现象就越敏感，就越容易感受、领悟、摄取和融化。契诃夫说："我每天一定得工作（即写作——引用者注）……后来就成了习惯。……平时注意观察人，观察生活……那么后来在什么地方散步……脑子里的发条就会忽然咔地一响，一篇小说就此准备好了。"如果疏于练笔，文思蔽塞，见甲即甲，就是再熟悉生活，这"咔地一响"也不会来到。所谓"尽日觅不得，有时还自来"，并不是说可以坐着等待灵感。灵感、领悟和艺术创造所需要的一切，不是等得来的，要在不间歇的斗争实践中，不间歇的创作劳动中和不间歇的练笔中去获得它。

这段弯路实在走得太长太远，今后，一定坚持练笔。长文不能写，则决心练习随笔和杂感。先改变笔端钝滞的情况，尽量使文思通畅，以后再讲究气脉和文采。到明年，如有所获，当不忘老兄的催迫，以平息"冷若冰霜"的宿怨。新年将至，宜除旧布新，老兄身为主编兼作家，愿进一言：作为主编，勤于"逼"稿，可嘉可嘉；但作为作家，疏于提笔，是否也想走我曾经走过的崎岖小道？

一九六三年十二月二十七日

抛掉心灵里的秽物*
——给一个青年作者的复信

寄来的诗和信，都仔细读了几遍，由于事务忙而且常闹病，未能更早地给你写回信，很觉得过意不去。

来信表示同意我去年提出的意见，承认你"以前确实忽视了政治学习和放松了共产主义道德品质的锻炼，以致写出一些很不像样的诗。"接着你又说："我最近，读了不少革命的书籍和毛主席的著作，自觉受益不浅。现在写出来的诗，也觉得顺眼得多了。从这首《不堪回首话当年》的诗里，你定能看出我的真情实感，定能看到我在其中所流露的社会主义的革命精神……"

你愿意继续求进步，并开始注意阅读革命书籍和毛主席的著作，是一件好事，应当得到称赞。可是，愿望是一回事，能否在实践中去实现你的愿望，又是一回事。从你的诗看来，你今天所能做到的，似乎离你的愿望还很远很远。我的确从诗中看到你的某些"真情实感"，但我却始终看不到你在诗中流露出什么"社会主义的革命精神"。

虽然，你觉得这首诗写得比以前的"顺眼得多"可是你好像没有注意思想内容，倒是花了不少的精力去追求形式和比拟，例如：

> 嶅山顶上的松树青又青，
> 老汉我今年六十三。

---

* 载1964年8月15日《萌芽》1964年第8期。

河边的驳节草节节空,
我的父母给地主当长工。

请你自己也想一想:"六十三"与"鳌山的松树"有什么联系呢?"河边的驳节草"与"当长工"又有什么联系呢?看得出来,你很醉心于"信天游"一类民歌的比喻;但是你不是从生活出发,不是出自意兴境会,仅仅从表面形式上去模拟;这一来,你虽然花了不小的气力,但你的比拟却不伦不类。试问:这种皮毛的模拟又何补于你的诗?

在这封信里,我不打算跟你讨论形式问题,因为在你的诗中还存在一个更大的障碍,即思想内容问题。内容问题如果不解决,空谈形式是毫无意义的。为了把问题讲清楚,请允许我引述一下诗的内容。

全诗共七十八行,三十九节。除了"想起过去泪涟涟"及"身在福中须知福"等起句和结句之外,诗的主要篇幅都用来叙述"张春海"(诗中主人公)六十三年来的经历:

父亲为地主卖苦力,
母亲给地主当婆妈;

长年的劳累磨成疾,
父亲砍柴死在山洼洼;
母亲哭得死去又活来,
一条牛绳吊死在榕树下。

那年张春海十三岁,只好"给地主当了放牛娃","吃的猪狗食,住在牛栏下,长年穿件破棉袄";"早晨受辱骂,晚上挨鞭打",以致"身上有数不清的伤疤"。"记得有一次牛跌伤了腿,被地主一棒打落三颗门牙。""苦难的岁月不易熬呵,风里雨里我长到二十八。"但忽然,

那天一条麻绳几支枪,

地主逼我替他儿子把兵当。

从此,"挨挨嘴巴是小事,拳打脚踢是家常","见了当官的提心又吊胆,保不准哪一天弹丸之下把命丧"。就这样,张春海当兵当到四十九。一直到人民解放军俘虏了他,才把他遣送回家乡。土地改革时,他"分得田和地",从此张春海一脸笑嘻嘻。而现在,张春海的

猪圈母猪肥又大,
檐下鸡群咯咯叫。
人都说我返老还了童,
成天咿咿呀呀曲儿不离嘴。

你看,我差不多毫不遗漏地,把这首诗的全部内容都引述出来了。

请问,这种苦,与土地改革时期人们所诉的苦,有什么两样?你诗中所述说的矛盾,是人民与地主、官僚资产阶级之间的矛盾,是人民民主与封建压迫之间的矛盾,是被压迫者与压迫者之间的矛盾,解决这矛盾,是民主革命时期的主要任务。而事实上,这些反动阶级已被我们推翻,虽然他们很不甘心,可他们的剥削条件已被剥夺,他们欺压人民的威风已被扫荡。因此,现在我们与被推翻的阶级之间的斗争,不再是剥削与反剥削的斗争,也不是压迫与反压迫的斗争;而是他们妄图复辟同我们巩固阶级专政之间的斗争。单就地主阶级来说,今天我们与他们的斗争,也同过去不一样;现在,它是作为资产阶级的一翼,配合资产阶级向我们猖狂进攻,妄图复辟。因此,我们今天对地主阶级的斗争,也是作为反对资本主义复辟的一方面来进行的。也就是说,要反映今天我们与残余的地主阶级的斗争,单描写过去的矛盾,是远远不够的;这矛盾也不能反映今天我们与地主阶级之间的矛盾的实质。

我这样说,是不是反对描写民主革命时期或民主革命之前的生活和斗争呢?不是的。为了教育年青一代,应当把旧制度的滔天罪恶,以及在那制度下人民过的暗无天日的生活,很好地反映出来。使青年人通过新旧对比,更加热爱我们的社会主义制度,更坚决地保卫我们的阶级专政。这不是问题的所在。现在的问题是,有些人无视目前的阶级斗争,撇开目前敌我斗争形势和矛盾的中心环节,离开了今天在斗争中的

人民的需要，空空洞洞地、一般化地去写过去了的阶级矛盾，还美其名曰："以文学参加阶级斗争。"但是他们以过去了的矛盾，来代替今天的阶级斗争；以民主主义的观点来代替社会主义的观点，并以这陈旧的观点来作为熔化生活、提炼主题的熔炉。

在你这首《不堪回首话当年》的诗里，不正是这样吗？在我们的社会主义革命步步深入的今天，你还以民主主义的观点，来颂扬一个只满足于私利的人，实在令人奇怪。你的主人公张春海，他为什么那样喜悦？那样"成天咿咿呀呀曲儿不离嘴"呢？无他，只因为他家里"生活步步高"，只因为他的"猪圈母猪肥又大，檐下鸡群咯咯叫"。此外，我们再也看不到他还有什么超出私利的理想和愿望，自然，更看不到他有"将个人汇入社会主义集体"的任何迹象了。令人奇怪的是你读了不少革命书籍之后，还把他这点私利当作最美好的理想来歌颂。在你头脑里，大家还未弄清社会主义革命的含义是什么。要不然，你为什么把民主革命的果实，当作最高理想的实现来歌颂呢？在现实生活中，像张春海这样满足于私利、陶醉在小农思想的栅栏里，甚至得寸进尺地企图扩大私利的人，确是有的。但问题是：你的观点不幸同这类人的观点十分相像，这就不能不令人为你捏一把汗了。

你大约知道，民主革命的胜利，是我们社会主义革命的台阶，是我们社会主义革命的必由之路。因此，谁也没有理由来否定这个革命的伟大意义。可是，如果把这个革命的胜利当作一切，当作革命事业的已经完成，错误地以为革命可以到此结束，那就一定会误入歧路。事实上，怀着这种观点的人，并不是没有，有些小资产阶级出身的人，在民主革命之前，给"三座大山"压得喘不过气；那时候，他们对封建势力、官僚资本势力或帝国主义势力，感到切肤之痛，确有革命的迫切要求，也有革命的热情和干劲。可是其中有些人，在民主革命胜利之后，满足于自己既得的利益，死抱着原来的小资产阶级世界观（其实是资产阶级世界观）不放，再不愿向前迈步。这一来，这些人在自己的思想里首先设置了障碍，不知不觉地让自己滑到与社会主义相对立的位置上。在这种精神状态下，他们不但对私有财产感兴趣，而且对继续扩大私有财产更感兴趣，也就是对资本主义发生了兴趣。如果这类人里面有文学写作者，那他自然就会运用文学来歌颂这种私欲的实现；而且还可能把这种私欲的实现当作人生最美好的理想来歌颂。不管他所描写的是什么时代的题材，只要适合他的需要，他就会自自然然地流露出这种有毒的观点和情绪，直接间接地以资产阶级的世界观来毒害我们的头脑。对于这样的"文学"，谁敢奢望它有什么社会主义的气味？又有谁敢相信这样的"文学",能有引导人将革命进行到底的精神力量呢?

这些话,虽然是对另外一些情况说的,可是似乎也应当引起你的注意和警惕。你既有志于文学,就得认真考虑一下世界观的问题。社会主义文学,必须以无产阶级的世界观为基础。如果一方面想做社会主义时代的诗人,一方面又舍不得心灵深处的秽物——资产阶级的世界观,那是一定要碰壁的。

有些人,只是口头上"愿意"走社会主义道路,可是问题一接触到世界观的改造,他就坚决守住阵地,"寸土不让"了。对于这样的人,谁敢奢望他写出与革命需要相一致、与时代精神相一致的作品呢?革命已向前走出一大步,他如果还用陈腐的世界观来观察生活和处理主题,那么,这样写出来的作品,如何能回答当前斗争反映到人们脑际的矛盾?又如何能提高人们的政治觉悟?

读了你的诗,说了这么一大堆意见,并不是我故意小题大做,说些"危言"来吓服你。只是从诗中发现你的世界观还远远落在时代的后面,如鲠在喉,不能不恳切劝告。你也许会感到不舒服,但我还是希望你严肃地想一想……

一九六四年三月二十五日

创作没有秘诀*
——答民生同志问

……这几年来，给我写信的文艺青年比以前更多了。除少数把写作实践中碰到的问题提出来之外，绝大部分都未接触过写作实践，只空洞地提些摸不着边际的疑难要求解答。比如："如何提高写作的艺术水平？""如何提炼主题？""怎样从生活中发掘题材？""如何写短篇小说？""什么是突出主题的好材料，应怎样选择？""开头、结尾及突出主题的方法主要有几种？又怎样使开头新颖，结尾巧妙，中心突出？""请谈一谈，如果从一个业余作者成为一个作家，要怎样努力？"……这类所谓问题并不是他们在写作实践中遇到的什么具体困难或具体障碍，纯粹是一种抽象的愿望或疑问，叫人怎么回答呢？即使我勉强去做了，也只能是原则性的抽象的回答；因为世界上大概还没有人能够具体地回答抽象的、言之无物的问题吧？而这样原则性的回答，对于那些不曾接触写作实际的青年，是不会有什么帮助的。这种现象为什么不断发生？主要原因是因为有不少青年不理解文艺创作的特点。相反，以为"创作"是一门"技艺"，是一种如法炮制的死板公式。有个青年曾写信来，他说："我知道你很忙，但回答我几句话即可，只要把写作秘诀告诉我，并保证我写的每篇作品都能发表就行了……"这些青年人把文艺作品的创作，看得如同制造一张板凳或一个竹篓那样简单，似乎只按照一个刻板的模式依样画葫芦地"搕"一下或"活动"一阵，作品便能出来，而且还能"发表"出去。难怪有些青年人热衷于拿这类问题向某些"长者"求教，恳切地盼望传授"秘诀"，准备得到"秘诀"之后，才从事写作。正因为这些同志抱着如此错误的想法，所以他们从来不重视锻炼基本功——不管

---

* 载1981年1月1日《作品》1981年1月号。

是生活积累、提炼主题、人物性格的塑造以及情节如何发生、发展等等，都不注重在写作中去摸索。而只是抱着幻想，向别人提出一些摸不着边际的疑难，奢望获得别人具体的回答和秘诀。这种做法除了使自己失望之外，任何成果也不会得到。关键还是在于自己，要是自己不去摸索，不在写作练习中去积累经验，不在不断实践中和总结中去提高自己，反而把希望寄托在别人传授"秘诀"上，显然是很不实际的，结果只会落空。请记住雷文虎克的一句话："要成功一件事业，必须花掉毕生的时间。"

几年来，我曾收到无数这样的"求教"信，虽然我对这感到无能为力，但我为此却花掉了许多时间和心力。怪不得有些好心肠的同志嘲笑我"白白浪费心血"了……

我一口气跟你谈了这方面的许多情况，正反映我目前的心境。前一阵，我在乡间治病，也遇到不少这类青年，他们在生活中，在斗争的环境里，但觉得无题材可写，或不知怎么写。他们如同我前面说的那些人一样，只抱着一种"找秘诀"的迫切心情，却不愿在描摹生活上稍下功夫。这说明，类似的现象不是个别的，但这现象之继续存在，将严重妨碍青年一代在文学上的成长……

好在你现在还能"尽量练习写些东西"，但希望你不要以为老作家有什么秘诀。一定要相信，每一部伟大作品的产生，都经历了艰巨劳动和呕心沥血的过程。尤其是作者的基本功的获得，绝不是从什么人"传授"得来，而是辛辛苦苦地从写作劳动中点点滴滴积累起来的……

一九八〇年十一月廿四日

坚持写作实践与青年作者的成长[*]
——答爱好文学的青年朋友们

前言

我每天收到许多文学青年的来信，其中的共同倾向就是：要求收学徒、带徒弟，最终目的是传授创作秘诀。

本来文学创作是一种艰辛的、复杂的劳动。每个艺术形象的诞生，几乎都经过作者含辛茹苦、呕心沥血的过程；这明显地是一种日新月异的、永远不许重复的创造。可是现在却被一些青年误解为刻板的、僵硬的技艺，以为用这种死板的模式，再采用一种不变的手法，便可以写出文学作品，便可以使自己成为"遐迩闻名"的作家。有些青年（虽然不是很多）甚至向我提出："知道你很忙，如果时间来不及，回复我三五句话就行，只要在这几句话里把写作秘诀告诉我，并切望用这秘诀写成的每篇作品都达到发表的水平。"熟悉这门劳动，懂得创作甘苦的同志，看了这些话，也许会感到可笑，但是，事实确实如此。

这里的症结问题，是不愿从写作实践开始，不愿老老实实地、一点一滴地去积累实践经验，并从经验中去总结有规律的东西。因而，（一）由于没有写作感性经验作为基础，便读不懂别人根据经验所归纳的理论；除了背诵概念和词句，几乎什么也不能领会。（二）由于不认真在实践中来磨炼自己，不强调在实践中提高概括生活和表现生活的能力，因而，在写作方面老停留在一个水平上，老停留在从表面写表面，从个别写个别；既不深入，也没法提高。偶尔读别人的作品，只会模仿人家的形式，或

---

[*] 载1983年8月版《萧殷文学评论选》。

模仿事件的过程，却不注意抓取构成事件的人物性格和心灵。

这些来信者不像那些自然走上创作道路的人那样，在创作之前，对生活有爱憎，心中有不平要叫喊，有怨气要发泄，有愤怒要喷发……而是先有"当作家的决心"，再东摸西闯地寻找捷径，恳求传授秘诀。因为内心无东西要倾吐，没有创作的强烈欲望，因而拿起书本不知学什么好，也不知如何学习。但盼望能很快获致成果的空想，却使他们失望，于是他们闷闷不乐，满腹悲伤。

对于这些在迷惘中彷徨的青年，我希望他们认真想想自己，从自己的实际出发，千万不要把宝贵的时光浪费在不切实际的幻想上。这正是我回复这些信时所怀的希望。

一九八一年十一月五日于东病区

重要的是认真积累总结实践经验

……我是个文艺爱好者，也写了些文章，每次把这些文章寄到编辑部，都被退回来……

我经受过无数次的失败和挫折，但我总是勉励自己：坚持吧！坚持下去就是胜利。实践使我深深体会到：创造好比在茫茫大海里游泳，不是坚持到胜利的彼岸，就会淹没在失败的波涛里……

于是我想到你，想请你谈谈写作方法和体会，也请你出一个比较有价值、符合我的口味和适应时代要求的书目，使我能更好地学到主要方法和表现技巧……

安徽庐江　徐刚　六月九日

……你在写作过程中遇到一些失败和挫折，对一个文学青年来说，是不稀奇的。世界上从来没有轻而易举、一蹴而成的事业，你才练习写作不久，还谈不上积累了什么经验，因而，你的一些习作不被刊物所采用，也是很自然的。但是你把创作比作在大海里游泳，认为"不坚持到胜利的彼岸，就会淹没在失败的波涛里。"这里仿佛有这样的意思：写作只准成功，不能失败。依我看，这种想法很不实际，也很危险。

从来信看，你对创作这门劳动，似乎还没有起码的认识。凡是有创作激情的人，首先绝不是因为他有写作技巧，更主要的，是因为他有话要说，有爱憎要倾吐，有不平要发泄，正是因为这种强烈的愿望和要求，作者才急切去寻找能够表现这种内容的形式。虽然一下子找寻不到最完善的表现形式，但因不断摸索，不断改进，由浅入深，由粗到精，由表层逐步深入……这个急切要求倾吐的内容，终于找到一种表现形式和结构。当然，这形式不是十分完美，但总是经过自己的刻意探索和艰苦实践。经过如此苦心钻研的作者，多少总会有些实践的经验，只有对这类经验认真总结，才能抓到其中一些规律。虽然还很表面，很片面，但只要以这片面的经验为基础不断总结，不断实践，就可能在创作过程中逐步积累更丰富的经验并把握规律。

但你好像完全不把这些做法放在心上，反倒很迷信别人的传授，迷信别人传授的方法和技巧，实际上，这是因果颠倒的想法。就算是别人很认真地把实践的一些方法告诉你，你自己如果在实践上毫无经验，也从来不重视这类经验，那么，你如何能够理解别人从实践中总结出来的经验呢？你如何去吸收别人告诉你的方法和技巧？你又如何把这类方法和技巧具体地运用到你的写作实践去呢？

总之，从你来信看，你不但相信有一套万能的写作秘诀，而且你还相信有一套适应各种人口味的书目。其实，除了这封信之外，我一点都不了解你，又如何能提出一套"符合"你的"口味"的书目呢？……

一九八一年十月二十四日于广州

没有实践经验就无法理解别人的经验总结

……现在，我愈加爱好文学了，有许多小说给了我力量，强健了我的身体。我总在厂休日上新华书店和报纸杂志出售部。今日我买到第四期《作品》杂志，有幸读到你的文章《关于创造艺术形象的断想》，得益匪浅。我现在很喜欢这种向导式的文章，我很想成为一个作家，业余的也是理想的。但读了你的文章由于水平关系不能理解：什么是艺术真实？再如你的文章中提到的，"经过严格的集中、概括、浓缩、凝聚，创造成为有呼吸、有个性、有血有肉和生命的艺术形象。"

很遗憾，我没有读过文学专论，对此百思不得其解。因此，今天就贸然地给你写信，希望你给我介绍几本文学巨著，同时希望你为我解释一下上述的疑问……

浙江嘉兴　蔡雪林　五月七日

……读来信并通过你对问题的理解，知道你并没有写过任何东西，也不曾进行过任何写作实践，因此，你对写作实践中的一些常识以及写作中常遇到的一般过程或一般困难，都"百思不得其解"。

你之所以不理解，并不是因为你"没有读过文学专著"，主要的障碍是由于你根本没有进行过写作实践，没有领会过创造艺术真实的起码经验；因而，你不仅不懂得"艺术真实"这个概念，同时你也无法懂得艺术创造过程中所经常出现的现象、问题和手段等的概念。其主要理由是，你没有从事过这门劳动，无法领会这门劳动过程中的复杂情况和甘苦，因而，你对其中的一切都茫然无知，甚至当你接触到别人著作中提到这些过程时，你也会"百思不得其解"。

你既然没有写作过，你自然就无法理解有关创作方法、创作规律或创作过程中所有的论述和分析；因而，即使我向你介绍几本"文学专著"，你也未必能读懂；你如果硬着头皮读下去，顶多只能收到一知半解或囫囵吞枣的效果。你既然对写作如隔靴搔痒，毫无感性的感受与体会，那么，我向你解释什么是"集中""概括"，什么是"创造"，什么是"有个性""有生命"，什么是"艺术形象"等，对你能有什么用处？而你又怎么去理解它们呢？

像你这样提出质疑的青年，已不是个别的；在我这里几乎常常读到类似的来信。我对于这类青年颇表同情，也深知他们的苦闷，但想来想去我无力帮助他们。虽然这类青年也像你一样，直截了当地宣布："我很想成为一个作家"；但他们既不观察研究生活，也不考虑如何表现生活，更不为如何塑造一个有鲜明个性的人物而动脑筋，总之，这类青年从来没有为创造一个艺术形象而操过心。请问，他们打算通过什么创造去当作家呢？

你也许会反问我：难道学一门知识都要先有实践吗？不，我不完全是这个意思。我只是说，学一门知识需要有理解这门知识的基础，至少要抱着实践的目的去学习这门知识。否则，除了会背诵一些抽象概念之外，你大概什么也不能学到。

无论是自然科学或社会科学，每种知识或每门学问，都与社会实践有着密切的关联，否则，便会失去它们存在的价值。文学也一样，它反映生活，反映社会，并影响人们的精神面貌。它的作用不是直接用道理说教，而是通过艺术形象去打动人心，从而去影响人们的精神品质。为创造艺术形象及评价作品，需要有人从事创作和评论。总之，不管是从事文学的何种活动，可以说都是围绕着文学创作来进行的，否则，这些活动如果离开了促进创作和繁荣创作的目的,必然将失去它们的意义。创作实践也是如此,青年人如果只有坚毅的决心,而不老老实实从事写作,不扎扎实实积累经验和总结经验,反而把时间和精力花在"找秘诀"上面,这种做法不仅不可能写出像样的作品,甚至连别人根据丰富经验所总结出来的规律,你也无法理解,以致"对此百思不得其解"……

一九八一年十月二十三日于广州

不要把希望寄托在秘诀上

……我自从学创作小说开始,到现在我见到小说就看,看到一些作家创作经验,更是如饥似渴地学习。现在,我基本上掌握了创作小说的起码知识。……但也知道自己离创作小说还有一段距离,但不知怎么搞的,总是一心想开始创作,真不知如何是好?……我有个愿望,希望你在空闲时,想些办法给我讲讲:该怎样练笔?该怎样开始写小说?或讲些写小说的经验或讲些范本!……

湖北87313部队　陈凤举　一月一日

……写文学作品,主要不是靠写作知识,也不是依靠写作技巧!对一个初学写作者来说,更重要的是生活,是对生活的感受和认识。只有当你在生活的旋涡里,被水流(明流和暗流)冲击得不由自主、不能自持的时候,你才会对生活、对社会产生爱憎感情,而且有一股非倾泻出来不可的强烈要求。这时候,写作的冲动搅得你心神不宁,蕴藏在心里的人物和事件,迫切地要冲到人世间来。如果说,写作要有什么首要条件的话,这大概就是首要的。如果没有生活积累和感受,没有对生活的认识和爱憎感情,又没有生活实感与主观感情的融合,作品是不可能产生的。艺术形象的创造也是不可能的。可是有些青年却常常倒转来看,把生活积累和生活感受不放在眼里,反而把写作技巧当作创作的首要条件来考虑。你这次来信,也把"基本上掌握了创作小说的起码知识",看作已具备了写作条件,于是你"一心想开始创作"。老实说,这是本末倒置的看法。

这种看法也表现在你的愿望上:你迫切希望知道"怎样练笔?""怎样开始写小

说?"也希望别人"讲些写小说的经验"。……总之,你把"写作方法""写作技巧"之类当作法宝,并把这些方法或技巧当作万能的模子,仿佛掌握了它们,便可以毫不费力地写出好作品来。

事实上,作家从事创作,从来就没依靠过什么固定不变、到处适用的技巧或模式。这种玩意儿无论在任何地方和任何时候,都不曾存在过,过去没有,将来也不会有。奇怪的是,在许多青年的来信中,都不约而同地向作家要求传授秘诀,请求接受为学徒。其实这都是误解,不但我没有秘诀可以传授,即使是世界上最有才华的作家也没有可以传授的秘诀。凡是有巨大成就的科学家、发明家和艺术家……没有不是历尽艰辛、呕心沥血的。有些青年人既想走捷径,又不想多费力,甚至怕麻烦;又想获得伟大的成果和声誉,那,除了妄想之外,什么也不会得到。

一九八一年十月二十五日于广州

为什么你对四周的生活看得如此平淡

……我对写作很有信心,我坚信它终有一天会成功的。可是,我的记事本现在还是空空的,我感到没有可记的,我接触的人不是坐,就是行;不是笑,就是哭。我现在看不到什么工人的劳动热情,也看不到知识分子为四化而攀登科学高峰的决心,更看不到恋人们手挽手或坐在公园里谈心。因为我家乡是渔港,是方圆不到三平方公里的小地方,我以后应该怎么办呢?对那些哭、笑、行、坐的平常现象,可不可以记在本子上呢?……

广东阳江　黄国强　一月二十日

……半年前已经读了你的信和习作,所以迟迟未复,主要是因为我常患病,常住医院;有时病稍减轻,医生同意我离开医院,又因临时事务赶往外省……可以说,这大半年来,我都在病痛和奔波中度过的,因而,许多读者的来信来稿都无力处理。现在我仍住在医院里,由于治疗需要,医生和护士常来劝告,禁止我过多的脑力劳动,但积压的来稿来信太多,有时我不能不违反医生的善意嘱咐,趴在案头写信……

我反复读了你的来信和习作,始终弄不清楚你的信心(你说:"我对写作很有信心，我坚信它终有一天会成功的。"）到底从哪里来的。一个人要创造一项业绩（一件发明，一种创见的建立或一个不朽艺术品的创造……）除了客观条件之外，还需要主观的种种因素。譬如一个打算创作一系列激动人心的画卷的人，他起码要有"对着猫能绘猫""对着虎能绘虎"的本领，要是连这点素描基础都没有，反而自夸将要创作一系列激动人心的画卷，谁能相信呢？

从你来信中所显示的情况看，你似乎还不具备起码的写作条件，也没有这种欲望，首先你认为你四周的社会没有什么可记和可写的。用你自己的话来说："我所接触的人，不是坐，就是行；不是笑，就是哭。"既"看不到什么工人的劳动热情，也看不到知识分子为四化而攀登科学高峰的决心，更看不到恋人们手挽手或坐在公园里谈心。"对于丰富多彩的社会生活，很少人像你看得那样单调和平淡。渔港也是一个社会，而且还与四周农村相联系，地方虽小，它不可能不存在着新旧矛盾，人们的思想作风不可能没有差别，大家对于事业也不可能都一条心。……可是你却视而不见，听而不闻。为什么？除非你毫无社会理想、毫无奋斗目标；如果是这样，那就难怪你对社会现象会如此迟钝，不但没有爱憎，连是非也看不见了。难怪你觉得周围生活平淡，以至于没有可记的写作素材。既然如此，那么，你认为你的写作打算"终有一天会成功"的信心，是凭什么树立起来的呢？

由于你对现实生活如此冷淡，对今天沸腾的生活如此漠不关心，你当然就看不见好人和坏人，也看不见好事和坏事。你所以还想到记录素材，有时还想写一些所谓作品，只因为你想当作家。但由于上述种种原因，你只看到人们"不是坐，就是行"，你只看见最表面的生活现象，因而出现在你笔下的所谓"作品"，除了一些最简单的事情过程之外，再看不见人物，更看不见他们的精神世界和性格。正是这样，"作品"不仅没有生活气氛，没有真实性和感人的力量，甚至内容也使人觉得飘浮空虚。由于你没有写出事情发生的根源，也没有写出人物在事件发展中的作用，因而，你的习作《书记的计划生育》只是见事（的表面过程）不见人（的性格）。

从这些情况看来，你既不具有这种感受和表现生活的素质，我诚恳地向你劝告：千万不要为想当作家而蹉跎岁月，还是趁自己还年轻努力去做你所能胜任的工作吧！只要对社会发展有好处，任何工作都是社会需要，也能对社会作出巨大的贡献……

一九八一年十月二十六日于东病区

生活真实不在于量的集中，而在于质的必然性

……我从小对文学就很感兴趣，求知心切，恨不得把写作知识全部学到手；然而，这许多年写作水平一直提高得不快，为此，我很着急，我真想拜你为师，不知你肯否收下我这个学生？

由于自己没有什么文学修养，寄来一篇小说《萌芽》一定有许多缺点和错误，但这反映的是现实。……这些都是发生在我周围的事，现在我把这种现象用文学表现出来。"作品"是根据这些材料加以想象的，可能没有真实感，你也可能看不下去……

黑龙江依安县　聂默然　四月五日

……读了你的信，你那种迫切的求知心情，我是理解的；但是，你对于文学写作这门活动，似乎看得过分简单了，以至于把它当作一门技艺来看待。在你看来，仿佛谁掌握了这门技艺，谁便能够写出文学作品来。好像所有作家都秘藏着一套写作秘诀，他们之所以能够写出作品，只是由于他们秘藏着一套秘而不宣的万能的写作方法而已。于是你恳求人家收你为学徒，最后目的是认真地向你传授"秘诀"，如像盼望老中医向徒弟传授"秘方"一样。如能取得这套"秘诀"，便可一劳永逸，又能通过捷径走上创作大道，何乐而不为？

其实，这只是一种虚构的幻想。文学既然是艺术，就需要日新月异地创新，就需要每篇作品有自己独特的布局、结构、环境和风格，为做到这一点，写作者就需要有绞尽脑汁、呕心沥血的决心，有时甚至还要经历种种无以名状的痛苦。

你随信寄来的习作《萌芽》，正说明你对写作抱着一种轻率的态度。表现生活的能力，对写作固然很重要，但对一篇作品如何构思，常常起着决定性的作用；因为构思不好，无论你怎么表现，也无法挽救这篇作品的失败。你的《萌芽》只是你从生活中随便捡来的一个片段，没有经过周密的凝聚和概括，就草率下笔。出现在作品中的环境，仿佛是信笔写来，显得杂乱无章，本来环境描写（包括社会环境和自然环境的描写）是促使人物行动的依据，也是人物感情、情绪的反应。但你似乎不注意这些，反而用一种纯客观的态度去观察环境和描写环境，结果，使你的恋爱故事离开了社会，离开了具体环境；既然不受社会制度或社会风气的影响，那么杨秀丽和王春的关系，还能有什么社会意义？在表现上，你笔下的杨秀丽只是害羞和胆怯（而她的胆怯

又好像与社会无关），除了心理活动之外，整个作品很少行动，更看不到什么情节。这样一来，还能说明什么呢？

但你还把这些都看作是"现实的反映"。要知道，表面的或琐碎的生活现象并不等于生活真实，周围发生过的事实，也不等于生活真实。把生活原原本本地描摹下来，也不等于艺术的真实。艺术的真实，不在于量的集中，而在于质的必然性；它绝不是客观事实的再现，而是逻辑的真实，是事物发展的必然性。因此，文学反映生活，不是看见什么就写什么，而是要经过主观意识或感情的融合，然后通过具体形象表现出来。这一来，不仅反映出现有的样子，也反映出它应有的样子。这个具体形象不仅反映了个别形态，还在其中听到时代脉搏的跳动，同时也反映出社会发展的脚印。

千万不要相信所谓的写作秘诀，也不要迷信什么万能的写作技艺，更不要只从书本上去提高写作本领，重要的，应踏踏实实地从实践中不厌其烦地去探索，去寻求和去总结……

一九八一年十月二十五日于广州

理论是实践经验的总结

……我对文艺理论比较爱好，特别是文学批评这方面。我试着写过几篇作品评论，但由于理论基础很差，并且不能把所学的理论运用于对作品的具体分析，失败了。

前不久，读了你在《文艺报》一九八一年第四期上发表的《如何写作品评论》一文，深受启发。怎样才能成为一个评论工作者呢？我抄下了你的这段话："搞评论工作，当然要读很多书，世界名著，古今中外的作品都要广泛涉猎，因为没有比较，眼界不宽，就很难谈得上艺术鉴赏能力，也就很难判断一部作品的成败得失。马克思主义的文艺理论，我国古典的文论、诗论，外国作家、评论家谈创作经验的论著，以及美学著作都要有一个基本的了解。"……世界名著很多，是不是也有重点；"马克思主义的文艺理论，我国古典的文论、诗论，外国作家、评论家谈到创作经验的论著，以及美学著作"，究竟有哪一些？……不知道重点，要读一些什么参考书？要读的书不少，用什么方法学习效果最好呢？

我读了《高尔基论文学》《生活与美学》《鲁迅论文学》《外国作家谈创作》《西方文论选》等。然而印象却不深，尤其是《西方文论选》，读了很长一段时间，但内容太多，无法留下很深的印象，有的根本没有印象……

现在的文学刊物越来越多了，文艺理论方面的内容，就显得更多了……全部想读完，来不及，这个时间你看怎样安排好呢？我越往下学，越觉得自己无知，觉得要学的东西就越多，时间也就越紧，头脑里越来越糊涂。……你说没书读吗？读不完，你说有书读吗？又不知从何读起。拿到一本书也不知怎么个读法。为这个我整天闷闷不乐。只好请你指点指点。……

湖南宁乡　张世平　四月十日

……要我回答一些关于文学评论的疑难问题，我觉得有些为难。说句老实话，我是最不善于做这方面工作的人，在思维方式上，我从来就不喜欢有条有理的分析和逻辑周密的推理。从中学时代起，我就习惯于幻想、想象、联想、虚构……喜欢钻进人们的内心去探索心灵秘密，爱好勾画人们的外貌特征或表情，更热衷于编织人们之间的喜剧或悲剧。总之，我较习惯于形象思维，一直到抗日战争在戎马倥偬中，仍然保持着这种习惯。不过由于革命需要在抗战之前不久，才开始读一些辩证唯物主义和政治经济学；后来又由于工作的需要，组织上派我从事文学的理论工作和编辑工作；正是出于业务关系，有时不得不写一些理论性的短文；但如果拿逻辑思维与形象思维相比，我始终较习惯于后者，对前者则很勉强。不过我始终感到幸运，如果我开初不曾从事写作，没有经历过形象塑造的一系列困难的摸索，不亲身尝尝创作的甘苦，不积累一些极其复杂的写作实践的经验，我以后大概会遇到更多的困难。譬如，如果我没有这些实践经验作为基础，如果我没有从经验中摸出一些规律性的东西，那么，后来遇到创作中一些复杂的情况和问题时，将无法理解；对别人所总结的规律、所研究出来的理论，也许会领会不深，甚至一知半解、似懂非懂，或者只会背诵一些概念，而完全闹不清它们的精神实质和对实践的意义。

这些情况说明我对文学理论的基础并不深厚，学习也不是从书本开始，而主要的是从实践开始，从经验中去摸索规律，从实践观点出发，去领会规律对创作的指导意义。你在来信中似乎抱着与我相反的见解，有"先学好了理论，然后才去实践"的意思。实际上,这是一种事倍功半的做法或者是一种费力不讨好的做法。

我个人以为,最好的、效果最显著的办法,是一面努力实践(包括创作实践和评论实践),不断进行总结,不断摸索规律,使实践经验升华为理论。使自己不仅有丰富的实践经验,而且把经验升华为规律性的理论;同时,一面努力学习理论(即别人的实践总结),以自己总结出来的规律为基础,去消化、吸收他人发现的规律,使之不断地充实自己,努力使实践水平逐步提高。

你为什么"不能把所学的理论运用于对作品的具体分析"呢?关键可能是你只背诵书本上的概念和词句,而没有掌握它们的精神实质,没有深入领会其中的立场、观点和方法。

为什么你对于《西方文论选》无法留下"深刻的印象",甚至"根本没有印象"呢?很明显,你没有读懂这些书,自然更谈不到理解它们的精神实质了。读不懂的原因,那是由于你不重视实践,不愿从实践中去总结经验,因而,你对于别人根据实践所总结的或经过分析研究出来的规律,便无法理解。

从来信看,你似乎怕麻烦,怕刻苦;处处流露出走捷径、妄图找到一种一蹴而成的方法的情绪,甚至也害怕博览群书。"既想马儿跑,又想马儿不吃草",你既不愿多看书,怎么能够发现有价值的、又有借鉴作用的书呢?不博览,不比较,那么你凭什么去提高区分真伪、辨别高低的能力呢?

想做一个合格的评论工作者,应多涉猎一些名著和典籍,不过,这只是其中一方面的条件,并非全部;更重要的是实践,是对实践的总结,并从中去寻找规律性的东西;否则,你对这方面知识的积累便无从谈起。读书不能毫无目的,如果不是从中寻找指导实践的规律,至少也应当怀着改进实践的动机去读书……

一九八一年十月二十七日于东病区

把成功寄托在别人代你修改作品,是不实际的

……我是一个进厂半年的青年工人,七九届高中毕业生。虽对文学、音乐、美术都有浓厚的兴趣,但因胸无大志,没有恒心,没有毅力,"三天打鱼,两天晒网",以至于没有什么长进。

盼望能够将自己的作品寄给某些大作家亲自修改，是我梦寐以求的宏愿。

……忽然，在我病休的日子里发现了你的著作……看到上边有不少是根据别人的作品来进行分析时，我更是爱不释卷……我终于鼓起勇气给你写信，并不自量力地给你寄来几篇"作品"，请求指教。……

湖南长沙　匡谷生　八月十二日

……像你这样的来信和类似的要求，我真不知读过多少了。但面对这种情况和这种期望，除了摊开双手表示无能为力之外，我想不出任何有效的办法来进行帮助。真抱歉！

你既对文艺怀着浓厚的兴趣，但对这门劳动却没有恒心，也没有毅力，只把希望寄托在"大作家亲自修改"上，即希望有这么一些有闲的作家，能帮自己修改作品。另外一些青年还诚恳地提出：不仅希望把他们的作品修改成功，还希望作家热情地把他们栽培到底，负责把他们的作品介绍给文艺刊物发表。这类青年人这种打算并不稀奇，可是却不实际。首先他们自己如果确实写出了有基础的作品，初步显露出创作的才华，因而引起别人的重视与精心辅导，是完全可能的，过去也有过这类情况。但是，我们所遇到的事实，却往往不是这样，来稿不但显不出才华，甚至连修改的基础也没有，它顶多只是普通中学生的一篇"作文"，既没有生活气氛，也没有形象创造，老实说，还没有达到文学创作的水平，叫人家怎么去辅导呢？何况作家们都有他们分内的工作，如果有时需要他们去做一些必要的辅导活动，那也只能在工作之余。所以作家们的辅导活动在时间和精力上，都是有限的，绝不可能"亲自修改"许多初学写作者的习作。这一点，请青年同志多加谅解，并设身处地多为别人的困难想一想，否则，只会招来不痛快和失望。

你的情况怎样呢？阅读了你附来的几篇诗作，便大略知道你的习作水平。如果把它们当诗来要求自然还差得很远。可以说，这几篇习作都没有创造出诗所应有的境界，除了直接用理性语言说教（如《姑娘呵，请听我说》）之外，都没有把抒写对象与自己的真实感情融合起来。因而有的毫无感情（如《雾中行》），有的感情朦胧（如《思友》）。既然作者没有把感情投进去，没有达到情景交融，那么诗的境界如何能出现呢？在你的作品中不仅没有具有艺术魅力的意境，连你要表达什么意思也令人难以猜测。这一切，皆由于你缺乏强烈的爱憎感情，没有让这爱憎感情去取舍生活,概括生活和融合生活的结果。

让热烈感情与抒写对象融合起来,是文学创作最起码的要求,但在你的习作中却完全被忽略了,因而,你一开始写的东西,不仅没有生命,却连最低限度的感染力也感觉不到。请想想,对这样没有经过酝酿的、不成形的作品,别人如何帮助你提高?又如何能亲自帮助你修改成功呢?……

千万不要以为艺术形象是凭借一种模子搞出来的,艺术创作更不是千篇一律的、机械的重复,所以不要把作家最复杂的、最艰辛的劳动,误认为呆板的、可以传授的"秘诀"。……

一九八一年十月二十九日于广州

一点感想*
——答《随笔》杂志问

提起"随笔",有人把它看作是作家随便写下来的东西,其实,写出来也许只需花很短的时间,但它的题材的酝酿却不是在仓促中所能完成的。

"随笔"的抒写对象很广泛,凡"千虑之一得""百见之一悟",都是"随笔"的题材。它确是个广阔的艺术天地,在新文学建设的途程中,它大有用武之地。

当然,它不是灰色概念的重复,而应该是富有生命力的思想火花的闪烁。

"随笔"之所以具有魅力,是由于它由"千虑""百见"提炼出来,从生活中,从人生遭际中凝结出来的,因此它们是具体的、亲切的、活跃的,具有一种"发人深省"的潜力。

正因为如此,"随笔"就像发酵剂,有引起人们联想翩翩、深化思维的功能,也有潜望镜或显微镜开拓境界的功能。

---

* 载1985年1月版《创作随谈录》。

337~397

文学序跋

《冀中导报》《周玉章》编者按*

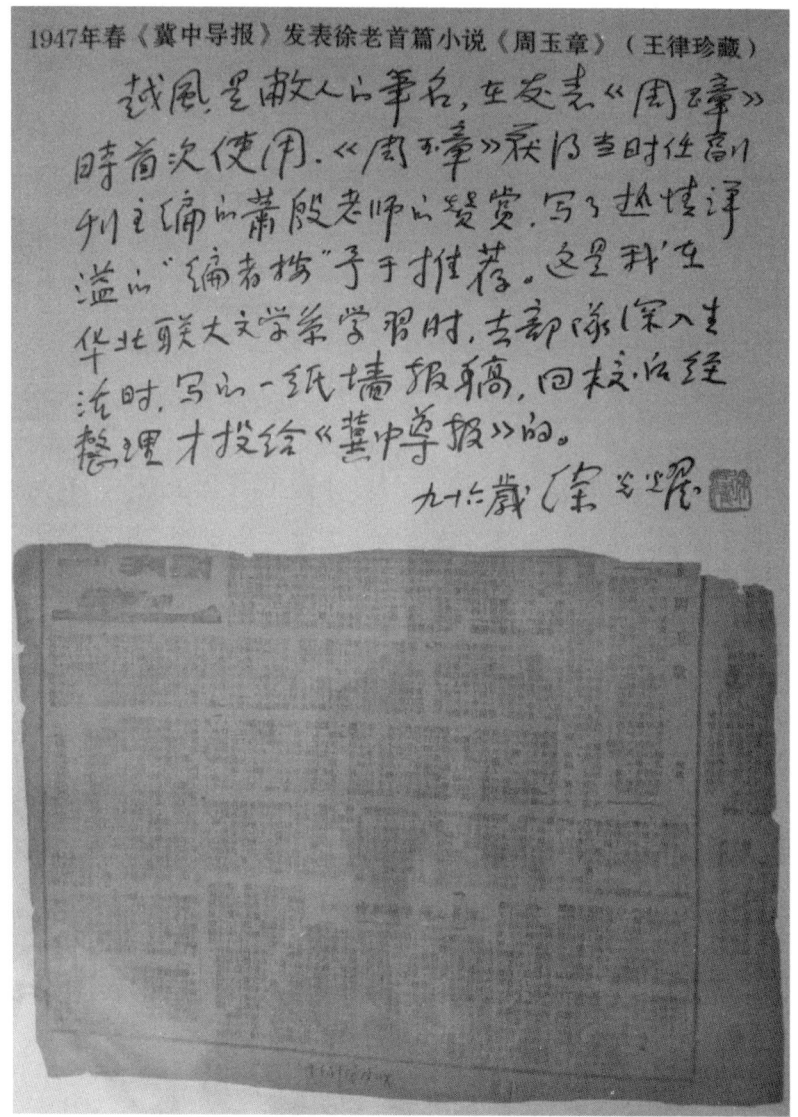

徐光耀本人手写的关于《冀中导报》副刊刊登了徐光耀以"越风"笔名所写的小说《周玉章》，时任副刊主编的萧殷在文章前面加了按语的说明

* 载1947年2月27日《冀中导报》第三版。

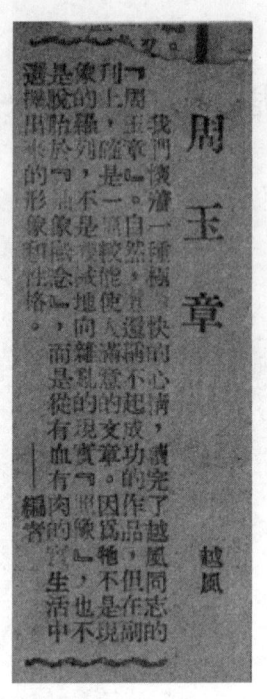

萧殷写的编者按

"我们怀着一种极愉快的心情,读完了越风同志的《周玉章》。自然,这还称不起成功的作品。但在副刊上,确是一篇较能使人满意的文章。因为它不是现象的罗列,不是机械地向杂乱的现实'照像(相)',也不是脱胎于'抽象概念',而是从有血有肉的(现)实生活中选择出来的形象和性格。"

注释:

1. 这是《冀中导报》副刊在发表徐光耀以笔名"越风"写的小说《周玉章》时萧殷所加的按语。

2. 徐光耀:笔名越风,中国作家协会会员。河北省文联党组书记、主席;中央文学研究所第一期研究生;华北军区文化部文艺科、总政文化部创作室专业作家。1947—1948年期间是萧殷在华北联大文学系任教时的学生。

《论文学与现实》后记[*]

这本集子,除将《论文学的现实性》(原天下出版社出版)一书中的三四篇旧稿收入之外,大部分是我去年所写的习作。

《论文学的现实性》一书,因错字太多,已决定不再重版,除将《评〈红石山〉与〈望南山〉》及《泛论写真人真事》两篇收入《论生活、艺术和真实》一论文集外,其余的短文都没有什么深刻的思想内容,不打算再与读者见面了。现仅将《论文学语言的创造》《文学、生活现象》《生活本质》《关于现实性》等篇略加修改,再加上去年和今年在《文艺报》及其他刊物上发表过的十余篇短文,凑拢起来,编成一册。因其中所论的,都或多或少地涉及文学与现实的关系问题,故定名为《论文学与现实》。

这集子里的文章,都是匆促写成,同时我又还是一个文艺理论工作岗位上的练习生,因而不妥的地方和错误之处一定难免,我诚恳地希望热心的读者多提意见,以便有修正的机会。

一九五一年七月十日于北京

---

[*] 载1951年版《论文学与现实》。

《怎样写新闻消息》前记*

这本小集子里所收集的两篇文章，都是为初学写新闻消息的青年同志们写的。前一篇是根据在北京《中国青年报》编辑部谈话的记录整理出来，其中的具体材料都是从我一九四七年所写的一篇文章中摘引出来的，故未免稍嫌陈旧。后一篇是针对着一个学校里一班同学改作几条新闻消息而写成。两篇文章的内容，都是围绕着一个问题，就是如何才能使新闻消息写得明确、简练。两篇文章都能求做到，具体浅显易懂。

当然，初学写新闻消息的同志，单独这本书还是不够的，因为我这两篇文章的内容，都是着重地讲写作技术的问题。至于如何去采访，如何去把握新闻材料，在这本书里都没有谈到。

我所以愿意出版这本书，一方面是希望能引起更多青年对新闻事业发生兴趣，希望更多青年去学习写新闻消息；另一方面，根据看过这两篇文章的同志的反映，认为青年人很需要这样的文章，而且还认为它们对于学习写新闻消息是有很大帮助，这些同志尽力怂恿我出版它。这当然都是鼓励之词。读者是否能得到帮助，主要还要靠读者自己不懈的努力。

黎政　一九五一年七月

---

* 载1951年8月版《人间书屋》。

《论生活、艺术和真实》后记[*]

这里收集的十三篇文章，除《泛论写真人真事》及《评〈红石山〉与〈望南山〉》这两篇是从拙作《论文学的现实性》一书（该书已重编，由上海新文艺出版社出版）中选出之外，其余各篇都是我这一年多来的习作。

这本集子里的文章，所接触到的问题，很多，也很广，有一般的写作问题的讨论，有对具体作品的评介，也有文艺运动中的问题的商讨，但所有这些文章，都是直接间接地牵涉到生活、艺术与真实的问题，因此，这本集子定名为《论生活、艺术和真实》。

文艺理论工作，本来不是我的能力所能胜任，但由于自己做编辑工作，几乎每日都有机会接触到许多实际的文艺情况与问题，同时那些提问题的青年同志又那样热情，那样关心人民文艺事业的成长，我却不能无动于衷。我常常被这些热情所感动，常常被这些辛勤地为新的文艺事业而劳作的文艺工作者所激发，于是我思索了许多他们所提出来的问题，也写了一些文章。明知我不能给他们多少帮助，但总想以自己的千虑之一得，尽一点微薄的力量，来为新文艺事业服务。有一点可以自慰的，就是这些文章都是根据文艺运动中或文艺创作中所存在的问题写作的。问题虽然从实际中来，但我的文章是否能回到实际中去起些微小的作用呢？现在，我却还无法回答。

这本集子里的文章，都曾在《文艺报》《人民文学》《人民文艺》《人民戏剧》等刊物发表过的，此次为了集编成册，重读了一遍，发现其中某些词句不甚妥当，曾作了一些修正。这些文章除极少几篇是由于感触所作之外，大部分都是接受了题目之后赶写出来的，时间与能力都受到很大限制，所以不够周到或不够妥当的地方，一定很多，恳请文艺界先辈与热心的读者多加指正，以便将来有修正的机会。

一九五一年八月八日，暴热之夜

---

[*] 载1952年3月版《论生活、艺术和真实》。

《与习作者谈写作》后记*

这几年来,由于自己的职务的关系,常常接到一些初学写作者的来信。这些来信都不约而同地提出许多有关写作的问题,而且都要求我"具体地"答复。由于时间太少,我无法做到"每信必复",这是应该向读者道歉的。

凡是他们在写作实践中所遇到的问题,而且问题又提得很具体的,我都尽自己的力量回答了。但对于那一种离开写作实践、抽象地提出来的问题,如"写作应该如何开始?""写作之前应该读些什么书?""我很想写作,但现在没有什么材料可写,怎么办?""怎样搜集写作材料,请将具体办法告诉我!"等等,因为这些同志没有具体地提出问题,所以我很难作具体的回答,有的竟至于无法回答。比如说,有些读者要求我把搜集材料的具体方法告诉他,这怎么能够呢?这些同志大概把文学创作看作是一门简单的手艺,以为懂得手艺的几个秘诀之后,就可以写出好作品来。其实,这种想法是错误的。单就写作题材一点来说,也不是"搜集搜集"就能够提炼出作品的题材来的,这是一个复杂而又细致的问题,如果提问题的同志,的确曾经实践过,那么,我相信,他一定不会提出这样抽象的问题来的。对于这样的问题,即使回答了,对他们恐怕也不会有任何帮助。

这本集子所收集的文章,可以说都是针对着读者所提出的问题写成的,其中一部分是直接给他们回信的底稿,另一部分,也是由读者提出的问题所引起的感想,随时记下来的一些笔记。此外其中也包括了三篇"文学写作常识"。

在这里我应当附带地说明一下,这三篇"常识"说发表之后,许多读者大概怕我"半途而废",都来信鼓励我,要我继续写下去。可是困难果然发生了,一由于忙于

---

* 载1953年4月版《与习作者谈写作》。

杂事，抽不出时间；二由于考虑采用什么方式尽可能写得更通俗些；结果，一拖再拖，终于未能按照计划把它写完。今年夏天有读者因此来信责备我，说这是我"对初学写作者不负责任的表现"。其实这是"冤枉"。现在我不想多作解释，但愿将来有机会能把"文学写作常识"全部写出来。

也许有人会认为这集子里的文章，并没有什么新鲜的东西，是的，这里的确都是些普通的写作常识。但我为什么仍然愿意把它们送到习作者的面前呢？因为据我所知，好些年轻的习作者对这方面的常识还知道得不多，他们希望有较通俗易懂的文学常识来满足他们的需要。至于我这些短文是否能真正为他们读懂，是否能对他们有微小的帮助呢，我自己却不敢肯定了。

自知能力单薄，深恐有负于读者的厚望，我希望有更多的文学理论工作者去关心并研究初学者的写作问题，并给予切实的指导。这样，不仅初学者能够得到实际的帮助，就是对今后的整个文学事业，也是有积极意义的。

一九五二年十二月二十八日

《论创作方法》前言[*]

这两三年来，由于自己的职务关系，时常和一些文学爱好者或青年写作者相接触，在交谈中或通信时，他们总是怀着热切的心情，希望作家能给他们"传授"一套创作方法。同时据我所知，许多青年写作者也经常向老作家提出类似的要求。这些青年读者热爱文学，愿为人民文学事业出力，这是一种很可喜的现象，应当积极地加以鼓励与指导。但可惜许多年轻同志在生活认识与生活经验上还没有较多的准备之前，就性急地怀着一种找"秘诀"的心情，要求作家告诉他一套"写作秘诀"。在他们看来，好像只要按照这些"秘诀"就可以"依样画葫芦"地写出伟大的作品来。实际上，这样的"秘诀"从来就没有过。由于他们从这样不实际的想法出发，因此他们常常不经过任何思索或没有经过刻苦的创作劳动，就向作家提出一连串空洞的、抽象的、摸不着边际的"问题"，如"……如何才能使自己的写作成功，达到思想性与艺术性的统一？先学技巧呢，还是先学理论？先读长篇呢，还是先读短篇？……""……是否可以告诉我一套完整的具体的写作方法，以免我在写作时走弯路……"等等；而且这些读者于提出"问题"之后，总是反复地希望作家们具体地给他回答。抱着这种"希望"的人当然只会失望：原因是他们所要求回答的"问题"既抽象又带着全面性质，要回答得切实而具体是不可能的。因为我相信，世界上还没有能够具体地、切实地回答抽象的、一般化的问题的人。如果不能具体地提出你在创作实践中所遇到的具体矛盾，别人又如何能够提出切合你实际情况的、具体的而又行得通的方案呢？

从这些事实，一方面我们固然可以看出青年读者对于文学创作劳动的认识还存在

---

[*] 载1959年版《论创作方法》。

着一些不正确的看法；但从另一方面，也说明广大青年读者迫切地要求知道创作的知识与创作的经验。纯粹抱着找"秘诀"的心情自然不好，但要求学习创作的基本方法，却是正当的，应当设法逐步地满足青年们对这方面的需要。

然而在这方面，我们还没有比较完善的、比较有系统的著作，这是事实。这应当引起作家、文艺理论家和文艺领导者的深刻注意，并希望在不久的将来，能有较完善的"创作方法论"出版。

在比较有系统、比较完善的"创作方法论"出世之前，我以为先向文学爱好者和青年写作者比较有系统地介绍一些苏联作家的创作经验与方法，是有益的，而且是必需的。当然，这里仍然不会有什么"秘诀"，但创作的基本规律与基本方法却是有的。只要我们能真正地、切实地领会这些规律与方法，我相信，它是能够启发我们走向一切优秀作家所应走的道路的。

这是我编辑这本书的愿望之一。

其次，我也企图通过这本书帮助青年读者能更具体地理解社会主义现实主义的定义。对于这个著名的定义，在词句上许多人的确已背得烂熟了，但在创作实践中却仍然常常出现与这定义的精神"背道而驰"的现象。这说明那些人还没有真正懂得社会主义现实主义，至少在创作实践中他们还没有贯彻社会主义现实主义的基本精神与基本方法。实际的情形既然这样，因此，反复地阐述社会主义现实主义的精神与方法，就十分必要了。

我编辑这本书的动机，一方面固然是为了适应青年写作者的需要，另一方面也是从这"定义"得到了启发。因此，我在选录苏联作家的文章时，始终是围绕着这"定义"所涉及的周围；另一方面我也不能不抛弃那些与目前我们创作情况相距太远的文字，而选录了一些与我们的问题性质相同的或比较接近的章节。

选在这本书中的文章的作者，除约·里瓦伊是匈牙利人之外，其余全是苏联人。除了极少数的文章之外，绝大部分都是从联共（布）中央《关于〈星〉与〈列宁格勒〉两杂志的决定》以后的苏联作家所写的文章中选录出来的。

本书的内容是从各人的文章中摘出来的"片段"加以集中编成的，很可能将问题孤立地摘录下来，而不自觉地略去了问题发生的附带条件；也很可能由于当时某种具体情况作者只在文章中强调了一方面，而略过了（或根本不谈）另一方面；因此，仔细地弄清每一"片段"的意义是必需的，但千万不要在"片段"中去钻牛角尖。否则，就可能得到片面的认识。正确的学习方法，应当是将每一节中的各个"片段"联系起来，从内在的意义上去理解它们的基本精神与基本方法；而且应当把节与节、辑与辑之间的意义联系起来理解；只有这样，我们才可能较全面地和较具体地理解社会主义现实主义的主要特征与基本方法。

为了帮助读者理解每一节的主要意义，我在每节末尾附上几个"供参考"的"问题"，目的是：一方面希望读者能抓住主要问题，不致被许多"片段"中"零碎"的理论所迷惑；另一方面希望借此能启发读者联系一些具体问题加以思考。但是，必须声明，这些"供参考"的"问题"，并不是每节内容的全面概述，而仅仅是根据我的一点理解，提出一些我认为与目前创作中所存在的问题较有关联的问题而已。因此，它们只供青年读者参考，千万不要作为"讨论提要"。

有人问："通过这本书是否能获得社会主义现实主义较全面的知识呢？"我以为是可能的，但有个条件，就是必须同时研读马克思、恩格斯、列宁、斯大林有关文艺的经典意见；而且还必须掌握毛主席《在延安文艺座谈会上的讲话》中所指出的原则。这些经典著作会使我们更深刻地和更全面地理解这本书所涉及的内容，同时，这本书也可以帮助我们更具体地理解革命导师们关于文艺的经典的意见。

又有人问："懂得了社会主义现实主义的主要特征与基本方法之后，是否就能写出优秀的作品呢？"不一定。因为这还仅仅是一个指向光明大道的"指路标"；用什么步伐才能走到"光明大道"？走多久才能走到"光明大道"呢？这要看你是否能刻苦地努力与不倦地劳动来决定。由此我们就知道："依样画葫芦"的"秘诀"固然没有，一切"偷巧"的做法，也是行不通的。

最后，仅向××、×××等同志表示谢意，因为他们曾为本书的译文做了认真的校阅。

编者
一九五三年十月

《给文艺爱好者与习作者》后记*

这本小书，已经是我写给初学写作者的第三本书了。

在这本小书里，我着重地向初学写作者解说一些文学写作上的基本知识。针对着读者所提出来的问题或习作中所存在的问题，我尝试着谈到如何描写人物的问题（如"谈人物精神面貌的描写""应当写出与人物言行相适应的性格"），谈到如何从现实生活中汲取、提炼主题的问题（如"关于'找题材'""仿佛是一部录音机"）；谈到文学的任务（如"不要辜负了这光荣称号""向文学汲取精神力量"）与形象的创造和它的性质（如"作品为什么和它所描写的人物的生平不完全一致""向文学汲取精神力量"）；也谈到生活内容与作品思想性的关系问题（如"从生活出发"）。另外，针对一种不用脑筋的"提问题"的方法，也谈到思想方法与读书方法的一般问题（如"关于提问题"）。

虽然这些都是广大文艺爱好者与习作者中间存在着的、也是他们殷切地希望得到解决的问题，但由于我自己的政治的艺术的修养都太浅，写的也不够深入浅出，因此我对这本小书不敢寄予过高的希望；如果它能对读者有些微的帮助的话，那么，对于我将是莫大的安慰。

过去出版的两本书，曾获得读者很多的帮助，他们的提醒使我在认识上提高了一步。我衷心地感谢他们！

另外，我也向一些写信给我的读者表示歉意。他们会写信来鼓励我，也会提出一些问题要求我解答；可是由于我的时间太少，我无法做到每信必复。但是他们所提出来的问题，我是铭记着的；只要有普遍意义的问题，我都把它们分成类，珍贵地保存

---

* 载1955年9月版《给文艺爱好者与习作者》。

着,并且经常地考虑它们。正是由于这些问题的启发,我才能写出一些文章。现在除向这些读者表示歉意外,同时也向他们表示谢意。

这本书快要与读者见面,其中的缺点一定很多,恳请大家给予教正。

一九五五年六月十五日

《谈谈写作》后记[*]

最近，我把过去曾经印行过的《论生活、艺术和真实》一书重新改编了一次，将原有的《试论普及与提高》《再论普及与提高》以及《评"红旗歌"及其创作方法》等篇删去；增补了《谈抒情诗》《深入个别观察，克服概念化和公式化》以及《为什么不能发掘得更深些》等三篇文章。还把保留下来的一些文章删改了一遍，有的删改得多些，有的只作了技术性的修改。

这本书里着重讨论的，是一些有关文学写作的问题，为了使书名更切合书的内容，改名为《谈谈写作》。

这些文章大部分是一九五一年以前写成的，但我为什么现在还把它们送到青年读者的面前呢？因为据我了解，一直到现在，好些青年读者还常常提出类似的问题，要求别人解答。譬如他们提出关于写真人真事的问题，关于实在人物与艺术形象的问题，关于人物与事件的关系问题，关于忠于生活与作品思想性的关系问题，等等。对于这样的一些问题，我在文章里都曾或深或浅地接触过或讨论过；当然，我的论点不一定全都完善，但我还是愿将这些文章提供给青年读者作参考。

一九五六年九月

---

[*] 载1957年2月版《谈谈写作》。

社会主义缔造者的歌声*
——民歌选《荔枝满山一片红》代序

一

这半年来,我常常怀着极其兴奋的心情,贪婪地阅读着刚刚出版的新民歌。无论是民歌选集或是报刊上发表的零星的歌谣,都同样引起我的兴趣和"先读为快"的心情。

当我和这些崭新的、意境清新而想象力又十分丰富的新民歌相接触的时候,就感到有一股力量在敲击自己的心弦,内心里就自自然然地涌出一种难舍难弃的情绪。一方面觉得它们很面熟;但同时又觉得它们是崭新的、带着充沛的生命力冲进诗歌领域里的东西。

这些新民歌常常不知不觉地将我引入一种极高的诗的境界里。而这种现象,只有当我读到最好的诗篇时才会产生的。然而新民歌也常常以丰满的激情和清新的意境打动我的心灵,并给我以美感的满足,却是出乎我的意料。

因此我认识到,民歌同诗歌中其他的体裁,譬如自由诗、绝句、律诗等等,在歌唱生活,抒写人民的思想感情上,是既无文野之分,也无高低之别的。只要抒情抒得好,都是好的抒情诗;凡是叙事叙得好的,都是好的叙事诗。绝不因为采用了民歌体而稍稍降低了它们诗的价值。

这应当是常识。可是偏偏有人毫无道理地把民歌列为"下品",并把民歌的形式视为低级的形式。

---

* 载1980年2月版《论生活、艺术和真实》。

实际上，这些对民歌抱着偏见的人，虽然他们把诗歌划分了等级，可是这并不能掩饰他们对于诗歌的无知，更不能掩饰他们对于民歌的无知。

在这些人中间，有一部分人是极口称赞古典诗歌的，这本来不算什么坏现象；可是他们企图以古典诗歌来贬低民歌的艺术性和它存在的意义，却是不正确的。据我们所知，任何古典诗歌的产生都不能与民歌毫无关系。实际上，像诗经、楚辞等恰恰就是发源于民歌。后来的诗歌，也总是在这个基础上逐步地发展起来的。

据说外国一些伟大的诗人，譬如涅克拉索夫，普希金、拜伦、海涅等等，也是接受了民歌精华的哺育，并在这个基础上逐步地发展起来的。

任何一个民族的诗歌，总有其民族的格调和气派。如果完全抛开那个民族的劳动人民所喜闻乐见的民歌，不以民歌的格调为基础而加以发展，又怎么能建立起更新更美的、同时又为广大人民所乐于传诵的民族诗歌？

其次，还有一些人则不加分别地认为民歌缺乏"诗质"，把民歌视为"缺少诗意"的东西，企图以这来贬低民歌；但是，事实是不是这样呢？现在就从我的记事册上顺手抄下一首客家情歌来看看吧。

约郎约在月上时，
等郎等到月偏西；
不知妹住山高月出早？
还是郎住山低月上迟？

谁说这里没有"诗质"或"缺少诗意"呢？只要不抱偏见，谁能抹杀这首民歌中所浮现出来的意境以及抒情人物深沉的感情？作为一首抒情诗，谁又能举出更多的理由来指责它呢？为了说明民歌的"诗质"，我愿意再引一首客家地区广泛流传的山歌：

入山看见藤缠树，
出山看见树缠藤；
树死藤生缠到死，
树生藤死死也缠。

谁说这里没有"诗质"或"缺少诗意"呢？如果不对民歌抱偏见，任你举出多少"理由"，也否认不了它的清新的意象和饱满的热情。

像这样优秀的抒情诗，在民歌中难道是个别的吗？当然不是。像这样既有清新意境又洋溢着感情的民歌，无论就其巧妙的构思或形象的明朗性，都绝不在某些古典诗歌或某些自由诗之下的。

那么新民歌呢？

二

新民歌继承了原有民歌优良的传统，以其崭新的姿态和蓬勃的朝气出现在诗歌的领域里。它们不仅保有着原有民歌的那种感情朴素、调子明朗和联想丰富的特点；同时在语言运用上，也仍然保有着劳动人民口语的特点，有朗朗上口、便于传诵的节奏和音乐性，而且富有乡土气息。正因为新民歌在形式上保留着劳动人民所喜闻乐见的气派和风格，所以劳动人民感到亲切，感到和谐，感到这是他们自己的歌声。

但更重要的，是新民歌把人民在这伟大历史时代的豪迈的感情和移山倒海的英雄气概，通过丰富的联想和动人的意境表现出来；反映了正在建设社会主义的我国人民宏伟的愿望、冲天的干劲和迫令江河让路、高山低头的气魄。

这是社会主义缔造者真正的声音。

也是我国人民在新的历史时期所形成的精神面貌的反映。

在党的领导下，人民看见了美妙的未来，他们敢于为未来设想并勇于创造未来：

远景规划动人心，
　鼓足干劲赶先进；
　好比蛟龙出大海，
　好比猛虎出山林。

于是，被偏见、被迷信所禁锢的思想解放了，人们有如生龙活虎，不仅创造的热情很高，敢作敢为，而且任何困难都不能将他们吓退：

只要敢作与敢为，
哪怕高山插云飞；
万颗红心结一起，
能叫高山脚下跪。

这种气魄和这种决心之所以会这么宏大，并不是什么个人的精神力量所决定，而是集体，是党领导下的集体的劳动人民。集体是伟大的力量，是无穷无尽的力量。新民歌的抒情人物，往往是集体的劳动人民的化身；抒情人物的感情，往往是集体的共同的感情。举例说：

跃进声势如春雷，
处处有人积绿肥；
见到青草如见宝，
将把青山担回归。

正是这种雄大的气魄和雄心，使新民歌获得了蓬勃的朝气与巨大的生命力。也只有这样的气魄和雄心，才能帮助你展开阔大的想象的翅膀，构思出壮美的境界，你看吧：

开荒上山顶，
举手接星星；
白云犁下绕，
吆牛天上惊。

秃山变了样，
翠绿一层层；
麦浪吹天外，
采棉踏云层。

很难想象，没有战胜困难的雄大的气魄，能写出风格如此高逸的抒情诗。因此，那些胸襟狭窄，专爱抒发个人的闲情逸致的诗人，他们所以不能唱出人民所爱听的歌声，从这里也可以得到一个不含糊的反证。

但是，所谓雄大的气魄或豪迈的精神，绝不是什么"手法"或形容词所能为力的；更主要的取决于你有没有豪迈的革命精神或博大的革命的眼界。

劳动人民并不喜欢站在一旁去欣赏什么"气魄"或"境界"的；重要的是劳动，是创造。为了取得无限丰富的产品，争取更早地建成社会主义社会，他们常常把眼光投到劳动实践上面，投到劳动的成果上面，从劳动实践中去评品缔造者的气魄和精神，并在劳动中去赞扬新人新事。你听！他们是这样歌唱着：

  一役夜战声刚停，
  半斤煤油灯光尽；
  白云做帐石做枕，
  草地做席月当灯；
  指挥台旁暂少息，
  忽听村里出勤钟；
  捧起沟水洗疲倦，
  鼓起精神再上阵。

由于他们处处从劳动生产着眼，所以他们对于劳动中许多动人的情景就有更灵敏的感觉；歌唱起来就更有感情。同样，丰富的劳动成果，也常常引起他们的欢乐：

  红红笑脸汗珠流，
  新新箩筐把谷收；
  装谷装到日西坠，
  挑谷挑到露水湿满头。
  不是社员做得慢，
  只因一造顶上两造收。

新民歌不仅歌颂了物质生产的成果，同时，对于新的风习和新的变化也热情地加以赞扬。

山洞密密遍山坡，
虎狼不知何处躲；
新事今朝才见到，
猪牛占了虎狼窝。

这确是不寻常的现象，但在社会主义的光辉照耀下，类似这样的新景象又何止万千！

由于现实生活迅速的变化和飞跃的发展，人们已看得更远，望得更真了；美好的未来使人感到愈来愈靠近，愈来愈变得具体了。于是，人们怀着坚信的心情歌唱着！

榕树生来根连根，
工农联盟一条心；
如今耕田人扛铁，
再过一年铁背人。

"铁背人"的事实的确将会很快地普遍起来，是毫无问题的了，可是人们并没有因此满足；也许因为他们望见了生活发展的轨迹，对美好的未来怀着更大的兴趣，于是他们狂放地想象着未来，大胆地给未来描绘出许多迷人的图画：

今年早稻特别好，
高佬下田不见头；
新买镰刀难割断，
换把快斧才砍倒。

自然，我在这一节里所引用的新民歌，并不是最出色的，其中也可能还夹杂着一些牵强的、生硬的东西；但是应当看到，这些歌声都是发自人民心腑、代表着社会主义缔造者的声音。虽然其中有一些还显得有点粗糙,可是它们所显示的精神和气概,却足以说明这一代先进人民的精神面貌。

抒情,应当是抒发人民的感情。而新民歌恰恰是抒发了人民群众的愿望、理想、气魄和精神的。

因此,我们认为:新民歌给诗歌界带来了崭新的血液和生命,也给新诗歌的发展打下了良好的基础。

三

毛主席教导我们:人民要求普及,跟着就要求提高。

在新民歌的领域中,现在存在不存在这样的问题呢?我以为是存在着的,那就是:有些民歌所表现的形态,总是在一个圈套里重复着。不仅表现在借喻上,同时也表现在内容上。例如:

跃进时代跃进年,
捉住蛟龙当牛牵;
大喝一声震七海,
双手能挡九重天。

论它所表现的气魄,恐怕很难有比它更宏大的了。英雄时代的英雄人民,当他们的头脑被革命思想武装起来之后,其冲天的干劲以及其气吞山河的气概,的确不是普通事物所能比拟的。要在诗句里抒写这种宏大的气魄和精神,不借喻于非凡的事物,你就很难表现得充分和恰当。

因此,以蛟龙、龙王、神仙、嫦娥等等来突显宏大的感情,这做法,原是无可厚非的。事实上,凭借这种非凡的比拟也确曾产生过极优秀的诗篇。现在的问题是:在意境上和构思上互相因袭、互相模仿的现象太多了,只要翻开新民歌选集或报刊上发表的新民歌,这种"相仿佛"的内容实在太多了,你看吧:

开山劈石捣龙宫,

单手抓出潭底龙；
要它跪下听差遣，
服罪献水来立功。

又如：

千军万马攻肥关，
洼地掘陷山凿穿，
山神土地快降服，
打开仓库献肥源。

限于篇幅，我不想多抄了。总之，类似这样的比拟，以及由类似的比拟所构成的类似的境界，是太多了，太多了！

本来第一次运用这种比拟来表现英雄气概的人，是有创造性的；其作品无论在主题上、构思上、意境上或风格上，都是新颖的、具有独创性的。然而，大同小异的构思和意境如果一而再，再而三地重复下去，那就会令人觉得"味同嚼蜡"了。

这种互相因袭、互相模仿的现象所以会这样普遍，是有其原因的：一方面人民内心蕴藏着宏大的愿望和感情，迫切地要求表现；一方面这种非凡的比拟，又似乎比较容易表达这种愿望和感情，因而忽视了独创性的构思。虽然是因袭来的，但从表面上看，却仍然显得很有气魄，人民的雄心壮志仍然能从诗句中间露出棱角来。

因此，有些偶尔读到这类诗的人，还不禁要称赏几句；可是接触一多，新鲜的感觉就逐渐消失，重复的印象反而越来越深；只感到一般化，却看不出这类诗之间有什么独创的构思，更接触不到鲜明的意境。

在表现人民的宏大的感情和气魄上，谁也不能抹杀这类诗所打开的广阔的眼界以及它们所开辟的宽广的道路；但是如果缺乏独创的构思，如果只让人民的雄心壮志仅仅露出一点棱角，而且又呆板地重复着，那就值得考虑了。

在这一点上，如何突破现有的水平，提高一步；如何使英雄人民的精神面貌能得到更深刻、更多彩的表现，应当引起大家的注意。现在，我愿意作为问题提出来，希望对新民歌有研究的同志多提供宝贵的意见和经验，使新民歌更能充分地深刻地把我国人民在伟大的社会主义建设中的伟大的精神面貌反映出来。

虽则，新民歌还存在着一些尚待改进的缺点，但它的蓬勃的生命力，它的易为我国劳动人民所乐于传诵的格调和气派，却是有着远大的发展前景的。只要新诗歌作者善于发挥它的长处，汲取它的精华，抛弃其中的陈词滥调和不健康的东西，认真汲收古典诗歌中凝练的表现形式，毫无疑问，新民歌是新诗发展的基础。

暨南大学中文系最近选编了一本民歌选《荔枝满山一片红》，准备交给作家出版社出版，要我写篇序言；因事务繁杂，一时无法对这本民歌作具体的分析，只能把我近来读民歌的一点粗浅感想写出来。现在就以此作为代序吧。

一九五八年十一月二十八日于北京

《鳞爪集》后记[*]

编在这集子里的短文，绝大部分都是在这两年间写出来的，而且都已在报刊上和一些读者见过面。

一年以前，修正主义的各种谬论，曾在文艺领域里猖狂一时。在各种各样的幌子后面，修正主义分子狂妄地企图抹杀马克思列宁主义对于文艺创作的指导作用，提出所谓"只要忠实地描写生活，就可以写出伟大的作品"的谬论；他们妄图否定党的领导，否定文学艺术的党性原则和文艺服从政治的原则以及工农兵的文艺方针，用所谓"写真实"或所谓"艺术的独特性"来蒙混青年读者；他们妄图否定思想改造的重大意义，抽象地提出所谓"人情味"和所谓"真正的人性"等来欺骗读者……

对于这种种谬论，我——作为一个时常写点文艺短论的人，是不能沉默的，也不应当沉默。限于修养太浅，不能对这些荒谬的观点进行系统的批驳和分析，只能零碎地随感随写；而且所谈的，也仍然不超出一般常识的范围。

在写作这些短文时，我有个基本的想法，想通过初学写作者和文艺爱好者存在着的一些具体问题，加以分析说明，来阐明马克思主义的文艺观点和基本原则。主观愿望虽然如此，但我的短文所能达到的，与这崇高的目标还相距得很远很远。

在这些短文里，一方面强调了坚持文艺的党性原则的必要性，另一方面也反对以庸俗社会学的观点来对待文艺创作。也就是说，一方面，极力主张学习马克思主义，强调马克思主义"不但能帮助我们更好地理解现实发展的实质和特征，帮助我们认清运动的方向，洞察未来的远景，同时，也能使我们对于新社会中的一切富有特征的典型现象和典型人物，更加敏感和更有热情"（见《马克思主义会妨害创作吗》一

---

[*] 载1959年7月版《鳞爪集》。

文);同时,强调了思想改造对于形象思维的重大意义(见《生活应当和思想感情相融合》一文);揭发了资产阶级人性论观点对于创作的危害(见《是人性论主宰了思维,还是阶级论……》一文);斥责了人性论对于现实生活的歪曲(见《要正确地对待生活中的消极现象》一文)。

与此同时,也强调了长期深入生活的必要性,认为只有以社会主义—共产主义缔造者的身份深入劳动人民中间,深入基层组织里面,才能汲取无限丰富的创作资料和创作灵感(见《应当深入到基层去》一文);反对那种以"简单化"的公式来对待丰富多彩的现实生活的做法,也反对了那种以浮面的景色和皮毛的人物表情生硬地"贴"在"概念"上的做法(见《作品的内容为什么这样贫乏和庸浅》一文);对于那种把社会学的"本质"或"规律"作为作品的主要内容的做法,以及那种只看到生活的表层就急忙贴上"社会学标签"的做法,作了分析批判,阐明了文学作品的思想内容取决于人物性格的真实和环境的真实,以及这两者互相关系的真实和它们所构成的总的思想倾向(见《论思想性、真实性及其他》一文)。

一方面反对文学上修正主义的观点,反对一切脱离政治、拒绝马克思主义指导的恶劣倾向;另一方面也反对脱离生活脱离实际的不良倾向。我们要求文学创作既忠于生活,又高于生活;既写出生活本来的面貌,又写出它应当有的面貌;既要忠实于写实的创作原则,又要与共产主义的理想结合起来(见《既忠于生活,又高于生活》一文)。

为了达到这样的目的,除了强调文学的党性原则及思想改造和强调深入生活之外,同时也必须反对"唯技巧论"的观点。可是事实上有些初学写作者,一直到现在还只片面地去追求技巧,竟把思想锻炼和深入生活抛在一边;以为有了技巧就可以写出优秀的作品来(见《技巧还不能做你的救兵》一文),这显然是危险的。

此外,在"找题材"的问题上,初学写作者也存在着一些不正确的看法和想法,不是看得很神秘,就是看得很简单(见《关于找题材》一文)。由于缺乏生活经验和写作经验,他们还不懂得如何去发掘题材和创造题材,因此,把这方面的常识也讲个大概。

修正主义者妄图否定马克思主义对于创作的指导作用,故意把"艺术特征"说得很神秘,企图以此来蒙混青年;而有些文艺爱好者却又把这问题看得过分简单,譬如主题思想与生活真实的关系问题(见《关于主题思想》一文);譬如如何认识作品的积极意义的问题（见《关于作品的积极意义》一文）；譬如对艺术形象应当如何理解的问题（见《关于形象》一文）；又譬如作者应当采取什么态度才能使他的人物性格鲜明起来的问题（见《谈作者的爱情》一文）；等等，都还存在着一些不明确的认识，在这本小书中，我虽然接触到这些问题，但见解都很庸浅。

此外，也还有一些短文谈到民歌和诗的一些问题的。

这本集子的主要内容，大概就是这样。所接触的问题虽则很广泛，但写得却很不深刻；至于深入浅出，自然就做得更差了。

这已经是我写给初学写作者的第四本小书了。内容拉杂，东鳞西爪，分量也很单薄，因此就以"鳞爪"作为书名。

最后，请允许我再说一遍：虽然我怀着良好的愿望，愿以全力来协助青年读者，希望通过这些短文能对他们有所帮助；但是由于自己的政治修养与艺术修养都还很差，对于一些问题的说法，也许还有错误；不过，我诚恳地向读者要求，如发现书中有不恰当的或错误的论点，希望给以批评，以便将来有修正的机会。

一九五八年十二月于广州石牌

《论创作方法》附记*

这本小册子，是一九五三年秋我在颐和园养病时凭一时的兴趣选录和编辑出来的。选编之初，本拟交出版社出版，可是编完之后，发觉很不完善，且选录也不尽皆适宜，恐有误读者，只好把它锁在书柜里。

来暨大之后，偶被几位教师看见，认为尚有参考价值；可惜我的脑病复发，今日下午我就要回京去养病，因此，无论对内容的增补或删节，或者对"供讨论时参考"所提出的不十分妥当的意见，都来不及修改了。

为供本校中文系的教师作参考，我同意以原有的样子印刷数十册。

一九五九年七月二十八日离穗之前数小时

---

* 载1959年版《论创作方法》。

《银河纪事》小序*

前年冬天,到雷州青年运河工地看了一下,虽是匆匆一瞥,但工地上那沸腾的景象,却给我留下了难忘的印象。现在,当我翻阅这部报告集的时候,还不时为那种淳朴的、豪迈的感情所激动。

收在这本集子里的二十几篇作品,除了开头一篇,大都按生活进程的先后排列的。这些作品虽不是完整的运河建设史,但却在一定程度上反映了雷州人民与自然斗争中惊心动魄的重大事件,记录了运河建设过程中一些激动人心的场面。

活跃在这些作品里面的人物,有朝气蓬勃的青年人;老当益壮的银髯老汉;十三四岁的小娃娃;也有工程师和党的领导干部……作者从各个不同的生活角落和劳动场面,描绘了他们的品德和个性,表现了他们的欢乐和苦恼,歌颂了他们不断前进的精神和纯洁美好的心灵。读着读着,你仿佛又听到了半岛春雷的隆隆轰鸣和时代前进的足音,看到了运河建设工地的日日夜夜,感到了千千万万劳动者热烈的劳动热情和建设社会主义的坚定信念,从而受到激励和鼓舞!

这些作品所描写的都是真人真事。尽管在反映生活的深度上和对生活的概括上还存在着这样或那样的缺点,但大部分作品都没有为生活中实有事物所束缚,比较深刻地表现了先进人物的精神品格,避免了单纯地如实地"摹写"的偏向。这就使得作品不但具有饱满的战斗热情,真实的生活气息,而且也具有一定程度的艺术感染力。请看看朱崇山的《灯火》吧,那位"把自己的心放进汽灯里",使"汽灯越点越亮"的王大伯,他的感情是何等深沉和炽烈!只有经历过"不见光亮不见路的黑暗生活"的人,才会这样珍惜和热爱今天的光明。他为什么费尽心血使自己管理的二千零四十盏

---

* 载1962年8月版《银河纪事》。

汽灯越点越亮——用自己的心去照亮整个工地？不正是因为他明白了"我们是在灯火底下做着翻天覆地的大事业"吗？还有那个被叫作"四月豆角"、心里却光想着要干大事的孤儿小李，他的稚气未脱而又勇敢执着的性格，又多么叫人喜爱！在他身上，不是向我们敞开了新少年一代的聪明、机智和天天向上的心扉吗？在钟士明的《银髯老汉莫昌煌》中，那位"把五十岁留在家里，二十四岁带来工地"的勇士突击队的"队长公公"，他那意气风发、永葆青春的革命精神，又多么令人感动！看看他在半山腰上擂鼓助阵的那股冲劲吧，看看他一笔一画、斩钉截铁地要求参加青年突击队的神情吧……读着读着，不由得叫你想起那屹立山巅、迎风抖擞的苍松，焕发着何等崇高的风格！至于其他作品中那些乐观坚定、洋溢着自豪感的青年形象，也是十分感人的。他们虽然大都具有各自的个性，然而在这些不同的个性中却蕴藏着一种共同的品质，那就是热爱生活，对未来充满了信念，为了建设水库和运河，每个人都自觉地献出自己的一切……由于作者们对这些人物的思想感情有着较深的感受，素材又经过了精心的剪裁和提炼，所以作品就显得相当明朗、纯净，充满着生活的气息，洋溢着诗一般的抒情气氛。

这些作品说明了什么呢？

它们说明了反映真人真事的特写和报告文学，虽然不像虚构的艺术作品那样，可以让作者自由驰骋自己的想象力和进行高度的概括，但是并不妨碍作者在真人真事的基础上去进行艺术的创造。因为生活中本来就存在着具有典型意义的事物。只要作者能够跳出生活中实有事物的局限，不拘泥于各种琐碎表面的生活细节或劳动过程的死板摹写，而站在比现实更高的角度来观察生活，深入发掘人物性格中最富有典型意义和鲜明个性的特征，把自己经验和感受的素材又经过自己观点和感情的过滤和融化（这样自然也就包含了某些想象甚至是夸张的因素），然后给以动情的描写，那么，即使是以真人真事为题材的作品，也是可以创造出具有鲜明个性的艺术形象的。

如果从这个角度来看，那我们就不难看出，这本集子中的某些作品，不论在思想上或艺术上，都还存在着不足的地方。其中有些篇章在内容上还显得比较单薄，对素材还缺乏认真的剪裁和提炼，总之，或多或少地显露出抄录现象的痕迹。其实，这也不难理解，因为在这些作者中间，大多数是刚开始写作的新手。他们身处于时代的澎湃激流中，受到先进思想的鼓舞与熏陶，又吸吮新社会的奶汁，激动之余，往往就情不自禁地拿起笔来，记录下自己所熟悉的、深受感动的人物和事件。既然受到经验的限制,艺术上就难免会差一些。但值得我们珍视的是他们对生活的热情,和在新事物面前那种情绪饱满的写作冲动。只要经常保持着这种充沛的战斗热情,保持着和实际生活的密切联系,从不断的艺术实践中磨炼自己对于新生事物的观察力和表现力,是一定能够逐步提高作品的艺术力量的。

为什么说这些?无非是希望作者们能够珍视已经获得的成就,闻胜不骄,再接再厉,更多和更好地反映我们社会主义的壮丽生活和我们时代的英雄!

一九六二年五月于广州

《习艺录》后记*

在四十年代（指二十世纪四十年代，后文涉及此类表述如非特别说明也均指二十世纪对应年代——编者注），我曾在解放区一间大学里教"创作方法论"。那时自己的学识与经验都十分贫乏，迫于工作需要，只能从当时的实际出发，从仅有的几本马克思主义经典著作和一大堆学生的习作中，去摸索、研究有关文学写作的某些规律和问题，问题从这里去发现，也从这里去找寻解答。此后，又长期编辑文艺刊物，与初学写作者接触的机会更多了，因而能经常听到他们在深入生活中和在写作过程中所遇到的各种问题：例如怎么掌握人物，怎么安排矛盾冲突，怎么提炼主题，等等；不仅能听到许多问题，并且还能跟这些青年人共同探讨这些问题。这样互教互学、互相交流经验的时间长了，彼此的心得也就逐渐丰富起来。正是在这种情况下，由于这些青年人的鼓励和督促，我有时也针对他们所提出的问题写一点短文；此外也应刊物的催促写一些有关创作问题的杂感；就这样，直到一九五九年，前后不觉已写了五六十万言。虽然谈不上对初学写作者有什么帮助，但青年业余作者的心情和想法，却是知道一些的。

我自己也有过青年时代，初学写作的滋味也曾尝到过。在三十年代初，我原是想学绘画的，而当时的老师只教我们描摹古美人和花鸟虫鱼；不幸当时的局势已不容许我们的心境平静下来：日本帝国主义步步进逼；国民党反动派极端腐败；农村破产；阶级矛盾日益尖锐。处在只知鱼肉乡民、不管人民死活的国民党反动统治下，无处不听到悲叹、呻吟和啜泣！在这样令人窒息的气氛中，谁不切齿痛恨，摩拳擦掌！面对着破落的农村，面对着人民无穷无尽的苦难，我早已失掉了描摹古美人的耐性，毅然

---

* 载1978年3月版《习艺录》。

抛开画笔，开始学习用小说或报告文学去描绘人民的苦难和控诉国民党的滔天罪行。我几乎是含着眼泪来描述人民的疾苦，但出现在我笔下的情节，却连我自己的愤怒也表达不出来；我要写的人物几乎都是被悲剧折磨至死，他们的内心交织着痛苦、忧伤、悲愤和反抗的复杂情绪，可是当这些人出现在稿纸上时，却都变成了没有内心面貌的"人影儿"。虽然当时所写的小说大都在报刊发表了，但在写作方法上，我却始终处于盲目的状态：有时写得较好，但下一篇却写得很不像样。虽则我当时认真学习了一些"名著"和当时公认为较出色的作品，很想从人家的作品中学到一些表现生活情景、表现人物神态和精神世界的方法；因无人指点，始终找不到钥匙在哪里；也就是说，明明看见人家在作品中把一个人物写得栩栩如生，活灵活现，不仅看见那个人的眼睛闪着泪花，而且还感到他的内心在颤动，在碎裂；可是我摸不清表现它的诀窍在哪里，也说不出它的道理在哪里。那时候，我多么希望有个良师来指点一下呵！可是在那个时代，谁有闲工夫来理睬一个初学写作者？以后我还是不死心，求知欲望依然很旺盛，每见到图书目录，就爱不释卷地细细翻阅，希望从中能找到一本指导写作的书，可是我失望了。即使偶然在报刊上碰到一两篇文学评论文章，但莫测高深，而且与写作也似乎没有多少关系。

从这些感受中，我痛切地感到，一个初学写作者多么需要指点呵！当一个人在五里雾中找不出道路的时候，哪怕是片言只字，只要能切中要害，把话说到点子上，对人们也是有帮助的。

这十年来，"四人帮"出于篡党夺权的恶毒用心，把伟大领袖毛主席所制订的文艺方针与创作方法都搅乱了，许许多多极其普通的写作常识都被弄得是非颠倒，黑白混淆。例如他们彻底抛开现实生活，叫嚷什么创作要"从路线出发"，或"从政治需要出发"；完全不顾特定环境中的特定的社会关系，胡说什么"一切人物必须为主要英雄服务"，或"一切人物都要为主要英雄人物作铺垫或陪衬"，结果，把艺术创造变成了按政治模式去"盖""作品"，把丰富多彩的现实生活变成了简单的公式。这一来，哪里还有文学？哪里还有无产阶级的文学创作？就在这种忧心忡忡的心境下，我于一九七四年盛夏开始计划写作阐述文学创作方法的《创作论》，并着手拟出题目，还在每个题目下写下一百到三百字的主要论点。到一九七五年夏末，已拟定了一百六十多个题目，并决定用普通的语言和轻松的形式来表达我的见解，目的是尽力做到通俗易懂。虽然我想写的东西仍然是常识范围以内的东西，既不会有什么新鲜的发现,也不可能有什么高超的创见;可是我不忍眼巴巴地望着一群青年人在被颠倒了的生活与艺术的圈套里乱闯乱撞,也不忍眼巴巴地望着他们在被搅浑了的泥浆里滚来滚去。

入秋之后,我正打算动笔,不料"四人帮"突然猖獗起来,来势凶猛,杀气腾腾,谁不毛骨悚然!不得已,只好让愤怒埋藏心底,把写作计划往后推移。那年冬天,我整整在医院里度过了最痛苦的三个月,第二年春天当我转至温泉疗养院时,"四人帮"正恶毒攻击周总理,恣意诬陷邓副主席,残酷迫害广大革命群众和革命文艺工作者。"四人帮"穷凶极恶,已达天怒人怨的境地,当时阴云密布,暗无天日,只要一想到人民前途,谁不悲愤欲绝。我沉默,我难过得悄悄流泪。就是在这种极度忧愤的心情下,我愤然把《创作论》的提纲投入煤炉,烧成灰烬。我当时想,人妖颠倒,豺狼当道,还谈什么文学?但是我坚决相信,久经战斗的中国人民,绝不会容忍"四人帮"长此猖狂下去;有一天,愤怒的群众定会把他们撕得粉碎。可是我体弱多病,大概等不及了。正如一位老战友所吟哦的那样:"岁寒或有春消息,只恐梅花瘦不禁!"

一声惊雷,万木皆春!党中央领导全国军民一举粉碎了"四人帮",我同大家一样,喜出望外,精神振奋,仿佛一块压在心头的巨石落了地,一股被阻遏多时的革命激流,顿时沸腾起来,一腔仇恨的怒火催促我参加战斗,于是我顾不得病痛纠缠,提起秃笔,奋笔疾书。这几篇《创作论》片段,就是这样写出来的。但提纲已烧毁,写起来就困难多了,现在只能想起多少就写多少。记忆力与分析能力都大大衰退了,但我决心写下去,希望尽自己有限的余年,努力把这本《创作论》写出来。

这半年来,从全国各地寄来了不少信函,都是一些读过《创作论》片段的青年人写来的:有的热情鼓励;有的怀着渴望的盛情催促我尽快把《创作论》写出来;还有一些青年读者,迫不及待地要求我"即寄一本《创作论》"给他,还说"收到书后,即刻寄书款来"。这样的来信为数不少,以致我无法一一作复。我只能在这里向这些热心肠的读者致谢,并表示歉意!我的《创作论》仅仅写了六七篇,只占全书的百分之几,恐怕还要努力三年或五年才可能完成。

出版社编辑部的同志对业余作者的心情与需要十分了解,他们建议我把今年已写出的几篇《创作论》片段先编一集出版;到明年底再把明年写的编集成册;如此,每年出一集;直到一百多篇都写完了,然后才集中整理,修改补充,编成一部较完整、较有系统的《创作论》。这建议很切合实际，我们决定就这样做下去。

在这次汇集文稿时，我把一九六二——一九六五年间所写的几篇文章一并收入集子里，因为这些文章都是探讨创作问题的，其中不少篇章是论述生活与艺术、生活与真实、人物与主题等问题，也论述到阶级矛盾与时代特征，形象与构思等的问题。这些论述与"四人帮"的反动谬论显然是对立的，因而对于澄清那些被"四人帮"搅乱了的创作思想，或许还能起点作用。

最后关于书名，打算等全书写完时，才以《创作论》正式名称与读者见面；现在编印的这些散篇，就暂取其中一个题目《习艺录》作为书名吧。

当我结束这篇《后记》时，思绪万千，心潮澎湃，十来年的遭遇又浮现于脑际：每记起"四人帮"的专横跋扈，就咬牙切齿；但当我意识到这本小书也是党中央的丰功伟绩的一点浪花时，便忍不住放声高唱：

野火烧不尽，
春风吹又生！

一九七七年十二月十日

《羊城一夜》序*

陈国凯同志将他准备结集出版的十八个短篇小说送给我，要我为他写序。这些作品在发表之前，大部分我都读过。今天能有机会集中地细读一遍，心里感到无限欣慰。

陈国凯是新中国成立后，党培养起来的优秀工人作者之一。他的作品，在南国的读者中留下较深的印象。我认识陈国凯是在一九六二年，他发表了小说《部长下棋》以后，我们便建立了友谊。那时候，他是才二十岁刚出头的青年，近视眼镜后面闪动着一双发光的眼睛；他不善于谈吐，但所谈的却很有见地。仅仅几次接触，我发现他对工厂的生活和各种人物都极有兴趣，每谈起这些不仅在外形上绘声绘色，且看得很深，能一语通透灵魂，后来，在他的习作中还发现他很注重写人的性格，并且在这方面露出了一些才华。我，作为一个长期从事文学工作的人，看到这样一株茁壮的、饱含着生命液的文学新苗，当然是十分高兴的。这样，我们之间的交往就慢慢密切起来，他有时写信来，有时也顺道上门来找，我们无所不谈，谈生活，谈革命，谈创作，有时也谈创作中的欢乐与苦恼。偶尔，我也针对他在创作上碰到的某些难关给他介绍一些中外短篇名著，尤其是契诃夫的一些作品。

正当他陆续发表了几个较好的短篇的时候，便遇上了林彪、"四人帮"的文化专制主义，我竟目睹了一位工人业余作者并不比老作家好多少的遭遇！他因为《部长下棋》被扣上"配合蒋介石反攻大陆"的莫须有罪名，而遭到无休无止的批斗；一篇六千字左右的小说，作者为此写的检讨竟达五六万字之多。特别是一九七三年发表《大学归来》之后，在"四人帮"搞的所谓"反文艺黑线回潮"的妖风下，他这篇小

---

* 载1979年9月12日《光明日报》。

说被诬为"毒草"，并准备在报上重点批判，政治上的压力不仅使他无法继续创作，而且几次迫使他几乎走上绝路。这些情况，我是从他偶尔来信中"欲言又止"的破碎语言里面得知的。当时虽然我的处境也十分困难，但还是给他回了信，也用"破碎"的语言表示：绝不向邪恶势力屈服，光明一定会出现！

陈国凯和我，终于盼到了"四人帮"的覆灭。旺盛的创作活力，又回到了他的身上。一开始，也许由于来不及抖落"四人帮"在文艺创作上所散播的种种毒雾，因而，他写的作品还不可避免地带有某种程度的图解政治、模式人物的痕迹；但他很快发现这种枷锁和镣铐，并在一次来信中大呼："下笔如有鬼！"一旦当他摒弃了这套"三字经"，真正从生活出发，从人物出发，严格地遵循革命现实主义道路前进时，他的创作即出现了从未有过的旺盛时期。在工作任务繁重，不脱离生产岗位的条件下，他利用不多的业余时间，常常通宵达旦，奋笔疾书，就这样，连续发表了十几个优秀的短篇小说。其中《我应该怎么办》虽然已在社会上引起了极其强烈的反响，但《眼镜》《龙伯》《家庭喜剧》《开门红》《女婿》等等的感人力量并不因此而逊色。

收在这个集子里的十八篇小说，都是反映工厂生活的。这些作品描绘了众多人物，我们读着它，如同置身于沸腾的工厂生活之中，一个个性格鲜明的人物形象，就出现在我们眼前。从这些短篇中可以看出，作者善于刻画老工人和青年工人的形象，同时作者还为我们描绘了战斗在工厂的工程技术人员、领导干部和工人家属。从一般业余作者来看，能着重于写人，写人的性格，是陈国凯突出的优点。作者善于从平凡生活中捕捉并提炼具有典型意义的细节来表现人物，还善于用简洁的语言，写出人物在特定行动中的典型心理状态，并善于写人物自身性格的变化和发展，从而体现出人物精神面貌的复杂性。他的小说，风趣幽默，有工人的特点，富于工厂生活的实感，有生活情趣；而场景和气氛的描写也较传神，且有地方色彩。

这个集子所收的十八篇作品，其中粉碎"四人帮"以后写的占了十篇之多。可以说，它们无论在思想性和艺术性上，都标志着作者创作上的一个飞跃。这些作品的可贵之处是再现了打倒"四人帮"以来工厂的战斗生活以及广大工人的精神状态和思想风貌，提出和回答了人民群众普遍关心的问题。作者选取题材，刻画人物，提炼主题都十分注意将它们放在这十几年来的斗争生活的广阔背景下去斟酌、推敲和琢磨，并且自始至终与广大人民的爱憎感情息息相关。正因为作者能与时代、与人民一起思考，并通过艺术形象给予说明或回答，所以，这些作品才能那么强烈地拨动了广大读者的心弦，产生了有益的社会效果。作者的这一成就是同他自己长期的感情积累和深化分不开的。可以想象，在这十几年中，作者如果不是亲历其境，身受其害，是绝不可能写出如此令人激愤、如此激动人心的作品来的。

回顾陈国凯走过的创作道路，可以清楚地看出，作者始终没有离开过工厂生活。他十分注意在生活中观察和分析各种各样的人，又积累了丰富的素材，于是各具个性特征的人物也就越来越多地活现在他的脑海里。他只读过高中一年级就进了工厂，整整在工厂生活了二十年，先后当过化学分析工、车间电工、仓库搬运工、清洁工、炊事员，还搞过工会、宣传等工作。他的小说中的人物，大都有作者自己、他的亲人、朋友以及周围群众的影子。

一个小说作者，无论在什么情况下，特别是在创作上取得一定成就的时候，千万要注意不要脱离生活。生活之树常青！只有牢牢地扎根在生活的沃土之中，并从中不断吸取养分，才可能在创作上不断出现新的突破和获致新的成果。

自然，陈国凯也有他自己的局限性和弱点，社会斗争中存在的一些较尖锐的问题——也即是广大人民群众所关心的，迫切需要提出，但又还没有提出的问题，在陈国凯的小说中还反映得很不够。有些业余作者很善于思考，对斗争中的一些问题，经过反复的分析和深化，最后通过形象尖锐地向读者提出来，这是极其可贵的。今天，凡是优秀的作家，他首先必须是先进的思想家。在这一点上，陈国凯同志应当急起直追。当然，我不希望他用议论的方式去表达这种思考，而是运用他所习惯的形象手段去发挥他的思考。

这个小说集的出版，是一件很有意义的事情。"文化大革命"之前，有影响的工人作者为数不多，现在，反映工业题材的作品还比较少。本集的出版，对今后进一步反映工人的战斗生活，无疑是一次推动，对于广大业余作者，当然也是一个很好的鼓励。

一九七九年五月于广州

《论生活、艺术和真实》后记*

一九五二年，人民文学出版社出版过我的一个集子《论生活、艺术和真实》，收集了我在一九四九年到一九五一年所写的十三篇文章。本书收集的二十二篇文章，除了《论艺术的真实》《论小说中的故事和人物》《论人物的转变与新人物的描写》《泛论写真人真事》《论真人真事和艺术概括》以及《论"赶任务"》等六篇文章是从原来的集子选出外，其余的十七篇都是后来写的。

这些文章，都是针对各个时期文艺创作中出现的问题而写的，从内容来说，有对艺术典型的看法，有对生活真实与艺术真实的论述，有对艺术规律、批评方法的探索，而这些问题，又都是直接间接地牵涉到生活、艺术和真实的问题，因此，仍把它定名为《论生活、艺术和真实》。

这本书里的文章，最早的写于一九四九年，最迟的写于一九六一年，都在文艺刊物和报纸上发表过。在"四人帮"肆虐的日子里，曾被诬为修正主义的文艺理论，我为它们曾挨过拳头，游过街，挨过批斗，总之，为了它们我吃了不少苦头。如"四人帮"不打倒，它们就不能再和读者见面了。现在"四人帮"已打倒，在党的"百花齐放、百家争鸣"方针得以真正贯彻的今天，我才能够把它们编成这个集子出版。由于这些文章都是十几年前、二十几年前写的，这次重编时，只在文字上作了一些改动，但由于时间的关系，也为了保留这些文章的本来面目，没有作更多的修改。

谨望同行及读者同志们指正。

一九七九年七月三十一日

---

* 载1980年2月版《论生活、艺术和真实》。

《谈写作》后记*

这两三年来，我经常接到一些热情读者的来信，要函购《鳞爪集》《论生活、艺术和真实》及第一、第二集的《与习作者谈写作》等书。这些都是我五十年代的著作，经过林彪、"四人帮"的浩劫之后，连我自己也没留下一本，哪里能有余书供应读者呢？可是来信还是不断，热心肠的读者总是恳切地盼望能满足他们的求知欲，不仅写信来，有的甚至把钱也寄来。这种情况几乎每月都继续出现，这样的时间久了，我便不能不考虑一些读者的建议：重新修订这几本书，使它们能重新与青年读者见面，似乎也是权宜之计。更何况一些出版社也乐意重刊这类书籍。因而就以上述这几本书为基础，编成了两本书，一本叫《论生活、艺术和真实》（由人民文学出版社出版），一本叫《谈写作》（由湖南人民出版社出版）。

五十年代的这些著作，有很长一段时间，我自己都看不到。这次为了搜集这些书，固然花了很多时间，跑了不少地方，其中最令人感动的，有同志听说我打算修订，但又没有这些书时，竟把自己保存了二十多年的《论生活、艺术和真实》一书转赠给我；还有些同志把从刊物上报纸上抄下来的文章也寄来。就是由于这些热心的读者的帮助，这种打算最后才能得以实现，编集成书。

其实这些短文，都是根据当时的一些具体问题写下的，有的是回复读者的来信，有的是评介某些作品，有的是谈论某种倾向。所有这些都是与当时的具体条件和具体情况分不开的。一旦离开了具体矛盾来评论历史，就不可能得出合理的结论。为了保留历史的面貌，除了文字上作了一些修饰之外，其基本论点都没有改动。

蒙赖少其同志为本书封面题字，特此致谢！

一九七九年十二月于广州

---

* 载1980年6月版《谈写作》。

《月夜》后记*

当读者偶尔翻到我这些散文、小说时，有人也许会感到奇怪：萧某不是一向都搞文学评论吗？怎么现在也写起散文、小说来呢？实际上，我向来就不善于运用逻辑推理抽象地来思考问题的；只是由于工作的需要，才不得不把时间和精力转到这方面来；但是按我的习惯和爱好，我却更喜欢想象和幻想，更习惯于概括和描写活生生的、可感可触的东西。其实这种爱好也不是忽然产生的，早在三十年代初期，我就是一个热心的投稿者。当时，我在广州一家日报副刊上曾发表了数十篇短篇小说，其中有一些（如《倒闭》）曾引起评论，有一些（如《乌龟》）还被人改成话剧演出。在当时（一九三二年到一九三五年）在同一副刊上，发表小说最多的，是杜埃、楼栖和我。可惜时间过去了快半个世纪，现在再翻阅这些幼稚的作品，大概也不容易了。

以后在上海过流浪生涯，还是靠卖文为生，其滋味，只要略加想象便容易猜到的。当时，曾将《薄暮》《在医院中》两篇小说寄给《光明》，据说准备采用，但因抗战爆发，稿子在战乱中遗失。抗战以后，我随八路军转战于太行山、冀南一带，为了革命需要，也曾在滚滚的黄河上飞渡，在河北大平原上奔驰。即使在那些戎马倥偬的日子里，我仍然热衷于微末细节地观察和体验生活，喜欢把事情掰开揉碎地反复地进行观察，并且把我观察过和深思过的事物——人物、细节和场景，都记在小本子上。这样，我一边积累，一边也写些文艺通讯和报告文学。其中《井圪塔的血》，是一篇对日寇暴行的控诉，是一家善良人民被惨杀的实录。曾在重庆《新华日报》发表过，而且还有些印象。可是这篇作品像抗战时期我写的其他作品的命运一样，在我这

---

* 载1980年8月版《月夜》。

里，现在都不留痕迹了。

一九四九年后，当绝大部分国土解放了的时候，组织上派我到《文艺报》《人民文学》以及青年作家工作委员会工作。虽然当时担负了很重的理论工作及评论工作的任务，感到十分吃力，以致需要加紧学习才能勉强应付；但还是本性难改，对自己一向习惯了的形象思维，依然很有兴趣。只要有深入基层生活的机会，我从不轻易放过；除参加一些必要的政治运动之外，每年还有一定时间的创作假期；就这样，我只要一离开办公室，一深入农村中，深入人民斗争的旋涡里，深入人民生活气氛的中间，我每次都不由自主地提起笔来，不是写一两篇小说，就是写几篇散文。编在这本集子里的习作，都是在这间隙中写成的。

这中间，还有些作品是拿来作尝试的。当时我正在《文艺报》工作，常常听到这样的议论：认为"从熟悉的日常生活中进行集中概括，倒容易写成小说；但要在群众运动中，抽取些素材立刻写成小说，却很困难！"我的短篇《高经理》，就是我在"五反"运动结束的当晚开始写作的，当时我一边写，这种半信半疑的想法一边在我头脑里转动。完稿后，即以"郑文森"的笔名发表在《人民文学》上；张天翼同志看了，正惊异"五反"运动刚刚结束，反映它的小说却出现了，并且认为它还写出了一两个人物；便问我是谁写的，我没有回答，只笑了一声。从这尝试中证明：在斗争过程中，你只要留意观察斗争中的人物，并注意他们的性格特征，不仅可以写出小说，而且能够写出个性鲜明的人物来。只是由于我观察不深，酝酿得太匆促，没有把小说写好罢了。

其实，集在这里的其他作品，都没有写好。首先，对人物形象的刻画都没有达到应有的水平。其中，可能还有其他因素，但最主要的原因，却是对生活理解得不深，尤其是对其中人物的观察、体验还很肤浅。现在之所以把它们留下来，只是把它作为自己文学生涯中可资纪念的一些脚印而已。

也是由于我对创作一向很感兴趣，并且还亲自参与其实践，因此，对于创作这门劳动，不仅尝过它的甘苦，懂得它创造过程的复杂性，而且也粗略地知道它的一些规律。于是，每当我捧读别人的创作原稿时，我常常总是替作者着想：为什么没有写好？怎样才能写好？现在什么障碍在阻碍着作者？……即使在写评论时，我仍然抱定这样的态度。虽然我的态度有时很严厉，有时甚至提出过高的要求，但我的出发点却是热望作者写得更好、更感人和更有力量。正因此，我很乐意做业余作者的诤友，却永远不愿意做作品的审判官。

集完这本作品,编者同志一定要我说几句要说的话,但涉及创作问题的话很多,也很复杂,现在就简单地写到这里吧,聊作《后记》。

一九八〇年一月于东病区

《浪花·火焰·爱情》序[*]

多年来，我经常和文学青年们聊天，弘征（衡钟）同志是其中之一。他每次来广州，总爱到我小楼来，面对尘嚣车扰的阳台，提出些问题要求我回答或征求我的看法——更多的时候是书信往还。他的爱好很多，我们谈话的内容也非常广泛：谈诗，谈小说，谈金石书画……虽然我很早就看到他的诗作，但我并没有把他当作一个诗人。

今年初，他将自己编的这本诗集寄给我，并在信中说：现在诗歌正交倒霉运，有些出版社见了诗就头痛；我怀着一种敝帚自珍之心，大概很难如愿以偿。我看了后，觉得这些诗都有留存的价值。从这个集子中，读者们将可以看出他在诗歌创作道路上走过来的足迹，感觉到他对诗歌艺术执着的追求。

他从十五六岁开始写诗，同时进了工厂，是五十年代那种"一手拿锤，一手拿笔"的工人作者之一。他早期的诗，主要写的就是工厂生活。《烟囱旁抒情》和《劳动者赞歌》写出了社会主义时代工人的气魄，歌颂了他们创造性的劳动，人与人之间新型的关系。由于写的是他们自己生活中的感受，不像有些工厂诗那样浮光掠影。弘征同志从不无病呻吟，当他内心无激动时从来不写诗。常常倒是这样，对某一事物有了感受而又有一种表现的冲动时，便急切地寻求表达这种感情的方式，往往是先得一两句最有形象感或表现力的句子，然后豁然开朗一气呵成。有时引起诗的"灵感"的是某一感触的联想。但当他找不到恰当的表现方式时，常常便把笔抛开，宁愿不写，从不愿硬写。

集子里有许多诗充满激情，跳动着时代的脉搏。朗诵诗《青春的回答》对什么

---

[*] 载1982年《海韵》第6期。

是青春？什么是年轻人的幸福、理想和前途？用诗的语言作了动人的回答。像《浪花·火焰·爱情》这样发自内心的歌声，没有动情的感受是写不出来的：

呵，情人！当婚礼的红纱牵在你们手中，
你是否想到这是要将一生系紧？
当你们正沉浸在蜜月的欢乐里，
可曾想到会有焦虑的时辰？

也许他在战斗中会失去肢臂，
只给你带回一颗完整的心；
也许不期的横祸会天外飞来，
使他陷入了人生的绝境。……

这诗发表后曾受到读者们的欢迎和传诵、倾吐了人们应该怎样对待爱情的心曲。《绿叶辑》中的一些小诗如：

没有你献出淳朴的年华，
烂漫的百花将黯然枯萎，
失去你碧绿如泉的颜色，
整个大地将没有生机。
　　　　——《绿叶》

不去点缀繁华的夜景，
向激流献出一颗丹心，
揭露暗礁伪装的面孔，
怀着愿人人平安前进的胸襟。
　　　　——《航标灯》

这些小诗构思巧妙，饱含哲理，能寓真理于感情和形象之中。

作者对于诗有他自己的追求，有他自己的理想：

诗歌是回音壁
回响着人民肺腑的歌吟，
莫把它当作时钟，
只定期重复着单调的声音。

愿谄媚不成为诗坛的门票，
愿钻营者不成为诗国的明星。
愿谎言不被捧为杰作，
愿鹦鹉不被称作出色的诗人。

难道有这样的诗情，
要紧皱双眉去字里行间寻觅。
在嚼过一大堆黄连之后，
赞美从涩梨中尝到了甘芬。

如果只要热烈的喊声就能动听，
青蛙该是最出色的歌星；
如果华丽的辞藻堆砌就是好诗，
画家的调色板，定是画廊的珍品。

诗歌呵，假如你是一股山洞的清泉，
请给旅行者把焦渴的心灵浸润；
不要老是在岩石下东藏西躲，
人间将不听你独个儿陶醉的声音。

　　弘征的诗我感到有两个特征：一是有激情，一是有意境。鲁迅先生说感情已经冰结了的思想家不能写诗。感情是诗歌的生命。只有理性的思维而没有感情的冲动，就不能唤起别人情感的共鸣。

但光有感情的倾泻还不能成为好诗。感情如不能用恰当的方式表达出来，就容易流为空洞的呼喊。因此，诗歌必须讲求意境。所谓意，就是情理浑然；所谓境，就是形神凝聚；也即是要情景交融，使读者读来感到"言有尽而意无穷"和隽永有味。

现在有些诗所以读了让人失望，固然与较长时期来的假话、大话、空话的充斥诗坛不无关系，但有些诗作者的不注意追求意境，也是一个重要原因。

新诗，自然不排斥从外国诗歌中吸取有益的养料，但如果离开了中华民族诗歌的传统，也就会成为无源之水，无本之木。写怪诗的人，一是生活空虚，并无真情实感；还有一个重要原因，就是对中国传统诗歌缺乏理解，只好玩弄文字游戏，写些连自己也不懂的"玩意儿"。从弘征的诗中，可以看出他对中国古典诗歌有较深的素养，这不仅因为他既写新诗也会写旧体诗词；而是说从表现手法上，语言的运用上，音韵的讲求上都具有中国传统诗歌的特色。前面提到他的兴趣广泛，尤其对我国一些传统的艺术如国画、金石、书法都有较深的了解，这对于他的诗不是没有帮助的。

我这样说，并不等于承认这本集子里的诗，都已经很成熟或有什么了不起的水平。作者本人也认为，在诗歌创作道路上，他还刚刚起步。比较起来，他早期的诗，生活气息较浓，但有歌不尽情之憾；后期的诗，则技巧较为圆熟，却有些情绪不够饱满。由于作者在生活的道路上曾历坎坷，正如他在《后记》中所提到的，这种坎坷使他中断了近二十年的写作。这个集子里的作品，主要选自一九五八年以前和一九七八年以后两个时期。五十年代，当他还是一个十几岁的年轻人时，他的诗就曾引起社会的重视和好评。现在他将这些诗送到我案头，要求我再选一次并写篇序言。近些年来，因我体弱多病，所以这类要求几乎完全谢绝，但我还是愿意为他这本诗集写几句话。至于作品的孰优孰劣，请读者们去细细品评吧！

一九八一年十月于广州

《小城之夜》序言*

一个作家，当他把艺术的触觉，伸向社会，伸向人生，并企图探索出生活的真谛时，他最初的创作，总不免单薄和幼稚，显出学步的痕迹。这正如一个人的成长，必然经历着从襁褓到成年的生长过程。读了程贤章同志最近编选的这本小说集，便有这样的一种感觉。

程贤章是六十年代初、在党的教育培养下出现的一位业余作家（前年才调来作家协会广东分会从事专业创作）。他原是地方报纸的记者。他教过书，在基层文化单位干过实际工作。他的家乡是在粤东偏僻的小山村。他周围的亲戚朋友，左邻右舍，大多是农民群众。地方报纸的宣传对象，也主要是农民和基层干部。由于他自身的经历和职业的需要，他对农民比较熟悉并逐渐加深了理解，从而使他对农村生活和农民群众，产生了强烈的感情。他深深地热爱他们，并企图通过自己的作品去讴歌他们。表现新中国农村面貌的变化，刻画社会主义新型农民的精神面貌和美好的心灵，是程贤章为自己确定的创作主题。

选进这本集子里的小说，概括了作者从六十年代初到七十年代末十多年来所经历和所理解的生活。从天真纯朴，执着地追求纯真爱情的俏妹子；到因病致残，但热爱生活、热爱集体的农村青年小癞子；以及目光远大、纯朴深沉的农村基层干部洪伯；忠心耿耿，热爱商业工作的公社食品站主任，甚至包括那因贫困而变得有点私心的郭德嫂和小癞子爹，都无一不是热爱党、热爱社会主义，并热情地为人民为祖国而贡献自己力量的农民。他们身上虽然也还存在某些缺点，还来不及抖掉历史遗留在他们身上的一些灰尘，但他们大都能够在生活的激流中前进。作者善于抓住一些生动的细

---

* 载1982年7月《作品》第7期"评论"。

节,并用风趣、幽默的笔触,向读者们逐一展示这些社会主义新型农民的美好心灵,并热情地帮助他们克服缺点与不足,推动他们把自己的劳动,融合到社会主义生活整体中去;使读者通过这一支农村的生活小插曲,听到中国农民六十年代以来前进的脚步声。而作者也通过对这些题材的认识与探索,逐步形成了自己创作的基调。

要真实地反映农村生活,就必须通过文学形象,并以社会发展的观点贯穿其中,才能积极影响工农群众。这样的作品,必须把它写得明快易懂,兴致盎然,才能为大众所喜闻乐见。本书的作者能够从生活出发,从中捕捉一些能表现人物性格和内心特征的细节和场景,去构思情节和刻画人物。因此,他的作品,较有农村生活的气息。他有一些作品,发表后在广播电台广播深受读者欢迎,这不是偶然的。程贤章在这方面的努力是可喜的,探索也是有成效的。他努力学习中国古典文学的创作传统,积极探索运用民族化、大众化的表现手法,并善于吸取人民群众的生动语言,融为自己作品的血液。因此,他的作品富于生活情趣,具有中华民族特点和气派,读来流畅自然,谐趣幽默,朴素亲切,使读者感到有一种浓郁的农村气息扑面而来。

文学创作贵在创新。但是这个创新,必须以深厚的生活为基础。绝不是闭门造车,也不是把概念图解拼凑,更不是借助于朦胧谲奇、艰深晦涩、迷离飘忽等等不可捉摸的故弄玄虚的表现手法。程贤章在近二十年的创作实践中,所遵循的是革命现实主义的创作道路,循序渐进。尤为可喜的是,在"文化大革命"以后,他所写的一些新作,看出他正在努力探索和思考现实社会中的一些较为复杂的新问题,并力图正确地去表现它。新作《小城之夜》等,正是企图通过艺术形象,去批判和清理林彪、"四人帮"及极左思潮所带来的种种流毒,严肃地向人民提出一些尖锐的值得深思的问题;而在剖析这些问题时表现了作者的希望和信心。因此,读完这个集子,犹似闻到一阵阵清淡的花香。也许,这朵花还不够馥郁,色彩也不够艳丽,但是,它仍不失为艺苑中一朵小花,或者说是树林里一株争荣向上的小树。它还需要培土,施肥,也还需要扎根深土以吸收养分,但是,小花既然开放了,却总要结出籽实来。

任何一位作家,在前进过程中都会有成就和不足,有他的长处和短处。由于生活方面的局限,也由于认识理解生活能力的局限,他的作品,在开拓主题方面仍然感到不足。面对社会诸种复杂的矛盾斗争,现实主义的作家,还应该有表现更为广阔和重大题材的勇气。生活中既然提出了尖锐的问题,一个社会主义的作家应该努力去反映这些问题,在艺术上也应该努力去探索和逐步掌握表现典型人物的手法。写小说首先要把人物写活，要注意刻画人物性格的形成及其发展，并力求使之出现和发展合乎自然，合乎逻辑。任何生硬的拼凑和过多的人工斧凿，都有损于艺术形象的创造。在这方面，程贤章尚需继续努力。

艺术的创作道路无止境，只有勤奋和不畏艰辛，才能使艺术的生命常青！

一九八二年二月二十日于广州

《吕雷小说》序*

吕雷同志送来他新编的小说集,要我给它写篇序言;对这件小事,我一时竟犹豫起来:一来,我不善于写这类文字,不知说些什么合适;二来也觉得对于他的成长,没有出过什么力。

一九七九年三月,我因偶然的机会到了茂名,在招待所里,第一次读了吕雷的小说《血染的早晨》,这篇小说是我所读到的第一篇反映武斗的作品——作品描写了两兄弟,他们原是相亲相爱的骨肉同胞,不幸在"文攻武卫"阴风恶浪的蒙蔽下,竟成了势不两立的仇敌,在朦胧的曙色中,哥哥居然亲手把自己亲爱的弟弟枪杀了。这是谁导演的悲剧?小说不是清楚地告诉人们:是林彪、江青一伙和他们的走狗们吗?我读完之后,仿佛一勺火红的铁水,猛然浇向我的心头,那是一阵火燎燎的撕裂似的剧痛;想痛哭,还是想疾呼?我无法说出来,最后,竟忍不住咬紧牙根,攥紧拳头……

那年五月,这篇作品在《作品》刊出了,可以说,这是吕雷正式在文学杂志发表的处女作,也是吕雷第一篇从生活出发的作品。自那以后,吕雷十分勤奋;在这三年多来,他一连写作并发表了十余篇小说;不仅在数量上显示了他的努力,就在作品的思想、艺术质量上,也体现出他一种奋发向前的执着追求。在这些作品里面,总使人闻到一股大海的清新气息,并洋溢着早晨那样的蓬勃朝气。由于吕雷长期在海滨石油基地上生活,积累了丰富的生活素材和深刻的感受和体验;再受到目前现实矛盾和斗争的冲击,调动了他在十年内乱期间的耳闻目睹,牵动了他的想象和联想的翅膀,于是题材犹如涓涓细流,不断从他的构思中涌现出来。这正是吕雷创作的基础,虽然不能说十分厚实,但也绝不是一层浅浅的浮土。

* 载1983年8月版《萧殷文学评论选》。

正是在这样的基础上，吕雷能够历数十年内乱的罪行，指出它的社会根源和产生它的恶势力。除了《血染的早晨》之外，还抒写了杜曼霞老师"最后的微笑"；实际上，她的独生女儿早在"文革"武斗期间已被杀害了，唉，这个可怜的老母亲却犹如一支临风的残烛，还在挣扎中等待。谁是制造这类悲剧的刽子手呢？小说不是已经指出它的罪魁祸首正是"四人帮"吗？（《最后的微笑》）

尤其可贵的，作者没有停留在这类矛盾的表面，也没有满足于悲剧事态本身的描绘；而是把眼光、把笔触深入由这类矛盾所引起的思想作风和工作作风上。在《浩浩大江流》中，知识青年苗芳从实际生活中认清了在"文革"期间被"四人帮"迫害惨死的农场老场长是革命者，是正派人，她冒着"随时被捕"的风险，仍不放弃为这位英雄立碑的壮志，她的行动感动了"受命监视"她的小宋，而且渐渐彼此相爱了，可是在毁身之祸迫在眉睫之时，苗芳出于公心断然拒绝了小宋向她提出一起逃离的要求。在《海风轻轻吹》里面，讴歌了女青年晶晶的恋爱观，对于极端自私、思想情操低下的纨绔子弟卫卫，她处处表示蔑视；却热爱着富有革命理想、主张"把挫折苦果变成人生补药"，同时，热情勇敢地捍卫别人利益的海上钻工何帆。在《彩虹在空中伸延》中，也通过一对青年的描写，毫不含糊地痛斥了那种只知肉欲，只知相互利用和相互依附的"关系学"；歌颂了人与人的真诚友谊，并且肯定：只有真诚地相互帮助和无私的献身精神，才可能产生真正的爱情。

这类主题在吕雷的小说中，占了很大的篇幅，据他自己说："我笔下的人物，大多是青年，我较喜欢描写在困难和挫折面前不屈不挠、勇往直前的青年形象，他们有执着的追求，有倔强的个性，有美好的心灵；然而道路大都坎坷不平。"是的，作者很注意青年人对未来、对人生和对爱情所持的态度，因为这直接关系到祖国的前途，关系到社会主义事业。因此，他从来没有孤立地去反映爱情生活。这态度是正确的。在阶级社会或在阶级意识支配着的社会里，一旦离开了社会，离开了人民所关心的问题，而孤立地去处理爱情题材，这类作品是很难体现出它的社会意义的。

还有一些类似的主题，也没有逃过作者的注视，譬如十多年来由于政治运动动荡不定，人们的社会地位升降无常，于是在人与人的关系中，一些人为了保护自己的乌纱帽或捞到好处，遂出现了形形色色的看风使舵、上谄下骄的恶劣风气。在吕雷的小说中，不是有一对蔑视"关系学"的青年——婷婷和刘雪华吗？他们虽则相亲相爱并准备结婚，可是却找不到房子。后来听说办了"只生一子女"的结婚手续，便可分到一间"独优楼"。待他们办完手续，房子分到手时，却无法搬进去，因为这时正有三个单位都起劲争夺这间房子，而且各不相让。是怎么回事！原来这三个单位的负责人都听到刘雪华的父亲要回来当第一把手的确讯，都私下争着为"第一把手"的儿子留新房……（《浪花呀浪花》）这种溜须拍马、讨好上司的不正之风，难道不应该引起人们深思吗？另外一篇讲着这样的故事：一只船载着不少西瓜从陆地开往钻井平台，一个小伙子偷吃了半个西瓜，被基地副主任老柳发现，给"抓了典型"，并勒令小伙子当场买瓜赔偿；副指挥郭欣很称赞老柳这种严明的作风。但后来，当郭欣发现老柳请吃的，也是运往平台的西瓜时，才认清老柳那副媚上压下的真面目，即刻严肃地掏钱买瓜偿还，表现出以身作则、公正严明的作风。（《半个西瓜》）

总之，吕雷写着他的感受、体验和联想，写着他的所见所闻，也写着他所认识和所理解的生活。在这本集子中，他所写的钻井工人，发奋自学的青年，坚持原则的老干部，都有他的同学、朋友、老熟人，也有他父辈朋友的影子；而且都经过长期的酝酿之后，"直到适合这个题材的人物出现在脑子里，而且能活起来，才敢动笔。"（引吕雷自己的话）这说明吕雷已从闭门造车、凭空虚构的死胡同里走出来。他曾告诉我：从前曾写过一些配合中心工作的作品，但都是图解概念，公式化的东西。从粉碎"四人帮"以后，看到了冲禁区的文学作品，思想受了很大震动，开始描绘一些震动过自己内心的生活，这就是《血染的早晨》。他对主题的孕育，也不是从概念、从预定的框框出发的，相反，他处处受着爱憎感情的支配去接触、感受、选择、概括和深化他认为可写的人物和事件。这种种说明吕雷已从曲折的道路踏上创作的正道。最近两三年，他所以能写出一些受人称赞的作品，并不是偶然的，主要原因是他已抛开了庸俗的功利主义，从图解概念的牢笼中解放出来，开始从现实生活出发，并用自己的爱憎去哺育人物、构思题材和提炼主题，并且与广大人民的命运紧紧连在一起。这种现实主义的创作态度，不但应该肯定，也是值得庆贺的。

但并不是说吕雷的作品毫无缺点，相反，由于他走过曲折的道路，旧的影响不可能一下子摆脱得干净；他最明显的缺点，是情节发展的必然性太薄弱了；在他作品中几乎处处都依靠偶然性，依靠偶然发生的事来推动、转移情节的发展。这种斧凿痕迹，只会给读者一种不自然、不真实的印象。这说明什么呢？说明作者还不善于处理性格与性格、人物与环境的相互关系。我们都晓得，所谓情节，是人物与人物或人物与环境相互关系的必然延续；是性格之间相互关系、相互矛盾或斗争的合乎逻辑的发展；同时我们也晓得，一定的情节产生于一定的环境之中，因为环境或具体社会条件是促进人物行动的依据，也是推动人物性格发展的动力。如果在构思情节时，完全不顾影响、左右人物的环境行动（特别是社会环境），又不顾人物周围的人物（性格）的反射作用，而孤立地去追求情节的离奇，特别是在急于追求"出新""不落俗套"的心情下，常常不惜借助偶然事件来作为自己的救生圈。这情况虽则不是出现在吕雷的每篇作品中，但也绝不是偶然出现的个别现象。在这本小说集中为什么还有些章节使人觉得不自然、不真实和缺乏使人信服的力量呢？原因就在这里。

当然，不能把我的话理解为"不能在小说出现偶然事件"，古籍说："无巧不成书"。文艺作品常常通过偶然的、个别的甚至离奇的事件来表现典型环境中的典型人物。其实关键不在这个偶然性，而在于通过偶然事件反映出必然规律，反映出事物内部发展的质的必然性。作者曾经说，"真实性、典型性是作品的生命，因为文学更多的是通过人物形象的艺术力量潜移默化地起作用"，虽然在理性上认识了，但在艺术实践上，吕雷显然还需要严肃对付，并认真向创作同行学习。

我知道，吕雷比较倾向于通过主人公的感觉来观察和描写矛盾，并试图以散文的笔调把人物的内心独白和行动描写交错起来进行。作者有这种向往，自然可以自由探索；但必须考虑这种手法或这种风格能否深刻生动地反映生活和内心世界为前提；不然，若迫使内容迁就形式，反而处处以风格手法为前提，结果，就势必损害艺术形象的创造。作者在一些作品中，所描写的正面人物，差不多几乎都通过转变人物或落后人物的眼光去观察和判断他们的内心活动和精神面貌的。这个角度显然有很大的局限性，它首先会阻碍作者准确地去揭示人物的思想感情和精神面貌。至少，如果像目前那样的做法，应当引起作者严重的警惕和注意。

最后，作者对于作品的标题，也有自己的追求，他想"用自然景物烘托情绪，企图制造出诗一样的意境"。这种美好的用意，自然无可厚非；但《天边，那一片火红的云霞》《春夜，正在悄悄逝去》《海风轻轻吹》《彩虹在空中伸延》《浩浩大江流》《浪花呀浪花》……这类题目是否能表达作者的意图呢？第一，作品中的人物行动与自然景物显然都没有融合，也没有达到情景交融的境界；顶多，作者只有时（忽然想到）勉强把两者凑在一起而已；第二，作者企图通过人物与情节所体现出来的真谛（意义或含义），也没有显示出来。读者对于这类题目，除了留下一种飘飘忽忽的模糊印象之外，大概再不会有更多的感受。

吕雷还年轻,要走的路还很长。中国的文学事业,正待繁荣发展,璀璨的创作高峰,期待下一代去攀登;因而凡是目前妨碍前进的路障或绊脚石,都应勇敢踢开;只有如此,他们才能勇往直前,轻装前进!

一九八二年三月七日于广州

《萧殷自选集》序言*

一

编完这本集子，出版社要我写篇序言。该说些什么呢？还是就事论事，谈谈由这些文章所联想到的一些问题吧。

有同志问我，这三十多年来，为什么不研究些理论专题，不研究些名家名著，这不是更有价值，更有影响吗？为什么偏偏在青年习作这个小圈子里兜来兜去呢？这问题虽然简单，却不是三言两语能够讲清楚的。我回忆了一下，主要原因大约有两个：

首先，是由于客观形势的需要。自从新中国成立以后，政治运动不断出现。几乎每次都一样，每进行一场运动，随之而来的总是向"左"转。愈是向"左"转，实事求是的传统作风便愈来愈遭到破坏，客观规律就愈被否定，主观主义和形而上学便愈益泛滥，复杂的事物被看得越来越简单。反映社会生活的文学创作也是如此。人物形象越来越单薄，情节发展越来越直线，人物关系越来越简单，生活气息越来越稀薄，作品越来越不真实……总之，文学创作的基本规律被弃置一边。文学创作自然就越来越困难，阻力越来越大。不用说，这更是苦了文学青年。他们缺乏经验，还未形成自己的见解，很容易被运动搅得晕头转向，于是在创作道路上拐来拐去，不知该怎么办，迫切需要指点。这时候，有些实事求是的、有责任感的人难免要喊几声，呼吁尊重艺术规律。单凭自己过去的一点朴素的写作经验，也觉得应该按艺术法则来创作，才能写出形象丰满、打动人心的作品。而我又长期编文艺刊物，面对着创作上的这些错误偏向，可谓首当其冲，自然不能置之不理。不得已，常为此约请别人写些文章，

---

* 载1984年4月版《萧殷自选集》。

自己也写些短文，力图做点力所能及的澄清工作。遗憾的是，由于运动不断，"左"的观点，"左"的作风不断出现，好些本属常识性的问题，并且已在前一个时期解决了，但后来又受到"左"的冲击，正确的观点又被搅乱，于是不得不再一次进行澄清。为了创作的正常发展，特别是为了引导文学青年能在文学正道上迈步，也就不能不反反复复地做些"炒冷饭"的工作。可以说，这三十多年来，我的主要精力都用在阐述文学创作的基本规律，只是在不同时期所针对的具体情况、具体问题不同罢了。因此，类似的观点常常反复出现。我自己也感到没有多大味道，可是，有什么办法呢？即使到现在，还不断地有青年写信来要求解答那些基本问题，其中有些问题，实际上三十年前已经解决了。既然这些问题仍然不断地被提出来，我就只能不厌其烦地再三进行阐述了。

二

现在可以看得很清楚，"左"的倾向持续越久，影响越大，其后果就越严重。同时，也应看到，有时也出现右的倾向。由于政治上的左右摇摆，导致文学创作偏离了正确的道路，违背了创作的基本规律。比如说，新中国成立后不久，就有人把文学的服务对象与反映对象混为一谈，并以此为根据，企图否定工农兵方向。几乎在同时，又有些人提出"领导出政治，群众出生活，作家出技巧"的荒谬主张，把生活、思想、技巧各自孤立起来，把文学创作看作为这三者的拼凑，从根本上否定了创作法则。五十年代还出现过"抢题材"的现象。每当社会上出现了新奇的事件，就有许多人蜂拥而上，像新闻记者抢新闻那样来争夺写作素材，把创作误认为真人真事的刻板摹写，分不清生活真实与艺术真实的区别。还出现过"为中心工作服务"的口号。"配合中心"成为文艺工作者和文工团的主要任务。作者不得不忙不迭地编造事件来图解政策，以配合宣传鼓动。至此，文学创作实际上已沦为廉价的、应时的政治宣传品，而完全放弃了对现实生活的真实描写和人物形象的塑造。与此相联系，还有一种只要思想，不要艺术的倾向。忽视形象创造，把从生活出发，从真情实感出发，运用形象思维，寓思想于形象之中，寓教育于娱乐之中等等正确方法完全抛弃了。结果使作品变成了干巴巴、冷冰冰的概念化、公式化的说教。有时，也出现只注意情节、忽视人物的现象，只注意情节冲突，不注意性格冲突，更不注意环境与性格的关系，热衷于编造一些离奇情节或炮制一些毫无意义的噱头。在文艺批评方面，则常常有人拿文献、社论、政策条文、政治教科书或其他社会科学著作的原理、原则来硬套作品。套得上的就赞扬，套不上的就指责，根本不进行具体分析，完全离开了作品所描写的社会生活和人物性格。另一种是用理想来代替现实，睁眼不看现实，无视现实生活的丰富复杂性，否定现实中的活人，否定有缺点的人，这样的人都被斥为"歪曲""丑化""不典型"，等等。这种批评风气，除了助长简单、粗暴的偏向而外，对作者和读者，对繁荣文学创作，都没有任何好处。毫无疑问，文学应当反映生活的本质和发展规律；可是，在一个相当长的时间内，只承认正面的、前进的、符合革命需要的，才是本质，才符合规律，于是把本质、规律缩小了，片面化了；把本质地反映生活变成了反映生活的正确方面，把典型地刻画人物变成了专写正面人物或英雄人物。这就取消了社会矛盾，抹杀了现实生活和人物性格的矛盾。题材的多样化和人物的多样化都受到严重的限制。到了"四人帮"横行时期，作家被禁锢得几乎没东西可写。在那些"从路线出发""主题先行""三突出"等枷锁的羁绊下，除了适应"四人帮"篡党夺权、祸国殃民的政治阴谋，而极尽造谣、诬蔑之能事的东西甚嚣尘上之外；有生活气息、真情实感、情景交融特色等作品几乎绝迹；假、大、空是这个时期"文学"的特点。粉碎"四人帮"之后一个时期，其遗毒还在流行。一些"左"的做法，老实说，至今仍然没有完全肃清。另一方面，近年来也有些标榜思想解放，鼓吹"表现自我"的人公开声明"不屑于表现自我感情世界以外"的生活和斗争，把文学创作当作纯粹个人的玩意儿。有的宣称只要写真实，不管其他，不愿考虑作品的社会效果。不幸，他们所理解的所谓"真实"，只是些表面的、偶然的、实有的现象而已。另外，在一些人的心目中，只承认真实是所谓"心理真实"，特别是那些本能冲动、潜意识等等。有的作品孤立地描写消极面、阴暗面，流露怀疑党、怀疑社会主义的悲观情绪，割断局部真实与整体真实的联系，无视社会主义正气和时代潮流对社会弊端的不可阻遏的冲击，因而不能真实地再现典型环境。有些人籍名探索，实际上是盲目地搬运西方已经过时、在我国三十年代也已被淘汰的货色。他们应该明白，艺术上的探索与借鉴，是为了更好发挥自己民族传统的长处，为了更充分、更鲜明、更深刻地表现我们的生活和斗争；绝不是用外来的形式来代替民族的形式；更不能搞一种不伦不类、莫名其妙的风格，以致把我们的生活表现得更模糊、更晦涩和更难懂。

够了，不必再举例了。从上面简略的回顾中可以看到，尽管在不同时期，创作中出现的具体情况、具体问题不同，但都是在生活真实与艺术真实的关系上；在真实性、思想性同艺术性的关系上；在人物、环境和情节的关系上；等等脱离了正轨，因而，这三十多年来，我也就是针对不同时期的具体情况和具体问题，反反复复地阐述这些基本规律。如此"炒冷饭"的活动，连我自己也感到味同嚼蜡。但从这三十多年不同时期所写的文章看来，特别是对形象创造的规律，其基本观点始终保持着一致；当然不能说在大风大浪中，自己从没有晕眩，好在晕头转向不久，能很快地醒悟过来，避免了踏上错误的岔道，这是值得庆幸的。

三

我为什么这三十多年老是在这小范围内兜圈子，除了上述的客观形势之外，还有另一个重要的原因，是出自对青年作者的同情。每当我看到他们在文学歧路上徘徊彷徨，来回走弯路时，内心就深感不安。我总是不由自主地想到自己，想到自己的年轻时代，想起自己在写作道路上摸索前进时，那种无人帮助、无所适从的困难处境和苦闷心情。且不说什么培养人才，单从这种设身处地、推己及人的心境出发，便很自然地使我与他们站在一处，想到一起了。记得我上小学的时候，刚好遇上东征军过境。他们当时的口号："有田耕、有工做、有饭吃、有书读！"深深地打动了我，我开始受到革命理想的鼓励，产生了对未来社会的憧憬；但我的故乡，我周围的社会现实，却是那样黑暗，贪官污吏横行霸道，人民群众饥寒交迫。以后我读了鲁迅、蒋光慈和其他人的小说，便很自然地引起共鸣。于是我深感社会的不平，觉得有许多话憋在心里，要倾吐，要发泄，要呼喊。在这心情激发下，从中学开始，我就拿起笔，学习抒写农村的悲剧。虽然我同报刊的编辑素不相识，但我最初写的那些小说，都意外顺利地被刊用了。尽管如此，在写作方法上，当时我还处于一种盲目状态。有时写得很如意，有时又写得很苦；像爬陡坡那样，有时爬了上去，有时又滑溜下来。每次都一样，经过呕心沥血，总算写出了作品，是好是坏，自己却毫无把握，也毫无信心，成功了或是失败了，自己也不知道原因是什么；既缺乏一般的写作知识，又不会总结失败的教训。那时多么希望有个良师来指点一下呵！可是在那个时代，这明明是空想，有谁来睬你呢！现在时代不同了。在社会主义时代，我觉得无论如何不应当像旧社会那样，让文学青年瞎碰乱撞了。一九三九年，从我刚刚开始在报社工作，我就有了这种想法。那时我在太行山《新华日报》编报，同时编了个油印的小刊物，叫《通讯与联络》，便是着重分析作品的，企图给文学青年以些微的帮助。以后我在延安中央研究院，较系统地学习了文艺理论，同时懂得了理论与实际的联系，于是就开始分析作品成功与失败的原因，进而从理论上总结创作规律。此后我一直在文艺报刊担任编辑，也曾负责过"中国作家协会青年作家工作委员会"的工作，与青年作者接触的机会更多了，联系更密切了。渐渐地便不仅限于对青年作者的同情，而且也随时给他们一些力所能及的帮助。我相信一个简单的道理：任何大作家，都不是天生的，都是从稚嫩的不知名的文学青年中产生出来，成长起来的。因此，发现、扶植、培养青年作者，是繁荣创作的一个根本性措施，不可忽视。看到某个青年作者露出才华时，编辑们才积极地前去拉稿，而平时对他们却很冷淡，这种做法，对文学青年的成长至少是轻重倒置的。我认为培养青年作者如像培育小母鸡，我常常这样比喻："不要急于取蛋，重要的是善于发现良种，哺育母鸡；只要小母鸡成熟起来，不愁它不源源下蛋。"因此在辅导文学青年时，重要的是指引他们走文学正路。当他们开始学步时，如果路走错了或是走偏了，以后就越来越难纠正。所以，应特别着力帮助他们弄清文学的任务和创作的规律。这些想法在我意识中越来越明确，我就越来越自觉地投身于辅导青年写作的工作。可说是一头钻进去，再也出不来了。如此匆匆三四十年，现在不觉年近古稀，两鬓已白，始终未能越出雷池一步，分不出力量来研究其他文学问题，只能在这么个小圈子里留下几个脚印而已。唉，说来惭愧，毫无建树！

　　正是出于上述动机，我时刻想到我的服务对象是初学写作者，我处处考虑的是创作实践中的问题。因此，平日不管遇上什么，从自然到社会，从植物、动物到人的生理现象、心理现象，我都很自然地将它们与创作过程、形象思维过程联系起来，借助它们来解释创作现象，说明创作的规律，目的是把这些非寻常的、不易懂的道理讲得更浅显明白。平时与人交谈、通信，也是三句不离本行，谈论的尽是创作问题。我的那些文章，大多原先是书简、谈话记录或读稿随笔之类。因此，文章不拘形式，显得很随便，不像正儿八经的理论文章。由于处处从创作实际着眼，因此我所谈论的全是创作实践中出现的具体问题。旨在分析这些问题、解决这些问题。又因为我自己也从事过多年的创作实践，深知个中甘苦，因此我谈作品时，总是处处设身处地替作者着想，为他们打算。因而不单指出作品的缺点，更注重的是分析这些缺点产生的原因，对作品的优点、成功，也不仅仅止于赞扬和祝贺，而是着力总结成功经验，指出应该发扬什么，应该继续向什么方向努力。力图向作者提供比较具体、切实的帮助。据有些青年作者和读者反映，我的文章比较易懂，也比较实际。所谓"实际"，其实就是与创作实践联系得比较紧密。确实，我写文章，压根儿未想到怎样才更有"学术性""理论性"，我倒是注意力避抽象地从理论到理论，力戒那种深奥艰涩的学究式的文风。

我一向认为，无论是文学理论、中外文学史、中外文学批评史、中外作家作品研究、文学编辑工作、文学教学工作以及文学领导工作等等，尽管它们彼此的研究对象或工作性质很不相同，但归根结底，都是直接或间接地为繁荣创作、发展创作效劳的；倘离开了这最终的目的，这些工作就将失去存在的意义和价值。而文学评论，更是从作品或创作实践中引出来，又回过头去指导创作实践的。因此，文学评论工作直接关系到创作活动的盛衰，是创作活动最亲密的伙伴。创作中如果出现某种不健康的现象，评论工作者要是不及时指出，任其自由发展，最后，创作本身必然受到戕害；相反，如果创作中出现某些符合时代发展的新倾向或新突破，评论家要是不及时鼓吹，并积极评价，显然也会使正常的发展减缓，影响创作前进应有的速度。这都说明文学评论与文学创作息息相关，是相互依存和相辅相成的关系，证明这两者并不存在谁高谁低、孰轻孰重的问题。社会上有些人轻视文学评论工作，我以为这是不正常的现象，是一种偏见、短见的表现。但，我们也反对把文学评论当"棍子"来使用。若干年前曾使依靠科学分析的文学评论沦为"政治判决书"，这一来，哪里还有半点文学评论的气味呢？这种做法曾经大大地败坏了文学评论工作的声誉，今后不能再让它继续出现了。

以上所说，都属于闲话，但多少也说明了我写这些文章的动机、性质和风格。现在就把这些闲话，权当本书的序言吧！

此外，我最近意外地发现了三十年代初期二十多篇小说，现把最早发表的《乌龟》《疯子》等以及新中国成立后所写的一些报告文学和小说，也选几篇放在这里。虽然这只是我创作的一小部分，而且很不成熟，但它们总能为我所走过的道路留下几个脚印吧？

一九八二年九月于石牌